全国旅游专业规划教材

旅游
文学作品欣赏

（第2版）

LÜYOU WENXUE ZUOPIN XINSHANG

李洪波　韩荔华 编著

北京·旅游教育出版社

出版说明

旅游文学是反映旅游生活的文学,它主要通过对山川风物等自然景观以及文物古迹、风俗民情等人文景观的描绘,抒写旅游者及旅游工作者的思想、情感和审美情趣。这一概念提出较晚,但旅游文学的历史却非常悠久。可以说,旅游文学的产生是旅游以及文学发展过程中的必然。旅游给文人带来足够的精神方面的愉悦、轻松、舒适,从而自然会导致抒发情感的文学作品的产生。

在我国的许多自然与人文胜迹中,旅游文学作品是重要的文化点缀,在增添景点文化内涵的同时,自身也成为一大景观,是重要的旅游文化资源。旅游文学作品中丰富的文化文学知识、多彩的风俗风情记载,对于扩大旅游者的见闻、增长旅游者的学识,都有直接的作用。不仅如此,旅游文学作品对于旅游事业的发展、旅游景观的开发,甚至对于指导园林建筑与旅游景区、旅游宾馆的设计,提高其审美品位,都有重要的作用。旅游文学作品无论是在陶冶人们的精神性情,提供认识世界的途径方面,还是在宣传名胜景点,激发旅游热情方面,以及在促进现代旅游事业的发展方面,都具有重大的价值。所以,我们一方面要借鉴旅游文学中所蕴含的旅游美学思想、观念,指导旅游文化活动的组织与开展,促进现代旅游事业的发展。另一方面,要为旅游文学的进一步发展繁荣,创造优越的现实条件,从而为旅游业、为全社会的人们提供充足的精神食粮,满足人们的精神需要。

作为现代旅游工作者,除了必须熟悉景点的地理特征、历史沿革、文化传统之外,还应当了解景点所涉及的旅游文学作品,并具备一定的艺术鉴赏能力,这样才能引导旅游者对胜迹有更深入的理解、更深刻的体会,使得他们能够更好地欣赏自然风景、感受人文内涵。本书是针对全国旅游职业院校的教学需要而编写的,目的是让学生通过本书的学习,尽可能地了解旅游文学作品的基本知识,初步掌握鉴赏旅游文学作品的基本技巧与方法,并能够理解、欣赏一些重要的代表性作品,帮助其在今后的旅游服务工作当中有效传播传统文化知识,提高服务水平。因此,本书在编写过程中注意体现两方面原则:一是知识的准确性和科学性,二是内容的针对性和实用性。

旅游文学涵盖面比较大,限于篇幅,我们在本书中所提到的旅游文学作品,基本上是以古代经典作品为主,尤其是诗、词、曲部分,在游记、楹联和碑铭方面则选取了一部分现当代的作品,这些都是从各种文体的实际发展情况以及在名胜景点中的遗存情况出发而确定的。

　　教材的出版是一个不断完善的过程,作为国内唯一一家旅游教育专业出版社,希望得到广大师生一如既往的关心和支持。对教材使用中的问题,更希望得到广大师生的积极反馈,我们定会不断以专业的精神提高我社教材的专业品质,回报广大师生与读者对我们的厚爱。

旅游教育出版社

目 录

第1章 中国旅游文学概况 ·· 1
　本章导读 ··· 1
　第一节　旅游文学概说 ··· 1
　　一、旅游文学的界定 ··· 1
　　二、旅游文学的特点 ··· 2
　第二节　旅游文学与旅游文化 ·· 4
　　一、旅游文学与旅游文化的关系 ································· 4
　　二、旅游文学的文化价值 ··· 6
　第三节　中国旅游文学简史 ··· 9
　　一、先秦两汉的旅游文学 ··· 9
　　二、魏晋南北朝的旅游文学 ······································ 10
　　三、唐宋的旅游文学 ··· 11
　　四、元明清的旅游文学 ·· 18
　　五、现当代旅游文学的新发展 ··································· 22
　本章小结 ·· 23
　思考与练习 ·· 23

第2章 旅游诗欣赏 ·· 24
　本章导读 ··· 24
　第一节　旅游诗概说 ··· 24
　　一、旅游诗的特点 ·· 24
　　二、旅游诗的发展状况 ·· 26
　　三、如何欣赏旅游诗 ··· 28
　第二节　旅游诗作品欣赏 ··· 30
　本章小结 ··· 66
　思考与练习 ·· 66

第3章 旅游词曲欣赏 ·· 67
　本章导读 ··· 67
　第一节　旅游词曲概说 ·· 67
　　一、旅游词曲的特点 ··· 67

二、旅游词曲的发展状况 …………………………………… 69
三、如何欣赏旅游词曲 ……………………………………… 71
第二节　旅游词曲作品欣赏 …………………………………… 74
一、旅游词欣赏 ……………………………………………… 74
二、旅游散曲欣赏 …………………………………………… 85
本章小结 ………………………………………………………… 93
思考与练习 ……………………………………………………… 93

第4章　游记欣赏 …………………………………………………… 94
本章导读 ………………………………………………………… 94
第一节　游记概说 ……………………………………………… 94
一、游记的发展状况 ………………………………………… 94
二、如何欣赏游记 …………………………………………… 97
第二节　游记作品欣赏 ………………………………………… 99
一、先秦至唐代游记欣赏 …………………………………… 99
二、宋元游记欣赏 …………………………………………… 111
三、明清游记欣赏 …………………………………………… 129
四、现代游记欣赏 …………………………………………… 167
本章小结 ………………………………………………………… 179
思考与练习 ……………………………………………………… 179

第5章　名胜楹联欣赏 …………………………………………… 181
本章导读 ………………………………………………………… 181
第一节　名胜楹联概说 ………………………………………… 181
一、楹联的特点 ……………………………………………… 181
二、楹联的发展状况 ………………………………………… 182
三、如何欣赏名胜楹联 ……………………………………… 183
第二节　名胜楹联欣赏 ………………………………………… 187
一、北京及华北地区楹联欣赏 ……………………………… 187
二、东北、西北、西南地区楹联欣赏 ……………………… 195
三、华东地区楹联欣赏 ……………………………………… 201
四、华中、华南地区楹联欣赏 ……………………………… 212
本章小结 ………………………………………………………… 218
思考与练习 ……………………………………………………… 218

第6章　碑铭摩崖欣赏 …………………………………………… 219
本章导读 ………………………………………………………… 219
第一节　碑铭摩崖概说 ………………………………………… 219

一、碑铭摩崖概说 ……………………………………… 219
二、碑铭摩崖的发展状况 ……………………………… 222
第二节 碑铭摩崖欣赏 …………………………………… 224
一、碑铭欣赏 …………………………………………… 224
二、摩崖石刻欣赏 ……………………………………… 247
本章小结 …………………………………………………… 251
思考与练习 ………………………………………………… 251
主要参考书目 ……………………………………………………… 253
后记 ………………………………………………………………… 254

第1章

中国旅游文学概况

本章导读

本章我们将先探讨旅游文学的基本知识,包括旅游文学概念的提出,旅游与文学之间的紧密联系,旅游文学的突出特点,旅游文学的文化价值等基本理论问题。然后从旅游文学的发展历史切入,介绍我国旅游文学的发展状况,从最初的起源,到逐渐成熟,繁荣鼎盛,一直到现当代旅游文学呈现出的新面貌,本章都会涉及,以使同学们能够对旅游文学的基本概念、发展脉络有初步的认识,有助于进一步学习、理解、欣赏具体的作品。

第一节 旅游文学概说

一、旅游文学的界定

"旅游"一词,古已有之。较早出现旅游一词的文献可以追溯到南朝时沈约(441—513)的《悲哉行》,其中有"旅游媚年春,年春媚游人"的诗句。后来《全唐诗》《全宋诗》等诗文较多出现旅游一词,基本意思大概是旅行游览。

在我国,传统旅游着眼于"游",指某种适意自得,与环境、天地、自然融为一体的高妙状态。另外,游又指嬉戏、游戏的超迈境界。传统之游不必远行,玩耍或游玩的色彩很重。游要求以远足之旅作为前提是进入现代社会以后的事情,它起源于都市生活节奏的紧张和千篇一律,源于工业劳动的枯燥乏味和沉闷。只有拉开距离,远离此地,进行调剂和变化,才能摆脱单调的生活。现代工业社会使人们对工业劳动产生厌倦,同时也刺激了对休假的需求。当休假被当作一项产业来经营时,也便产生了现代意义上的旅游。一般认为,现代旅游是人们为了休闲、商务和其他目的,离开他们惯常的环境,到某些地方去以及在某些地方停留,但连续停留时间不超过一年的活动。它由三个要素组成:离开惯常环境的旅行距离;停留时间不超过一年;旅行目的不是就业和移民。

有了旅游行为,就有了旅游文学。因为文学本质上是表达人们的精神感悟的。由于旅游给文人的精神上带来足够的愉悦感、轻松感及舒适感,自然就会导致抒发情感的文学作品的产生。随着人们旅游活动的开展,旅游范围的扩大,旅游文学逐步发展丰富起来。

什么是旅游文学?这个问题看起来很简单,实际上却是众说纷纭,莫衷一是。因为古代文学中并没有旅游文学这一名目,只有山水文学的概念,但是很明显,山水文学这一概念是不能够替代旅游文学的。下面我们结合近年来旅游文学的研究情况,对这一概念作一简单的梳理,从而揭明本书在编纂体例、内容上的一些考虑。

"旅游文学"这一概念,是最近二十多年才提出的。之所以提出"旅游文学"这一概念,是适应现代旅游事业繁荣发展的需要,有其特定的社会背景和文学背景。旅游文学同当代旅游文化的研究有着密切的关系,是在总结我国优秀的山水文学传统的基础上被提出来的。

按照现在一般的看法,旅游文学不论是在内容上,还是在形式上,同传统的山水文学、游记文学都有着许多不同,这些传统的文学概念无法概括旅游文学,但它们之间又有着密切的联系。南北朝时兴起的山水诗文实际上已具有现在所说的旅游文学的许多特征,可以说是古代的旅游文学。这些丰富的旅游文学遗产为我们发展现代旅游文学提供了经验和借鉴。

"旅游文学"这一概念的提出,促进了对旅游文学的研究,但对于概念本身,学者们有着不同的界定,有些说法差异甚大。我们综合各家的说法,大致可以作如下的界定:旅游文学是反映旅游生活的文学。它主要通过对山川风物等自然景观以及文物古迹、风俗民情等人文景观的描绘,抒写旅游者及旅游工作者的思想、情感和审美情趣。

这一概念是比较宽泛的。我们在本书中所提到的旅游文学作品,基本上是以古代经典作品为主,尤其是诗、词、曲部分,在游记、楹联和碑铭方面则选取了一部分现当代的作品,这些都是从各种文体的实际发展情况出发而确定的。

二、旅游文学的特点

1. 旅游文学的抒情性特点

旅游文学作者在观赏景物、游览胜迹时自然会生发出情感。这种情感因景因物而生,但又受旅游者自身生活经历、艺术修养及写作个性的影响。所以面对同样的景观,无论是自然景观,还是人文景观,都会引起作者不同的感受,或忧或喜,不一而足。古代的多数文人大多在仕途不顺时徜徉在山水之间,他们往往借助山水以抒其忧愤,有比较幽深的感慨,比如柳宗元写《永州八记》,虽然写景细致,但主旨并不在表现沉迷山水之乐,而在表达个人身世之感。也有一些文人,着意从山水自然中体会闲适之趣,注重体会山水性灵精神,他们面对山水时往往会抒发一种与自然相融合的愉悦情感,比如明代的袁宏道等小品文作家,在游记中表现的是一种纯粹的自由适意的情感。而有的作者则在游览山水景观、历史胜迹之时,抒发一种对于现实社会的政治关注与面向历史的深思幽怀,比如范仲淹在《岳阳楼记》中抒发的是"先天下之忧而忧,后天下之乐而乐"的道德观念,有强烈的现实意识;王安石《金陵怀古》词则流露出浓厚的历史感怀,指向对王朝兴亡的思索。古代的旅游文学作者从来都不是单纯地描摹景物,记录游踪,总有一种情感渗透其中,而且旅游文学的这种抒情特质是贯穿其发展的始终的,一直到当代,虽然旅游文学的文体更加丰富多样,但抒情性仍然是旅游文学的一个重要特点。

2. 旅游文学的审美特质

在对旅游的有关界说中,著名美学家王朝闻、叶朗都强调旅游活动首先是一种精神审美,旅游过程就是一种追求美的过程。而文学本身就是一种给人以美感的艺术形式,所以旅游文学更是以发现美、表现美为其重要特征。美丽的山水、美好的风俗人情、美妙的故事传说,都给旅游者以美的感受,旅游者用文学语言表达出来,就成为具有丰富美感的作品。自然美、社会美、艺术美在旅游文学作品里都能得到充分的反映。有的作品侧重于表现一种美感,比如侧重于表现山水自然之美的《西湖漫笔》(宗璞),侧重于表现风情民俗之美的《西安散记》(秦似),侧重于表现建筑、雕塑、绘画之美的《敦煌游记》(张恨水),等等。当然,由于景观美感的丰富性,以及作者观赏角度的多样性,有些旅游文学作品中的美感并不是单一的,而是一种丰富的美感。

3. 旅游文学的知识性特点

通过旅游活动,能够巩固已有的知识,学习新的知识。旅游是人们获取知识的重要途径之一,能够增长知识、开阔眼界。而旅游文学作品则能够起到传播知识的重要作用,能给读者提供与观赏客体有关的种种知识与信息,包括历史文化知识、民情风俗知识、自然科学知识以及名人生活知识,等等,从而使旅游文学作品具有丰富的知识性。古代旅游文学名著,比如陆游的《入蜀记》、徐霞客的《徐霞客游记》等,不仅描写了作者游历的景物景观,而且记录了大量的民俗风情、历史遗迹、地理地貌、佛寺道观等社会历史文化知识,不仅可以加强读者对所记地区景点的了解,而且为历史文化、地理科学研究提供了丰富的史料。尤其是某些现当代旅游文学作品,更是将知识的传播作为其重要目的,比如郑振铎的《云冈》,详细介绍了云冈各个重要石窟的情况,信息准确丰富,使读者读后能够更加清楚地了解一些石窟艺术知识;秦牧的《天坛幻想录》关于"九"这一数字文化意义的探索,则好比一篇小规模的历史文化论文,不仅具有一定的趣味性,更能给读者带来丰富的传统文化知识。

改革开放以来,境外游逐渐发展繁荣,反映国外旅游生活的作品也不断涌现,其中有些作品记载了许多国外的社会、民俗及自然地理的知识,满足了读者对域外新知的需求,给丰富多彩的中国旅游文学作品增添了新的内容。

4. 旅游文学反映社会生活的片段性特点

旅游是一种短期的活动,只是社会生活的一部分,所以旅游文学作品就不可能全面而充分地反映社会、描写人生，而只能表现其中的一个侧面、一个阶段，这就使旅游文学在反映社会生活上表现出片段性特点。

这一特点的体现，渊源已久。古代的旅游文学作品，大多以游历的一山一水或所见的一事一物为描写对象，触景生情，因物发思，表达一种对现实社会或历史人生的感慨，往往都是片段性的、随感式的情绪感受。虽然有的作品本身会涉及较长时间、较广范围，比如陆游的《入蜀记》、徐霞客的《徐霞客游记》等，篇幅较大，内容丰富，但作者也没有有意识地形成一种对现实及社会问题的连续性观察和思考，所以从所反映的社会生活来讲，仍然是不成系统的，片段性的。近现代的旅游文学作品也延续着这一传统，虽然其中也包含对社会问题的揭示、思考与认识，并寄寓着一定的思想内容，但更多是对旅游活动的直接记录与反映，对旅游所见之美的欣赏与审视，其反映社会生活的深度和广度都是有限的。

此外，有些旅游文学作品还体现出纪实性、趣味性等特点，在此就不一一分析了。

第二节　旅游文学与旅游文化

一、旅游文学与旅游文化的关系

旅游文化是伴随人类生息繁衍、文明发展进步而产生的一种文化现象。在古代历史上，旅游反映了当时社会各阶层成员的文化娱乐生活；而今天，旅游文化的发展已成为人类文明进步程度的重要标志之一。

旅游作为人类的一种文化现象，出现以后就跟文学有了不解之缘。人们在旅游的过程中，感受自然，流连胜迹，获得阅历，增长见识，对外在世界的丰富感受会在旅游者的内心引起强烈的感动，使其在精神上获得极大的审美满足。古人说，情动于中，不禁足之蹈之、歌之咏之，而用文字表达自己的审美感悟、心灵愉悦是文人们自然的反应。对于旅游过程中的所见所闻，因旅游而产生的诸多感受，有一定文化层次的旅游者会通过某种方式记录下来，使之成为旅游生活中表达情绪、宣泄情感的一种手段。从旅游者本身来说，最初不过是一种记忆的表达、一种人生的纪念，而形诸文字、传诸后世以后，就成为人类共同的精神财富、永恒的情感留存。后来者阅读前人的旅游文学作品时，不仅可以欣赏旅游者本人对于旅游生活的细致体会与独特描写，领略到旅游者经历的外部世界的风貌、情韵，还可以使旅游者在阅读时产生一种精神愉悦感，完成一次精神旅游的历程。因此旅游文学作为旅游生活的一项内容，逐渐成为旅游文化不可或缺的重要部分，以至于人们一想起旅游，便会情不自禁地想到旅游诗文，想到那些传诵千古的著名旅游篇章。

从另一个角度看,旅游为文学创作提供了丰富的素材与资源。文学来源于生活,几千年来,正因为有源源不断的生活的滋养,才使得文学的发展源远流长,吐故纳新。在旅游过程中,旅游者接触广大的客观世界和丰富复杂的社会生活,不但可以看到或雄伟或秀丽的自然风光,如高山丛林、江河湖海及各种奇特的地形地貌等,还可以看到缤纷珍奇的动植物资源,不同地区、民族的生活方式、风俗习惯,了解不同国家地区人民的历史、文化、艺术、宗教等,了解他们物质精神生活的各个侧面。这些内容不仅陶冶了旅游者的情操,丰富了旅游者的精神世界与知识世界,更重要的是,为文学作品提供了取之不尽、用之不竭的极其丰富的题材,使文学作品有足够丰富多彩的内容。

古人说,读万卷书,行万里路,四海游历可以极大地开拓人们的眼界、提高人们的境界,当然也会拓展作家们的眼光与加深自身的修养。历代著名文人,大多通过游历山水、探寻古迹等旅游活动,去开拓自己的文学创作。李白说:"一生好入名山游",其目的当然不仅仅是游仙寻道,更主要的是李白在旅游中体会到自然的真趣对他的精神世界,对他的诗歌创作有着巨大的推动力。所以,才有流传至今的如《望天门山》《望庐山瀑布》《庐山谣寄卢侍御虚舟》等或清丽或飘逸的旅游名篇。杜甫在西南漂泊时期,游历古迹,才产生了《咏怀古迹》《蜀相》等从旧迹中感喟历史的传世名作。

其实,旅游文学与名山胜迹是相得益彰的。诗人佳句往往得江山之助,诗人在面对风景名胜时多会产生不可抑制的诗情,留下千古名句。李白写"飞流直下三千尺,疑是银河落九天"时,想必是震撼于大自然的造化之雄奇,王维"明月松间照,清泉石上流"的句子,则是出于对寂静山间景物的独特体会。而江山胜迹,也往往因为前人佳句而生色,声名远播。即使没有去过杭州的人,想到苏轼"欲把西湖比西子,淡妆浓抹总相宜"的名句,自然会有一种似曾相识的旖旎风光浮现眼前。读了屈原《楚辞·九歌·湘夫人》中的名句"嫋嫋兮秋风,洞庭波兮木叶下",也仿佛可以见到情韵悠远的洞庭美景。更有甚者,柳永《望海潮》中"三秋桂子,十里荷花"的描写,为金主完颜亮所艳羡不已,竟然引起他投鞭南侵之意。此外,还有一些古迹名胜,往往是因旅游文学作品而得名。比如安徽九华山,因李白改九子山为九华山始声名远播。苏州阊门外的妙利普明塔院,本来寂寂无名,因为唐人张继"姑苏城外寒山寺,夜半钟声到客船"的诗句,从而成为闻名遐迩的寒山寺,使夜聆钟声成为久盛不衰的旅游项目,以至于近年来每逢除夕之夜都有数以千计的日本游客专程光临寒山寺。湖北黄冈的赤鼻矶,虽然不是三国赤壁之战的故址,但由于苏轼《赤壁赋》《念奴娇·赤壁怀古》的深远影响,而成为今日的著名旅游胜地,被称为"东坡赤壁"。类似的例子还有很多,可以看出江山胜迹与文人墨客之间的奇妙关系。

旅游文学的文体种类很多,写法上丰富多样,有的对景物多加描摹,细致全面;有的注重由景抒情,蕴含深幽;有的则以记录古迹逸闻为主,传达一种历史的感悟,侧重点各不相同,但都能够反映出文学与旅游之间的密切关系。后人从这些旅游文学作品中,也能够提高审美能力、愉悦身心、增长历史知识,得到精神的享受,甚至于产生创作的冲动,留下新的旅游作品,因而旅游文学逐渐成为人们普遍欢迎的一种文学体裁。在当代,随着旅游事业的发展,人们更多地参与旅游活动,旅游范围比以前极大拓展,人们的视野进一步开阔,旅游文学呈现出一个蓬勃发展、全面繁荣的新局面。

二、旅游文学的文化价值

当人们登临山水胜迹,游目骋怀之时,如有古人诗文名句涌上心头,吟咏在口,那旅游者从中所得到的审美体验、文化韵味都会大大超过景物古迹本身给人的直接感受。旅游文学作品中丰富的文化文学知识,多彩的风俗风情记载,对于扩大旅游者的见闻,增长旅游者的学识,都有直接的作用。不仅如此,旅游文学作品对于旅游事业的发展,旅游景观的开发,甚至对于指导园林建筑与旅游景区、旅游宾馆的设计,提高其审美品位,都有重要的作用。所以,旅游文学作品的价值体现在许多方面。

1. 旅游文学的美感价值

首先,旅游文学作为一种精神产品,能够陶冶人们的情操,净化人们的心灵,具有突出而丰富的美感价值。文人游历天下,一个重要的目的就是饱览祖国的大好河山,汲取自然天地之精华,以求对自己的精神意志有所磨砺,对自己的心性修为有所提升。所以文人寻访山水,登临古迹,自然会以一种充满激情的笔触去描摹秀丽的风景,歌颂悠久的历史,表达自己对祖国丰饶物产与悠久历史的真挚的热爱之情。后人在阅读这些作品时,也会自然而然地受到这种积极向上的高昂情绪的感染,感动于作者在作品中渗透的真切情感,得到心灵的愉悦与审美的享受,从而培养起一种崇高而博大的情怀。这也是我们在读李白的《望天门山》、苏轼的《赤壁怀古》、柳永的《望海潮》时,对祖国无限江山的热爱骄傲之情油然而生的主要原因。千载而下,后世的旅游者与古代文人通过饱含激情的旅游文学作品达成一种丰富而深刻的交流。

旅游的重要目的就是走近自然,体会自然的丰富与美好,在自然中放松心境、愉悦心情。所以旅游文学作品往往以细腻生动的笔触去描摹大自然的美景,赞美自然的生机与活力。历代作品中不乏其例,"日出江花红胜火,春来江水绿如蓝"(白居易《忆江南》),表现出的是作者面对自然美景的热情与喜悦;"池塘生春草,园柳变鸣禽"(谢灵运《登池上楼》),则体现出诗人对自然生机的敏锐感觉与细腻捕捉;"乱花渐欲迷人眼,浅草才能没马蹄"(白居易《钱塘湖春行》),则表现了诗人对春意盎然的自然生机的欣赏与向往。旅游文学对大自然美景和无限生机的礼赞,会唤起阅读者热爱大自然、热爱生命的美好情感,使人们更加热爱生活,以更大的热情去创造美好的新生活。

2. 旅游文学的认识价值

旅游文学是对旅游生活的反映，其重要特征之一就是具有丰富的知识性，可以使人们增长知识，开阔眼界，提高对旅游的认识，所以旅游文学有着极大的认识价值。旅游文学作品记录了旅游者的游历过程，描写了山水风光、城镇村庄等自然情况，反映了各地的历史掌故、神话传说，还记叙了各地的民俗风情，内容丰富，不一而足。所以通过旅游文学作品，我们不但可以了解到某一国家、某一地区的现实情况，包括自然状况、地理形式、风土人情等，还可以了解到它们的历史沿革、古迹名胜、前贤名人等文化遗产。比如《马可·波罗游记》，从一个欧洲人的角度记载了元大都及扬州、泉州等城市的基本状况、社会见闻与风情民俗，描写了元帝国经济文化的繁荣，展示了中国历史文化的悠久与辉煌，对于从来没有到过中国的当时欧洲人来说，就具有极大的认识价值。梁思成的《曲阜孔庙》，详细介绍了孔庙的发展沿革、孔庙的基本结构、孔庙的文化意义等情况，对于普通的阅读者，这些比较深入专业的知识提供了很高的认识价值。而读了苏轼的《赤壁赋》，不仅能够帮助我们更好地游览欣赏赤壁风景之美，还能够获得一些与赤壁有关的历史知识，兴起一种历史的感怀。

当代的旅游事业有了长足的发展，但面对极为丰富的旅游资源，我们不可能一一前往实地游览，所以旅游文学作品能够扩大我们的旅游视野，仍然是我们认识外部世界的一个重要途径。优秀的旅游文学作品在审美方面有许多独到的地方，对我们有很大的借鉴作用，作家们对旅游生活的认识和评价，他们的旅游观赏方法，能够帮助我们提高对旅游的认识，学会正确地审视旅游资源，更好地领略旅游之美。比如苏轼富有哲理意味的《题西林壁》诗，通过阐述观察与认识世界具有相对性的道理，揭示了一种独特的审美方法，对于旅游者如何欣赏自然界丰富变幻的美感有直接的启迪作用。

3. 旅游文学的宣传价值

山水名胜与诗文名作交相辉映，是中国许多旅游胜地的一大特色。一地的自然山水、古迹文物、风俗人情等潜在的旅游资源，之所以被旅游者所熟知并欣赏热爱，与旅游文学作品的宣传推动作用是密不可分的。元代文人许有壬曾说："山川景物因人而胜，因文章而传。人品既高，文足范后，山川景物之得所托而传于久远也必矣。"（《〈圭塘欸乃集〉尾丁文升跋》）这包括一些寂寂无名的景点因著名文人品题而声名鹊起，也包括一些本来就声名远播的山水胜景因名人名作而更加著名，成为旅游热点。这种名人效应受益于尊贤重文的历史传统。比如说浙江绍兴的兰亭，自王羲之写《兰亭集序》后才渐为人所知，以至成为旅游胜地，按唐代柳宗元的说法："兰亭也，不遭右军（王羲之）则清湍修竹，芜没于空山矣。"（《邕州柳中丞作马退山茅草亭记》）同样的例子还有敬亭山、黄冈赤壁等。即使是像杭州西湖这样历代闻名的名胜之地,著名文人的宣传作用也是非常重要的,苏轼诗甚至为她赢得了西子湖的美名,我们可以用现代作家郁达夫的一首诗来加以说明:"楼外楼头雨似酥,淡妆西子比西湖。江山也要文人捧,堤柳而今尚姓苏。"(《咏西湖》)旅游文学作品不仅揭示宣传了旅游资源本身的美感,而且因为流传着大量文学历史方面的佳话,还给景点增添了一种人文之美,使旅游资源因此增色不少。甚至文人作家的事迹,已经化入他们所描写的旅游资源之中,成为旅游资源内涵不可分割的一部分。

旅游文学作家在作品中以各种方式表达自己对所描写景点风物的感受,抒发他们深挚而浓郁的情感。这些情绪感受会引起读者的强烈共鸣,引发读者对名人旅游行为的模仿,使他们产生去经历与作者相同或近似的感情体验的渴望,从而唤起旅游者旅游的热情。旅游文学的这种宣传作用随着文学作品日益广泛的传播,体现得越来越明显。

4. 旅游文学有促进现代旅游发展的社会价值

旅游文学有着悠远的传统,对于促进现代旅游的发展,仍然有着很大的社会价值。旅游文学有助于旅游部门规划旅游景点,宣传旅游文化遗产,开展好旅游业务。比如,旅游部门可以根据古代旅游文学的描写记载,恢复已经失传的旅游活动形式,复原作为旅游景观的历史建筑物,发掘不为现代人所知的旅游资源等,丰富旅游资源的自然载体和文化内涵。湖南张家界之所以逐渐成为国家级的风景名胜区,就是由于受到历代吟咏张家界的旅游文学作品的启发而进行大力开发及建设规划的结果。桃花源、花果山等景区,都是在现实的自然景观的基础上,参照文学作品《桃花源记》《西游记》中的描写开发出来的,是根据旅游文学作品创造出来的新的旅游资源。

另外,各地的旅游部门在利用旅游资源时,还可以根据旅游文学描写的内容,以及从与旅游文学相关的传说中得到的启发,规划开发出一系列合理的、能使旅游者获得高雅审美情趣的文化旅游线路。比如在安徽境内,仅是与李白有关的文物古迹就有上百处,著名的有当涂李太白墓,马鞍山采石矶太白楼与捉月台,天柱山谷口诗崖,桃花潭踏歌岸阁,等等。这些已成为当地文物古迹游中唐诗宋词碑刻旅游线路的重要内容。

总之,旅游文学无论是在陶冶人们的精神性情方面,还是在提供认识世界的途径方面,还是在宣传名胜景点、激发旅游热情方面,以及在促进现代旅游事业的发展方面,都具有重大的价值。所以我们一方面要借鉴旅游文学中所蕴含的古人、当代人的旅游美学思想、观念,指导旅游文化活动的组织与开展,促进现代旅游事业的发展。另一方面,要为旅游文学的进一步发展繁荣创造优越的现实条件,从而为旅游业、为全社会的人们提供充足的精神食粮,满足人们的精神需要。

第三节　中国旅游文学简史

一、先秦两汉的旅游文学

先秦时期是中国旅游文学的孕育发端时期。在夏商周时期，我们的先民对旅游已经有了一定的认识，先秦典籍中出现了"旅""游"的概念和游历活动的记载。比如《穆天子传》记载了周穆王的巡游历程，《战国策》中有"楚王游于云梦"的记载，《庄子·知北游》记载"山林与，皋壤与，使我欣欣然而乐与"，与后代文人吟赏山水之趣的行为已经比较接近了。

从创作上来讲，这一时期的一些作品也体现出旅游文学发端期的鲜明特征。《山海经》中有大量的环境、景物、物产等的描写，在描写方法上给后来的旅游文学许多有益的启发。

从内容上看，《诗经》里描写旅游生活的诗篇也相当丰富。有的篇章写军旅之游，有的篇章写狩猎、行乐之游，等等。已经能够比较完整地描写旅游的过程，并能进行生动、传神的环境描写，包括景物描写、环境气氛的渲染等，而且能够将人物在旅游过程中的情绪感受表达出来。这些作品已具备了后代旅游文学内容的一些要素，为后代旅游文学的发展奠定了良好的基础，反映了旅游文学的进步。

楚辞中也有许多反映旅游生活的作品，屈原将自然山水与游历结合起来，体现出情与景的结合。比如，《哀郢》《涉江》《怀沙》等作品，对游历行程的叙述十分详尽具体，将所见的景色与自己的情绪融在一起，做到了情景完美的交融。虽然还不是成熟、自觉的旅游文学作品，但已经表明楚辞中旅游文学的成分增多，旅游文学的创作发展到了一个新的阶段。

到两汉，出现了一些记载帝王、贵族、文人出游活动的作品，比如汉武帝的《秋风辞》、梁鸿的《五噫歌》等，由游历所见而生发感慨，就很接近后来的旅游诗的写法。有些纪行赋，如班彪的《北征赋》、蔡邕的《述行赋》等，在纪行中叙写行迹及所见所闻，也接近于旅游文学，但作品还是以纪行为形式，偏于抒情，观赏的成分不多。在两汉时期主要的文学样式大赋中，出现了大量记载山水景物、宫殿园囿的篇章，它们描写丰富细致，文辞精妙，富于文采。比如，班固的《两都赋》描述了游览西都长安所看到的城市的宏伟壮丽、宫殿的富丽堂皇；在描写城市建筑的同时，还描写了田猎、祭祀、朝会、饮宴等与旅游有关的各种活动的盛况。但总的来说，这些文章的主旨并不是赏景，作者并没有明确的观赏意识，所以并不能看作纯粹的旅游文学。

东汉建武三十二年（公元56年），光武帝登泰山举行封禅仪式，马第伯作为一名随从的虎贲郎将，曾先行登山检查道路情况，相关资料保留在《封禅仪记》一文中。此文详细记载了当时登泰山查路的情况,可以看作一篇登泰山游记,有学者认为这是中国第一篇游记散文,从广义上来讲也有一定的道理。

总起来看,从先秦到两汉,人们的旅游观念不断发展,游赏的意识逐步增强,旅游文学逐渐孕育发展起来,甚至出现了一些独立成篇的记游作品,虽然还不够成熟,但已经呈现出逐步独立发展的趋势。

二、魏晋南北朝的旅游文学

魏晋南北朝时期在历史上是社会政治动荡不安的时期,文人士大夫为了全身远祸,普遍体现出回避政治、面向自然的倾向,崇尚老、庄思想,寄情山水之间,追求一种清净逍遥的生活,山水成为文人游览憩息、审美静观的对象。文人士大夫的旅游意识比前代更为成熟,人们在游赏山水中领略玄趣,追求与道冥合的境界,力图使自己的精神回到自然状态之中去。这种社会政治氛围和文人心态,也直接促成了旅游文学的成熟。

魏晋南北朝时期是山水旅游诗形成的时期,作家众多,成就很高。曹操的《观沧海》是旅游文学史上最早的一首较成熟的记游诗,作者登临碣石,眺望大海,将所见所感诉诸于诗。此诗描绘了海上景观的苍茫壮丽,歌颂了大海吞吐日月星汉的宏大气魄,体现出曹操的宽广胸怀和英雄气概;作品因景写情,情由景生,是一首真正的旅游诗。陶渊明是东晋著名山水田园诗人,在他的笔下,自然山水成为表达个人自由情志、追求物我合一境界的途径,《始作镇军参军经曲阿作》《庚子岁五月中从都还阻风于规林》等诗都是写宦游中山高路远、羁旅行役之愁的作品,《饮酒》与《移居》等诗则更多地体现诗人辞官之后漫游乡野的闲适情趣和恬淡心境。谢灵运是文学史上第一位全力写作山水诗的作家,开创了山水诗派。他在永嘉任太守期间,寄情山水,肆意邀游,后来辞官回到会稽,又大量建造别墅园林,游乐其中。每次游览山水,"辄为诗咏,以致其意"。谢灵运的山水旅游诗,以记录游踪为主,极尽描摹刻画之能事,形成了精工繁丽的风格。比如《石壁精舍还湖中作》诗,写清晨离开山谷中的石壁精舍,至黄昏泛舟湖中的游踪,细致刻画了所见的山水景色,就像一篇清新简洁的山水游记。

谢朓是谢灵运之外南朝写作山水旅游诗成就最大的诗人,跟谢灵运并称"大小谢"。谢朓山水旅游诗代表作有《游东田》《晚登三山还望京邑》等,他的诗追求声韵之美,语言清新自然、精警工丽,比如"余霞散成绮,澄江静如练","天际识归舟,云中辨江树"等,都是写景精致、脍炙人口的名言佳句。

魏晋南北朝时期出现了两部优秀的旅游著作,即北朝郦道元的《水经注》和杨衒之的《洛阳伽蓝记》。《水经》是一部记载全国水道的地理书,相传是汉桑钦所作。原书内容非常简单,郦道元收集了有关水道的记载,加上自己游历各地、跋涉山川的见闻,为《水经》作注释,引书达四百余种,叙述了许多河流两岸的地理古迹、神话传说和风俗习惯,对各地秀丽的山川作了生动的描绘,文笔简洁优美。如《江水》篇以精确简练的文字和正面描写、侧面烘托及夸张等手法,生动描绘了长江三峡峰峦连绵的形势和四季秀丽奇绝的景色;写景状物,绘声绘色;不仅有很高的科学价值,也有高度的文学价值,对后代游记文学有很大的影响。

《洛阳伽蓝记》是一部具有文学价值的地理书、史书,共五卷,以清丽的文笔,描写了洛阳城繁荣时期的建筑与园林,描写了洛阳城内外佛塔与佛殿的雄伟与绚丽,记录了众多社会政治、经济、文化等方面的材料。全书体系完整,叙事简明,文笔清丽,行文多用散文,间以骈偶句式,风格平实流畅,是一部独具特色的旅游文学名著。

这一时期旅游文学的一大特点是出现了大量以书信形式描写山水景物的优秀游记。著名的有陶弘景的《答谢中书书》、吴均的《与宋元思书》、丘迟的《与陈伯之书》等。这些作品对游踪基本不作涉及,而是用白描的手法全力描摹山水,描绘出一幅幅清新动人的山水画卷。文笔清丽,声韵协畅,充分体现出骈文的艺术特点。比如《与宋元思书》:"云烟俱净,天山共色……水皆缥碧,千丈见底,游鱼细石,直视无碍。急湍似箭,猛浪若奔。夹岸高山,皆生寒树。"写景细致,笔调清新,代表了这一时期书信体游记的成就。

三、唐宋的旅游文学

唐代诗歌,是中国古典诗歌的顶峰,山水旅游诗也达到一个高峰。唐代的山水旅游诗主要包括描写山水田园风光的山水田园诗、一部分叙写游踪的边塞诗,以及反映其他内容的旅游诗。

孟浩然、王维是盛唐山水田园诗派的代表人物。孟浩然是盛世隐士,曾隐居在家乡襄阳的鹿门山,家乡周边的鹿门山、万山、岘山等风景名胜是他经常漫游的地方,他也曾游历吴越、长安等地,写了很多描写山水胜景和高情远思的诗作。《秋登万山寄张五》《与诸子登岘山》《宿建德江》《宿桐庐江寄广陵旧游》是他山水旅游诗的代表作,写景细致,意境深远,表现出淡泊的情致,艺术上很有特点。另外像《望洞庭湖赠张丞相》写得气势雄浑,显示了他多方面的艺术才能。

王维早年怀有远大的抱负,追求功业,积极而浪漫,《使至塞上》以"大漠孤烟直,长河落日圆"形象地刻画了沙漠奇特壮丽的自然风光,意境雄浑,画面开阔,是"千古壮观"的名句。中年以后,感受到仕途的艰难,又深受佛禅思想的影响,开始过半官半隐的生活,沉浸于山水、园林风光之中。王维的山水田园诗,多描写隐居地终南、辋川的自然景色和作者的闲情逸致。由于他既精于诗道,又深于画理,他的山水田园诗也因之而充满诗情画意,正如苏轼所说:"味摩诘之诗,诗中有画;观摩诘之画,画中有诗。"王维善于描写具有典型特征的景物,对外界事物的声音与色彩非常敏感,往往通过声色来渲染气氛,表达情景融二为一的意境。比如《山居秋暝》:"空山新雨后,天气晚来秋,明月松间照,清泉石上流。竹喧归浣女,莲动下渔舟。随意春芳歇,王孙自可留。"意境清新明丽、空灵深远。王维笔下的山水景物多彩多姿,风格各异:有的气象雄伟,有的清新秀丽,有的色彩鲜明,有的萧疏简淡。其中最有代表性的,还是那些意境空灵、禅理与诗情结合的作品,如《辋川集》中的《鹿柴》《竹里馆》《辛夷坞》等。

盛唐以山水旅游诗著称的还有储光羲、常建、祖咏等诗人。储光羲的《钓鱼湾》、常建的《题破山寺后禅院》、祖咏的《终南望余雪》等都是名篇。

李白是盛唐时期最有成就的大诗人,他自己说"一生好入名山游",也写作了大量的记游山水诗篇。二十岁时他开始在蜀中漫游,游历过峨眉、青城等蜀中名山。二十五岁时出蜀,游历襄汉、洞庭、庐山、金陵和扬州等地。后定居湖北安陆,又先后游历过北方的洛阳、龙门、嵩山、太原,江南的安徽、江苏、浙江,东方的齐鲁、泰山等地。长安三年的政治生涯结束后,又游历了燕赵、齐鲁、江浙一带的名山大川。李白的记游山水诗篇大致分为两类,一类是在气势磅礴的高山大川的壮美意境中抒发豪情壮志,比如《望庐山瀑布》写"飞流直下三千尺,疑是银河落九天",《蜀道难》写"连峰去天不盈尺,枯松倒挂倚绝壁",一派雄奇豪壮的景象;另一类则着意追求光明澄澈之美,在秀丽的意境中表现天真的情怀。比如,《山中问答》写"问余何事栖碧山,笑而不答心自闲。桃花流水窅然去,别有天地非人间",《独坐敬亭山》写"众鸟高飞尽,孤云独去闲。相看两不厌,只有敬亭山",都是恬静淡远、风格独特之作。

杜甫也有不少的山水旅游诗留传下来。杜甫一生的游历可分为两个阶段。二十岁时杜甫从河南出发,先后游历了江南的吴、越,北方的齐、赵。安史之乱以后,他又先后游历过四川、湖北、湖南等地。长期的游历生活,为诗人写作山水旅游诗提供了丰富的素材,他随之创作了许多优秀的山水旅游诗篇。《望岳》是杜甫早年所写的山水旅游诗,"岱宗夫如何,齐鲁青未了,造化钟神秀,阴阳割昏晓。荡胸生层云,决眦入归鸟。会当凌绝顶,一览众山小。"表现了泰山的雄伟与壮美,体现出一种积极向上的精神。他的大多数记游山水诗,都是通过眼前的河山,寄寓忧国忧民和自己郁懑的情绪,表现出沉郁顿挫的风格。比如《咏怀古迹》《秋兴八首》《登岳阳楼》《登高》等,都是借游历述怀的名作。

高适、岑参、王昌龄等人是唐代著名边塞诗人。他们的边塞游历诗,大都叙写边疆生活的经历与切身体验,真切地描绘了边塞所特有的奇异自然风光。边塞诗人中,最有代表性的是岑参,他一生中曾两次出塞,在西北边地长达六年,有丰富的边塞生活的经历。边塞那充满异域情调的风土人情,尤其是西北边地雄奇壮丽的自然风光,深深吸引了这位生性"好奇"的诗人,成为他取之不尽的创作题材。他的代表作有《走马川行奉送出师西征》《白雪歌送武判官归京》《轮台歌奉送封大夫出师西征》《火山云歌送别》等,想象奇特鲜明,语言雄奇瑰丽,艺术上善用比喻、夸张、富有浪漫主义色彩。

韦应物是大历、贞元间诗坛上一位重要诗人。他的山水游历诗,善于用简单自然却又是精心锤炼过的语言来描写闲适生活的逸趣及孤高峻洁的情怀,《滁州西涧》是其中的佳作。刘禹锡擅长在游历诗中抒写思古之幽情,慨叹古今之变迁,蕴含了深沉的历史沧桑感和深刻的现实意义,呈现一种空旷孤寂、幽深清远的意境。柳宗元的山水游历诗,如《登柳州城楼寄漳汀封连四州》,则将宏阔的境界与萧瑟的景物交织在一起,抒发迁谪不遇的悲愤抑郁和去国怀乡的情思。韩愈以散文入诗,详记游踪的《山石》诗则体现出旅游诗在中唐以后的新变。

唐代是游记文逐步发展成熟的时期,无论骈文、散文都有许多质量上乘之作。王勃的《滕王阁序》是一篇著名的记游骈文,写滕王阁以及附近景观的壮丽秀美,表现出浓重的生命意识和今古之感。

柳宗元对山水游记的发展作出了巨大贡献,可以说他开创了山水游记的新局面。此前南朝的山水游记多用骈文书信体表现,而且是以表现声音韵律之美为主。初盛唐的亭阁山水记多用于刻石记功,缺乏作者的真情实感,真正称得上山水游记的作品并不多。柳宗元山水游记多作于被贬永州时期,代表作是《永州八记》。一方面,他用精确的语言、细腻的描写,展示了形神兼备的景物图画;另一方面,又通过主观感受的强烈介入和鲜明表现,寄托了他遭贬被弃的悲愤,抒发了怀才不遇、仕途多艰的郁闷情怀,创造出情景交融的艺术境界,把山水游记散文创作提高到了一个新的水平,从而确立了山水游记散文在文学史上的独立地位。

唐代高僧玄奘的《大唐西域记》是唐代少有的长篇记游作品,全书共分为十二卷,记玄奘离开大唐去印度取经路上的见闻,一共记录了所经过的近150个国家的情况。《大唐西域记》通过记录西域各国的传说故事,展现了当时西域各地人民的宗教习俗和特异的民族风情,成功地勾勒出了一幅幅西域人民的生活画面。

宋代社会经济繁荣,城市、园林得到较快发展,社会上旅游之风日盛,官僚、士人尤其酷爱旅游。旅游活动的广泛展开同时也带来了旅游文学的发达。宋代旅游文学的题材更为广泛,内容也比以往任何时期更为丰富,而且体裁多样,诗、文、词都有许多代表性作品。

宋人的山水旅游诗在继承传统的基础上又呈现出与此前不同的面貌。一方面,宋人沿袭前人作法,在诗中叙写游踪、写景抒情之作仍然很多。比如,王禹偁的《村行》、梅尧臣的《鲁山山行》、欧阳修的《晚泊岳阳》等都是一时名作。另一方面,宋诗"以议论为诗""以才学为诗""以文字为诗"的特点在山水旅游诗中也有明显的体现。宋人的山水旅游诗多借写新奇秀美的景致,表达自己的哲理体验与审美感悟,开辟了另一种艺术境界。苏轼是其中的大家,他写山水游赏的诗作颇多,无不体现出对自然的妙悟和与山水的契合,并且大多体现出浓厚的理趣。《百步洪》就是一首以山水而写理趣的名作,前半篇写洪水疾浪,想象丰富,奇趣横生,连用七个新颖奇妙的比喻来形容水势的磅礴:"有如兔走鹰隼落,骏马下注千丈坡,断弦离柱箭脱手,飞电过隙珠翻荷。"气势不凡,意境灵动,充分显示出东坡敏捷过人的诗思。后半篇则感叹人生短暂与宇宙无穷的矛盾,最后点出"心无所住"的精神追求。又如《题西林壁》:"横看成岭侧成峰,远近高低各不同。不识庐山真面目,只缘身在此山中。"着眼点不在记游写景,而是从日常的经验中生发出去,揭示了观察与认识世界具有相对性的哲理,是他这一类山水旅游诗的代表性作品。

另外,王安石、黄庭坚等的山水旅游诗也有很高的成就。王安石晚年罢相以后,流连山水,写了大量的游赏诗。比如《半山春晚即事》《北山》《江上》等,语言自然清新,意境幽远,体现出的是历尽官场坎坷荣华之后的王安石对于自然人生的深层次体悟。黄庭坚的《登快阁》《雨中登岳阳楼望君山》等登临游赏诗则能够将主观感受与景物融为一体,着重在诗中表达一种高洁的情怀,诗风豪放旷达,写出了诗人孤傲不俗的形象。

陆游一生游历颇广,山水旅游诗在他的诗作中占较大的比重,而且风格多样,寄托深远,成就很高。他的山水游历之作多借描绘山水姿态表现性情心灵,在快意山水之外,更将山水旅游之乐上升到理性的高度,观自然造化之妙而悟人生处世之理,追求理趣美。所以,陆游固然津津乐道于"葭苇之苍茫,凫雁之出没,风月之清绝,山水之夷旷"(韩元吉《送陆务观序》)的江行美景,快意于"星驰电驽三百里,坡陇联翩杂平楚"(《夜宿阳山矶》)的惊险历程,倾倒于"白盐赤甲天下雄,拔地突兀摩苍穹"(《风雨中望峡口诸山奇甚戏作短歌》)的壮丽景象,也不乏"平生胸中无滞留,旷然独与造物游"(《夜登江楼》)的超然气度和"升沉自古无穷事,愚智同归有限年"(《夜登白帝城楼怀少陵先生》)的深层感悟,而后者更体现出一个智者面向山水的深入思考。至于咏史怀古,借古讽今,抒发江山之叹、家国之悲,更是陆游山水游历诗作之中再三表达的思想情志。另外,像《游山西村》这样的农村田园诗也体现出他对于田园风物与农村风情的独特感受。

山水游历之作,到杨万里又呈现出一种清新活泼的局面,他将山水旅历与仕途追求很好地统一起来,善于发现平凡景物中的不平凡情趣,"步后院,登古城,采撷杞菊,攀翻花竹"(《荆溪集序》),都能满足他的游赏,引发他的诗兴,所以他的山水旅游诗,固然有《过扬子江》《题盱眙军东南第一山》等游览名山大川的作品,也有大量的游览不知名的水边山野的作品,比如《小池》《过百家渡四绝句》等。他还说"独游无伴却成愁"(《十月四日,同子文、克信、子潜、子直、材翁、子立诸弟访三十二叔祖于小蓬莱,酌酒摘金橘,小集成长句》),这跟欧阳修的同游、同乐意识是一脉相承的,也使得他的旅游诗能够充分体现出一种生活的趣味。

南宋后期的江湖诗派诗人及"永嘉四灵"等也创作了大量的山水旅游诗,其中不乏名作。比如:赵师秀的《大龙湫》、戴复古的《江村晚眺》、姜夔的《除夜自石湖归苕溪》《过垂虹》、刘克庄的《西山》等,都有较高的成就。

一直到南宋末年,山水旅游诗的创作都非常繁荣。文天祥、汪元量、谢翱等诗人都有非常出色的作品传世。

北宋的游记文,有相当一部分都是追步柳宗元的山水游记,无论从写法还是内在精神来看,都有较明显的柳式印记。比如,苏舜钦的《沧浪亭记》,记作者获罪去官,南游吴中,发现"野老不至,鱼鸟共乐"的胜景,"形骸既适则神不烦,观听无邪则道以明",始洞悟执着官场为可鄙之事,是"未知所以自胜之道",表达了作者罢官后寄情山水、安于恬淡的旷达襟怀,也流露出事不可为的激愤之情。文章以写山水景观抒发自己不遇之感怀,较多地继承了柳氏游记的特点。另如王黼的《游石笼记》,所记石笼所处之地虽然景色幽绝,清泠可爱,令人乐而忘归,但是却"藏于穷山绝壑之下",不为人所知,其遭遇令人叹惜,明显寄托着作者怀才不遇的深切感慨,写法、主旨都是永州八记之余响,就连为文风格也庶几近之,深幽清峻,颇有柳氏风韵。

北宋中期诗文革新以后,文风的平易自然成为一种基本的创作观念,但游记文中纯记游踪者并不多,而是倾向于在文中议论说理、抒发感怀,逐渐体现出宋代文人注重内省的思维功夫。人文精神和知性反省的思辨色彩成为宋代文学的基本特征,北宋游记文好说理的倾向也正是这种时代精神的体现。另外,宋初以来的文人士大夫对于政治有着自觉的参与意识,从政环境也比较宽松,使得宋人大多好尚议论,不仅体现在朝议谠论、指点江山,在为文中也是如此,鲜明地体现出积极用世这一特征。北宋几位著名的古文家如苏轼、王安石、曾巩之文都以擅长议论著称,他们的游记文也有共同的特点。比如王安石的《游褒禅山记》,虽然表明是记游之作,但重点在说理议论,借入华山后洞游览的经历,阐述了探求学问、成就事业必须不随流俗、不避险远,勇于坚持己见方能成功的道理,在作为杰出政治家的王安石看来,是有明显的"济世"的现实意义的。曾巩的《墨池记》也是从小处立论,生发出令人深思的道理。苏轼在《前赤壁赋》中则着重表现他对于人生的体验与思考,有很深的哲理内涵。在他看来,宇宙不能永恒而人生也难言短暂,一切取决于自己对宇宙人生的体认视角,人们应该自适其适,随缘任性,这样才不会执着于人生的穷达与忧乐。这种思索已经超越了单纯的感受与体验,具有了某种普遍性的哲理思辨性质。

北宋的一些游记文还体现出宋人知识渊博、喜好考证、探寻事理的倾向。比如苏轼的《石钟山记》,驳斥前人谬说,仔细考证山名得来之缘由。这一方面跟宋人自觉的思辨意识密切相关,他们在学问上不迷信前人,讲究多闻阙疑,是一种普遍的风尚。另一方面也跟当时的文化特点有关,宋代文人大都集官僚、文士、学者三者于一身,知识结构渊博宏大,学识、见识超过前人,于书无所不窥。这种渊博精深的学识为其考证辨疑奠定了坚实的基础,从而使得他们的游记文比较注重体现学识。宋代的记游之文内容比前人更为丰富博杂,在表现山水乐趣的同时,又有了较多的求知意味,后来许多游记文受此影响颇大。

宋人游赏山水,并不注重名山大川,不刻意追逐名胜,而是多寻访自然之趣,讲究随意为乐,是处皆趣。是以苏轼有"承天寺夜游",有沙湖之游,虽无名胜,但有真趣,有自得之乐。这种适意为乐的文人理趣,对于人生与自然的感悟,是自东晋以来山水文学的一种基本内涵,苏轼继承这一文人传统,并融入典型的宋代审美文化与思维特点,从而呈现出与前人所不同的境界。对于黄州山水的欣赏,见于苏轼的许多文章,有些是山水名胜,有些是普通的景观,但在苏轼眼里却都别有一番风韵。"此间但有荒山大江,修竹古木,每饮村酒,醉后曳杖放脚,不知远近,亦旷然天真,与武林(杭州)旧游,未易议优劣也。"(《与言上人》)苏轼反复阐述自己与自然山水的契合,强调登高临远、吟赏山水的自适自乐,是其谪居以后超然物外的精神状态的主要体现,更多地表现出一种个性化的审美观念与情趣,这种旷达自适的情怀在一定程度上消解了他在仕途上的失意与落寞,极大地拓展了游记文的内涵。

　　到南宋,游记散文继续发展,较多的是寄情山水、表露情怀之作。比如,王质的《游东林山水记》,依次记述游程,第一天登山览胜,第二天泛舟赏荷,记录游踪,细致完整,刻画山容水态,诗情画意,但文章最后交代同行三人"皆积岁忧患","余亦羁旅异乡",应该是有一番寄托在其中的。张栻的《南岳游山唱酬序》虽是一篇诗序,但突破了文体的束缚,除结尾一段说明唱酬诗的由来、集录以外,通篇都是记述作者与朱熹等人冒风雪、登绝顶的衡山之游,将记游写景同表现其志趣情怀自然地结合在一起,是一篇难得的游记文,但结尾发议论说"大抵事无大小美恶,流而不返,皆足以丧志",则表现出理学家的迂腐之气。

　　这一时期,也有很多纯粹记录游踪、描绘景观的游记。邓牧的《雪窦游志》记述了作者在数日之内,水路兼行,畅游雪窦山的情景,笔调自由,写景秀丽,是历来传诵的名作。朱熹的《百丈山记》则是一篇纯粹描摹景观的游记文。文章不注重写游踪,而是着力刻画百丈山的风光,选择六处景致分作两组加以描写,层次分明,重点突出,营造了很好的艺术效果。比如写瀑布、夕照与云海,"于林薄间东南望,见瀑布自前岩穴瀵涌而出,投空下数十尺,其沫如散珠喷雾,日光烛之,璀璨夺目,不可正视。台当山西南缺,前揖芦山,一峰独秀出,而数百里间,峰峦高下,亦皆历历在眼。日薄西山,余光横照,紫翠重叠,不可殚数。且起下视,白云满川,如海波起伏,而远近诸山出其中者,皆飞浮来往,或涌或没,顷刻万变。"状物写景,准确形象,细致生动,表现出作者极强的观察能力与描写能力。其他如叶适的《烟霏楼记》等,也是记游写景的佳作。

　　陆游吸取前人山水游记的长处,把游记文的创作又推进了一步。他在乾道六年(1170年)入蜀任夔州通判,从山阴到任所,旅行四个月,逐日记录见闻观感,写成《入蜀记》一书。以日记的形式写游记,不是陆游的独创,但他的《入蜀记》把记叙、写景、抒情、议论熔为一炉,有对山川景物、名胜古迹、风土人情的描绘,也有对诗文名物、传闻逸说的评论考订,内容丰富,行文洒脱,语言平易,既有自然景观,又有人文情趣,具有很高的文学价值和科学价值,在当时确实是独树一帜的。这样一种笔法对后来的山水游记作者,尤其是明代的徐霞客有极大的影响。

范成大的《吴船录》也是采用日记体来写山川形胜,风土人情,作于淳熙四年(1177年)五月至十月自四川沿江东归的途中,除了记录游踪、写景抒情之外,对古迹形胜的考订也非常细致,与陆游的《入蜀记》有异曲同工之妙,也是这一时期游记文的代表作。

笔记体的游记小品在南宋有较大的发展。罗大经《鹤林玉露》中的《游桂林岩洞与容州勾漏洞天》主要写游览过程与所见景物,周密《武林旧事》中的《观潮》则侧重记述观钱塘江潮的盛景,着眼点不同,但都以体制短小、记叙简洁著称,是南宋笔记体游记小品的代表作。另外,张孝祥的《金沙堆观月记》,注重抒发自己的旷达情怀,表现自己的审美趣味,意境清旷,笔致潇洒,无论是情趣还是写法,都能看出苏轼小品文的影子。

宋代旅游风气旺盛,文人们成为旅游活动的积极倡导者和实践者,宋词中出现了大量的反映旅游生活的作品。旅游中所见景物既触发了词人的灵感,又成为他们寄托情感的客体,成为他们词作描写表现的对象。宋词中有关旅游题材的词,大量是描摹山水与表现羁旅之情的,也有部分作品描写了城市、边塞的风光或游猎生活等内容。

北宋前期,欧阳修和柳永等的山水旅游词在描绘山水风光的过程中往往融入个人的深切感怀。比如,欧阳修的《踏莎行》"候馆梅残",开篇描绘初春景物,是为了抒发旅人之恨,将写景与离愁很好地融合在一起。王安石的《桂枝香·金陵怀古》是登临游赏之作,既有对金陵壮丽景色的描绘,更表达出一种对历史变迁的感喟和对国势的忧虑,内涵远远超出了一般的旅游词作。柳永尤其擅长写宦游行旅过程中的风物景观,以表达羁旅行役之愁与相思离别之苦,比如《安公子》《八声甘州》等都是代表性的作品。柳永还积极开拓山水旅游词的题材范围,突出地体现在对都市风光和城市风物的描绘上,《望海潮》是流传已久的名作,其他如咏汴京的《玉楼春》《木兰花慢》(拆桐花烂漫)等、咏扬州的《临江仙》、咏苏州的《瑞鹧鸪》、咏成都的《一寸金》等,也都能够将"承平气象,形容曲尽"(陈振孙《直斋书录题解》)。

苏轼开拓了词的疆界,开创了豪放一派,在他的词中,游赏登临之作更多地表现出一种哲理的感悟和历史的感怀,内涵深度要远远超过此前的词作。《念奴娇·赤壁怀古》是这类作品中最为有名的一首,寄予了词人深沉的历史感怀。而《定风波》通过写一次郊游中遭遇风雨阴晴的经历,表达了词人乐天知命、随遇而安、襟怀开朗的思想情怀。

辛弃疾是南宋最有成就的词人,其词内容丰富、题材广泛,山水旅游词也颇有成就。他的大多数游历词本意并不在描绘景物、记叙游踪,而多是借登临游赏抒发自己壮怀激烈的报国之志与怀才不遇的郁愤之情,比如《水龙吟·登建康赏心亭》

等。而《沁园春》"叠嶂西驰"则以写上饶灵山的雄奇景色为主,是一首纯粹的游赏之作,但写法与众不同,不是穷形尽态地描摹具体的山水,而是用虚笔传神写意,比如写群峰竞秀,"看爽气朝来三数峰。似谢家子弟,衣冠磊落,相如庭户,车骑雍容。我觉其间,雄深雅健,如对文章太史公。"以谢家兄弟喻其磊落大方,以司马相如车骑喻其雍容,以司马迁文章喻其雄浑雅健,想象奇特,是山水旅游词作法的一大创新。

姜夔、吴文英等词人,是南宋足以跟豪放派并立的清雅词派的代表,他们的一些山水旅游词,典雅精工,注重细致的描摹刻画,也注意传达一种忧郁的情怀。有些作品也不乏身世之感、时代之恨,比如姜夔的《扬州慢》,就是在游历之中表达故国之悲的杰出作品。

元好问是金代最有成就的文学家,诗、文、词都有很高成就。他写了很多登山临水、游目骋怀之作,有些山水旅游诗写得雄伟壮观,奇异瑰丽,体现出他豁达的胸襟与豪放的气度。如《游黄华山》通过一系列比喻和夸张,运用许多神话传说,生动描绘了黄华山的瑰奇雄伟,尤其是瀑布的磅礴飞动,"湍声汹汹转绝壑,雪气凛凛随阴风。悬流千丈忽当眼,芥蒂一洗平生胸,雷公怒击散飞雹,日脚倒射垂长虹。骊珠百斛供一泄,海藏翻倒愁龙公",气势宏伟,造语奇特,充满了浪漫的想象,体现出雄奇的风采。他的《涌金亭示同游诸君》,描写涌金亭附近风物,意象奇幻,雄肆豪放,写法结构上有苏轼《游金山寺》的影子。但结句立意颇高,以谢安石自比,表达了大济苍生的志愿,比之苏诗或又有过之。

元好问词写登临寄兴之作也较多,多追步苏轼、辛弃疾,以豪放为主,如《水调歌头·赋三门津》就是其中的代表作,此词以磅礴的气势,描绘了三门津雄奇壮丽的景色,透露出作者的豪情壮志与昂扬奋发精神,笔力雄健,意境开阔,是一首非常杰出的山水旅游词。

四、元明清的旅游文学

游记文学发展到元、明、清时代,虽然质量上并没有超过唐宋,但是这一文学形式进一步普及,普遍为文人所采用,出现了大量风格各异的作品。元代吴澄的《送何太虚北游序》是一篇探讨旅游价值功用的文章,其中谈到:"男子生而射六矢,示有志乎上下四方也,而何可以不游也……若夫山川风土、民情世故、名物度数、前言往行,非博其闻见于外,虽上智亦何能悉知也?故寡闻寡见,不免孤陋之讥。"他认为,士人有志于天下四方,必须外出旅游,只有旅游才能开阔视野,增长见识,否则就不免孤陋寡闻。这些观点是中国历代文人"读万卷书,行万里路"思想的发展,比较早地阐述了旅游的实际意义。

元代最优秀的游记作品首推李孝光的《雁山十记》,记录了他与友人历次游览雁荡山的情形,每篇篇幅较小,语言简约,记叙生动,富于文采。麻革、虞集、萨都剌等人的游记散文,在记录游踪、观赏景物中能够注意抒发自己的感慨,也继承了唐宋散文的优良传统。

散曲是元代最有代表性的文学样式,其中也出现了大量描写旅游行为的作品,有的记叙游踪,细致详尽;有的描摹景物,形象鲜明;有的借景抒情,颇多感慨;有的登临怀古,充满感悟,风格多样,成就很高。比如张养浩【山坡羊】《潼关怀古》,关汉卿的【南吕一枝花】《杭州景》,马致远的【天净沙】《秋思》,周德清的【塞鸿秋】《浔阳即景》等,都是代表性作品。

元代山水旅游诗分为前后两个发展时期:前期作家中很多由宋入元,怀有对前朝的怀恋之情,现实中的苦闷使他们走向自然,寄情山水,赵孟頫、刘因是其中的主要代表,而耶律楚材等人描写游览西域、塞北山川草原景物的作品,则雄浑壮阔,气概非凡。后期作家以虞集、杨载、范椁、揭奚斯为代表,着重在山水游历中表达自己的审美感受。

明清时代,人们的旅游意识更加成熟,旅游范围更加广阔,旅游活动也更为普及,旅游文学的发展呈现出蓬勃生机,进入到一个繁荣时期,作家们创作了大量有特色的记游诗文。

明代的诗文创作虽未能超越唐、宋而自出机杼,但在描述山水、记叙古迹中,却能够运用他们独特的视角,透视出明初知识分子独特的心态,体现出变革时期社会的整体风貌。

明初游记诗文成就最高的应推高启,《登金陵雨花台望大江》是他旅游诗篇的杰作,诗风豪放雄逸。游记散文也有独特之处,如《游灵岩记》,文辞清丽,结构精巧,暗寓比喻,抒发了作者对官场中趋附行径的厌恶,别有一番机趣。

另外杨基的《岳阳楼》、李东阳的《游岳麓寺》等诗描摹山水,记述风物人情,传达怀古之情,代表了明初旅游山水诗的整体风貌。

宋濂、刘基描写山水的散文笔力雄健,气势浑厚,语言流畅自然。宋濂的《游钟山记》《游涂、荆二山记》等,在山水景物中寄托自己的感慨,《桃花涧修禊诗序》《环翠亭记》等则注重写景,语言清雅简洁,不落俗套。刘基的游记散文代表作如《活水源记》《松风阁记》等,描摹景物真实生动,注重抒发自己的情怀和志趣。

其他如薛瑄《游龙门记》、杨士奇《游东山记》等也都各有特色,体现了明初游记散文的特色。

明中期的山水诗文多在描写山水的过程中融入大量的社会内容和作者自身的感悟。

前后七子的旅游诗文融写景、抒情、议论于一体,并多有寄托,形成了与前人不同的创作风格。李梦阳的《香山寺》《蓟门烟树》、何景明的《邯郸行》《皇陵》、李攀龙的《杪秋登太华山绝顶》《登真定天宁阁》、王世贞的《游醉翁亭》《陪段侍御登灵岩绝顶》等都是优秀的旅游诗作。王世贞的游记《游张公洞记》,文笔清丽,刻画细致入微,已初显晚明小品之风采。

吴中四士唐寅、文徵明等人也非常喜爱游历山水,在诗中记录自己的行踪,用独特的审美视角展现山川美景,反映出雅致秀逸的创作风格。如唐寅的《姑苏八咏寒山寺》,意境朦胧凄冷;文徵明的《西湖》,写景清丽鲜活,抒情淡荡自然,都是为人传诵的名作。

明后期是旅游诗文发展的又一高峰期,社会的动荡、国家的危难,使一些知识分子对仕途感到绝望,只能寄情于山水之间,因而产生了大量的旅游山水之作。文人在游览观赏山水名胜中表达自己的审美情趣,注重抒发个人的感受和情怀,篇幅短小,形式灵活,意蕴深远,情志隽永。比如袁宏道的《满井游记》《晚游六桥待月记》、张岱的《湖心亭看雪》《西湖七月半》、王思任的《剡溪》等,多写山水中的奇趣妙意,折射出作者独特的性情志趣。

晚明旅游文学中独树一帜的是徐弘祖的《徐霞客游记》。徐弘祖自幼"博览古今史籍、舆地志、山海图经以及一切冲举高蹈之迹",从万历三十五年(1607年)开始出游,三十多年间,他东渡普陀,西至太华,北及燕冀,南涉滇贵,足迹及于当时十四个省区。在《徐霞客游记》中,他采用日记的形式,将自己的游历与祖国的奇山异水结合在一起,展现了祖国山河的风貌,其范围之广,气象之阔大,是少有的。这是一部具有极高文学价值的山水游记,被钱谦益誉为"古今游记之最"。

清代是山水旅游文学大发展的时期,社会生活的巨大变迁,多种文学思潮的影响,对山水旅游文学产生了极大的影响。

明清易代之际文人的旅游文学作品,多在山水景物中,寄托自己的无限感慨,如顾炎武的《居庸关》、屈大均的《鲁连台》、吴伟业的《台城》等诗都明显地体现出这一特点。

清初的诗人,王士禛、宋琬、施闰章、查慎行、赵执信等在游历山水之际,创作了许多旅游诗作。这些诗作以写景为主,从观赏者的角度,对山水景物作细致的刻画和描摹,极为传神,成为山水旅游文学的佳作。如王士禛的《初春济南作》,写了济南春晴、泉清和秀美的湖光山色。诗中融情入景,以寥寥几笔勾画出济南的美丽景色,清新而蕴藉。

汪琬、宋荦、施闰章、王士禛等人的游记散文创作也取得了一定的成绩。如宋荦的《游姑苏台记》记叙了乡村的自然风光与乡村生活的宁静安详,极富野趣,情蕴横生;王士禛的《登燕子矶记》将历史与现实的景物结合在一起,具有深刻的怀古意味。另外汪琬的《游马驾山记》也是这一时期的游记散文佳作。

桐城派在创作中主张义法,语言上注重雅洁。他们的游记散文中多融入地理沿革、古迹考证,在文章中往往抒发"守身""涉世"的道理,使游记散文显现出典雅庄重的面目,如方苞的《游雁荡山》、姚鼐的《游灵岩记》等。虽然他们也有一些蕴含较多山水情趣的游记散文,如刘大櫆的《游黄山记》等。

清代中期是文学大发展的时期,旅游诗文的创作也十分兴盛,出现了一批风格独特的作家。

袁枚继承并发展了晚明公安派、李贽等人的思想,在创作中主张"性灵",他的旅游诗文也具体实践着这一主张,大都通过对景物的描绘,表现出诗人的个性和情感,呈现出诗人的自我形象和志趣,风格率真,清新灵巧,如他的旅游诗《山居绝句》《沙沟》《十二月十五夜》《春日杂诗》等都写得清新蕴藉,精致而有意境。

袁枚的旅游散文《峡江寺飞泉亭记》《游丹霞记》《游黄龙山记》等也写得清新流动,神韵悠远,富有个性。如名作《游桂林诸山记》,细致地描写了栖霞寺附近山险、石奇、洞幽的特点,令人有身临其境之感,体现了袁枚独有的创作风格。

晚清的旅游文学分为两个不同时期:从鸦片战争至甲午战争时期为前期,甲午战争至五四运动时期为后期。前期的主要特点是社会的大变动深刻地影响了旅游文学,使其融入浓郁的爱国主义思想内容,许多作家的旅游创作都表现出一定的忧患意识和特定的时代精神。龚自珍、魏源、谭嗣同、丘逢甲等人都有一些作品体现出这样的特色。如龚自珍的《己亥六月重过扬州记》、魏源的《游山吟》、丘逢甲的《海中观日出歌由汕头至香港作》等都是其中较好的作品,体现了浓烈的爱国激情。

这一时期也有一些单纯反映山水游历的诗作,更能代表旅游文学的成就。魏源的五岳诸山组诗、江湖行舟组诗,描绘了祖国山河的壮阔和雄奇,又表现诗人积极进取的精神;谭嗣同描写西北风光的《陇山》《潼关》《秦岭》等长诗境界阔大,气势雄浑;丘逢甲的《广济桥》《游灵山护国禅院作》《游西樵山》等,文笔秀丽,神采飞扬;郑珍把贵州山川胜迹、风土人情写入诗中,成为贵州雄奇秀美景色的传播者。

甲午战争至辛亥革命时期,旅游文学的内容发生了变化,最显著的特征就是出现了许多描写外国山水风光、记录境外奇闻异事的作品。

国门开放,出国留学及从事外交活动的人越来越多,他们在国外期间写作了不少反映异国山川风貌的诗文,扩大了旅游文学的题材,丰富了旅游文学的内容。黄遵宪、康有为、薛福成等都是著名的作者。黄遵宪的《樱花歌》、康有为的《登铁塔》、梁启超的海外旅游诗、薛福成的《出使四国日记》等,都反映了异域的风物及新的文化思想,以及第一批开眼看世界的中国人对外界的真切感受,这是近代旅游文学的新面貌。

经过元明时代的中衰,到清代旅游词创作又发展起来,不仅数量众多,质量也较高。前期词坛中,阳羡派的陈维崧和浙西派的朱彝尊都创作了不少旅游词。陈维崧的旅游词在吊古伤今,暗寓家国之思的同时,也有一些吟咏山水,描绘风土人情的词作。如他的《洞仙歌·善卷洞》,写善卷洞的雄奇景色,气势磅礴。朱彝尊摹写景物、寄寓闲适的旅游词,用字清新,意境醇雅,精巧整炼。如《洞仙歌·吴江晓发》写江南水乡清晨的美好景色,清新宁静,生动传神。

清中期浙西词派的代表词人是厉鹗,他的以景写情、吟咏山光水色的词作,体现出"幽隽"的特色。蒋士铨的《苏幕遮·大明湖泛月》,写得清新婉丽。常州词派的代表人物张惠言也有极富特色的旅游词作。这些词人的旅游词代表了清中期旅游词的成就。

清代后期,旅游词作仍然延续发展,也有一些出色作品,但已经不再是旅游文学的主要文体了。

刘鹗的《老残游记》是清朝晚期以小说面目出现的旅游文学作品。通过老残在游历途中的所见、所闻、所为,反映了晚清的某些社会现实。作品中对现实中的一些名胜,比如千佛山、大明湖的景色,都作了细致真实的描写,完全可以当作游记来看。

明清旅游文学中值得一提的重要现象是对联的繁荣发展。对联的起源很早,经历了唐五代宋元以来的发展,到明清发展到鼎盛时期。明代的解缙、祝允明、文徵明、唐伯虎等,清代的郑板桥、纪晓岚、何绍基、梁章钜、彭玉麟等,把山水楹联创作推向了一个高潮,出现了不少脍炙人口的名联佳对。

五、现当代旅游文学的新发展

五四以来,随着新文化运动的开展,白话文成为更适于抒发现代人情感的写作形式,同时这一时期又是中国社会发生重大转型的时期,文人积极投身政治社会文化事业,辗转南北各地,大批文人走出国门,从而使旅游的范围扩大,旅游文学进入一个新的发展时期。涌现了一批富有文学才华、创作成就卓著的旅游文学作家,优秀的作品如雨后春笋不断出现,游记的内容大为扩展,相比较前代的作品来讲,内涵更丰富,视野也更开阔。但由于距今时间较短,数量过于丰富,还没有经历经典化的过程,所以我们只作简单的胪列式的介绍,不作过多的分析。

现当代游记作品的题材十分丰富多彩。着重描摹大自然胜景的作品中,著名的有胡适的《庐山游记》、徐迟的《黄山记》、袁鹰的《井冈翠竹》、臧克家的《镜泊湖》、杨朔的《画山绣水》、方纪的《桂林山水》、贾平凹的《三游华山》等。

有些游记在写景的同时,着重反映旅游景点的历史文化遗迹、人文景观,文人的历史感通过古迹、遗迹传达出来,体现出丰富的文化内涵,著名的有张恨水的《敦煌游记》、梁思成的《曲阜孔庙》、朱自清的《桨声灯影里的秦淮河》、秦似的《西安散记》、翦伯赞的《内蒙访古》等。当代的散文名家余秋雨,以浓烈的人文情怀渗入到游记散文的创作中,着意发掘景观古迹背后的人文历史内涵,写作了《道士塔》《阳关》等作品,代表了这一类游记的新的创作路向。

现当代的知识分子有了更多的走出国门的机会,所以这一时期记述海外见闻、描写域外风光的游记散文也成为一大门类,名作甚多。刘成章的《走进纽约》、梁实秋的《尼加拉瀑布》、宗璞的《奔落的雪原》、林湄的《尼亚加拉大瀑布》、冯骥才的《维也纳春天的三个画面》等,都是其中的代表作品。这些作品反映了当代中国人对外面的世界的看法与认识,体现出中国与世界的联系日渐紧密。

本章小结

> 旅游文学是反映旅游生活的文学。它主要通过对山川风物等自然景观以及文物古迹、风俗民情等人文景观的描绘,抒写旅游者及旅游工作者的思想、情感和审美情趣。旅游文学具有抒情性、审美性、知识性以及反映社会生活的片段性等特征。旅游与文学之间有着紧密的联系,旅游为文学提供了丰富的素材,文学反映着旅游过程中的见闻和感受,旅游文学对于旅游有进一步的促进作用,具有丰富的文化价值。中国旅游文学的起源很早,不断发展,逐渐繁荣,诗、词、散曲、游记、碑铭、楹联等各种文体百花齐放,各臻妙境。我们应该充分了解旅游文学各层面的基础知识,才能够进一步深入欣赏学习各种旅游文学体裁的典范作品。

思考与练习

1. 怎样理解旅游文学与旅游文化的关系?
2. 宋代游记有何特点?
3. 结合自己所学知识,谈谈文人与名胜之间相得益彰的关系。
4. 调查并分析本地旅游资源中的旅游文学资源。
5. 试分析旅游文学对现代旅游业发展的促进作用。

第 2 章

旅游诗欣赏

本章导读

本章的主要内容是介绍旅游诗的艺术特征、风格流派,以及如何欣赏旅游诗。并通过对有代表性的作品的具体分析,使同学们能够学会欣赏旅游诗歌的基本方法,深入了解其艺术特色、审美特征与思想内容。在学习中,同学们应该在积累必要的基础知识的前提下,勤于思考,注重感悟,提高分析欣赏具体作品的能力。

第一节 旅游诗概说

一、旅游诗的特点

(一)旅游诗的艺术特征

旅游诗是中国旅游文学中非常重要的一类体裁,它以诗歌的形式叙写作者旅游活动的见闻,表达作者在山水游历中的审美感受,以及沉浸于旅游活动之中的精神感悟。它是中国旅游文学中产生最早、作品最丰富、影响也最大的一个门类。

旅游诗作为诗歌中的一种题材,其鲜明的艺术特征主要体现在强烈的抒情性、突出的审美价值和深厚的思想文化内涵等方面。

诗歌本来就是一种抒情的艺术,旅游诗自然也不例外,不仅生动描绘了自然山川的风光,汇成千古江山的宏伟画卷,而且深刻表现了历代诗人们丰富的思想情怀。古人的旅游,形式既多,产生在此基础上的旅游诗,也就不是单纯的记游之作,而是有作者丰富复杂的情感寄托其中。旅游诗强烈的抒情性体现在思乡之情、离别之恨、古今之思、生命流逝之感等诸多方面。诗人在现实生活中,总有各种失意的感受,在写旅游中所见的山水景物时,就往往会通过景物抒写自己生命中的感悟。比如唐人张继的《枫桥夜泊》,通过对旅途中所见的冷月、寒霜、江枫、渔火等的描写,塑造出落寞凄清的意境,着重抒发的是浓浓的愁绪和绵绵不尽的羁旅之情。而诗人在登高临远、山林游赏时,面对广阔的自然、无尽的宇宙,也往往会兴起一种浓重的世事变幻、历史迁转的古今之思,以及生命流逝之感。这种浓郁的情感的表达,在历代旅游诗中都得到了体现,而单纯记录游踪的旅游诗反而成为了异类。

古代山水旅游诗蕴蓄着宝贵的审美价值,其审美特征主要体现在三个方面:第一,画境美。诗人在游览中对景物中蕴含的美有独特的敏感,诗人描摹山光水色,铺叙景物,每一首诗就仿佛一幅美丽的山水画,诗境的营造富于色彩感和空间感,生动再现了景物的面貌,形象逼真,景象鲜明,令人赏心悦目。第二,意境美。无论是写景状物,还是写景抒情,诗人游踪所至,目为景触,心为景动,神为景思,因此在作品中必然融入作者的情绪,营造出景物与诗人情怀交融的意境。诗中生动的山川草木,正是诗人胸襟中蓬勃气韵的生命力的寄托物。清纯高远而富于审美质感的山水形象,涵容着兼得于生活美和人格美的主体意兴。第三,理性美。山水诗中除了反映形象、恰到好处地写出景物的千姿百态外,有的还由景物自然延伸到对人生、社会的认识和议论,蕴含一定的哲理,表达诗人得之于山水的智慧,使人得到理性的启迪,增生出创意的奇崛和巧慧。比如苏轼的《登玲珑山》中写到"足力尽时山更好,莫将有限趁无穷",就体现出一个哲人对生命有限而精神世界无穷的人生哲理的深刻体悟。

诗人的旅游活动,不仅是吟赏山水、观照自然,还包括探寻古迹、体味历史等,所以许多旅游诗也体现出深厚的思想文化内涵。比如杜甫的《蜀相》,写作者游历成都郊外著名的古迹武侯祠之后的所思所感。诗人对武侯祠的描写以及对诸葛孔明一生功业的概括,都体现出丰富的历史文化内涵,而故迹的凋零昭示着诸葛孔明死后的寂寞,跟其生前的显赫功绩形成了鲜明的对比,这种巨大的反差引起了诗人"出师未捷身先死,长使英雄泪满襟"的无限感慨,体现出诗人对历史的深刻理解,具有相当的思想深度。对于这类旅游诗来说,深厚的思想文化内涵是其主要特征和价值,我们在欣赏分析时,需要对相应的历史文化知识有一定的积累和理解,这样才能更好地体会其中蕴含的丰富内容。

(二)古代旅游诗主要风格流派

从古代旅游诗的创作情况看,不同时代的旅游诗呈现出不同的风格,与诗歌史本身的发展有着紧密的联系。下面我们介绍几种主要的风格流派。

以谢灵运为代表的铺排景物、移步换景式的山水旅游诗创作。谢灵运是山水旅游诗开创期的诗人。他徘徊于朝野之间,寄情自然山水以排遣苦闷,发泄不满,获得心灵的慰藉。谢灵运的山水诗,大部分为他任永嘉太守以后所写。这些诗以富丽精工的语言,描绘了永嘉、会稽、彭蠡湖等地的自然景色。谢灵运对山水之美的领悟,是移步换景式的动态的游赏,摹写山水的声色姿态,呈现画境。因为登山临水,视野开阔,而景有远近,色有浓淡,诗人依据自己的感官印象将其纳入"镜头",使他笔下的景物具有鲜明的空间感和错落有致之美。谢灵运的山水旅游诗受玄言诗的影响很大,形成"叙事—写景—玄理"的创作模式。

以孟浩然和王维为代表的清新淡雅的山水旅游诗创作。孟浩然善于撷取冷月、疏雨、古木、寒钟、孤琴等景物,融入旅思、乡恋、客愁、友情,表现一种悠远凄清的意境,具有朴素自然、闲淡疏朗的韵致。王维精通音乐,又擅长绘画,在描写自然山水的诗里,创造出"诗中有画,画中有诗"的境界。他将画家的色彩感觉和构图能力用在诗歌创作中,使他的诗具有画面美。王维还对大自然的声响有敏锐的感觉能力,表现于诗歌创作中,则是具有音乐美。王维还善于营造禅境,呈现出远离尘嚣的寂静境界,表达超脱万物的喜悦。中唐时期的韦应物,北宋的梅尧臣,他们创作的旅游诗也都具有高雅闲淡的风格。

以苏轼、王安石、陆游、杨万里等为代表的富于理趣的山水旅游诗创作。宋代诗歌"以议论为诗""以才学为诗""以文字为诗",山水旅游诗也体现出这一特点。苏轼善于从动态中捕捉山水景物的特征,刻画景物有神采灵动之妙,增强了山水景物的感染力,并体现出作者对世界的观察与认识。王安石晚年罢相以后,流连山水,写了大量的游赏诗,体现出的是历尽官场坎坷荣华之后对于自然人生的深层次体悟。陆游的山水游历之作多借描绘山水姿态表现性情心灵,快意山水之外,更将山水旅游之乐上升到理性的高度,观自然造化之妙而悟人生处世之理,追求理趣美。杨万里则善于发现平凡景物中的不平凡情趣,活泼灵动,富有生气。

二、旅游诗的发展状况

旅游文学是文学发展过程中的必然。人类在与自然共处的过程中,必然会对二者的关系有所反映。起初,这种反映是以神话的形式出现的,接着,在《诗经》和《楚辞》中,出现了大量的咏叹山水、描摹景物的诗句。中国传统诗歌以抒情为主,自然景物成为丰富其表现力的一个重要手段。但那时山水还没有成为一种独立的审美对象,而往往只是作为比兴寄托的对象。曹操的《观沧海》被认为是中国文学史上第一首完整的山水旅游诗。"宋初文咏,体有因革。庄老告退,而山水方滋。"(刘勰《文心雕龙·明诗》)山水旅游文学在刘宋时期大规模兴起,有其社会原因。东晋以前,中国的政治文化重心在北方。南渡以后,迥异于北方的山水风貌之美,使北方士人耳目一新,畅神寄情于其间。"顾长康从会稽还,人问山川之美。顾云:'千岩竞秀,万壑争流。草木葱茏其上,若云兴霞蔚。'"(《世说新语·言语》)江南山水的迂曲深秀,影响了文人的审美情趣,也必然带动诗歌内容和风格的丰富。此时,南方士族庄园经济愈益兴盛,经济自足,文人身居其间,既能享受权势富贵之利,又尽得山水田园之美。如《宋书·谢灵运传论》所言:"凿山浚湖,功役无已。寻山陟岭,必造幽峻,岩障千重,莫不备尽。"文人生活环境的转变,也直接影响到文学创作的题材。晋宋时期,由于社会矛盾的纷繁,在士人中盛行一种"朝隐"之风。面对王室与士族、士族与士族之间的矛盾,一部分士人尽力选择一条能够保全自己、远离祸患的中间道路,于是以"吏非吏,隐非隐"的"朝隐"来缓冲出世与入世的矛盾,这成为社会上层的普遍风气。于是自然山水在文人现实生活和精神生活中占据了重要地位。

就文学自身的发展看,山水旅游诗的产生,还与当时盛行的玄言诗有着密切的关系。统治东晋诗坛百年的玄言诗,虽往往流于抽象玄理的解释,但士人普遍追求人格美与自然美的统一,把大自然看作最能体现"道"的底蕴和真谛的对象,这使得能否领略自然之美成为衡量人的精神境界的标准。玄言诗人孙绰曾讽刺某人说:"此子神情都不关山水,而能作文?"(《世说新语·赏誉》)由于这种风气的影响,流行的玄言诗里开始出现了一些山水诗句,作为玄学名理的印证。当自然山水越来越成为独立的审美对象时,则意味着诗坛风气的转变。

刘宋初期,谢灵运大量创作山水旅游诗,在艺术上又有新的开拓,确立了山水旅游诗在文坛的优势地位,"游山水诗,应以康乐为开先也。"(沈德潜《说诗晬语》)谢朓是继谢灵运之后另一位重要的山水旅游诗人。谢朓笔下的山水旅游诗在景与情的融合方面更加自然。因为谢灵运、谢朓的影响和推进,山水旅游诗的创作在南朝得到持续的发展。

唐王朝建立后,经济、文化及国际交往空前繁荣,为山水旅游诗的进一步发展提供了良好的发展背景。辽阔的疆域,千姿百态的自然风光、名胜古迹,成为唐代山水旅游诗极为丰富的创作源泉,山水旅游诗也逐渐走向艺术的巅峰。盛唐诗人笔下的山水充满激情,富于气势。王维、孟浩然、李白、杜甫等诗人以不同的风采展现了自然山水的秀丽多姿、博大神奇。中唐诗人中以韦应物、柳宗元、韩愈、白居易等为代表,他们的山水诗或简淡,或奇崛,或平易,各有千秋。晚唐诗人写作的山水诗则呈现出晚唐国势的衰颓和文人伤感的精神面貌,成就最高的是杜牧和李商隐。

宋代山水旅游诗的议论化倾向十分明显。宋人借写新奇秀美的景致,表达自己的哲理体验与审美感悟,开辟了另一种艺术境界。王禹偁、梅尧臣、苏舜钦是宋初写作山水诗的大家。苏轼的山水诗享有盛名,善于从动态中捕捉山水景物的特征,体现出对自然的妙悟和与山水的契合,并且大多体现出浓厚的理趣。南宋诗人中以杨万里、范成大、陆游的山水诗最为著名。

元、明、清山水旅游诗虽然已经无法超越唐代,但也各有成就,自成面目。元代山水旅游诗分为前后两个发展时期:前期作家中很多由宋入元,怀有对前朝的怀恋之情,现实中的苦闷使他们走向自然,寄情山水,赵孟頫、刘因是这个时期的代表性诗人;后期以虞集、杨载、范梈、揭傒斯为代表,他们在山水游历中表达自己的审美感受。明清时期的山水旅游诗创作未能自出机杼,为复古思潮所笼罩,但在描述山水、记叙游历中,却能够运用他们独特的视角,融入大量的社会内容和自身的感悟,透视出知识分子独特的心态。明代的公安派、清代的性灵派都写有很多清新的山水旅游诗,表现了自然真趣和人生情味。明清易代之际的诗人,他们的山水旅游诗则多在山水景物中,寄托自己的历史感悟和人生感慨,并不单纯是欣赏山水之作,如顾炎武的《居庸关》、屈大均的《鲁连台》、吴伟业的《台城》等诗都明显地体现了这一特点。

近代以来，随着古诗创作的衰落，旅游诗这一形式也逐渐沉寂，虽然也有人用新诗的形式写作旅游诗歌，但是成就和影响力都不能与前代相比了。

三、如何欣赏旅游诗

阅读鉴赏旅游诗，是一个复杂微妙的精神活动过程，也是一个提升自己修养境界的过程，在这一过程中，会获得审美的感受，得到精神上的满足。对于旅游诗歌的鉴赏，严格来讲并没有一定的权威的方法，鉴赏是一种创造性的活动，古人说："诗无达诂"，各人可以有自己的理解，也可以有自己的创造。但是要做一个自觉的诗歌鉴赏者，也需要掌握一些基本知识，以及前人已有所总结并且行之有效的鉴赏思路与方法。

（一）鉴赏旅游诗歌，需要具备基本的语言、文体等知识，要有与旅游诗鉴赏相关的知识积淀

准确地理解字义、词义是欣赏诗歌的最基本前提，古代诗歌有其独特的语言艺术特征，所以诗歌中字词的意义并不都是其基本义，而是有一些变化。比如长安原是汉、唐的京城，可是在古诗中不论哪个朝代常用长安泛指京城，有时还用"日边""日下"来代指京城，这就需要我们细心考察。再比如古诗词里面还经常用"玉楼"来指肩，用"玉龙"来指剑，至于酒的说法就更多，这些情况就需要我们参考注释与工具书来理解，另外平常多积累一些古代文学、文化知识，读的时候才不至于茫然无知。

理解古诗的意义，还必须清楚诗中所用的古语、典故。用古语、典故来写景状物、伤时感事、抒发情感，是中国古代诗词艺术的重要传统和特点。对于古诗词，如果不把其中的古语、典故等弄明白，就不可能真正理解诗词的含义，更谈不上领略其意境和艺术构思了。比如李商隐的《安定城楼》第二联"贾生年少虚垂涕，王粲春来更远游"，用了有关贾谊和王粲的两个典故，来表达自己空有满腹经纶而不得其用，无奈去国离乡、忧时伤世的情感，如果不了解典故的意思与出处，是很难准确阐发诗意的。

（二）鉴赏诗歌要本着知人论世的原则，着重考察作者的生活经历、思想倾向、政治主张、志向追求、人生感悟、感情体验等

孟子说："颂其诗，读其书，不知其人可乎？是以论其世也。"（《孟子·万章下》）这是一直为后人所接受的一个重要的文艺阐释鉴赏原则。我们理解诗人的作品，当然首先要了解他的生平经历，了解他所经历的时代背景，这样才能够准确地理解诗歌要表达的含义。许多诗歌的产生都有其具体的背景，诗人的写作意图可能会通过相当曲折隐晦的手段来表现，如果不清楚背景对此就不容易有深切的把握。比如柳宗元的《江雪》："千山鸟飞绝，万径人踪灭。孤舟蓑笠翁，独钓寒江雪。"表面上来看是一首写景诗，这样理解当然也有可阐发的境界，但是我们通过考察诗人的生平经历，知道他写作这首诗时，正是被贬永州之后，所以这里柳宗元实际上是借歌咏隐居在山水之间的渔翁,来寄托自己孤傲的情志,抒发政治上失意的苦闷和孤愤的情绪,了解了这一点,诗歌内涵就得到了更进一步的阐发。

(三)具体到鉴赏旅游诗,还要了解旅游诗的基本情况,从最能体现其艺术特点的角度去鉴赏理解

应对山水旅游诗产生、发展、变化的脉络有清晰的认识,对各个时期、各个流派的代表作家、主体风格有比较深刻的认识。先有一个总体上的认识,这样才能去欣赏具体的旅游诗歌。比如我们在欣赏南北朝的山水旅游诗与盛唐的山水旅游诗时,就需要对旅游诗发展状况比较清楚,这样才能比较深刻地理解两个时代旅游诗歌的不同特点、各自的艺术成就,等等,鉴赏时就体现出较宽广的视野和一定的深度。

旅游诗歌强烈的抒情性、突出的审美价值和深厚的思想文化内涵等,是其主要艺术特征,我们在欣赏旅游诗歌时,对这几方面应该有一个总体的把握。尤其需要把握其语言、意境等方面的艺术美感。

1. 欣赏旅游诗的语言美

诗歌是语言的艺术,旅游诗中的许多佳作名句流传千古,其艺术魅力久盛不衰,主要得力于语言的表现,诗歌语言的生动性、形象性表现了丰富的内容,传达出含蓄隽永的艺术境界。欣赏旅游诗,需要欣赏旅游诗的语言美。

旅游诗在写景时,注重描摹物象的形、色,因而使其语言体现出一种色彩美。旅游诗人面对秀丽或壮大的山水景物,通过语言的描写再现自然景物的色彩,特别容易唤起读者相应的联想和情绪体验。杨万里用"接天莲叶无穷碧,映日荷花别样红"来赞美西湖荷花的风韵,色彩绚烂热烈,使读者受到强烈的感染。而王维的"荆溪白石出,天寒红叶稀。山路元无雨,空翠湿人衣。"(《山中》)则通过"白""红""翠"等对比鲜明的色彩,营造出山中的奇妙景色,充分体现出诗人对色彩的细致把握。

旅游诗的语言还体现出一种音乐的美感。这与其自身的特点是密不可分的,最早的诗歌就是合乐押韵的,唐代产生了成熟的律诗和绝句,在句数、字数、平仄、韵脚、对仗等方面都有一定的格式和规律。不同声调平仄相间,协调搭配,造成节奏和旋律的变化,在偶句句末采用韵母相同的字押韵,体现出特定的声情气韵,对仗的要求则体现出一种整齐铿锵的节奏和形式上的美感。诗歌的"平仄""押韵""对仗"等要求,大大增加了诗歌语言的表现力和音乐美。我们在欣赏古代的旅游诗以及旅游词曲时,都应该养成诵读的习惯,注意体会诗词曲在韵律节奏等方面的音乐美。

2. 欣赏旅游诗的意境美

意境,又称"境界",是指作品中所描绘的生活画面和所表现的思想感情融合而形成的一种综合的艺术氛围,能使欣赏者通过想象和联想,如身临其境,在思想感情上受到感染或得到美的感悟。凡是有意境的作品,都是情思与景物交融的作品,优秀的旅游诗都具有这样的特点。比如杜甫的《登高》,前四句写道:"风急天高猿啸哀,渚清沙白鸟飞回。无边落木萧萧下,不尽长江滚滚来。"作者将三峡的典型秋景捕捉入诗,形象鲜明,使人读了如临其境,所营造的境界也极为雄浑高远,蕴含了诗人的无穷情思,形成了情景交融、和谐统一的艺术整体。

　　古代旅游诗的意境是繁富多样的,如苏轼的旅游诗意境雄奇阔大,李白的旅游诗意境旷荡开朗,杜甫的旅游诗意境苍凉悲壮,等等。人们在阅读领会这些作品时,会从中汲取强大的精神力量,获得一种振奋的情绪和崇高的美感。而有的旅游诗则呈现出淡泊清雅的意境,如王维诗描写的意境往往如幽林曲涧,静谧空灵,带给人一种精神的愉悦与澄明的感觉。只有把握了作品的整体意境,才能真正认识和领会优秀旅游作品的艺术魅力,也才能真正从中获得美的妙悟。

　　我们在鉴赏这些有意境的旅游诗时,需要以自己的生活经验为基础,在作品中驰骋自己的想象力,寻找诗中的情景及意蕴与我们的人生阅历和生活感受之间的契合点,在艺术美的幻境中享受思想的自由。所以鉴赏是一种创造性精神活动,它使诗歌的深层含义得到丰富的展现,大大扩展了诗词的活力。

　　实际上,在具体的旅游诗欣赏中,不可能按照各个步骤面面俱到地去分析,只能是结合具体诗歌的情况,分析其主要艺术特色,把握其主要思想内容,注重体会,强调感悟,用创造性的思考去发掘旅游诗的美感与价值。

第二节　旅游诗作品欣赏

观　沧　海①

魏·曹操

东临碣石,②　　以观沧海。
水何澹澹,③　　山岛竦峙。④
树木丛生,　　　百草丰茂。
秋风萧瑟,　　　洪波涌起。
日月之行,　　　若出其中。
星汉灿烂,⑤　　若出其里。
幸甚至哉,⑥　　歌以咏志。⑦

---

① 汉献帝建安十二年(207年)秋冬之交,曹操北征残留乌桓的袁绍旧部,大胜回师途中作组诗《步出夏门行》,又名《陇西行》。是用乐府旧题写作的新辞。这首诗共有"艳"(前奏)一章,正曲四章。正曲四章在收入选本时,被后人分别加上了小标题《观沧海》《冬十月》《土不同》《龟虽寿》。
② 碣石:山名,在右北平郡骊成县(今河北省昌黎县北)。也有其他说法,见"赏析"部分。
③ 澹(dàn)澹:水波荡漾。
④ 竦:同"耸"。峙:耸立。
⑤ 汉:银河。
⑥ 幸:庆幸。
⑦ 最后两句是合乐演奏时附加的,每章结尾都有,与正文无关。

【作者】曹操(155—220),字孟德,沛国谯(今安徽亳县)人。建安时代杰出的政治家、军事家、文学家。初举孝廉,任洛阳北部尉。后在镇压黄巾起义和讨伐董卓的战争中,逐步扩充军事力量。建安元年,迎献帝都许(今河南许昌),挟天子以令诸侯。官渡之战后,逐渐统一了中国北部。后来被封为大将军及丞相。后来他的儿子曹丕称帝,尊他为魏武帝,所以他的文集被称为《魏武帝集》。曹操长于作诗,现存二十余首乐府歌辞,诗风豪迈刚劲,开建安风骨之先河。

【赏析】有关曹操观沧海的"碣石"的具体地点,至今尚无定论。一说在河北昌黎,一说在辽宁兴城,一说在山东无棣马谷山,并且都有相关的名胜景点。而北戴河西海滩附近也有一碣石公园,园内有一高约两米的"飞来石",正面刻有"碣石"字样,背面刻有曹操的《观沧海》诗全文,当地人坚持说此石就是原碣石。

这首诗可以说是中国最早的山水旅游诗,写曹操登临碣石的所见所感,描绘了海上景观的苍茫壮丽,歌颂了大海吞吐日月星汉的宏大气魄。曹操的许多诗歌都是作于戎马干戈之余,"横槊赋诗",这首诗也不例外,当时曹操大胜而归,自有一种壮士豪情,所以他眼中的景物就不同寻常。写远望之景,沧海之上波涛汹涌,海中山岛高耸陡峭,气势阔大,起笔不凡,接着细写岛上景物,树木丛生,百草繁茂,一远一近,写景极有层次感。然后写萧瑟秋风涌起波涛,既是承接前面的描写,又塑造出一种悲壮的境界,使诗歌的意境更加深入。接下来四句写大海波澜壮阔,日月星辰好像沉浮于其中,将全诗境界扩大,体现出曹操的宽广胸怀和英雄气概。读这首诗,我们好像能够想象出一位踌躇满志、胸怀天下的政治家,面对大海,心潮澎湃、思绪万千,既有一统天下的雄心,又有前路艰辛的清醒认识,从而使本诗显得情感丰富,意蕴深厚。

游斜川
东晋·陶渊明

辛丑正月五日,天气澄和,风物闲美,与二三邻曲,同游斜川。临长流,望曾城;鲂鲤跃鳞于将夕,水鸥乘和以翻飞。彼南阜者,名实旧矣,不复乃为嗟叹;若夫曾城,傍无依接,独秀中皋;遥想灵山,有爱嘉名。欣对不足,率尔赋诗。悲日月之遂往,悼吾年之不留;各疏年纪乡里,以记其时日。①

  开岁倏五十,吾生行归休。 念之动中怀,及辰为兹游。②

---

① 辛丑正月五日:晋安帝隆安五年(401年)。邻曲:邻里。曾城:曾同"层",山名,即诗中所谓曾丘。鲂:赤尾鱼。乘和:乘和风。南阜:南山,指庐山。皋:水边地。灵山:昆仑山。昆仑为神仙所居之山,故云灵山,中有层城山,曾城与之同名。疏:分条记录。

② 及辰:及时。

气和天惟澄,班坐依远流。① 弱湍驰文鲂,闲谷矫鸣鸥。②
迥泽散游目,缅然睇曾丘。③ 虽微九重秀,顾瞻无匹俦。④
提壶接宾侣,引满更献酬。⑤ 未知从今去,当复如此不?
中觞纵遥情,忘彼千载忧。⑥ 且极今朝乐,明日非所求。

【作者】陶渊明(365—427),字元亮;一说名潜,字渊明,号五柳先生,浔阳柴桑(今江西九江市西南)人。先后做过江州祭酒、镇军参军、建威参军等职,四十一岁时任彭泽县令,在任仅八十余日即辞官归隐柴桑。此后二十余年,陶渊明以耕读自娱,未再入仕。友人私谥为"靖节",世称"靖节先生"。

【赏析】陶渊明诗作以田园诗为主,山水诗仅此一首。写正月五日风光和美,与邻里二三朋辈同游斜川。开头和结尾悲悼岁月之既往,感叹人生之无常。中间部分描写游观所见,既有近处的细致描绘,又有放眼远望山川景物,水流中的鱼儿,空谷间的鸥鸟,无处不洋溢着生机,使诗人对自然之美、人情之美、人生之美更产生留恋之情。语言质朴简练,写出了欣慨交心的感受。

石壁精舍还湖中作⑦
东晋·谢灵运

昏旦变气候,⑧ 山水含清晖。
清晖能娱人,⑨ 游子憺忘归。⑩
出谷日尚早, 入舟阳已微。⑪
林壑敛暝色,⑫ 云霞收夕霏。
芰荷迭映蔚,⑬ 蒲稗相因依。⑭

---

① 班坐:依次而坐。
② 弱湍:悠扬的水流。矫:飞。
③ 迥泽:远泽。散游目:极目四顾。缅然:沉思的样子。睇:望。
④ 微:无。九重秀:昆仑层城有九重之秀。
⑤ 献酬:主人为宾客敬酒为献,客人饮罢,主人自饮为酬。
⑥ 中觞:饮酒至半。
⑦ 精舍:本指儒者教授生徒之地,后称佛舍为精舍。湖:指巫湖,在南北二山之间,是往返两山的唯一水道。
⑧ 昏:晚。旦:早晨。清晖:清丽的光辉。
⑨ "清晖"句:出自《楚辞·九歌·东君》:"羌声色兮娱人,观者憺兮。"娱:乐。
⑩ 憺(dàn):安。
⑪ 阳已微:阳光已经暗淡。
⑫ 壑(hè):深沟。敛:聚集。暝色:暮色。
⑬ 芰(jī):古指菱。
⑭ 稗(bài):像稻子一样的杂草。

披拂趋南径，① 愉悦偃东扉。②
虑澹物自轻，③ 意惬理无违。④
寄言摄生客，⑤ 试用此道推。

【作者】 谢灵运(385—433)，祖籍陈郡阳夏(今河南太康县)人，出身东晋士族，祖父是名将谢玄，袭封康乐公，世称谢康乐。因仕途不顺，遂寻幽探奇，恣意漫游东南形胜之地。诗歌善写山水名胜，辞藻华丽，刻画细腻，是我国最早专写山水诗的作家，开创了山水诗派。有《谢康乐集》。

【赏析】 这首诗是谢灵运从石壁精舍回巫湖所作。当时谢灵运托病辞去官职，回到故乡。石壁精舍在巫湖之南，是他在北山营立的一处书斋。本诗描绘了作者从石壁精舍归湖途中所见美妙的晚景和愉快的心情。全诗以"还"为线索，将情、景、理自然融合，典型地体现了谢灵运诗歌的特点，讲究骈偶，精于炼句，写景尽态极妍。第一、二两句从总体上写黄昏时节的清丽山水，对偶精工，措辞凝练。接着用顶真手法带出游览之意，两个"清晖"承接自然。"出谷"二句概写一整天的游历，并回应开篇的"昏旦"。前六句记述游石壁的所见所感，是虚写、略写。"林壑"以下六句详写山光湖色、荷叶稗草在晚霞中的怡然美景，取景远近参差，富有动感。句法上两两对偶，极见匠心。"披拂"二句写兴尽而回，一"趋"、一"偃"，又回复到现实社会，诗歌空间的转换，使作品的意境开阔，内涵深广。最后四句，写游历后悟出的道理，自然玄远，真挚的情感、精美的景致、精深的哲理融为和谐的一体。

晚登三山还望京邑⑥

南朝齐·谢朓

瀍涘望长安， 河阳视京县。⑦
白日丽飞甍， 参差皆可见。⑧
余霞散成绮， 澄江静如练。⑨

---

① 披拂：拨开。
② 偃：休息。
③ 虑澹：思虑淡泊。
④ 意惬：心满意足。
⑤ 摄生：养生。
⑥ 三山：今南京市西南长江南岸，上有三峰。
⑦ 涘：河岸。京县：指洛阳。瀍涘距离长安很近，河阳距离洛阳也不远，这里借用典故形容三山与建康的距离。汉末王粲因为逃避战乱离开长安时曾有"南登瀍陵岸，回首望长安"的诗句。晋代潘岳在河阳做官时曾有"引领望京室，南路在伐柯"的诗句。
⑧ 丽：附着。飞甍(méng)：飞耸的屋檐。
⑨ 绮：锦缎。练：白绸。

喧鸟覆春洲，　　　杂英满芳甸。①
去矣方滞淫，　　　怀哉罢欢宴。②
佳期怅何许，　　　泪下如流霰。③
有情知望乡，　　　谁能鬒不变。④

【作者】谢朓,字玄晖,陈郡阳夏(今河南太康县)人。南朝齐杰出的山水诗人,出身高门士族,与谢灵运同族,世称"小谢"。曾做过豫章王太尉行参军、宣城太守、尚书吏部郎等官职。永元元年(499年)因事下狱,死于狱中,时年36岁。

【赏析】此诗开篇写回望京城,但不是实写,而是引用王粲和潘岳典故来比拟当时的情景,委婉深致,叙事中暗含抒情。接着写登山临江、眺望京城之所见优美画卷,"白日丽飞甍,参差皆可见。余霞散成绮,澄江静如练。喧鸟覆春洲,杂英满芳甸",阳光灿烂,屋脊如飞;晚霞美丽,宛若锦缎;江水清澈,长如白练;鸟儿欢叫,杂花满地。如此美景,诗人却"去矣方滞淫,怀哉罢欢宴",需要结束欢宴远离京城;"佳期怅何许,泪下如流霰",怅叹回乡无期,潸然泪下。"有情知望乡,谁能鬒不变",归乡无望,漂泊异地,怎能不令人早生白发呢？全诗虚实结合,情景交融,抒发了诗人浓郁的去国怀乡之情。

滕王阁诗⑤

唐·王勃

滕王高阁临江渚，　　佩玉鸣鸾罢歌舞。⑥
画栋朝飞南浦云，⑦　珠帘暮卷西山雨。
闲云潭影日悠悠，　　物换星移几度秋。
阁中帝子今何在？⑧　槛外长江空自流。⑨

【作者】王勃(650或649—676),绛州龙门(今山西河津县)人,初唐诗人,少有

---

① 甸:郊野。
② 滞淫:长久地停留。
③ 霰(xiàn):小雪粒。
④ 鬒(zhěn):黑发。
⑤ 滕王阁:是唐高祖李渊之子滕王李元婴任洪州都督时所建,故址在今江西新建县西章江门上,下临赣江。
⑥ 佩玉鸣鸾:昔日歌舞之声。佩玉,古时系在衣带上的玉饰。鸣鸾,古代卿士大夫所乘车前有状如鸾鸟的铃铛,走动则鸣。
⑦ 南浦:指送别之地。《九歌·东君》有:"送美人兮南浦。"
⑧ 帝子:指滕王李元婴。
⑨ 槛:栏杆。

天才,博学多识。与杨炯、卢照邻、骆宾王并称为"初唐四杰"。高宗乾封元年(666年)科试及第,授朝散郎。沛王李贤召为王府修撰,后因戏作《檄英王鸡》被高宗逐出王府。后来游于蜀地,又任虢州参军。上元初去交趾奉养父亲,路经洪都被邀请参加盛宴,写了著名的骈文《滕王阁序》。次年回返时渡海不幸溺水受惊而死。

【赏析】滕王阁,与湖北黄鹤楼、湖南岳阳楼并称江南三大名楼。始建于唐永徽四年(653年),中间多次重修。宋大观二年(1108年)重建滕王阁,比唐时规模更大,逐渐形成以阁为主体的建筑群,华丽堂皇,宏伟壮观。1989年,滕王阁第二十九次重建,就是以宋代滕王阁为依据而建成的。

这首诗描写了滕王阁壮观巍峨的景色,抒发了岁月流逝、物是人非的感慨,这是古代诗文中经常抒写的一种情怀。王勃虽然出身世代书香官宦之家,少年成名,但仕途的挫折却使他有浓重的失落感,从而对于宇宙人生产生深刻的感悟。所谓位卑而名高,官小而才大,这首诗所反映的情怀可以说是当时有着共同境遇的士人的普遍情怀。首联切题,点明滕王高阁以及刚刚结束的盛宴欢会,起笔显得阔大高远,昔日歌舞的停息则传达出一种盛衰无常之感,两相对照之下,令人不免唱叹。颔联一方面用画栋、珠帘写高阁的华丽壮观,一方面用南浦云、西山雨进一步烘托滕王阁的寂寞凄清,强化了伤感情绪的表达。颈联用亘古不变的闲云潭影、悠悠白日,用物换星移的不断变化来强调诗人对时间流逝的感慨,饱含历史兴亡之感。结尾用反诘句,来抒发诗人对人生有限、宇宙无穷的深切感悟,伴随着空自流淌的江水蔓延开来,余意不尽。

登幽州台歌①
唐·陈子昂

前不见古人,　　　后不见来者。②
念天地之悠悠,③　　独怆然而涕下!④

【作者】陈子昂(659—700),字伯玉,梓州射洪人(今属四川)。二十四岁中进士,此后屡次上书指论时政,提出许多颇有见识的主张,但因"言多直切"而不见用,一度还因"逆党"牵连被捕入狱。公元696年,陈子昂以参谋随武攸宜出讨契丹,后因意见不合被降为军曹。陈子昂报国无门,满腔悲愤,登上蓟丘(即幽州台),作《蓟丘览古七首》及《登幽州台歌》。有《陈伯玉集》传世。

---

① 幽州台:幽州在战国时代为燕国都,故又称燕台。
② 前不见古人,后不见来者:是指像燕昭王那样能任用贤才的,古代曾有,但不及见;后世亦当有之,但亦不能见。即《楚辞·离骚》"哀朕时之不当"。
③ 悠悠:无穷无尽的样子。
④ 怆(chuàng)然:悲伤的样子。

【赏析】本诗以无穷尽的时空为背景,寥寥数语便将报国无门、感伤孤独的情绪宣泄出来。这种矛盾郁结的心理任何时候都能唤起读者的共鸣,有极强的感染力。作者尽管抒发愤懑之情,但并无消沉之意,表现出慷慨悲凉、刚健有力的风格。在句式上采取了长短参差的楚辞体句法,前两句三个停顿:"前——不见——古人,后——不见——来者",后两句四个停顿,"念——天地——之——悠悠,独——怆然——而——涕下"。之、而两个虚字改变了诗歌的节奏,音节舒缓流畅,表现作者曼声长叹、无可奈何的抑郁悲愤之情。

黄 鹤 楼

唐·崔颢

昔人已乘黄鹤去,　　　　此地空余黄鹤楼。①
黄鹤一去不复返,　　　　白云千载空悠悠。②
晴川历历汉阳树,　　　　芳草萋萋鹦鹉洲。③
日暮乡关何处是?　　　　烟波江上使人愁。④

【作者】崔颢(?—745),汴州(今河南开封)人,开元十一年(723年)中进士,曾出使河东军幕,天宝年间历任太仆寺卿、司勋员外郎。早年行为轻薄,好作艳体诗,风格华美。后出入边塞,写军旅生活,边地风光,诗风变得慷慨悲凉。他在当时诗名很大,与王维并称"才名之士"(《旧唐书·韦安石传》)。《全唐诗》录其诗一卷。

【赏析】黄鹤楼为江南三大名楼之一,位于湖北省武汉市长江边的蛇山上,前临长江。始建于三国时期,以后各代屡毁屡建。1985年,新建的黄鹤楼又屹立在长江之滨,高大壮丽,气势雄伟。历代文人题咏黄鹤楼的诗很多,这首诗尤为著名,南宋严羽《沧浪诗话》说:"唐人七律诗,当以此为第一。"据辛文房《唐才子传》记载,才高八斗的李白登黄鹤楼看到此诗,曾说:"眼前有景道不得,崔颢题诗在上头",罢笔而去。故事的真实与否不得而知,但从中可以看出崔颢的这首诗在人们心目中的地位。

诗的前四句紧扣黄鹤楼落笔,托想空灵,寄兴高远。一、三句怀古,连用两个"去"字,强调了留恋的情绪,冷清的感觉;二、四句思今,用了两个"空"字,突出了孤

---

① 昔人:据《南齐书·州郡志》记载,仙人王子安曾骑黄鹤由此飞过。《太平寰宇记》记载,三国时期蜀国费祎由此乘黄鹤登仙。诗中"昔人"即这些传说中的仙人。
② 悠悠:白云飘荡的样子。
③ 历历:分明,清楚。汉阳:今武汉汉阳,在武昌西,与黄鹤楼隔江相望。萋萋:茂密的样子。鹦鹉洲:本为汉阳西南长江中的一个沙洲,今已与汉阳陆地相连。东汉末年,祢衡在江夏(今武昌)作《鹦鹉赋》,后为黄祖所杀,葬此洲,故得名。
④ 乡关:故乡。烟波:指江上的水汽和波浪。

寂空荡的意境。诗人把景物描写与诗人心境融为一体，古今交织，情景相生，有很强的艺术感染力。前四句连续三次使用"黄鹤"一词，本是律诗的大忌，但读来不觉得重复，却如行云流水，悠远缥缈，有一唱三叹之妙。作法上虽然不合乎严整的律诗规范，却别有一番灵动不拘的气质。五、六句转写作者登楼所见之景，"晴川""芳草"，色彩鲜明，形象清晰，对仗工巧而意境浑融阔大。"历历""萋萋"等双音叠字的使用，增加了诗歌的韵律感，调整了诗歌的节奏，使诗句在工整之外更具有一种音乐的美感。七、八句抒发登临思乡之意，情韵悠长，有绵绵不尽之感。这首诗抒写了一种怀古思今、孤寂思乡之情，这种情感本是人所共有的，崔颢将个人的情绪感受与人类共同的情感完美地融合在一起，并表达出一种世事无恒常，游子无定止的人生感喟，所以特别容易使人产生共鸣，千百年来一直为人所传诵。现在我们登上黄鹤楼，极目远眺，看江天空阔，烟波浩渺，除了油然而生景色悦目之感外，仍然会有一种悠远的情思涌上心头，这里面可能就是一种历代相传的情愫在触动我们。

汉江临泛①
唐·王维

楚塞三湘接，② 荆门九派通。③
江流天地外， 山色有无中。
郡邑浮前浦，④ 波澜动远空。
襄阳好风日， 留醉与山翁。⑤

【作者】王维(701—761)，唐代著名诗人、画家。字摩诘。祖籍太原祁(今山西祁县)，后来他父亲迁家至蒲州(在今山西永济)。王维于开元九年(721年)中进士，他少年曾有大志，渴望建功立业。曾做过太乐丞、济州司仓参军、右拾遗等官，安史之乱后，他滞留长安，为叛军所获，被迫做了伪官。唐王朝平叛后，王维被免罪，最终做到尚书右丞，所以人们称他"王右丞"。他以山水田园诗最为擅长，写景清新自然，情怀雅淡，是盛唐山水田园诗派的代表人物。

【赏析】宋代大诗人苏轼曾说王维"诗中有画""画中有诗"，这首诗就是王维融画法入诗的代表性作品。首联从大处着笔，"楚塞三湘接，荆门九派通"，勾勒出汉江连接楚湘大地、沟通众多支流，雄浑壮阔的景色特点，作为画的整体背景。"江流天地外，山色有无中"，则直接写远眺所见的景观，大江源远流长，山色苍茫朦胧，山

---

① 汉江：汉水。流于楚境，经襄阳，与长江汇合于汉口。
② 楚塞：泛指楚四境。三湘：漓湘、潇湘、蒸湘的总称，在今湖南境内。
③ 荆门：山名，在宜昌南，为楚之西塞。九派通：与九江相通。九派，长江至浔阳分为九支。
④ 浦：水滨。
⑤ 山翁：晋人山简，曾任征南将军，镇守襄阳，有政绩，好饮酒。这里当是指襄阳当时地方官。

光水色,混融一体。接着诗人以"郡邑浮前浦,波澜动远空",写出眼前的波澜壮阔,想象奇特,笔法飘逸。尾联写诗人沉浸在襄阳美好的景色里不舍离去,要与山翁共谋一醉,写出了诗人内在的心态与情怀。王维一方面对官场感到厌倦和担心,另一方面却又恋栈怀禄,不能决然离去。所以他长期过着半官半隐的生活,崇尚一种优游淡泊的生活。这两句表达的就是这个意思。

全诗寓情于景,浑然天成,给我们展现出一幅色彩素雅、格调清新、意境优美的水墨山水画。

山居秋暝①

唐·王维

空山新雨后,　　天气晚来秋。
明月松间照,　　清泉石上流。
竹喧归浣女,　　莲动下渔舟。
随意春芳歇,②　　王孙自可留。③

【赏析】 辋川是陕西省蓝田县的嶤山间秦岭北麓一条美丽的川道。川水自嶤山关口流出以后,蜿蜒流入灞河。王维的"辋川别墅"就曾位于此处,王维和他的朋友裴迪经常在这里潇洒同游,过着弹琴赋诗的悠闲生活。王维作有著名的《辋川二十咏》诗和《辋川图》。现在的"辋川别墅"只剩下鹿慈寺,依稀可见当年的雅士情调。

这首诗借写秋天黄昏山景,抒发了诗人归隐田园的愉悦惬意,我们可以体会到诗歌在素描式的画面里表现出的生命气息,以及诗人融入自然以后的自由情怀,境界澄澈圆融。首联写秋天傍晚的"空山""新雨",就渲染了环境的清幽,传达出一种扑面而来的清新气息。而松间月影,石上清泉,点化出生命的流动,从画面上来看,一上一下,一静一动,变换巧妙。浣女归来,渔舟唱晚,写山中的人与自然融为一体,如果说前面的描写更像画,这一联则可以看作是一个活动的场景,从中透出生机和意趣。诗中的视觉形象和听觉形象,循环错落使用,在诗的结构上形成了曲折回环的美感;"明月松间照,清泉石上流",其音节是二二一的格式,"竹喧归浣女,莲动下渔舟"的音节是二一二的格式,这样音节的错综又形成了韵律上的回环美。这首诗既描绘了山中静谧而灵动的美景,又描写了远离尘世、轻松自然的村野生活,把诗、画、乐熔于一炉,自然最后的主题——归隐生活的令人向往就呼之而出了。

---

① "山居"是指作者在终南山下的辋川别墅。暝(míng):黄昏。
② 随意:任意,任凭。歇:消歇,凋谢。
③ 王孙:指像作者一样的隐士。

题破山寺后禅院
唐·常建

清晨入古寺, 初日照高林。
竹径通幽处, 禅房花木深。
山光悦鸟性,① 潭影空人心。②
万籁此俱寂,③ 但余钟磬音。④

【作者】常建(708—765),长安(今陕西西安)人。唐玄宗开元十五年(727年)进士,盛唐著名山水诗人。常建一生沉沦失意,耿介自守,交游中无达官贵人。作诗长于五律,所写山水诗受王维影响较大,笔触简洁,意境清幽。有《常建集》。

【赏析】破山寺即江苏常熟虞山北麓的兴福寺。因位于破龙涧下,传说中龙斗破山而去,所以又名破山寺。这首诗是常建在后禅院写的题壁诗。宋代书法家米芾曾手书此诗,乾隆三十七年(1772年)时将其刻石,立于寺内碑亭。

开首点题,写刚刚清晨即进古寺游访,既点出了诗人迫不及待的急切心情,又绘出一幅"深山藏古寺"的幽静图画。第二联进一步写寺院中的幽深静寂,是备受推崇的名句,"径""幽"和"房""深",传递出悠远的禅意,显现出寂静的妙处,用字精当。第三联深入一层,用"潭影空人心"写人在此境中不染尘俗的空寂体会,而用"山光悦鸟性"写出生气,说明古寺的环境并非死寂一片,在幽邃的基调中透出活力。尾联借用钟磬之音,点染空泛人心,动静相宜,相反相成。因为幽静既来自客观的环境,也来自主观的心境。诗意含蓄,悠悠不尽,给人留下含味的余地。这是一首很有特点的格律诗,对仗上以"清晨"对"初日","古寺"对"高林","入"对"照",工整精巧。"竹径通幽处,禅房花木深",意境尤其清静。起句对偶,颔联反而对得不工整,有古体诗的风韵。这首诗写得出色,后人非常推崇,比如宋代的欧阳修就十分喜爱"竹径通幽处,禅房花木深"两句,想要仿作一联,久而不可得,"乃知造意者为难工也"。后来他在山东青州一处山斋宿息,亲身体验到"竹径"两句所写的意境情趣,更想写出那样的诗句,却仍然"莫获一言"(《题青州山斋》)。可见作诗固然要有亲身真切的体悟,也要有可触发的灵感,并不是一味苦思求工就能写出好诗。

---

① 山光:指青山在阳光照射下展现出的生气。悦:这里是使动用法,使……愉悦的意思。
② 潭影:山、花在潭水中的倒影。空:使动用法,使……空。人心:这里指世俗杂念。
③ 万籁:一切声音。籁:从孔穴里发出的声音。俱:全,都。
④ 钟磬:寺院中常用的乐器。拜佛时用钟,结束时用磬。

望庐山瀑布

唐·李白

日照香炉生紫烟,① 遥看瀑布挂前川。
飞流直下三千尺, 疑是银河落九天。

【作者】李白(701—762),字太白,号青莲居士。祖籍陇西成纪,出生于碎叶城(今属吉尔吉斯斯坦)。幼年随父迁居绵州昌隆(今四川江油)青莲乡。25岁出川,长期在各地漫游。天宝初年为供奉翰林,但因触犯权贵,自请放归。此后他先后游洛阳、兖州等地,与杜甫相识。安史之乱时他入永王李璘幕府,永王兵败,他也受到牵连,流放夜郎,遇大赦,晚年流落江夏、浔阳、金陵一带,762年病卒于当涂(今属安徽)。李白是盛唐最杰出的诗人,也是我国文学史上继屈原之后又一伟大的浪漫主义诗人,素有"诗仙"之称。李白的诗具有"笔落惊风雨,诗成泣鬼神"的艺术魅力,富于自我表现的主观抒情色彩,极度的夸张、贴切的比喻和惊人的幻想,造成神奇异彩、瑰丽动人的意境,给人以豪迈奔放、飘逸若仙的感受。李白游历了全国许多名山大川,写下了大量赞美祖国大好河山的优美诗篇,借以表达自己酷爱自由、渴望摆脱束缚的情怀。有《李太白集》传世。

【赏析】庐山又称匡山或匡庐,位于江西省九江市,是历史文化名山,北临长江,南襟鄱阳湖。庐山雄奇秀拔,云雾缭绕,山中多飞泉瀑布和奇洞怪石,名胜古迹遍布,是我国著名的旅游风景区。香炉峰在庐山西北,因形似香炉且山上经常笼罩着云烟而得名。

这首诗最大的特点是富于浪漫主义色彩,这也是李白诗歌给我们最突出的印象。第一句写远望庐山所见,渲染了香炉峰缥缈朦胧之美,为下面写瀑布创造了一个具有神奇色彩的背景。第二句点明题意,用一个"挂"字,化动为静,贴切形象地表现出遥看瀑布的视觉印象,用语巧妙。第三句用极度夸张的手法写出了瀑布从高空飞泻而下的生动形象,显得势不可当,最后一句写瀑布如同银河从九天倾落,表达出诗人心中的奇妙感觉,更是想落天外之语。整首诗想象奇特而浪漫,意境雄奇而瑰丽,鲜明地体现出李白诗歌的特点。后来中唐诗人徐凝也写了一首《庐山瀑布》:"虚空落泉千仞直,雷奔入江不暂息。千古长如白练飞,一条界破青山色。"同样气势非凡,但是论自然天成,生新灵动,却与李白诗不能同日而语。后来宋代大文豪苏轼就很瞧不上徐凝,评价二人的作品说:"帝遣银河一脉垂,古来唯有谪仙词。飞流溅沫知多少,不与徐凝洗恶诗。"《戏徐凝瀑布诗》

---

① 香炉:庐山香炉峰。

登金陵凤凰台
唐·李白

凤凰台上凤凰游， 凤去台空江自流。
吴宫花草埋幽径， 晋代衣冠成古丘。①
三山半落青天外，② 一水中分白鹭洲。③
总为浮云能蔽日，④ 长安不见使人愁。

【赏析】 凤凰台，在金陵凤凰山上，相传南朝刘宋永嘉年间有凤凰集于此山，乃筑台，山和台由此而得名。

此诗是作者流放夜郎遇赦返回后所作，另一说是作者天宝年间，被排挤离开长安，南游金陵时所作。

开头两句写凤凰台的传说，十四字中连用了三个凤字，却不嫌重复，音节流转明快，自然明畅。当年凤凰来游象征着王朝的兴盛；如今凤去台空，六朝繁华已一去不复返，只有长江水仍然奔流不息。三、四句承"凤去台空"继续写历史变迁，吴国宫廷中的花草已经荒芜，东晋的风流人物也早已消逝，过去的繁华和烜赫，在历史的长河中已了无痕迹。这两句用工整的对句传达出诗人对历史变幻的深刻感悟。

"三山半落青天外，一水中分白鹭洲"，写诗人收回思绪，极目远眺，三山在云海中忽隐忽现，好像一半落到青天之外，白鹭洲则被江水中分。这两句对仗工整，气象壮丽，是久被传诵的佳句。

"总为浮云能蔽日，长安不见使人愁"暗点诗题，眼前的美景不能掩饰诗人心中忧国伤时的情感。长安是唐王朝的都城，日是帝王的象征，浮云则比喻帝王身边的小人，李白在这里暗示皇帝被奸邪小人蒙蔽，自己报国无门，所以最后诗中所写的忧愁就不仅是羁旅之愁，而是有着深刻的现实指向，意味深长。

《唐才子传》《唐诗纪事》都记载李白登黄鹤楼本欲赋诗一首，因见崔颢作《黄鹤楼》诗，于是停笔说："眼前有景道不得，崔颢题诗在上头。"但是以李白对自己才华的自信，一定要与之一较胜负，于是另作《登金陵凤凰台》。

---

① 吴宫、晋代：三国时的吴和后来的东晋都建都于金陵。
② 三山：今南京市西南长江南岸，上有三峰。陆游《入蜀记》说："三山，自石头及凤凰山望之，杳杳有无中耳。及过其下，距金陵才五十余里。"
③ 一水：有版本作"二水"。白鹭洲：在金陵西长江中，把长江分割成两道。
④ 浮云、蔽日：陆贾《新语·慎微篇》说："邪臣之蔽贤，犹浮云之障日月也。"

西岳云台歌送丹丘子①

唐·李白

西岳峥嵘何壮哉！　　黄河如丝天际来。②
黄河万里触山动，　　盘涡毂转秦地雷。③
荣光休气纷五彩，　　千年一清圣人在。④
巨灵咆哮擘两山，　　洪波喷流射东海。⑤
三峰却立如欲摧，　　翠崖丹谷高掌开。⑥
白帝金精运元气，　　石作莲花云作台。⑦
云台阁道连窈冥，　　中有不死丹丘生。
明星玉女备洒扫，　　麻姑搔背指爪轻。⑧
我皇手把天地户，　　丹丘谈天与天语。⑨
九重出入生光辉，　　东求蓬莱复西归。
玉浆倘惠故人饮，　　骑二茅龙上天飞。⑩

【赏析】西岳华山，位于陕西省华阴市南，以雄险而居五岳之首，历史文化名山。《水经注》说："远而望之若花状"，古时候"华"与"花"是可以通用的，所以称为华山。华山山路奇险，景色秀丽，是著名的旅游名胜之地。云台是华山东北部山峰，因峥嵘陡绝，崔嵬独秀，如云中之楼台，故名。

丹丘子是与李白情志相投、友谊深厚的一位道士，他曾经推荐李白入长安，这首诗是李白送别他赴华山仙游时写的。

此诗开篇，概括华山的峥嵘壮伟，起势突兀，以有力的笔墨带起全篇。接着展现黄河万里绵延而来的雄伟壮丽，从华山绝顶之上远眺黄河，盘曲如丝，此句用笔

---

① 丹丘子：元丹丘，李白的朋友。
② 如丝：据《华山记》载，从华山落雁峰"俯瞰三秦，旷莽无际。黄河如一缕水，缭绕岳下"。
③ 毂（gǔ）转：盘旋湍急的流水，像滚滚转动的车毂一样。
④ 荣光休气：传说帝尧祭祀黄河、洛河时，忽然看见"荣光出河，休气四塞"。荣光，五光十色的彩霞。休气，美好的气色。千年一清：传说黄河千年一清，黄河清时，一定会有圣人出现。
⑤ 擘：华山与首阳山本一山，当河，水过而曲行。河神巨灵手荡脚踏，开而为二，即首阳山和华山。
⑥ 三峰：落雁、莲花、朝阳峰。
⑦ 白帝：古帝少昊为白帝，管理华山。
⑧ 明星玉女：华山女神，华山中峰有其祠。《太平广记》："明星玉女者，居华山，服玉浆，白日升天。"麻姑：神话人物，据《神仙传》记载，东汉时与王方平至蔡经家，年约十八九，能掷米成珠，自言曾见东海三变桑田，她的手像鸟爪，蔡经曾心想以此爪搔背。
⑨ 我皇：指西王母。户：门户。
⑩ 玉浆：华山中峰玉井中的水。倘：同"倘"。惠：赐。二茅龙：据《列仙传》，传说汉代有个叫呼子先的人，住在汉中，是算卦先生，活了一百多岁。一天，呼子先正在酒店饮酒，突然高声对酒店年老妇人说，赶快换件衣服，当与你共应中陵王。夜晚有仙人持二茅狗来，到了酒店，呼唤子先。子先得到茅狗与酒店老妇人一块骑上，原来是一条龙，飞上华山。

飘忽轻逸。接下来近观黄河，气势突变，奔腾磅礴，山岳为之震撼；翻卷起巨轮般的漩涡，发出震撼三秦的雷鸣。此句写得惊心动魄，有千钧之势。接下来诗人更把华山与伴着祥瑞之气出现的圣人、仙人联系在一起，衬托其不同寻常。传说大禹治水时，指挥河神巨灵，将阻挡黄河水流的山峦横击为二，分为隔河对峙的华山和首阳山。当时壮观的场景在诗人的想象中就是巨灵咆哮、洪波喷射，华山的胜景三峰：仙人掌、莲花峰、云台峰，就这样展现在世人面前；神话传说瑰奇壮丽，充分体现出诗人的浪漫主义想象，创造出一种神奇缥缈的意境。接着由仙人之居云台引出友人元丹丘，描摹其美妙奇幻的游仙生活，华山仙子为他洒扫庭坛，麻姑为他轻盈搔背，瑶池王母只能看守门户，突出表现了丹丘子的不同凡响之处，飘飘欲仙的风神。最后写元丹丘如仙人般飘然而去，诗人对此悠然神往，反映了李白慕道求仙的思想。诗中运用大量瑰奇的神话传说，以驰骋的笔触，丰富的想象，对黄河奔腾咆哮之势以及华山的峥嵘秀丽展开淋漓尽致的描写，创造出绚烂无比、奇幻飘逸的境界。尤其值得注意的是，其中表现了李白因现实中怀才不遇而产生的飞升仙去的强烈愿望，浓厚的道教神仙气氛溢于字里行间。

望 岳
唐·杜甫

岱宗夫如何？① 齐鲁青未了。②
造化钟神秀，③ 阴阳割昏晓。④
荡胸生层云，⑤ 决眦入归鸟。⑥
会当凌绝顶，⑦ 一览众山小。

【作者】杜甫(712—770)，字子美，是唐代最伟大的现实主义诗人，留下诗作一千四百多首，有《杜工部集》传世。原籍湖北襄阳，生于河南巩县。是初唐著名诗人杜审言之孙。青少年时代的杜甫，漫游天下，结交名士。曾积极应举，但是不第。后来向皇帝献赋，才得到右卫率府胄曹参军的小官。安史之乱后，曾官左拾遗，由于忠言直谏，上疏为宰相房琯事被贬华州司功参军。四十八岁以后，漂泊西南，在成都时，友人严武推荐他做剑南节度府参谋，加检校工部员外郎，所以后世称他为

---

① 岱宗：指泰山。因其为五岳之长，故云。宗：有为人尊敬仰慕之意。
② 齐鲁：泰山北，古为齐国地，泰山南，古为鲁国地。
③ 造化：大自然。钟：聚集。
④ 阴：山北。阳：山南。
⑤ 荡：洗涤。
⑥ 决：裂开，这里指尽可能睁大。眦(zì)：眼角。入：没。
⑦ 会当：终当。

杜工部。

杜甫一生思想是"穷年忧黎元","致君尧舜上",所以他的诗歌创作,始终贯穿着忧国忧民这条主线。他的诗具有丰富的社会内容、强烈的时代色彩和鲜明的政治倾向,真实深刻地反映了安史之乱前后那个历史时代的政治时事和广阔的社会生活画面,因而被称为一代"诗史"。

【赏析】东岳泰山,位于山东泰安境内,古称岱山、岱宗。主峰为玉皇顶,海拔1524米。泰山雄伟高大,自然景观绝奇,又有数千年文化的渗透渲染和人文景观的烘托,可谓中华民族精神文化的缩影。1987年,被联合国教科文组织公布为世界自然与文化遗产。

全诗字里行间洋溢着青年杜甫的蓬勃朝气与远大抱负。前两句写远望泰山,"岱宗夫如何?",写乍一望见泰山时,作者惊叹仰慕之情溢于言表,十分传神。"齐鲁青未了",是说在古代齐鲁两大国的国境外还能远远望见泰山,以距离之远来烘托泰山之高。一问"夫如何",一答"青未了",一问一答之间,写出了泰山的雄伟壮大,绵亘千里。"造化钟神秀,阴阳割昏晓",是写近看,泰山的神奇秀丽是集聚大自然之灵气而成,泰山的巍峨高大好像可以分别晨昏。"荡胸生层云,决眦入归鸟",写随着攀登泰山,山中烟岚郁起,诗人心中也顿感纯净,渐生豪情,遥望倦鸟返归,写出了诗人的专注和炽烈,而由浮云写到飞鸟,也使得整个画面有了灵动的生机。最后一联"会当凌绝顶,一览众山小",写出了诗人不畏艰险、勇于攀登的雄心,在包容天地山川的气概中收结,大气磅礴。春秋时孔子曾经"登泰山而小天下",杜甫用这个典故,可能隐隐也有以孔子功业自我期许的意思吧。古今登泰山的文人多有题咏作品,但无人能够写出杜甫《望岳》一诗中的凌云气概,这可能只在盛唐时期,国事盛、诗歌盛的时代才有的历史产物吧。

登岳阳楼
唐·杜甫

昔闻洞庭水,① 　　今上岳阳楼。
吴楚东南坼,② 　　乾坤日夜浮。③
亲朋无一字, 　　老病有孤舟。
戎马关山北,④ 　　凭轩涕泗流。⑤

---

① 洞庭:洞庭湖。在湖南省北部,长江南岸。
② 吴:古国名,在今江苏一带。楚:古国名,在今湖南、江西、湖北一带。坼(chè):裂开。这句说洞庭湖把吴楚分开在东南两方。
③ 乾坤日夜浮:天地好像日夜漂浮在水面上。
④ 戎马关山北:北方战争不止,当时吐蕃入侵,郭子仪率兵驻守奉天。戎马,指战争。
⑤ 凭轩:靠着窗栏。凭,依,靠。轩,窗栏。涕泗:泪水、鼻涕。

【赏析】岳阳楼,原岳阳(今湖南岳阳市)城西门城楼,下临洞庭湖。岳阳楼是国家重点文物保护单位,江南三大名楼之一。始建于唐,北宋年间重修和扩建,著名文学家范仲淹写下了千古名文《岳阳楼记》。明末毁于战火,翌年重修。清代多次进行修缮。现在的岳阳楼是1983年进行重修的。

本诗写于唐大历三年(768年)冬,抒写了作者登上岳阳楼的复杂感受。第一、二句点题,用"昔闻""今登"互衬,写出诗人当年听闻洞庭天下美景今日得以登临的喜悦之情。三、四句写作者登楼极目远眺所见,吴楚两地被洞庭湖隔开在东南两地,湖水浩大磅礴,天地都好像是漂浮在湖面上,描绘了洞庭湖浩浩荡荡、横无涯际的壮观景象,气象宏大。五、六句是转折,写自己晚境之凄苦无助,亲戚朋友没有音信,年老多病却在孤舟上漂泊,与前面阔大的写景形成鲜明对照,孤独之感表达得极为强烈。最后两句却在凄苦中振起,抒发了作者在颠沛流离中仍然心系社稷、忧国忧民之情,体现出诗人杜甫伟大的人格,升华了全诗的思想境界。诗中回荡着作者的浓烈情感,低回转折,起落跌宕,十分自然,抒情写景融为一体,始终洋溢着一种悲壮的情调。杜甫诗歌沉郁顿挫的艺术风格在这首诗中得到充分的展现。

早于杜甫的名诗人孟浩然有《望洞庭湖赠张丞相》一诗,也是歌咏洞庭湖的名篇,前四句"八月湖水平,涵虚混太清。气蒸云梦泽,波撼岳阳城",气势磅礴,足可与杜甫此诗写景相媲美,但全诗意旨不过是寻求汲引,境界难以望杜甫项背,所以我们在欣赏诗歌时固然需要分析其艺术美,更要注意诗歌本身所传达出的诗人的精神与境界。

滁 州 西 涧①

唐·韦应物

独怜幽草涧边生, 上有黄鹂深树鸣。
春潮带雨晚来急, 野渡无人舟自横。

【作者】韦应物(约737—791),长安(今陕西西安)人。天宝末年以三卫郎侍玄宗。永泰时任洛阳丞,建中年间出任滁州、江州刺史,后转左司郎中,贞元初任苏州刺史。其诗学陶渊明,以写山水田园风物著名,风格秀朗,气韵澄明。有《韦苏州集》。

【赏析】与滁州有关的文人,最著名的是欧阳修和韦应物,欧阳修写了《醉翁亭记》,留下了醉翁亭、丰乐亭等胜迹,韦应物的诗则写了一条野涧,后人按照诗意在这里建了野渡桥、野渡庵、飞泉览胜亭等建筑,而今由于水利建设,原有的景点多已不存,形成了青山环抱、碧水涟漪的新的旅游胜景。

---

① 滁州:唐属淮南道,治清流县(今安徽滁县)。两山夹水为涧。韦应物于唐德宗建中二年(781年)任滁州刺史。

这是一首山水旅游诗名篇,写于诗人出任滁州刺史期间。诗人对于山水景物,最注重发掘其中的精神意趣,而不仅仅拘泥于景点景物本身,所以感兴趣者不仅有名山大川、古迹名胜,也有郊野小溪、野花芳甸。"独怜幽草涧边生,上有黄鹂深树鸣",就写出了诗人对于山野郊外幽静景色的欣赏,所以他写自甘寂寞的涧边幽草让人情有独钟,而树上悦耳的黄鹂鸣叫怎么能让人无动于衷?幽草安然寂寞,黄鹂独自鸣叫,这种幽静安详的晚景,让人心旷神怡。"春潮带雨晚来急,野渡无人舟自横",进一步写郊外的幽静,写诗人的淡然,春潮带雨,到傍晚更急,而荒野渡口却无人问津,连小舟也乐得独自横漂在水上。欣赏诗歌时经常会讲到借景抒情,这首诗就是很好的例子,诗中只是写景,竟然没有人物出场,但是我们却可以透过细致的景物描写体会到诗人淡泊的心境,而景物的描写也极为成功,总体上自然恬淡,颇富有禅趣。

钱塘湖春行①

唐·白居易

孤山寺北贾亭西,② 水面初平云脚低。③
几处早莺争暖树, 谁家新燕啄春泥。
乱花渐欲迷人眼, 浅草才能没马蹄。
最爱湖东行不足, 绿杨阴里白沙堤。

【作者】白居易(772—846),字乐天,晚年号香山居士,其祖籍为太原(今属山西),后来迁居陕西境内(今陕西渭南东北),出生于河南新郑。白居易是唐代著名的现实主义诗人,新乐府运动的提倡者。贞元十六年(800年)中进士。元和年间曾任翰林学士、左赞善大夫,因得罪权贵,贬为江州司马,晚年好佛。他一生作诗很多,以讽喻诗为最有名,语言通俗易懂,被称为"老妪能解"。叙事诗如《琵琶行》《长恨歌》等也极有名。

【赏析】唐穆宗长庆二年(822年),正任中书舍人的白居易请求外任,出为杭州刺史。因为经历了太多的坎坷与磨砺,这时期的白居易,人生态度体现出一份恬淡与从容,因而就更有心情去领略体味杭州山水之美。《钱塘湖春行》就是描绘杭州西湖美丽风光、表达个人闲适心情的佳作。

这首诗作于长庆三年(823年)春,描绘了迷人的西湖春景,写出了诗人对春天来临的轻松喜悦之情。

---

① 钱塘湖:即西湖,在浙江杭州西,三面环山,中有白堤(即诗中的"白沙堤")和苏堤(苏轼任杭州太守时所修)。
② 孤山寺:孤山在西湖中后湖与外湖之间,山上有孤山寺。贾亭:一名贾公亭。唐贞元年间贾全为杭州刺史时所建。
③ 云脚:出现在雨前或雨后接近地面的云气。

开首交代诗人此次游春的起点,为下面整个画面的展开确定了角度。"孤山"在西湖的里湖与外湖之间,与周围其他山不相连,故名孤山。唐贞元中,贾全为杭州太守,在孤山的西北侧建造"贾公亭",现已不存。次句写诗人对湖边景色的总体感受,"水面初平",正是西湖春水方生的典型特征,云脚低垂也是春天特有的景象,体现出诗人对春景的准确把握,为下面描写西湖初春的景色作了铺垫。

颔联进行局部特写,写西湖边的花鸟争春,但用笔独具匠心,写"几处"早莺争树,问"谁家"新燕啄泥,可见不是处处、家家,准确描绘了早春时节万物复苏、一切刚刚发生的景色特点。颈联诗人的视野再度放远,转而写早春时西湖的花草。诗人踏春于花丛草地之中,走马观花,所以感觉鲜花缭乱人眼,春草初生,刚好没过马蹄。"渐欲""才能"呼应前面的描写,再次突出了早春景色的特点。

尾联诗人将视线转向湖东,绿杨掩映的白沙堤将读者的目光引向一个更广阔的境界,清丽而朦胧。虽然没有具体描写,但却使全诗的意境得到了拓展,与上文对照来看,远近结合,虚实相生,写法上也使全诗的内容更加完整。

山　石
唐·韩愈

山石荦确行径微,①	黄昏到寺蝙蝠飞。
升堂坐阶新雨足,	芭蕉叶大栀子肥。
僧言古壁佛画好,	以火来照所见稀。
铺床拂席置羹饭,②	疏粝亦足饱我饥。③
夜深静卧百虫绝,	清月出岭光入扉。
天明独去无道路,	出入高下穷烟霏。④
山红涧碧纷烂漫,	时见松枥皆十围。⑤
当流赤足踏涧石,	水声激激风吹衣。
人生如此自可乐,	岂必局束为人鞿?⑥
嗟哉吾党二三子,⑦	安得至老不更归!

【作者】韩愈(768—824),字退之,河阳(今河南孟县)人,自称郡望是昌黎,所

---

① 荦(luò)确:险峻不平的样子。微:狭窄。
② 羹饭:泛指菜饭。
③ 疏粝:粗糙的食品。粝:粗米。
④ 烟霏:流动的烟云。
⑤ 枥(lì):一种落叶乔木。
⑥ 为人鞿(jī):被人控制,不得自由。鞿:马笼头。
⑦ 吾党二三子:指和自己志同道合的朋友。

以被称为韩昌黎。韩愈贞元年间中进士。曾任国子博士、刑部侍郎,曾被贬为潮州刺史。后官至吏部侍郎。韩愈是中唐古文运动的领袖,被列为"唐宋八大家"之首。他的诗歌也有很高的成就,艺术特色以奇特雄伟、光怪陆离为主,代表了中唐诗歌的新变趋势,与孟郊并称为"韩孟"。有《昌黎先生集》传世。

【赏析】这是一首记游诗,采用一般山水游记散文的叙写方式,从晚至山寺、山寺所见、夜看壁画、铺床吃饭、夜卧所闻、夜卧所见、清晨离寺一直写到下山所见,娓娓道来,让人如历其境。在这一夜到晨的所见所闻中,诗人选用了色彩浓淡明暗变化的若干图景,错落交叠,将闲淡之情与浓艳之景融为一体,使全诗充满了诗情画意。如"山石荦确行径微,黄昏到寺蝙蝠飞",写出暮色苍茫中的"暗";下两句写芭蕉与栀子花,则是暗色中的"亮","大"和"肥",本是两个很寻常很笨拙的字眼,但用在芭蕉叶和栀子花上,特别是用在雨后的芭蕉叶和栀子花上,却显得十分恰切生动,因为它突出了客观景物的特征,增强了形象的鲜明性,这体现出诗人炼字的功夫。下面接着写拿着火把去看壁画,场景明中有暗;而夜卧时"清月出岭光入扉",又是暗中有明;"天明独去无道路,出入高下穷烟霏",写天色刚发亮时山岚弥漫的景色;而下接"山红涧碧纷烂漫",则又豁然开朗,色彩鲜明。这样描写,就在读者印象中留下了视感极强的连续图景。最后作者面对迷人的自然美景,想到自己仕途的不如意,不禁感慨系之,希望能够长居山中,欣赏享受这自然自由的世界。需要注意的是,此诗虽然是记录游踪,但诗人又不是纯粹客观地进行简单记叙,而是处处体现出诗人的情绪感受,比如开篇写黄昏到寺,时间已晚,但寺僧却非常热情,手拿火把引领诗人去看壁画,并殷勤招待,虽然壁画看不太清楚,饭食也很粗糙,但已经写出了山寺僧人的淳朴好客,所以最后写人生如此自可乐,就不仅仅是山水之乐,更重要的是人情之美。这首诗通过描写诗人在寺里山间的所见所闻,流露出了他对山中自然美和人情美的热爱和向往之情,因而产生要至老不归的意愿,这是把握全诗的关键所在。全诗写来流畅平易,但又时见奇崛,有精心的雕琢但又显得很自然。诗中多用散文句式,自由抒写,体现出"以文为诗"的特点。

望 洞 庭
唐·刘禹锡

湖光秋月两相和,① 潭面无风镜未磨。②
遥望洞庭山水色, 白银盘里一青螺。③

---

① 和:和谐,这里指水色与月光融为一体。
② 潭面:指湖面。镜未磨:古人的镜子用铜制作磨成。一说是写水面无风,波平如镜;一说是远望湖中景物隐约迷茫,如镜面未磨时的朦胧不清。两种理解均可。
③ 白银盘:形容洞庭湖。青螺:一种青黑色的螺形的墨,古代妇女用以画眉。这里是用来比喻洞庭湖中的君山。

【作者】刘禹锡(772—842)字梦得,洛阳(今属河南)人,唐代文学家、哲学家。贞元九年(793年)与柳宗元同榜登进士第。贞元十八年(802年)任渭南县主簿,次年任监察御史,后因参与王叔文改革而被贬为连州刺史、朗州司马,曾历任夔州、和州、苏州、汝州、同州等州刺史。后任太子宾客,加检校礼部尚书。他的诗歌,传诵之作极多,生前与白居易齐名,世称"刘白"。白居易推崇为"诗豪",是中唐诗坛风格独特的诗人。有《刘梦得文集》。

【赏析】洞庭湖,是中国的第二大淡水湖,跨湖南、湖北两省,北连长江,南接湘、资、沅、鄱四水,水势浩瀚,号称"八百里洞庭湖"。"洞庭"就是神仙洞府的意思,从名字可见其风光的绮丽迷人。

这是诗人遥望洞庭湖而写的风景诗,明白如话而意味隽永。第一句写水光月色的交融不分,表现了湖面的开阔辽远,第二句写湖中景物隐约迷茫,如同镜面没打磨时的朦胧不清,比喻巧妙,表现了夜晚湖面的平静朦胧。第三句写远望湖中君山,山水一色。第四句再用一个新奇的比喻,写浮在水中的君山就像放在白银盘子里的青螺。全诗纯然写景,既有细致的描写,又有生动的比喻,读来饶有趣味。这首小诗将洞庭湖描写得如此高旷清幽,充分表现出诗人的奇思妙想。刘禹锡把君山比为银盘中的青螺,构思精巧,想象奇妙,与唐人雍陶《题君山》"一螺青黛镜中心"、宋人黄庭坚《雨中登岳阳楼望君山》"银山堆里看青山"有异曲同工之妙。

登柳州城楼寄漳汀封连四州①

唐·柳宗元

城上高楼接大荒, 海天愁思正茫茫。
惊风乱飐芙蓉水,② 密雨斜侵薜荔墙。③
岭树重遮千里目, 江流曲似九回肠。
共来百越文身地,④ 犹自音书滞一乡。⑤

【作者】柳宗元(773—819),唐代文学家、哲学家。字子厚,河东(今山西永济)人。世称柳河东。因官终柳州刺史,又称柳柳州。

柳宗元贞元九年(793年)中进士。十四年(798年)登博学鸿词科。授集贤殿正字。一度调为蓝田县尉。不久,回朝任监察御史里行,参加了主张革新的王叔文

---

① 柳州,今广西壮族自治区柳州市;漳州,在今福建省龙溪县;汀州,今福建省长汀县;封州,今广东省封开县;连州,今广东省连县。
② 飐(zhǎn):风吹浪动。
③ 薜(bì)荔:一种常绿的缘壁而生的蔓生植物。
④ 百越:即"百粤",泛指五岭以南的少数民族。文身:古时少数民族有"断发文身"的习俗。
⑤ 犹自:仍然是。滞:不流通,阻隔。

政治集团。后因为宦官、藩镇、保守官僚的反对,被贬永州(今湖南零陵)司马。在永州九年,游览本州山水名胜,写下不少诗文名篇,著名的有《永州八记》等。元和十年(815年)春,奉召回京师。三月,又被调任为柳州(今属广西)刺史,在柳州兴利除弊,发展生产,政绩卓著。柳宗元与韩愈同为唐代古文运动的倡导者,古文创作成就很大,是"唐宋八大家"之一。他的诗也很有特点,幽峭明净,在中唐自成一家。

【赏析】柳宗元登临的柳州城楼早已不存,现存的东门城楼是明代洪武年间始建的,是目前柳州市保存较好的明代文物古迹。

这首诗是柳宗元被贬柳州时所写的,诗中抒写了怀念挚友,抑郁不平的情怀。当时诗人因政治改革失败,被贬到荒远之地,心中无限悒郁,所以诗人移情于景,借景抒情,诗中所写的自然景色烙上了强烈的主观感情色彩。开头写诗人登上柳州城楼,只见远处海天相接,荒远无际,表达出贬谪诗人的茫然孤独感受,接着写"海天愁思正茫茫",以所见之景的茫茫写作者难以解脱的愁思苦闷,两句笔势阔大,令人明显感觉到作者浓重愁思的无处宣泄。次联写登楼所见之景,惊风吹乱水中的芙蓉,急雨打翻墙上的薜荔,于写景之中蕴含深刻寓意。这里的暴风骤雨是比喻那些奸佞小人,乱飐、斜侵则比喻小人迫害君子,芙蓉、薜荔象征着美好、高洁,用来比喻诗人自己和同时被贬的朋友。诗人用赋的手法写狂风密雨侵袭花草,而用比的手法表达深刻寓意,巧妙而不露痕迹。第三联将视野拓展开,写远处的景观,山岭绵延,树木丛生,遮挡了想望断千里的目光,江水曲折像九曲回肠,仍是写景,但诗人极目远眺而不见故乡旧友,因而心中郁结百回像江流曲折的痛苦心情却是很容易就体会到的。最后一联直抒胸臆,也归结到寄人的主题,写同道之人一起被贬到这蛮荒之地,却仍然不能互通音讯,更进一步写出了当时诗人悒郁悲愤的情怀。

枫桥夜泊
唐·张继

月落乌啼霜满天,　　江枫渔火对愁眠。①
姑苏城外寒山寺,②　　夜半钟声到客船。

【作者】张继(生卒年不详),字懿孙,襄州人(今湖北襄樊市),天宝十二年(753年)进士。曾佐戎幕,为盐铁判官。大历末曾任检校祠部员外郎。其诗多登临纪行之作,写抑郁怨愤之思,不事雕琢而清新可喜。有《张祠部诗集》。

---

① 江枫:水边的枫树。渔火:渔船上的灯火。
② 姑苏:苏州的别称,因西南有姑苏山而得名。寒山寺:在枫桥附近,始建于南朝梁,原名妙利普明塔院。相传唐代高僧寒山、拾得曾在此做住持,故名寒山寺。

【赏析】枫桥在苏州城西,原名"封桥",因张继此诗而改名"枫桥"。现在的枫桥风景名胜区是以寒山古寺、江枫古桥、铁铃古关、枫桥古镇和古运河"五古"为主要游览内容的著名风景名胜区,具有独特的历史文化价值。

这是一首传诵千古的名篇,苏州枫桥也因这首诗而具有了永恒的魅力,以至于今日到苏州旅游,就一定要去枫桥,听听寒山寺的钟声,感受那一份悠远与落寞,在喧嚣的现实中放松一下紧张的心情,这是文学美感加深旅游文化内涵的一个很好的例子。欣赏这首诗,要理解诗人的情感基调,那就是一种羁旅在外的淡淡愁绪。首句从周围景物写起,"月落乌啼霜满天",明月斜落,繁霜满天,在这有些冷寂的秋夜里传来声声乌啼,凄声冷色,塑造了一种孤独凄苦的氛围。"江枫渔火对愁眠"写到旅人之愁,愁是孤独羁旅之愁,诗人却用江枫渔火来渲染,江枫隐喻离别,渔火则是暗夜中的一丝温暖,正足以反衬诗人的离愁,"愁眠"是诗眼所在,写出了漂泊游子最孤寂的感怀。三、四句宕开来写,远处寒山寺的钟声,半夜时分飘到孤独的客船之上,既写出了深夜的寂静,又写出了诗人的孤独不眠,钟声的袅袅不绝,正象征了诗人思绪的缠绵不尽。从全诗总体来看,一、二句写所见,选取了最具有典型特征的景物加以描写,体现出旅人在秋夜中的惆怅,三、四句写所闻,描绘夜色中的钟声,悠远而缥缈,篇幅虽小,但却极尽变化,构思精巧,却又自然平易,与全诗虽有忧伤但不显灰暗的情调正相吻合。

题宣州开元寺水阁,阁下宛溪,夹溪居人①

唐·杜牧

六朝文物草连空,　　天淡云闲今古同。
鸟去鸟来山色里,　　人歌人哭水声中。②
深秋帘幕千家雨,　　落日楼台一笛风。
惆怅无因见范蠡,　　参差烟树五湖东。③

【作者】杜牧(803—852),字牧之,京兆万年(今陕西西安市)人。唐大和二年(828年)进士及第,又登贤良方正能直言极谏科,授弘文馆校书郎。后为淮南节度使牛僧孺掌书记,居扬州,好游宴,写了很多歌咏扬州的诗作。大和九年(835年),入朝为监察御史。后历任宣州团练判官、左补阙、史馆修撰等职。会昌二年(842年),出为黄州刺史,迁池、睦二州刺史。大中二年(848年),入朝为司勋员外郎、史

---

① 开元寺:宣城中的名胜之一。始建于东晋,最初名永安寺,唐开元年间改为今名。现开元寺遗址陵阳山第三峰存留1600余年历史的开元寺塔。宛溪:源出县东南的峄山,由南向北,纵贯城东。
② "歌哭"语:出自《礼记·檀弓》:"晋献文子成室,晋大夫发焉。张老曰:'美哉轮焉! 美哉奂焉! 歌于斯,哭于斯,聚国族于斯。'"
③ 五湖:《吴越春秋》记载,勾践灭吴后,范蠡"乃乘扁舟,出三江,入五湖,人莫知其所适"。

馆修撰。后出任湖州刺史,官终中书舍人。世称杜樊川。杜牧的诗在晚唐独树一帜,俊逸流美,与李商隐并称"小李杜"。

【赏析】这首七律写于杜牧任宣州(今安徽宣城)团练判官时。安徽宣城城东有宛溪,城东北有敬亭山,风景秀丽。杜牧在宣城期间经常来开元寺游赏赋诗。这首诗抒写了诗人在寺院水阁上,俯视宛溪,眺望敬亭山时兴起的历史感怀。

诗一开始写登临远观,只见草色连空,六朝的繁华已成旧迹,那天淡云闲的景象,倒是古今相同,未有改变,对比不变的景物和消失的繁华,造成一种笼罩全篇的古今之慨与人世变易之感。这种感怀在三、四两句的景色描写中进一步抒写出来,飞鸟来来去去,出没在山色的掩映之中。宛溪两岸,百姓夹河而居,人歌人哭,在水声中代代繁衍。这两句似乎是写眼前景象,同时又联通远古。接下来两句,展现了时间上并不连续却又令人难忘的景色:深秋时节的密雨,像给上千户人家挂上了层层的雨帘;落日时分夕阳掩映的楼台,在晚风中送出悠扬的笛声。这两种景色,一阴一晴,一明一暗,在现实中是难以同时出现的。但诗人将它们容括在一联中,写出了对此地景物的深入理解与把握。历史感怀与人生感慨相互激发,表现出诗人的复杂心绪,是留恋美景,尽享山水归田之乐,还是沉溺于功名利禄,为虚名小利伤神?诗人在惆怅中想到了功成名就的范蠡,最后得出结论,还是归隐于烟树迷蒙的五湖更让人神往。全诗始终渗透着一种深切的历史情怀与人生感悟,而这种情绪又有着忧郁低沉的特质,总体上并不特别振作,但诗人的思考是深挚的,真诚的,所以能够给人以无限的回味。

登飞来峰①

北宋·王安石

飞来峰上千寻塔,　　闻说鸡鸣见日升。
不畏浮云遮望眼,　　只缘身在最高层。

【作者】王安石(1021—1086),北宋政治家、思想家、文学家。字介甫,晚号半山。抚州临川(今属江西)人。仁宗庆历二年(1042年)进士。嘉祐三年(1058年)上万言书,提出变法主张,要求改变"积贫、积弱"的局面,推行富国强兵的政策,抑制官僚地主的兼并,强化统治力量,巩固国家统治。神宗熙宁二年(1069年)任参知政事。次年任宰相,依靠神宗实行变法。并支持五取西河等州,改善对西夏作战的形势。因保守派反对,新法遭到阻碍。熙宁七年(1074年)辞退。次年再相;九年再辞,还居江宁(今江苏南京),封舒国公,改封荆国公,世称王荆公。他的诗文颇有揭

---

① 飞来峰一称灵鹫峰,在浙江杭州西灵隐寺前,山石清奇,林木繁茂。相传印度僧人慧理曾称此山很像天竺国的灵鹫山,"不知何时飞来",故名。

露时弊、反映社会矛盾之作,体现了他的政治主张和抱负。散文雄健峭拔,被列为"唐宋八大家"之一。诗歌遒劲清新,晚年之作成就尤高。

【赏析】飞来峰是杭州名胜,历代游人多慕名前来,游览诗文也大多围绕"飞来"二字做文章,而本诗则独出意想,着重表达一种处世精神与人生哲理,显得不同流俗。诗的前两句运用极其平淡朴素的语言,写诗人观景时的立足点,飞来峰本来就非常高峻,而在高山之巅的塔还高达千寻,可见诗人立足点之高,实际上已经为第四句的"只缘身在最高层"做了铺垫。第二句写在塔上可以听闻鸡鸣,观看红日东升的壮观景象,进一步烘托出了山的高耸,也使整个画面显得高远开阔。后两句即景生意,抒发作者纵目远眺时的感觉,把诗篇推入更高的境界。诗人身在高处,自然不惧浮云遮挡,既是写实,也是诗人对自己现实处境的感慨,展现了诗人不畏奸邪、欲拨云见日的豪迈气概,以及高瞻远瞩、积极进取的阔大胸襟,也道出了站得高自能看得远、坚守自身品格就不会被蒙蔽的哲理。这首诗体现出宋诗擅长说理的特点,富于理趣却并不枯涩,道理与景物、情韵与哲理融合得天衣无缝。

饮湖上初晴后雨

北宋·苏轼

水光潋滟晴方好,① 山色空蒙雨亦奇。
欲把西湖比西子,② 淡妆浓抹总相宜。

【作者】苏轼(1037—1101),字子瞻,号东坡居士,眉山(今属四川)人。是北宋著名的文学家,具有多方面的艺术才能,除了诗词文章之外,书画也自成一家。嘉祐二年(1057年)进士,宋神宗时曾任祠部员外郎,因反对王安石新法而求外职,任杭州通判,知密州、徐州、湖州。后因为作诗"谤讪朝廷"被贬黄州。宋哲宗时任翰林学士,曾知杭州等地,官至礼部尚书。后又贬谪惠州、儋州。北还后第二年病死常州。他的文章汪洋恣肆,明白畅达,为"唐宋八大家"之一。诗歌清新豪健,在艺术表现方面独具风格,是宋代最有代表性的诗人。苏词开创豪放一派,对后代影响很大。诗文有《东坡全集》等传世。

【赏析】苏轼曾在杭州做过太守,对于杭州西湖美景,有深切的欣赏体会,所以在他的诗词文章中作了大量的细致描写。西湖美景,可描写赞叹处很多,清波荡漾、一碧万顷、三秋桂子、十里荷花、四围群山、交相掩映,如何描摹刻画,历代文人墨客也多有名作。而苏轼这首诗则从大处落笔,把握西湖美景的整体韵味,以奇妙的构思写出了诗人体会到的西湖之美。

① 潋滟:水波荡漾的样子。方好:正好。
② 西子:即西施,春秋时越国有名的美女。

诗的前两句正面描绘,一句写水,一句写山;一句写晴,一句写雨,结构匀称而巧妙。晴日里的西湖潋波荡漾,给人明媚清丽的感觉。雨中山色迷离朦胧,富于诗情画意。诗人抓住夏季西湖晴雨变幻的特征,描绘了西湖在不同情况下呈现的不同风姿美景。风物变换展示着大自然的美好形象,诗人捕捉这一切,又被其感染。后两句采用比拟的手法,以美女西施来比喻西湖的美景,想象奇妙,赋予西湖以美好的人格,也体现出不同寻常的艺术效果,将西湖不同姿态之美作了进一步的渲染表达。美女西施无论淡妆浓抹,都能够表现其内在的美质,西湖也是一样,无论阴晴都能给人以无限美感。以西施比西湖这一比喻被认为是对西湖最巧妙恰当的比拟,以至于后人将西湖称为西子湖。苏轼对这个新奇比喻也颇为自得,后来还多次在诗词中用到这一比喻。现代作家郁达夫《咏西湖》诗"楼外楼头雨似酥,淡妆西子比西湖。江山也要文人捧,堤柳而今尚姓苏",就说明了苏轼名诗与西湖美景之间相得益彰的关系。

游金山寺
北宋·苏轼

我家江水初发源,　　宦游直送江入海。①
闻道潮头一丈高,　　天寒尚有沙痕在。
中泠南畔石盘陀,　　古来出没随涛波。②
试登绝顶望乡国,　　江南江北青山多。
羁愁畏晚寻归楫,　　山僧苦留看落日。
微风万顷靴纹细,　　断霞半空鱼尾赤。③
是时江月初生魄,　　二更月落天深黑。④
江心似有炬火明,　　飞焰照山栖乌惊。
怅然归卧心莫识,　　非鬼非人竟何物?
江山如此不归山,　　江神见怪惊我顽。⑤
我谢江神岂得已,　　有田不归如江水。⑥

【赏析】金山在今江苏省镇江市。金山寺在金山上,又名泽心寺、龙游寺。金山

---

① 我家:古人认为长江发源于岷山。岷江发源于岷山,流经眉山,至乐山入长江。苏轼为眉山人,所以这里说"我家江水"。
② 中泠(líng):泉名,在金山西北。盘陀:石大而不平的样子。
③ 靴纹细:微风吹皱江水,就像靴子细密的纹路一样。鱼尾赤:鱼尾呈现赤红色,这里形容红色的晚霞。
④ 魄:月缺时有圆形轮廓而光线暗淡的部分。每月初三后逐渐明亮,叫作成魄。苏轼十一月初三日游金山寺,所以这里说"初生魄"。
⑤ 归山:辞官归隐。
⑥ 谢:告诉。岂得已:不得已。

在宋时尚矗立于长江中,后与陆地相连。

北宋神宗熙宁四年(1071年),苏轼因与王安石政见不合,离开京城去做杭州通判,途经镇江时游览了金山寺。这首诗写诗人登览金山,触景生情,感慨仕途的艰险多变,抒发了出仕与归隐的矛盾心情,可以说是苏轼沉浮宦海十余年后的人生总结。

开头两句"我家江水初发源,宦游直送江入海",写诗人见江水而思故乡,直接点明主旨。接下来写金山寺的形势胜景,虚实结合,既实写了金山寺所在位置与诗人现实所见的风貌特征,又用"闻道""古来"两句写出了历史上金山寺一带波澜壮阔的景象。

"试登绝顶望乡国,江南江北青山多"两句自然点出了诗人登临后的怀乡思绪,在命意和结构上都起到承上启下的作用。

从"羁愁畏晚寻归楫"到"非鬼非人竟何物"是第二层次,从望字着眼,主要写登临后所见到的黄昏夕阳和深夜炬火的江景。

"羁愁畏晚寻归楫,山僧苦留看落日"是过渡句,"羁愁"是苏轼当时心境的写照,而落寞的心绪与周围凄凉之景象又紧紧联系在一起。

"微风万顷靴纹细,断霞半空鱼尾赤"用了两个比喻,刻画了鳞鳞波纹和血红晚霞,色彩绚丽,境界壮美。

"是时江月初生魄,二更月落天深黑"转到夜景的描写,用"江月""黑天"等意象为下面的炬火作了铺垫。"江心似有炬火明,飞焰照山栖乌惊",夜半的炬火被神化,似乎是江神对诗人宦游生涯的不满。

"怅然归卧心莫识,非鬼非人竟何物"承接上文,用诗人内心的思虑不安,含蓄总结了宦途中的失落,并为下文抒情作了准备。

最后四句"江山如此不归山,江神见怪惊我顽。我谢江神岂得已,有田不归如江水"是第三层次,抒发了此游的人生感喟。先是直接用江神的责怪,写出了自己宦游不归的无奈与惆怅。然后直抒心曲,总结全诗,表达了决意要归隐的思想。

该诗通过描写白天的江湖、傍晚的晚霞、江景、黑色的月夜、默夜的江火等景物,运用一系列联想,围绕思乡主题,以欲归隐为终局,而以江水为纽带贯穿全篇。诗人见到沙痕,联想到潮高逾丈,见到巨石盘陀,联想到宦海浮沉,最终归结到归田隐居这一主题,显得十分和谐自然。

题西林壁①
北宋·苏轼

横看成岭侧成峰,　　远近高低各不同。
不识庐山真面目,　　只缘身在此山中。②

---

① 题西林壁:题诗在西林寺墙壁上。西林寺在庐山北麓,又称乾明寺。
② 缘:因为。

【赏析】在诗中发议论谈哲理,是宋诗的突出特点,苏轼的很多诗都有这个特点。但诗歌是形象的艺术,如果只是谈理,就会陷入枯燥无味,所以诗中的哲理需要凭借诗歌的整体来表达,要令人在不知不觉中领略到哲理,这就是所谓理趣,强调既有诗趣又富含哲理,要表现得含蓄、自然,不露痕迹。苏轼的这首《题西林壁》就是一首具有哲理趣味的好诗。

这首诗首先描写庐山的奇伟景观,用"横看成岭侧成峰"来写庐山的山峰林立、层峦叠嶂,使景致显得起伏有致,"远近高低各不同"一句用语平常如话,但却准确精练,又展示了庐山一步一景、气象万千,令人莫测高低的奇妙感觉。有前面的直观感受、全面体察,诗人才意识到庐山景观的不同姿态、不同侧面,同时这不同姿态、不同侧面也并非庐山的全部真面目。因而,诗人自然发出慨叹:身在山中、视界受限,反而不能对庐山有全面正确的认识。从而说明了只有站在更高于客体的位置,在更加广泛的范围里才能认识发现其本质的道理。哲理从形象的感觉而来,又正能契合人们的日常感受,因为我们平时对于这种现象也有类似的经验甚至类似的思考,所以一经诗人点破,读者无不有正契我心之感,这正是本诗立意新奇之处。

登 快 阁①

北宋·黄庭坚

痴儿了却公家事,② 　　快阁东西倚晚晴。

落木千山天远大, 　　澄江一道月分明。

朱弦已为佳人绝,③ 　　青眼聊因美酒横。④

万里归船弄长笛, 　　此心吾与白鸥盟。⑤

【作者】黄庭坚(1045—1105),字鲁直,自号山谷道人,又号涪翁,分宁(今江西修水)人,北宋著名诗人,他的诗代表了宋诗的鲜明特点,影响极大,与苏轼并称为"苏黄"。宋英宗治平四年(1067年)进士及第,做过汝州叶县尉和北京(今河北省大名县)国子监教授。屡遭贬谪。崇宁四年(1105年),卒于宜州贬所。有《山谷集》传世。

【赏析】据《泰和县志》记载,快阁最早建于唐僖宗乾符元年(874年),距今已有

---

① 快阁:在太和县(今江西泰和)城东赣江之上,以江山广远、景物清华而得名。
② 痴儿:作者自指。这一句化用《晋书·傅咸传》中"了事正作痴,复为快耳"句,将"痴""了事"与"快(阁)"融入一句之中,非常巧妙。
③ 朱弦:用钟子期死、俞伯牙不再鼓琴的典故,感慨知音的稀少。
④ 青眼:晋朝阮籍能为青白眼,常以青眼对所器重的人,以白眼对不喜欢的人。后用青眼来指喜爱或器重别人。
⑤ 白鸥:毫无心机的白鸥往往被看作隐逸之士的最好伴侣。

1100多年历史,屡建屡毁。1986年重建,规模稍大,但已不复过去的风采了。

　　这首诗是黄庭坚知吉州太和县时所作。一、二两句写诗人于公事之余登上快阁,在晴朗的傍晚倚在栏杆上欣赏快阁东西的绚烂景色,流露出独自玩赏的孤傲姿态。三、四两句写景视野开阔,写千山落木已尽,更显天空远大,明月高悬映照出赣江的澄澈,诗人使用了落木、千山、远天、澄江、明月等或疏朗或阔大的意象,从而使这两句境界豁达,气象远大。五、六句抒发世无知己的感慨,用了两个典故,用伯牙摔琴断弦的典故写知己难觅,用阮籍以青白眼看人的典故写自己只有见到美酒才能以青眼对之,实际上仍然是写无人会意的孤独情怀,只有借酒自娱。结句写欲泛舟弄笛而归,与白鸥结为盟友,以一种诗意的表达写出了诗人对归隐生活的向往。开首写了却公家事,中间写知音不存、以酒自娱,至此本诗的主旨才完全表现出来。诗人将主观感受与景物融为一体,着重在诗中表达一种高洁的情怀,诗风旷达,气象开阔,刻画出一个孤傲不俗的诗人形象。

　　黄庭坚的诗,讲究章法,喜欢用典故,主张避熟就生,化旧为新,从而体现出一种健拔瘦硬、警迈高古的风格特点。这首诗结构开合变化,突兀奇警,用典巧妙,写景高远,炼字精当,鲜明地体现出他的诗歌的一贯特点。

十七日观潮①

北宋·陈师道

漫漫平沙走白虹,②　　瑶台失手玉杯空。③
晴天摇动清江底,　　　晚日浮沉急浪中。

　　【作者】陈师道(1053—1102),字无己,一字履常,号后山居士,彭城(今江苏徐州)人,北宋著名诗人。受业于曾巩。因苏轼等人的推荐入仕,曾任徐州教授、秘书省正字等职。一生贫困,然而耿介自守,不附权贵。陈师道以诗名世,宗法杜甫,受到黄庭坚较大的影响,以苦吟著名。尤工五言诗,风格朴拙精警,意味隽永,被人归入江西诗派,与黄庭坚并称"黄陈"。但其构思刻意求深求僻,过分讲究语言技巧,以致一些作品显得艰涩难懂。有《后山集》传世。

　　【赏析】钱塘江是浙江省最大的河流,由西往东注入杭州湾,流入东海。钱塘江潮为世界一大自然奇观。秋潮时波澜壮阔,气势雄伟,观潮的历史也比较悠久,宋代的诗文中有许多观钱塘江潮的记载。

　　这首诗写观潮所见,纯以描摹刻画为主,写出了钱江潮的气象万千,撼人心魄。

---

① 十七日:农历八月十七、十八是钱塘江潮最为壮观的时候。
② 漫漫平沙:广阔无边的江边平坦的沙滩。走:奔跑和滚动。白虹:指钱塘江潮。
③ 瑶台:传说中指天上神仙居住的地方。

诗歌第一句写奔腾而来的潮头像一道白虹,霎时遮蔽了江岸,江岸的平远广阔与白虹的涌动奔腾形成一幅动静相宜的画面;第二句写江潮掀起霜雪般的波涛,好像是天上仙人的玉杯倾倒而下溅起的,想象神奇,跟李白写庐山瀑布的名句"疑是银河落九天"有异曲同工之妙,而更多了一些浪漫气息;三、四两句是写潮水奔腾涌动,好像倒映江中的晴天晚日也被摇动震撼,随波浮沉,写出了远观江潮,仿佛吞吐天地日月的磅礴气势。这首绝句通过白色长虹的雄奇比喻、瑶台倒酒的浪漫想象,借助晴天晚日倒映江水的烘托,描绘出钱塘江潮的壮丽景色和宏大气势。

醉中下瞿塘峡中流观石壁飞泉

南宋·陆游

吾舟十丈如青蛟,　　　乘风翔舞从天下。
江流触地白盐动,　　　滟滪浮波真一马。①
主人满酌白玉杯,　　　旗下画鼓如春雷。
回头已失瀼西市,②　　奇哉一削千仞之苍崖。
苍崖中裂银河飞,　　　空里万斛倾珠玑。
醉面正须迎乱点,　　　京尘未许化征衣。

【作者】陆游(1125—1210)字务观,号放翁,越州山阴(今浙江绍兴)人。绍兴二十三年(1153年)进士试第一,因位列秦桧孙子之前,加上喜论恢复中原大计,次年礼部试时被黜落,直到秦桧死后才得以入仕。孝宗即位后,赐进士出身。曾任镇江、隆兴通判,后入蜀任夔州通判。淳熙五年(1178年),陆游奉诏离开四川,后历任严州知府、礼部郎中等职。后罢职回乡,长期闲居故乡山阴。嘉定二年(1210年)卒于山阴。陆游是南宋最杰出的诗人,也是现存作品最多的诗人,作品以强烈的爱国主义精神和卓越的艺术成就,在中国文学史上获得了重要地位。著述有《剑南诗稿》《渭南文集》《老学庵笔记》等。

【赏析】宋孝宗乾道六年(1170年),陆游因赴夔州通判任入蜀,经瞿塘峡到达目的地夔州。三峡天下险,诗人行舟江中,所见奇景、险情、古迹、风物无不令人心动,所以有日记体游记散文《入蜀记》详细记录,叙写备至。而诗歌则擅长用各种艺术手段描写瞬间的感受,传达惊心动魄的力量,自然有别样的风采。这首诗就写入瞿塘峡时观赏到的石壁飞泉的奇异景象,诗中以"青蛟"喻"吾舟",以"翔舞"写船行,以"银河"写飞泉,又以"珠玑"写"银河"飞溅的壮美,比喻、拟人、夸张等修辞手法纷至沓来,令人目不暇接,刻画了峡中水流湍急、悬崖峭壁雄伟险峻的气势,渲染

---

① 滟滪(yànyù):滟滪滩,长江江心突起的巨石,在瞿塘峡口,旧时为长江三峡著名险滩。
② 瀼西:四川奉节瀼水西岸地。

了舟行峡中迅捷如电的惊险。全诗写来豪气干云,诗人笔下飞动不羁的景物正是作者本人的精神世界的反映,表达了诗人虽然仕途坎坷、功业无成,却并不悲观颓唐的精神毅力,至今读来仍然有着强烈的感染力。

晓出净慈寺送林子方①

南宋·杨万里

毕竟西湖六月中, 风光不与四时同。
接天莲叶无穷碧, 映日荷花别样红。

【作者】杨万里(1127—1206),字廷秀,吉州吉水(今属江西)人。绍兴二十四年(1154年)进士,历任国子博士,知漳州、常州,秘书少监等职,出知筠州。光宗即位后,又召为秘书监,并以焕章阁学士的身份做过伴金使。以宝文阁侍制致仕。家居十五年,屡召不赴。

【赏析】杨万里善于七绝,工于写景,以白描见长,本诗是他的代表作之一。"毕竟西湖六月中,风光不与四时同",诗人开首用"毕竟"二字,触目兴叹,起语奇警,强调了六月西湖风光与其他季节的确不同,似乎是自己抑制不住的喝彩惊叹,字里行间透着热情,只是虚写。"接天莲叶无穷碧,映日荷花别样红",满湖莲叶,仿佛与远处的水天连在一起;朝日辉映下的荷花,格外艳红,此为实写。表现手法虚实结合,相得益彰。该诗朗朗上口,音律优美,被广为传诵。

游黄华山

金·元好问

黄华水帘天下绝, 我初闻之雪溪翁。②
丹霞翠壁高欢宫, 银河下催青芙蓉。
昨朝一游亦偶尔, 更觉摹写难为功。
是时气节已三月, 山木赤立无春容。
湍声汹汹转绝壑, 雪气凛凛随阴风。
悬流千丈忽当眼, 芥蒂一洗平生胸。③
雷公怒击散飞霆, 日脚倒射垂长虹。
骊珠百斛供一泄, 海藏翻倒愁龙公。④

---

① 净慈寺:位于西湖西南。林子方:作者友人,官居直阁秘书。
② 雪溪翁:元好问的朋友王庭筠,号雪溪。曾在黄华山下闲居读书。高欢宫:北齐神武帝高欢曾在黄华山插天峰下建造避暑宫殿。
③ 芥蒂:梗塞的东西,比喻心中的嫌隙或不快。
④ 骊珠:一种珍贵的珠子,传说出自骊龙额下,故名。骊,这里是骊龙的简称,黑色的龙。

轻明圆转不相碍，　　变见融结谁为雄？
归来心魄为动荡，　　晓梦月落春山空。
手中仙人九节杖，　　每恨胜景不得穷。
携壶重来岩下宿，　　道人已约山樱红。

【作者】元好问（1190—1257），字裕之，号遗山，太原秀容（今山西忻县）人。金代著名文人、学者。金哀宗正大元年（1224年）中博学宏词科，授儒材郎，充国史院编修。翌年，还居嵩山。后数年，历官镇平、内乡、南阳县令。元好问涉足于诗、词、文、散曲和笔记小说各个领域，而以诗的成就最高。金亡后二十余年，他除编成《东坡乐府集选》（已佚）和《唐诗鼓吹》（今存）外，主要致力于保存金代文化，在访诗和收集史料的过程中，作者往来于晋、豫、鲁、冀等地，有机会探幽访胜，写了为数不少的山水旅游诗。著述有《元遗山先生全集》《遗山乐府》等。

【赏析】黄华山位于河南林州市区西十公里的林虑山。林虑山素有"太行之秀"的美誉，黄华山又是林虑山诸峰之秀。峰峦突兀，景色秀丽，佛塔耸峙，人文景观众多，附近还有赵南长城遗址以及红旗渠等古今胜迹。

元好问晚年心境渐趋平静，登山临水、游目骋怀之作很多，诗中虽仍有对故国的思念，但已少有悲愤之情，风格也倾向于平淡自然。有些山水旅游诗写得雄伟壮观，奇异瑰丽，体现出他豁达的胸襟与豪放的气度。《游黄华山》就是他后期山水旅游诗的杰作。这首诗以大气磅礴、力度千钧的笔势，写出了黄华山瀑布的奇观，读之使人有身临其境之感，风格雄壮豪放。黄华山北岩有瀑布，虽然算不上名山，但在热爱自然、心系山水的元好问看来，却有着无穷的魅力。起笔的写法有些特别，作者不过是听闻友人夸赞黄华山的美景，就欣然前往，传达出作者的神往，也引起了读者的强烈期待。然后写偶尔一游之后的感受，果然名不虚传，所见之景是诗思画笔也难以细致描绘的，全诗赞叹震撼的基调已经奠定。接着诗人以磅礴的气势、超出尘俗的想象，展开如椽巨笔，生动描绘了黄华山的瑰奇雄伟，尤其是瀑布的磅礴飞动。时节尚是早春，春寒料峭之时，山谷中传来"湍声汹汹"，并伴随着凛凛阴风雪气，未见瀑布，先写其声势。忽然千丈悬流呈现眼前，令诗人顿生胸胆开张、荡涤一切的感觉。下面通过一系列比喻和夸张，运用许多神话传说，写出了水势之大、水声之洪，诗人心惊目摇、恍惚迷离，惊为仙境的感觉。"雷公怒击散飞雹，日脚倒射垂长虹。骊珠百斛供一泄，海藏翻倒愁龙公"，造语奇特，气势宏伟，充满了浪漫的想象，体现出雄奇的风采，很明显继承了苏轼七古诗善于铺叙描写的特点，创造出一种宏伟奇绝的诗歌境界。诗歌最后写畅游归来之后的冥想回味，这种摄人心魄的美感令诗人久久不能平静、忘怀，夜深之后还在追忆，并表达了希望能够在山樱烂漫的时节携壶重游的心愿，意境转入空灵、恬静。从全诗的结构来看，一开始的期待跃动，游山时的震撼感受，下山后的沉思回味，既符合诗人游历过程的真实心理变化,又使诗歌曲折回环,张弛有度,极尽跌宕起伏之能事。

岳鄂王墓①
元·赵孟頫

鄂王墓上草离离,②　　秋日荒凉石兽危。
南渡君臣轻社稷,　　　中原父老望旌旗。
英雄已死嗟何及,　　　天下中分遂不支。③
莫向西湖歌此曲,　　　水光山色不胜悲。

【作者】赵孟頫(1254—1322),字子昂,号松雪道人,一号水精宫道人,湖州(今浙江吴兴)人。他是宋代宗室之后,入元后经人荐举出仕,历任兵部郎中、翰林学士承旨等职,死后追封魏国公。工诗文,尤擅长七言,书画冠绝当世,尤其是书法,字体圆转秀逸,被称为"赵体"。有《松雪斋集》。

【赏析】岳鄂王墓在杭州西湖畔。岳飞是南宋抗金名将,二十一岁从军,屡立战功。后来被投降派秦桧向宋高宗献计,连发十二道金牌召回,以"莫须有"(就是可能有的意思)三字罪名,在绍兴十一年(1142年)除夕之夜,赐死于大理寺风波亭。绍兴三十二年(1153年),宋孝宗即位后,下诏平反,恢复岳飞元帅官衔,改葬在西湖栖霞岭,即现在的"宋岳鄂王墓"。

这首七律是作者游历杭州西湖,瞻仰岳飞墓时所作的。他是宋代王室的后人,经历亡国之痛,却又入元为官,当他凭吊抗金英雄岳飞墓时,心中的复杂感受是外人难以完全理解的。诗歌开首写鄂王墓所见之景,荒草离离,秋日荒凉,石兽破败,这种凄凉荒远为全诗定下了沉痛、悲悼的情感基调。英雄身后如此寂寞,原因为何?下面自然过渡,写南宋君臣轻视江山社稷,甘于偏安一方,"直把杭州作汴州",以至于奸臣秦桧蛊惑高宗赵构,以"莫须有"的罪名杀害了节节胜利准备直捣黄龙府的岳飞,而中原人民渴望王师北伐,却在等待中年年失望。两相对比,写出了诗人对宋室昏庸的不满和谴责,对沦陷区民众的同情。但是现在英雄已逝,感叹痛惜为时已晚,宋朝已亡,天下沦落异族之手,作为宋室子孙的诗人也已出仕元朝。当他回头反思历史的时候,既有家国沦亡的切肤之痛,又饱含对英雄屈死的沉痛哀悼之情,又有纠结心中的矛盾悔恨,可谓万千思绪聚于一身。此中悲哀痛悼之情,不仅令诗人难以承受,甚至不能向西湖歌吟,因为这南宋故都的湖光山色也会引起诗人的无限怀想与悲哀。这首诗写得曲折低回,沉郁顿挫,源于诗人特殊的身份、难

---

① 岳鄂王:指岳飞,他在南宋宁宗时被追封为鄂王。鄂王墓在杭州西湖畔。
② 离离:草木茂盛。
③ 天下中分:指岳飞含冤被害后,南宋朝廷与金签订屈辱协议,南宋对金称臣,把东起淮水,西到大散关以北的土地,划归金统治,并送给金岁币,天下呈南北中分之势。

言的痛苦经历,以及对于前朝历史的深切感怀。

阴　山
元·耶律楚材

八月阴山雪满沙,　　清光凝目眩生花。
插天绝壁喷晴月,　　擎海层峦吸翠霞。
松桧丛中疏畎亩,①　　藤萝深处有人家。
横空千里雄西域,　　江左名山不足夸。

【作者】耶律楚材(1190—1244),字晋卿,号湛然居士,是契丹皇室后裔。博览群书,通晓天文、地理、律历、术数及释老、医卜之学,且善于诗文。原为金朝官吏,后入元,太宗时官至中书令。

【赏析】这首诗刻画了阴山山脉的奇丽风光和雄峻形势,描绘了西域地区少数民族壮美的生活画面。第一、二两句描绘了壮观的高山雪景,营造出高峻挺拔的气势,显得意气风发。第三、四两句进一步展现了阴山瑰丽变幻的奇景,直插云霄的绝壁,五彩缤纷的云霞,具有神工鬼斧之美,充满了阳刚之气。第五、六两句笔墨一转,意境转换,又呈现出一幅和谐静谧的田园风光。结尾两句大气磅礴,用夸张、对比的手法再次烘托了阴山的雄奇。这首诗不事雕琢,境界开阔,体现了诗人的豪迈胸襟以及对于大自然和人生的热爱之情。

登金陵雨花台望大江②
明·高启

大江来从万山中,　　山势尽与江流东。③
钟山如龙独西上,④　　欲破巨浪乘长风。
江山相雄不相让,⑤　　形胜争夸天下壮。⑥
秦皇空此瘗黄金,⑦　　佳气葱葱至今王。⑧

---

① 畎亩:田间,田地。畎,田间小沟。
② 大江:长江。
③ 尽:都。
④ 钟山:紫金山,在南京市东北。山势由东向西。
⑤ 江山:长江和钟山。相雄:相互争雄。
⑥ 争夸:争胜,争美。
⑦ 秦皇:秦始皇。空:徒然,白白的。瘗(yì):掩埋。
⑧ 佳气:山川灵秀之气。葱葱:形容佳气旺盛的样子。王(wàng):同"旺"。

我怀郁塞何由开，① 酒酣走上城南台。②
坐觉苍茫万古意，③ 远自荒烟落日之中来。④
石头城下涛声怒，⑤ 武骑千群谁敢渡！⑥
黄旗入洛竟何祥？⑦ 铁锁横江未为固。⑧
前三国，后六朝，⑨ 草生宫阙何萧萧！⑩
英雄时来务割据，⑪ 几度战血流寒潮。⑫
我今幸逢圣人起南国，⑬ 祸乱初平事休息。⑭
从今四海永为家，⑮ 不用长江限南北。⑯

【作者】高启（1336—1374），字季迪，号槎轩，又号青丘子，长洲（今江苏苏州市）人。明初诏修《元史》，为翰林院国史编修，授户部右侍郎，不受，借故被腰斩于南京。诗文出色，是"吴中四杰"之一。长于歌行体，多写自然景观，不事雕琢，诗风豪放秀逸。有《高太史大全集》传世。

【赏析】雨花台位于南京市中华门外，最高处可远眺钟山，俯瞰长江和南京市区。东吴时，岗上盛产五彩玛瑙石，又叫石子岗、琉璃岗、聚宝山。传说南朝梁武帝时，有云光法师在此讲经，感动了天神，遂落花如雨，故名雨花台。

清代的赵翼曾经说如果把高启的七言古诗放到李白的诗集中，即使是明眼人也是难以辨别的，这充分说明高启七古的才气超迈、音节浏亮、气势磅礴是脱胎于李白的，也说明了后人对高启这一类诗的推崇，不愧为明初诗人之冠冕。这首《登

---

① 郁塞：郁闷。何由：用什么办法。
② 酒酣：痛快地饮酒。城南台：指雨花台。因在城南而得名。
③ 苍茫：杳无边际。万古意：思念远古之情。
④ 远自荒烟落日之中来：意思是因看到荒烟落日而产生了怀古之情。
⑤ 石头城：故址在今南京草场门西边，三国时孙权所筑。
⑥ 武骑（jì）：骑兵。
⑦ 黄旗入洛竟何祥：三国时，孙皓要去洛阳称帝，结果被晋灭，究竟有什么吉祥？黄旗，这里指孙皓。孙皓听信妄言，自以为应天命，要去洛阳称帝，途中大雪，士卒寒冻不堪，只得返回。几年后，为晋所灭，孙皓降晋，全家迁入洛阳。
⑧ 铁锁横江：西晋伐吴，吴人横铁锁于长江险要处，以阻挡西晋战船东下，但被晋兵烧断铁锁，灭了吴国。所以"铁锁横江"不是良策。
⑨ 三国：指魏、蜀、吴。六朝：指在建康（今南京）建都的东吴、东晋、及南朝的宋、齐、梁、陈六个朝代。
⑩ 宫阙（què）：帝王的宫殿。萧萧：风吹落叶声。形容景色荒凉。
⑪ 英雄：指争霸称雄的人。时来：时机到来。务：专力，致力。
⑫ 几度：多少次。寒潮：指长江寒冷的潮水。
⑬ 圣人：指明太祖朱元璋。起南国：在南方起兵。
⑭ 事：从事。休息：休养生息，指明初实行安定民心，减轻赋税，恢复生产的政策。
⑮ 四海：指全中国。
⑯ 限：隔，分界。

金陵雨花台望大江》是一篇写登临的七言歌行体,当时正值明朝开国之初,诗人风华正茂,心中正有无限远大的抱负,所以全诗写来一气呵成,气象阔大,意境非凡。诗人登上金陵雨花台眺望大江,描写了金陵古城的山川形胜,感叹历代兴亡和战乱给国家民众带来的苦难,表达了天下统一后的喜悦之情。诗以"我怀郁塞何由开,酒酣走上城南台"为全诗的行文串线,把写景、怀古、抒情融为一体。前八句集中写金陵古城的山川形胜,写大江奔流出山,山势随江水向东绵延不尽,而虎踞龙盘的钟山傲然挺立于城西,好像要乘风破浪,回转江流,写江山相争之势,气象万千,传达出诗人的冲天豪情。"秦皇"两句,则承接上文,从现实转入历史,金陵的地理形势虽然固若金汤,但是王气一直到今日葱茏不衰的原因却不在此,也不会因秦始皇埋金玉珍宝而遭压制。中间八句寄情于景,抒发怀古之情。诗人心怀郁塞,原因是对国家社稷的前途怀有居安思危的忧虑,所以在酒酣耳热之时登上雨花台,自然会在荒烟落日之中产生悠远的怀古之情。"石头城下涛声怒"四句是诗人对发生在金陵的历史教训的反思,最终还是体现出对现实的关注。最后八句怀古叹今,概括了历史的普遍规律,就是王朝兴衰,繁华难驻,世代征战最终不过是消散在衰草寒潮之中。最后回到对现实中明主的期待,表现了天下统一、四海一家的喜悦心情。诗人用笔注意动态的描写,用想象、比喻、拟人把客观景物写活,使诗歌颇有活力。全诗以七言为主,偶尔三言、九言入句,增加了变化与气势。

杪秋登太华山绝顶①

明·李攀龙

缥缈真探白帝宫,② 三峰此日为谁雄。③
苍龙半挂秦川雨,④ 石马长嘶汉苑风。⑤
地敞中原秋色尽,⑥ 天开万里夕阳红。⑦
平生突兀看人意,⑧ 容尔深知造化功。⑨

---

① 杪(miǎo):末端。太华山:即西岳华山,是五岳之一。在今陕西华阴县南。"远望之若花状",因古"华"通"花",所以名华山。又因其西南有少华山,故称太华。
② 缥缈(piāo miǎo):高远隐约的样子。探:寻访。白帝宫:白帝是古代传说中主管西方的天帝。在华山为祭祀白帝而修建了白帝宫。
③ 三峰:指华山西峰莲花峰、东峰朝阳峰、中峰玉女峰,合称三峰。
④ 苍龙:东方七个星宿(xiù)的总称。诗中指低垂的乌云。秦川:今陕西中部渭河平原一带。
⑤ 石马:立于墓前的石刻马。汉苑:汉代的园林苑囿。
⑥ 地敞:地域广阔。中原:指渭河平原一带。
⑦ 天开:天空放晴。
⑧ 突兀:高耸。
⑨ 容:须,有待于。尔:你,指作者自己。造化:指天、大自然。

【作者】李攀龙(1514—1570),字于鳞,号沧溟,明代历城(今山东济南市)人,嘉靖二十三年进士,累官至河南按察使。他提倡文学复古运动,与王世贞同为"后七子"首领。其诗文多模拟古人,有《沧溟集》。明世宗嘉靖三十五年(1556 年)秋,作者自顺德知府调任陕西按察提学副使。此诗作于陕西任上。诗人借登山为题,描绘秦川、汉苑的秋天风雨和夕阳秋景,抒写了对大自然造化伟力的感叹。

【赏析】诗人登太华山,用开阔雄放的意境作为诗的主体,使华山之高得到突出,也将山中景色纳入画中。对自然造化的认知是缘于华山的雄姿,登上华山之巅,才觉直接苍穹,秦川汉苑,中原秋色尽收眼底。以龙生雨、马嘶风,暗示历史的风雨阴晴,开阖变幻。诗人笔力雄劲,颇有气势。

过 扬 州
清·龚自珍

春灯如雪浸兰舟①, 不载江南半点愁。
谁信寻春此狂客②, 一茶一偈到扬州③。

【作者】龚自珍(1792—1841),又名巩祚,字璱人,号定庵,浙江仁和(今杭州市)人。清道光进士,曾官内阁中书、礼部行走、宗人府主事等。他是中国近代杰出的文学家、思想家、晚清改良主义的先驱。自幼天资颖慧,才华横溢,有敏锐的观察力,又受过系统的经学教育和良好的文学熏陶,自觉地以诗文创作来经世匡时,干预时政,宣传变革,在当时影响极大。诗今存六百多首,绝大部分是他中年以后的作品。现有《龚自珍全集》传世。

【赏析】扬州自古是繁盛之地,这首诗一开始以"春灯如雪"来写扬州的繁华以及游人的欢快情状,"浸"字写出了一种浓厚的氛围。这一氛围在第二句中得到了强化,游人悠闲惬意、略无愁绪的心态表露无遗。后两联作一转折,写作者的心情与感受与众不同,在一茶一之偈中平淡地到达扬州。诗人所要表达的是他不足为外人道的情趣,是他超脱世俗的感受。在旅游诗中表达自己的心境是一种普遍的写法,但像作者这样,在俗世的欢乐之中保持一种清醒、冷静、淡泊的心志,流露出一种孤芳自赏、世无知音的落寞,并不多见。

---

① 兰舟:木兰做的舟,比喻华美清雅的小船。
② 狂客:狂放不羁之人,作者自指。
③ 偈:梵语"偈陀"的省称,指佛经中的警句或唱词。

本章小结

> 旅游诗是旅游文学中的一个重要门类,其鲜明的艺术特征体现在强烈的抒情性、突出的审美价值和深厚的思想文化内涵等方面。旅游诗的发展历代不绝,不同时代有不同的风格流派,产生了大量风格各异的优秀作品。在具体欣赏旅游诗歌时,应该在掌握基本的文学知识、历史文化知识的前提下,特别注重对作品的思考和感悟,这样才能体会其艺术特色,理解其思想内涵。

思考与练习

1. 应该从哪几个角度入手去欣赏古代旅游诗?
2. 古代山水旅游诗是如何在魏晋时期产生的?
3. 以王维的《山居秋暝》为例,理解旅游诗的意境美。
4. 试分析《枫桥夜泊》作为山水旅游诗的文学价值与文化内涵。
5. 结合所选作品,分析李白与杜甫山水旅游诗的不同特点。
6. 任选一首本地著名景点的旅游诗,加以赏析。

第3章

旅游词曲欣赏

本章导读

本章的主要内容是介绍旅游词、曲的不同艺术特点和发展情况,以及如何欣赏旅游词曲。侧重于分析其独特的抒写方式与主题思想,并通过对有代表性的作品的具体分析,使同学们能够深入理解并掌握欣赏旅游词曲的基本方法,欣赏旅游词曲不同的艺术特色、审美特征与思想内容。

在学习中,同学们需要积累必要的词曲基础知识,并注意考察词曲艺术的独特性,勤于思考,注重感悟,提高分析欣赏具体作品的能力。

第一节 旅游词曲概说

一、旅游词曲的特点

旅游词曲是宋元以后旅游文学中非常重要的诗歌体裁,它以词、曲这两种新兴的诗体来描写山水胜景,刻画历史遗迹,表达旅游者在旅游中的审美愉悦、历史感悟以及精神享受,并进一步传达出作者的人生感怀和生命境界,在体裁形式上有所变化的同时,也获得了诗歌内涵本质的一种演进。

(一)旅游词的特点

旅游词既具有传统旅游诗的一般特质,又具有因形式的变化而带来的独特性。

旅游词注重抒发文人雅致情怀。旅游词的主题比较狭窄,早期的旅游词,大多抒发词人山水游历中的文人情趣,多用小令,对景物、胜迹的细致描摹刻画较少,大多通过疏淡的笔调表现词人游历山水的雅趣。比如欧阳修著名的《采桑子》组词,共十首,写作者流连颍州西湖的雅致情怀。既写波平十顷、莲芰香清的春日美景,又写暮春时节静谧清疏的风姿,还写到如诗画梦幻的西湖夜景。如一幅幅清丽活泼、空灵淡远的风景画,词风清淡,意境平和。但词的重心不在写景,而是着意表达词人寄情山水的志趣和洒脱情怀,以及作者对大自然和现实人生的深深热爱和眷恋,反映了词人旷达乐观的人生态度。文人雅趣通过词这种典雅的诗体得到了最大限度的体现,呈现出一种典雅的美感与深婉的情调。

北宋中期以后,随着长调的引入,文人开始在旅游词中交代旅程,描写旅途所见景物风情,细致刻画,婉转铺叙,呈现出新的面貌。比如柳永的《夜半乐》(冻云黯淡天气),写词人在浙江会稽一带舟游的情况。从出发时的天气,写到一路上所见的两岸景物和风俗人情,描摹细致,渲染充分,体现出词人饱满的游兴和轻快的感觉,写法上有游记的某些特点。另如周邦彦的《渡江云》(晴岚低楚甸),是词人客居荆州期间途赴长安,沿江西行的羁旅行役之作。上片细致描写舟行所见两岸山村春色,下片叙事言情,情真意切,表现了词人在羁旅行役中对春色由衷的喜爱,以及对命运艰难的孤愤之情。

城市风物词的大量出现,不仅反映了城市经济的发展,也代表着都市旅游活动的进一步繁荣。柳永的《破阵乐》(露花倒影)描绘了宋仁宗时每年三月一日以后君臣士庶游赏汴京金明池的盛况,描绘了一幅气象开阔的社会风俗画卷。另外,细致描摹杭州风貌的《望海潮》、咏汴京的《玉楼春》《木兰花慢》等、咏扬州的《临江仙》等,都是能够将"承平气象,形容曲尽"的一时名作。

另有一类旅游词,注重写登临游赏,抒发思古之幽情。比如王安石的《桂枝香·金陵怀古》,当然是游历金陵之时所写的作品,但重点并不在描写旅游所见的景物,也不在抒写游历的感受,而是由江山胜迹生发开来,表达对于王朝兴亡的思考,历史的沧桑感将现实的意识掩盖起来,这就主要体现出对怀古诗传统的继承。同样,苏轼的《念奴娇·赤壁怀古》写到了赤壁附近"乱石穿空,惊涛拍岸"景物,但重心也不在此,而是以"江山如画,一时多少豪杰"做转折,写到历史上的英雄人物,进而抒发了自己年华虚掷,人生如梦的感慨。周邦彦的《西河·金陵怀古》也是以铺写景物抒发人事代谢、古今沧桑的感慨。在这些登临怀古词中,旅游者往往借古迹发感慨,饱含历史兴亡之感,很少表露自己对游历所见的景物以及自己游踪的特别关注。一直到南宋的辛弃疾,登临怀古类的旅游词成为他抒发对国事的隐忧与兴亡之感的重要途径,比如《水龙吟·登建康赏心亭》等都是名作。甚至到后来明清时的陈维崧、朱彝尊等词人,这一特点仍很鲜明。

(二)旅游散曲的特点

散曲的繁荣是元代文学的一大特色,其题材与反映的生活内容比较宽泛,不仅有传统诗词中经常吟诵的内容,也有普通市民、下层百姓的生活感受,雅俗并包,内容丰富。其中,旅游散曲是一个非常重要的题材内容,有的以豪迈激越的笔调写出山川江河的雄伟壮丽,有的以明快简洁的笔触描绘出林溪村舍的秀美怡人,有的则描绘出城市都会的风情画卷。

元代的旅游散曲多借描写景物、胜迹来抒发忧愤之情。元代文人的地位较低,不少散曲作者或流寓都市、沉沦下僚,或追忆往昔、多故国之思,或狂放不羁、玩世不恭,因而在散曲创作中多饱含慷慨不平的愤激与忧愤。比如张可久【人月圆】《雪中游虎丘》就通过写雪中虎丘胜景而生发了历史兴亡之感,以及文人失意、壮志难酬的感慨、怨愤、羞愧纠结心中的复杂情感。【人月圆】《客垂虹》则写出了作者人生失意、前途迷茫、知音难遇的悲凉与孤寂,"三高祠下天如镜,山色浸空濛"的垂虹美景不过是他抒发情志的一种载体。乔吉【折桂令】《毗陵晚眺》同样是写其仕途不如意,人生失败的痛苦,以及寻求解脱的挣扎心态,因此才有结尾"窗影灯深,磷火青青,山鬼喑喑"灰暗惊怖的描写。通过写景来抒发人生失意、境遇可悲的彷徨与悲哀,抑郁与怨愤,是元代旅游散曲的一个重要的主题。

现实的不如意,人生的幻灭感,使大多数文人将目光转向山林岩穴,谋求归隐。所以作者在流连山水之际,游历胜迹之时,往往会流露出高蹈远引的隐逸情怀,并在散曲中得到反复的抒写。张养浩写山水隐逸的作品如【双调·雁儿落带得胜令】:"云来山更佳,云去山如画。山因云晦明,云共山高下。倚杖立云沙,回首见山家。野鹿眠山草,山猿戏野花。云霞,我爱山无价。看时行踏,云山也爱咱。"写云山相映的变化多姿以及人与山相契相合的境界,表现隐逸生活的恬然自得,自然清俊,意趣盎然。张可久的【双调·殿前欢】《爱山亭上》:"小阑干,又添新竹两三竿。倒持手板揩颐看,容我偷闲。松风古砚寒,藓土白石烂,蕉雨疏花绽。青山爱我,我爱青山。"也抒发了作者热爱自然、陶然淡泊的情感。

二、旅游词曲的发展状况

(一)旅游词的发展

词产生于唐,而大盛于宋,王国维认为:"楚之骚、汉之赋、六朝之骈语、唐之诗、宋之词、元之曲,皆所谓一代之文学,而后世莫能继焉者也"(《宋元戏曲史序》)。唐圭璋编《全宋词》收录词人凡一千三百三十余家,作品两万余首,可以说风格多样,无体不备。

词这一文体产生以后,主要用来表达花间樽前的婉约情怀,宋代前期词坛,大体沿袭唐五代余风而又有所发展,风格典雅、清丽、含蓄,以反映士大夫闲适生活为主。但是随着词体的演进以及文人旅游活动的发展,山水旅游的内容也逐渐在词中得到表现。

宋代的山水旅游词在描绘山水风光的过程中往往融入个人的深切感怀。比如欧阳修的《踏莎行》(候馆梅残),开篇描绘初春景物,是为了抒发旅人之恨,将写景与离愁很好地融合在一起。王安石的《桂枝香·金陵怀古》是登临游赏之作,既有对金陵壮丽景色的描绘,更表达出一种对历史变迁的感喟和对国势的忧虑。柳永尤其擅长写宦游行旅过程中的风物景观,以表达羁旅行役之愁与相思离别之苦,比如《安公子》《八声甘州》等都是代表性的作品。柳永还积极开拓山水旅游词的题材范围,突出地体现在对都市风光和城市风物的描绘上。《望海潮》是流传已久咏杭州都市风貌的名作,其他如咏汴京的《玉楼春》《木兰花慢》等、咏扬州的《临江仙》、咏苏州的《瑞鹧鸪》、咏成都的《一寸金》等,也都是一时名作。

苏轼开拓了词的疆界,开创了豪放一派,在他的词中,游赏登临之作更多地表现出一种哲理的感悟和历史的感怀,内涵深度要远远超过此前的词作。《念奴娇·赤壁怀古》是这类作品中最为有名的一首,在对故迹历史的描摹刻画之中,寄予了词人深沉的历史感怀和生命感悟。而《定风波》(莫听穿林打叶声)则通过写一次郊游中遭遇风雨阴晴的经历,表达了词人乐天知命、随遇而安、襟怀开朗的思想情怀。

辛弃疾是南宋最有成就的词人,其词内容丰富、题材广泛,山水旅游词也颇有成就。他的大多数游历词本意并不在描绘景物、记叙游踪,而多是借登临游赏抒发自己壮怀激烈的报国之志与怀才不遇的郁愤之情,比如《水龙吟·登建康赏心亭》等。《沁园春》(叠嶂西驰)以写上饶灵山的雄奇景色为主,是一首纯粹的游赏之作,但写法与众不同,不是穷形尽态地描摹具体的山水,而是用虚笔传神写意,想象奇特,是山水旅游词作法的一大创新。

姜夔、吴文英等词人,创作上追求典雅精工,讲究词法与音律,使词日趋典雅化。他们的一些山水旅游词,首先注重细致的描摹刻画,同时注意传达一种细腻忧郁的情怀。有些作品也不乏身世之感、时代之恨,比如姜夔的《扬州慢》,就是在游历之中表达故国之悲的杰出作品。

元好问是金代最有成就的文学家,用词写登临寄兴之作也较多,多追步苏轼、辛弃疾,以豪放风格为主,《水调歌头·赋三门津》就是其中的代表作,此词以磅礴的气势,描绘了三门津雄奇壮丽的景色,透露出作者的豪情壮志与昂扬奋发精神,笔力雄健,意境开阔,是一首非常杰出的山水旅游词。

经过元明时代的中衰,到清代旅游词的创作又发展起来。前期的旅游词创作中,以阳羡派的陈维崧和浙西派的朱彝尊为代表。陈维崧的旅游词在吊古伤今,暗寓家国之思的同时,也有一些吟咏山水,描绘风土人情的词作。朱彝尊则注意在旅游词中摹写景物、寄寓闲适,意境醇雅,精巧整炼。

清中期的旅游词创作以浙西词派的厉鹗为代表,他吟咏山光水色的词作注重以景写情,体现出"幽隽"的特色。另外常州词派的代表人物张惠言也有极富特色的旅游词作。

清代后期,旅游词作仍然延续发展,王鹏运、朱孝臧、况周颐等也创作了一些出色作品,但已经不再是旅游文学的主体了。

(二)旅游散曲的发展

散曲是元代最有代表性的文学样式,其中也出现了大量描写旅游行为的作品,有的记叙游踪,细致详尽;有的描摹景物,形象鲜明;有的借景抒情,颇多感慨;有的登临怀古,充满感悟,风格多样,成就很高。

关汉卿是元代前期散曲创作的重要人物,拓展了散曲中的城市旅游题材。【南吕·一枝花】《杭州景》套曲,描写了杭州都市的繁华与秀丽的景色,可以跟柳永的名作《望海潮》词相媲美。

马致远的散曲声誉极高,山水游历之作,大多寓情于景,表现出一种诗情画意。【越调·天净沙】《秋思》是其代表作,他还有一组写景散曲【双调·寿阳曲】八首,分别吟咏山市晴岚、远浦归帆、平沙落雁、潇湘夜雨、烟寺晚钟、渔村夕照、江天暮雪、洞庭秋月八种胜景,虽然写山水景物,但不是一味描摹,而是以疏笔勾勒为主,寥寥几笔,神韵即现,极富诗情画意,是散曲中写山水景物的佳作。

张养浩《山坡羊·潼关怀古》是游历怀古的佳作,写出了潼关的险峻形势,重峦叠嶂,气势恢宏,又深寓世事兴衰变幻无常之感,揭示出封建王朝兴亡盛衰的本质,令人警醒。

张可久和乔吉是元代后期的散曲名家。张可久一生沉抑下僚,辗转各地,对于世态炎凉、世事无常的感慨总是挥之不去,所以他向往归隐,希望以隐逸生活的闲适洒脱来抚慰现实中的失意与痛苦。

他的著名套曲【南吕·一枝花】《湖上晚归》,可以说是一篇散曲游记,写作者西湖游赏,花月诗酒,直至二更才欣然回归。全篇写景优美,景物与人物活动结合得很好。尤其是首曲采用虚实结合的方法描摹湖光山色,勾勒西湖晚景,尤为出色。

乔吉旅游散曲中也有抒怀遣兴、咏物写景的上乘之作。如【双调·水仙子】《重观瀑布》,通篇用生动的比喻、奇丽诡谲的语言淋漓酣畅地描绘出瀑布壮丽变幻的景象和雄奇磅礴的气势,想象奇妙,意境超凡。

另外如周德清的【塞鸿秋】《浔阳即景》等,也都是元代旅游散曲的代表性作品。元代以后,散曲逐渐衰微,基本上退出了历史舞台。

三、如何欣赏旅游词曲

李清照说:"词别是一家。"强调了客观存在的诗词界限,不仅是诗体形式的差异,更包括表现的题材与主题分工不同,艺术手法不同,营造的意境当然也有不同。而元代的散曲,从艺术形式、语言特点、表现手法、意境到审美趣味的差别,比诗词还要大。所以我们需要从了解词曲与传统诗歌之间的差异着手,这样才能更好地欣赏旅游词曲独特的艺术特点。

(一)必须了解词曲的基本形式特点

词于初盛唐即已在民间和部分文人中开始创作,中唐时词体基本建立,晚唐以至五代,文人化程度加强,艺术趋于成熟。两宋是词发展最为兴盛的时期。

词最初称为"曲词"或"曲子词",是配音乐的,所配的是隋唐新起的燕(宴)乐。后来词逐渐跟音乐分离了,成为诗的别体,所以有人也把词称为"诗余"。因为词的句子长短不齐,所以又叫"长短句"。但是全篇的字数是有规定的,每句的平仄也是有规定的。

词大致可分三类:小令、中调、长调。一般认为:五十八字以内为小令,五十九字至九十字为中调,九十一字以上为长调。

词牌,就是词的格式的名称,规定着不同的字数、句数、平仄和韵脚等。有时候,几个格式合用一个词牌;有时候,同一个格式而有几种名称。

关于词牌的来源,大约有下面的三种情况:

(1)本来是乐曲的名称。例如《菩萨蛮》《西江月》《风入松》《蝶恋花》等。

(2)摘取一首词中的几个字作词牌。例如《念奴娇》,又叫《大江东去》,这是由于苏轼有一首《念奴娇》,第一句是"大江东去"。

(3)本来就是词的题目。《踏歌词》咏的是舞蹈,《渔歌子》咏的是打鱼,《更漏子》咏的是夜,等等。

绝大多数的词都不是用词牌的"本意",因此,词牌之外还有词题,一般是在词牌下面用较小的字注出词题。在这种情况下,词题和词牌没有任何关系。一首《忆江南》可以完全不涉及江南,词牌就只不过是词谱的代号。

词有单调、双调、三叠、四叠的分别。单调的词往往就是一首小令。比如我们熟悉的《如梦令》。双调的词有的是小令,有的是中调或长调。双调就是把一首词分为前后两阕。两阕的字数相等或基本上相等,平仄也相同。三叠就是三阕,四叠就是四阕。但三叠、四叠的词很少见。

在艺术形式上,散曲和词一样,都是长短句的形式。但散曲的长短变化更多,句法变化更为丰富。在音乐渊源上,曲乐和词乐也是一脉相承的,都属于唐以来的燕乐系统。

散曲一般分小令和套数两种。小令在元代又名叶儿,一般由单支曲子写成,它形式短小,自由活泼。每支曲子的曲牌表示不同的谱式,也规定着不同的字数、句数、平仄和韵脚等。每首小令隶属于一定的宫调,如【满庭芳】属中吕宫,【天净沙】属越调等。小令还有一种特殊变体——带过曲,就是根据某些乐律可以衔接的关系,把两个或三个曲牌连接起来。如曾瑞的【中吕·快活三过朝天子】就是由【中吕宫】中的【快活三】《警世》和【朝天子】《自误》构成的。小令保留有民间俚歌的痕迹,是元散曲家创作最多的一种体裁,现存总数近4000首。

套数又名套曲、散套或大令,它是由两支以上的同一宫调的只曲连缀而成的组曲。是在唐宋以来的大曲、鼓子词、诸宫调和唱赚的连缀方式的基础上加以发展变化而成的。套数必须由两支以上同一宫调的曲子组成,除了以带过曲作结外,一般在收束处有"收尾""赚尾"或"尾声",结构上往往先用一二支小曲开端,中间选用的调数不限,从二三调到二三十调不等,全套须一韵到底,中间不能换韵。套数常用的宫调有正宫、中吕宫、南吕宫、仙吕宫、黄钟宫和大石调、商调、越调、双调等五宫四调。这些宫调一方面限定了乐器音乐的高低,另一方面也与作者所要表达的思想感情密切相关。套数一般有相对固定的格式,如南吕宫以【一枝花】为首,正宫以【端正好】为首。

(二)注意体会旅游词曲在主题、意境、审美等特点上的独特之处

词从孕育到诞生的全过程,都是与音乐联系在一起的,所以它注定是一种抒情的载体,情是词的主题。即使是专写山水旅游的作品,抒情性也是其最突出的特征。因此,我们在欣赏旅游词的时候,首先应该注意抉发其中蕴含的幽约之情,除了豪放派词人的作品之外,大多不如诗歌境界那么阔大,但那种细密与铺叙的写法与所营造的绵绵不尽的感觉是非常独特的,也是需要仔细体会的。比如前面提到的周邦彦《西河·金陵怀古》,无论在主题的表达还是形象的捕捉方面,都没有超过唐代刘禹锡的怀古诗《金陵五题》,刘禹锡诗中"旧时王谢堂前燕,飞入寻常百姓家",形象生动、意境隽永、寓意深刻,而周邦彦用词的形式表达同样的感慨,看起来是一种在新的体式下的再现,但通过意蕴的放大和拉长,仍然具有一种无限感慨的悠远情味,这就是我们需要欣赏体会的词与诗所不同的地方。

词人的山水旅游作品往往用简洁明净的语言,勾勒出清丽恬淡的自然景物,大多是流连自然、忘情山水之作。如苏轼的《浣溪沙》"山下兰芽短浸溪,松间沙路净无泥",朱敦儒《念奴娇·垂虹亭》中说"碧空寥廓,瑞星银汉争白",再比如李弥逊《永遇乐·初夏独坐西山钓台》说"曲径通幽,小亭依翠",无论是填词大家还是偶一为之的普通文人作品,都体现出一种共同的悠然情趣,平和而自然。词人们在松风明月之中,在青山绿水之间,与大自然静静地进行着心灵交流,向往着与宁静恬美的山川融为一体,以达到精神上的自由与永恒。这样一种情调和意境,是山水旅游词中经常表达及营造的,值得我们反复吟咏品味。

如果说词是逐渐典雅化的一种诗体,那么散曲正好跟它有着一个相反的走向。散曲中有典雅一派,比如马致远、白朴等,都有很多典雅明丽,语言华美的作品。但散曲的最大特点是通俗,是自然。按照一般的表述,散曲中是有一种"蛤蜊""蒜酪"味,有一种浓郁的民间风味和地方特色。散曲的做法崇尚急切透辟、极情尽致,不讲求含蓄,大多冲口而出,用意全然展现于词面,主要特点就是俚俗自然、豪放直率、诙谐幽默,这与诗词都有所不同。从句式上来说,散曲是开放灵活的,另外,衬字、俗语的大量运用,也强化了散曲的反传统的美学风格,这一特点与元代通俗文化的兴盛这一时代潮流正相适应,从而促成散曲在当时的迅速繁荣。

元代的旅游散曲,从总体上来说,语言上体现出率真自然的通俗本色,以口语的大量使用,并加以不着痕迹的锤炼,形成一种特殊的活泼生动的语言风格,自然且充分地表达了文人对游历中所见景物的喜爱与思想情感的变化。比如关汉卿的【南吕·一枝花】《杭州景》以明快爽利的语言写出了一个初到江南的北方人所见的秀丽景色与都市繁华,笔墨挥洒自如,透露出作者的欣喜之情,体现出套曲长于铺叙,写景状物细致完备的艺术特点。

当然,也有相当数量的旅游散曲以典雅的语言塑造出高远的意境,表达了元代文人的思想情致。比如马致远的【越调·天净沙】《秋思》,就以典雅的艺术语言描绘出一幅萧瑟悲凉而又意境深远的秋景图,烘托出羁旅之人的深沉乡思,情景交融,含蓄隽永。徐再思的【中吕·普天乐】《西山夕照》写"晚云收,夕阳挂,一川枫叶,两岸芦花"的绚烂,写"万顷波光天图画,水晶宫冷浸红霞"的奇幻,描摹传神,刻画细致,描绘出一幅太湖水滨的风情画,塑造出一种浓烈的向往之情。二者所抒发的情绪的淡泊与热烈略有不同,但都传达出一种文人所欣赏的典雅美感。

因此,我们在欣赏山水旅游散词曲时,应该从一般特征入手,在体会其语言、主题、意境的同时,注意欣赏词、曲的独特韵味。

第二节　旅游词曲作品欣赏

一、旅游词欣赏

桂枝香·金陵怀古
北宋·王安石

登临送目,正故国晚秋,天气初肃。千里澄江似练,翠峰如簇。①征帆去棹残阳里,背西风、酒旗斜矗。②彩舟云淡,星河鹭起,画图难足。念往昔、繁华竞逐,叹门外楼头,悲恨相续。③千古凭高,对此漫嗟荣辱。六朝旧事随流水,但寒烟衰草凝绿。至今商女,时时犹唱,《后庭》遗曲。④

【作者】王安石事迹创作见前 P.52。

【赏析】南京,古称建康、金陵,今为江苏省省会。位于江苏省西南,临长江,三面环山,"虎踞龙盘",地势险要。南京自公元前 472 年开始筑城,至今已有二千四百余年的历史,为东吴、东晋、南朝宋、齐、梁、陈六朝之古都。

王安石词虽不多而风格高峻,这首《桂枝香·金陵怀古》最为有名。"桂枝香"是词牌名。

此词为作者治平四年(1067 年)做江宁知府时所作,写登临游赏之后的所见所感,蕴涵着深沉的历史思考。词的上片写登临所见,描绘金陵的壮丽江山,"登临远目",视界高远,此时正是故国晚秋,所见一片肃杀景象。"千里澄江似练,翠峰如簇",描绘出一幅旷远、清丽但又雄壮的金陵风景,词人却发出"征帆去棹残阳里,背西风酒旗斜矗"的感慨,为下片的怀古奠定情感基础,江上彩舟点点、鸥鹭齐飞,云影微淡、星河灿烂,此间美景难以画笔描绘。下片总结六朝兴亡的教训,表达了对历史变迁的感喟和对积贫积弱的国势的忧虑。由寓目所见之景,想到过去六朝统

---

① 簇:聚集。
② 棹:桨。
③ 门外:指陈灭亡时,隋大将韩擒虎从朱雀门外入宫擒陈后主及宠妃张丽华的故事。楼头:指张丽华住的"结绮楼"。"悲恨相续",是说六朝亡国的悲恨相续不断。
④ 《后庭》遗曲:杜牧《泊秦淮》有"商女不知亡国恨,隔江犹唱后庭花"的诗句。

治者粉饰金陵秀丽山川,竞逐豪华而终致荒淫误国;慨叹一幕幕"门外楼头"式的悲剧历代不断上演,令人可悲可恨!千古以来文人骚客莫不如此感叹,但又有谁真正知晓六朝兴亡的缘由呢?如今六朝旧事皆随流水逝去,只见寒烟之中乱生的衰草点发出浓重的绿色。最后化用杜牧诗句,点出全词要义,那些烟花女子,不知道亡国之恨,还在唱着《后庭》遗曲。全词以散文句法入词,讲究起承转合,意境开阔,含意深远,词风开朗高迈,是宋词中咏史怀古的名篇。王安石的这些咏史怀古词作,从登临游赏中生发出历史的感怀,表现出以天下为己任的政治家胸怀,开拓了宋词的新境界。杨湜《古今词话》说:"金陵怀古,诸公寄调于《桂枝香》,凡三十余家,惟介甫为绝唱。"

望 海 潮

北宋·柳永

东南形胜,三吴都会,钱塘自古繁华。① 烟柳画桥,风帘翠幕,参差十万人家。② 云树绕堤沙,怒涛卷霜雪,天堑无涯。③ 市列珠玑,户盈罗绮,竞豪奢。重湖叠巘清嘉。有三秋桂子,十里荷花。④ 羌管弄晴,菱歌泛夜,嬉嬉钓叟莲娃。千骑拥高牙,乘醉听箫鼓,吟赏烟霞。⑤ 异日图将好景,归去凤池夸。⑥

【作者】柳永(约987—约1053),字耆卿,原名三变,排行第七,人称"柳七",福建崇安县人。柳永出身书香门第,早年热衷科举,但连续几次科考都未及第,激愤之下作了一首《鹤冲天》词,大发牢骚,"黄金榜上,偶失龙头望",认为"才子词人,自是白衣卿相",并宣称"忍把浮名,换了浅斟低唱",但他又不是真的无意科举,仍然努力不辍。仁宗皇帝却不能容忍他的疏狂,说:"且去浅斟低唱,何要浮名?"(吴曾《能改斋漫录》卷一六)柳永从此更为放荡不羁,自称"奉圣旨填词柳三变",流连于娼楼妓馆,"教坊乐工,每得新腔,必求永为辞"(叶梦得《避暑录话》),这就奠定了柳词平民化、市井化的基础。仁宗景祐元年(1034年),他更名柳永,终于科考及第,但一直沉沦下僚,曾任屯田员外郎,所以世称"柳屯田"。有《乐章集》传世。

【赏析】《望海潮》描绘了杭州山水风物的秀丽与郡邑的繁荣富庶,被南宋学者陈振孙称为"承平气象,形容曲尽"(《直斋书录解题》)。对西湖的描写,有"三秋桂子,十里荷花"的名句,传说金主完颜亮读后艳羡不已,竟然引起投鞭南侵之意,这

---

① 三吴:吴兴郡、吴郡、会稽郡世号"三吴"。钱塘:杭州,旧属吴郡。
② 参差:楼阁高低不齐的样子。
③ 天堑:天然的壕沟。
④ 重湖:西湖以白堤为界,分外湖、里湖,故云。叠巘(yǎn):重叠的山峰。清嘉:秀丽。
⑤ 千骑:宋朝州郡长官兼知州军事,故此曰"千骑"。牙:牙旗,将军用的战旗。
⑥ 图:描绘。凤池:凤凰池,本为皇帝禁苑中池沼。此处则是泛指朝廷。

一传说当然不能说是信史,但至少说明"凡有井水饮处皆能歌柳词"的说法不虚,另外也可以看出柳永这几句词刻画西湖美景的生动传神。

在这首词里,词人以生动的笔墨,把杭州描绘得富丽非凡。西湖的美景,钱江潮的壮观,杭州市区的繁华富庶,当地上层人物的享乐,下层人民的劳动生活,都一一注于词人的笔下,摹写出一幅幅优美壮丽、生动活泼的画面。柳永作词擅长铺叙,开头写"东南形胜,三吴都会,钱塘自古繁华",以平直的笔调勾勒了全词所写对象的轮廓,然后镜头由远而近,写全景、写市井、写西湖、写游客,便有了一条贯穿的主线。作者先粗笔勾勒,接着再细细着色描画,吟出"烟柳画桥,风帘翠幕""三秋桂子,十里荷花"这样精致秀丽的名句,粗细相映,韵味更显丰厚。

上片写江南形胜之地和钱江潮的壮观,用"怒涛""霜雪""天堑"等有冲击力的语言,词句短小,音调急促,仿佛江潮劈面奔涌而来,有不可阻挡之势。而下片写西湖清幽的美景时,则用优美的文字,平和舒缓的节奏,描绘了自然景色优美、人间情怀美好的西湖佳境,更加使人心旷神怡。

柳永以传统上只写风情小景的词体来叙写都市的繁华,展示山水旅游的所见所感,这无疑是在词的题材方面的一大开拓。这首词写杭州的山水之清丽与城市之富庶,写湖光、山色、江天、人物,呈现出一片承平盛世之象,笔法清新,结构浑然,达到了两宋以观览都市风光、描写城市风物为主要题材的词作的最高成就。

念奴娇·赤壁怀古①

北宋·苏轼

大江东去,浪淘尽,千古风流人物。② 故垒西边,人道是、三国周郎赤壁。③ 乱石穿空,惊涛拍岸,卷起千堆雪。④ 江山如画,一时多少豪杰。遥想公瑾当年,小乔初嫁了,雄姿英发。⑤ 羽扇纶巾,谈笑间、强虏灰飞烟灭。⑥ 故国神游,多情应笑我,早生华发。人生如梦,一樽还酹江月。⑦

【作者】苏轼事迹创作见前 P.53。

【赏析】苏轼在柳永发展慢词的基础上开拓了词的意境,开创豪放一派,使词的境界、表现力得到拓展,语言、音律、风格得到了解放。在苏轼的笔下,词成为堪与

---

① 念奴娇:是词牌名。赤壁:历史上的赤壁之说不一,实际上三国时周瑜击败曹操大军的赤壁是在湖北省蒲圻县西北、长江南岸,而非苏轼此时所在的黄冈赤壁。
② 风流人物:杰出人物。
③ 故垒:旧时的营垒。
④ 雪:比喻浪花。
⑤ 公瑾:周瑜字公瑾。小乔:周瑜之妻。
⑥ 羽扇纶(guān)巾:三国魏晋时人的装束。羽扇,亦用以指挥军事。纶巾,青丝带做的头巾。
⑦ 酹(lèi):把酒倒在地上祭奠。

诗文比肩的文体，能够表达文人的一切情感与思想，其疆界被大大拓展了。

词写于宋神宗元丰五年（1082年）七月，当时苏轼被贬黄州，游赏黄冈城外赤壁矶时写下这一篇千古佳作。上阕由写景入手，为下面英雄人物的出场做铺垫。开篇从滚滚东流的长江着笔，把滔滔不尽的长江与千古风流人物联系在一起，时空久远，场景阔大。"故垒西边，人道是、三国周郎赤壁"，点出具体感怀的人物和地点所在，"人道是"一句说明苏轼不过是借景借事抒怀，本来就不必拘泥此处是不是历史上真的赤壁之战的遗迹。"乱石穿空，惊涛拍岸，卷起千堆雪"，集中描写了赤壁附近雄奇壮阔的景观，用语凌厉，气势磅礴，把读者带入一个惊心动魄的奇险境界。"江山如画，一时多少豪杰"，词人面对壮丽如画的江山，顿生感慨，慨叹有多少英雄豪杰在历史上建立功业。下阕重在写人，顺承上阕最后一句，当年的英雄豪杰中最突出的正是雄姿英发的周瑜，"遥想公瑾当年，小乔初嫁了，雄姿英发。羽扇纶巾，谈笑间、强橹灰飞烟灭"，着力抒写了周瑜当年在赤壁之战时的年轻勇武形象和所建立的赫赫战功。对照年少英雄的周瑜，作者不禁有"故国神游，多情应笑我，早生华发"的感慨和叹惋。"人生如梦，一樽还酹江月"，作者感慨人生犹如梦境，凸显出面对现实的无奈，只对江月饮酒，聊以自慰。全词写得波澜壮阔，气势雄浑，我们需要特别体会的是作者在这种阔大雄浑的意境中所表达出的怀古幽情与现实苦闷。

苏轼在黄州期间，写了许多吟咏黄冈赤壁的诗词文章，为本来不是三国古战场的黄冈赤壁博得了深远的声名与影响，使之成为一处著名的胜迹，这也是文人与名胜相得益彰的一个极好的例子。

减字木兰花·己卯儋耳春词①

北宋·苏轼

春牛春杖。无限春风来海上。便与春工。染得桃红似肉红。春幡春胜。②一阵春风吹酒醒。不似天涯。卷起杨花似雪花。

【作者】苏轼介绍见前文。

【赏析】词中流露出对春的喜悦，畅游春天，把酒临风，惬意满怀，只把他乡作故乡，表现作者"此心安处，便是吾乡"的旷达情怀。诗中七个"春"字，连绵而出，既使诗词洋溢着春的喜气，勃发生气，又有着很强的感染力，读后令人神清气爽，忘却身为天涯沦落之人。

---

① 儋耳：位于海南岛中西部，唐称儋耳郡，宋改名昌化军、南宁军。明设儋州。苏轼曾至此，留下载酒堂等胜地。

② 春幡：春旗。古例立春时节挂春幡，以此标志春到。春胜：似为妇女所戴彩结类首饰。一般在正月初一妇女将它戴在头上。

青玉案①
北宋·贺铸

凌波不过横塘路,②但目送,芳尘去。③锦色华年谁与度?④月台花榭,⑤琐窗朱户,⑥只有春知处。碧云冉冉蘅皋暮,⑦彩笔新题断肠句。⑧试问闲愁都几许?⑨一川烟草,满城风絮,梅子黄时雨。⑩

【作者】贺铸(1052—1125),字方回,自号庆湖遗老。原籍山阴(今浙江绍兴县),生长卫州(今河南汲县)。是宋太祖贺皇后五世族孙。早年任武职,后转为文官,晚年退居苏州。他性格刚毅,渴望建功立业,不肯曲事权贵,退隐非其所愿。他的词语言绮丽,富于抒情色彩,也有悲壮豪放之作。有《东山词》。

【赏析】词以美人不来,引起思慕为发端,上阕感叹"只有春知处",把幽恨、清愁、寂寞一表无遗。下阕抒写蓝天、香草依旧而才尽的无奈,寄托自己苦闷失意的心情。词写相思,但是并非以爱情为主题。最为精彩的是最后三句,连用"烟草""风絮""梅子"等典型的江南风景比喻抽象的"闲愁",令人称奇。采用这种博喻,把不可捉摸的"闲愁"转化成可见可感的生动形象,而喻体都是眼前之景,不袭前人,清新自然。同时也是兴中有比,以完整的画面,营造出愁苦氛围,用作比喻的喻体都是复合景色,景色的凄迷、愁苦,巧妙地组合,给人难以忘怀的印象,于是便成了传世佳句。

念奴娇·过洞庭
南宋·张孝祥

洞庭青草,近中秋,更无一点风色。⑪玉鉴琼田三万顷,着我扁舟一叶。⑫素月分辉,明河共影,表里俱澄澈。悠然心会,妙处难与君说。应念岭表经年,孤光自

---

① 这首词作于贺铸寓居苏州时期。末句的工巧,使他有了"贺梅子"之称。
② 凌波:曹植《洛神赋》"凌波微步,罗袜生尘。"后人遂以凌波形容女性步履轻盈。横塘:地名,在苏州城外十余里,贺铸在那里筑有小屋。
③ 芳尘:原指美人经过时的尘土,词中喻美人。
④ 锦色年华:美好的年华。
⑤ 月台:露天的平台。花榭:花木环绕的厅堂。
⑥ 琐窗:雕花的窗。琐是连环形的花纹。
⑦ 冉冉:缓缓移动的样子。蘅皋(héng gāo):长着香草的水边高地。蘅:杜蘅,香草名。
⑧ 彩笔:比喻富有才华的文笔。
⑨ 都几许:共有多少。
⑩ 一川:遍地。风絮:随风飘扬的柳絮。梅子黄时雨:旧历四五月间多鱼,正值梅子成熟时,俗称梅雨。
⑪ 洞庭青草:洞庭湖在湖南省岳阳市西,青草湖在岳阳市南,二湖相通,总称洞庭湖。
⑫ 玉鉴:玉镜。玉鉴琼田形容月光下皎洁的湖水。着:安置,容纳。

照,肝胆皆冰雪。① 短发萧骚襟袖冷,稳泛沧溟空阔。② 尽挹西江,细斟北斗,万象为宾客。③ 扣舷独啸,不知今夕何夕!④

【作者】张孝祥(1132—1169),字安国,别号于湖居士,历阳乌江(今安徽和县)人。高宗绍兴二十四年(1154年)以第一名进士及第。因上书申理岳飞冤情而被诬下狱。孝宗隆兴元年(1163年),为中书舍人,任建康留守,后又被弹劾落职。其词风豪放激越,多抒发爱国思想,风格接近苏轼词。著有《于湖集》《于湖词》。

【赏析】这首词是张孝祥遭受谗言落职后由桂林北归,经过洞庭湖时所作的。上片先写洞庭湖月下的美景,秋高气爽,幽明澄澈。"更无一点风色",是表现洞庭湖上万里无云、水波不兴的境界。下面接着写湖面广阔,湖水明净光洁,如玉镜琼田,词人驾一叶扁舟,自由飘荡在三万顷的湖面上,气质豪迈潇洒。"素月分辉,明河共影,表里俱澄澈",写皎洁的月光照在水面上,湖水明亮,好像素月给湖水分了一些光辉。天上的银河投影到湖中,澄明清晰,上下两道银河同样明亮。洞庭湖上下水天辉映,一片晶莹透明,境界极为空灵阔大。词人面对这样的美景,心境与物境悠然相会,美妙的体验难以用语言表达,表现出诗人光明坦荡、高洁脱俗的精神境界。

下片着重抒发感怀,将开阔的胸襟与轩昂的气概融入澄澈的景物之中,想象奇特,笔势雄杰。"应念岭表经年,孤光自照,肝胆皆冰雪。"词人由上片所写洞庭湖美景,想起在岭南一年的生活,以孤月为伴,引清光相照,虽然被谗免职,但自己光明磊落、肝胆照人,就好像冰雪一样晶莹纯洁。"短发萧骚襟袖冷,稳泛沧溟空阔。"写诗人当前的境况,年华消逝,头发逐渐稀疏短少,在夜气清冷的湖面上,自然会感到几分萧条与冷落,但诗人却写自己安稳地泛舟于水波浩渺的洞庭湖之上,气概丝毫不减。"尽挹西江,细斟北斗,万象为宾客。"写词人尽情舀取西江之水,举起北斗星慢慢斟来当酒喝,邀请天地万物做宾客跟我一起纵情豪饮。这三句写得气魄雄伟,气象万千,是全词情感的高潮。最后两句写词人敲着船舷打着拍子长啸高歌,发出"不知今夕何夕"的感叹,写出了词人沉醉于澄澈明净的美景之中,物我完全浑融为一的境界,收束得轻松而有余味。

后人评价张孝祥的词有东坡气概,清人王闿运甚至以为此词"飘飘有凌云之气,觉东坡《水调》犹有尘心"。仔细体会,确实能感受到词人那种高洁明净、超越尘俗之心。

---

① 岭表:指两广之地,北有五岭,南有南海。孤光:指月。
② 萧骚:稀少。沧溟:大水弥漫。
③ 挹(yì):舀。西江:指长江。长江来自西,故称。北斗:北斗星形似酒斗。万象:宇宙间的万物。
④ 不知今夕何夕:用赞叹语表示今夜有此良辰美景。

水龙吟·登建康赏心亭①
南宋·辛弃疾

楚天千里清秋,②水随天去秋无际。遥岑远目,③献愁供恨,④玉簪螺髻。落日楼头,断鸿声里,⑤江南游子。把吴钩看了,⑥阑干拍遍,无人会,⑦登临意。休说鲈鱼堪脍,尽⑧西风,季鹰归未?求田问舍,⑨怕应羞见,刘郎才气。可惜流年,⑩忧愁风雨,树犹如此!⑪倩何人、⑫唤取红巾翠袖,⑬揾英雄泪!⑭

【作者】辛弃疾(1140—1207),字幼安,号稼轩,历城(今山东济南市)人。二十一岁参加抗金斗争,不久归南宋,历任湖北、江西、湖南、福建、浙东安抚使等职。一生坚决主张抗金,提出过多项抗金北伐方略,均未被采纳,长期落职闲居在江西上饶、铅山。晚年一度被起用,不久病卒。其词富有爱国激情,多抒发壮志难酬的悲愤,豪放雄浑,与苏轼并称为"苏辛",是南宋豪放派最伟大的词人。有《稼轩长短句》传世。

【赏析】辛弃疾一生壮心不已,但时运不济,四十二岁即退隐闲居,虽然他对于隐逸的高人一向很羡慕,但在正是大有可为的壮年被迫离开政治舞台,他的内心痛苦和愤激是显而易见的。一方面,他可以尽情赏玩山水田园风光,体味其中的闲适之趣,所以他写"茅檐低小,溪上青青草"(《清平乐》)的村居生活,又写"明月别枝惊鹊,清风半夜鸣蝉"(《西江月》)的田园风光。但另一方面,他心灵深处又不断泛起波澜,对理想的执着向往与现实中的失意愤激始终纠缠在一起,使得他的许多词作都带有一种"忠愤郁勃之气",这种丰富而复杂的感受在当时词人中是少见的,对于词的表现力来说,无疑是一个极大的拓展。这首《水龙吟》就是他这一心理感受

---

① 水龙吟:是词牌名。建康:六朝时期的都城,今江苏南京市。赏心亭:故址在建康下水门城上,下临秦淮河。
② 楚天:战国时南方大片土地属楚,故常以楚天泛指南方的天空。
③ 遥岑:远山。远目:极目远望。
④ 献愁供恨:指远山引起人的愁恨。
⑤ 断鸿:指失群的孤雁。
⑥ 吴钩:古代吴地所制作的宝刀。诗中泛指刀、剑。看吴钩:形容杀敌之志。
⑦ 会:理解,了解。
⑧ "休说"三句反用西晋张季鹰见秋风,想起吴中的莼菜汤、鲈鱼脍,辞官回故乡的典故,意在说明自己不会在国难当头之际睹物思故乡。脍:把肉切成细片。
⑨ "求田"三句用许汜只知求田问舍,为刘备不齿的典故,说明自己胸怀国家大事,耻于像许汜那样只顾自己的私利。
⑩ 流年:流逝的岁月。
⑪ 树犹如此:借东晋桓温北征时感叹岁月流逝来表明自己时光渐逝壮志未成的心境。
⑫ 倩:请。
⑬ 红巾翠袖:借指女子。
⑭ 揾(wěn):擦拭。

的鲜明体现。

《水龙吟》主题宏大,气魄不凡,开头写"楚天千里清秋,水随天去秋无际",广阔的江南秋景,我们感到的是阔大苍郁而不是凄凉孤寂,因为只有这样的境界才切合作者宽阔的胸怀,才包容得了作者在词中寄寓的那种壮志难酬的激愤。

上阕一二句写"清秋",而且是南国的秋天,古代秋与愁相连,为全诗定下悲秋的笔调。接着三句词人移情入景,用比喻和比拟把远山比作美人,倾诉自己的愁苦。"落日"三句,从写景落笔到写人,把人置于孤独的环境,烘托出诗人失意的心境,节奏上比较急促,正能表现作者当时愤激、无助的情绪。最后四句书写报国无门的愤懑。"把吴钩看了,阑干拍遍"把人物无奈心情抒发到极致,"了""遍"都十分传神。下阕开篇三句,用"张季鹰"典表明作者心怀国事欲归故土而不能的心态,接着用"许汜"典证明自己雄心不已。再用东晋桓温典故,表明作者报国壮志未酬,不堪虚度光阴的郁闷忧伤。最后三句套用英雄泪美人拭的惯用写法,呼应上阕"无人会,登临意"。词作描绘出作者的感情轨迹,借用典故抒发雄心壮志,情、景、人自然融合一体。

词人抒发自己空怀满腔热血而壮志成空、碌碌无为的悲愤与苦闷,盘郁顿挫,字字挚情。但这样一种悲哀并不是绝望,我们从中仍然可以体会到他那绝不甘沉沦的雄心,那愈挫愈坚的豪气。

菩萨蛮·书江西造口壁①
南宋·辛弃疾

郁孤台下清江水,②中间多少行人泪。西北望长安,可怜无数山。③青山遮不住,毕竟东流去。江晚正愁余,山深闻鹧鸪。④

【作者】 辛弃疾介绍见前文。

【赏析】 这首词是宋孝宗淳熙三年(1176年),辛弃疾任江西提点刑狱,驻节赣江途经造口时所作。作者登上郁孤台,远眺祖国大好河山,抒发了家国兴亡之感。上阕起句写水,由水的姿态自然联想到伤心之泪。至于泪水的内涵,作者并不名言,而是含蓄地寄托于下边的抒写中。接着望向远山,由山的遮蔽视野过渡到关怀国事之意,"望长安"三个字中,故国之思呼之欲出。下阕用奔流东去的江水,反衬自己的无奈,用深山中鹧鸪的悲鸣寄托乡愁,意境孤凄沉郁。以小令而作激越之

---

① 造口:今江西万安县西南六十公里处,亦称皂口。
② 郁孤台:在今江西省赣州市西南,一名望阙。赣江经此向北流去。清江:赣江与袁江合流处名清江。这里指赣江。
③ 长安:汉唐时京城,借指汴京。
④ 鹧鸪:鹧鸪鸟鸣声凄切,如曰"行不得也哥哥"。

音,同时又不失含蓄蕴藉的悲壮之美。

扬 州 慢
南宋·姜夔

（淳熙丙申至日,予过维扬。① 夜雪初霁,荠麦弥望。入其城,则四顾萧条,寒水自碧,暮色渐起,戍角悲吟。② 予怀怆然,感慨今昔,因自度此曲。千岩老人以为有《黍离》之悲也。③）

淮左名都,竹西佳处,解鞍少驻初程。④ 过春风十里,尽荠麦青青。⑤ 自胡马窥江去后,废池乔木,犹厌言兵。⑥ 渐黄昏,清角吹寒,都在空城。杜郎俊赏,算而今重到须惊。纵豆蔻词工,青楼梦好,难赋深情。⑦ 二十四桥仍在,波心荡、冷月无声。念桥边红药,年年知为谁生?⑧

【作者】姜夔(约1155—1209),字尧章,号白石道人,鄱阳(今属江西)人。幼年随父宦居,多次应举不中,一生布衣,过着江湖清客式的生活,曾寓居合肥,漫游于吴越一带,后长期住在杭州,以诗文游于名人钜公之门,结交甚广,文名极盛。姜夔继承了周邦彦词格律精严的艺术传统,但又有新的发展,开创了一种清空冷隽与高雅凝重的词风。有《白石道人歌曲》《白石道人诗集》传世。

【赏析】扬州是历史名城,是隋唐南北水陆交通的枢纽,重要的商业城市。唐代诗人徐凝《忆扬州》中有"天下三分明月夜,二分无赖是扬州"的句子,极言扬州的风景优美、繁华兴盛。一直到宋代,扬州仍然是当时的重要商业城市。宋室南渡以后,金人多次南侵,扬州屡遭战乱,变得残破不堪。宋孝宗淳熙三年(1176年),当时二十一岁的姜夔路经扬州,面对劫难之后的一片萧条景象,饱含爱国情怀的词人情绪低沉,以深沉悲怆的笔调写出了反映扬州城变化凋零的名作《扬州慢》。

开篇写词人在风景秀丽的江淮名城扬州稍驻暂歇,只见春风十里扬州路,到处是青青荠麦,胡马窥江之后,扬州城的凋零残破,不仅令词人心惊,即使是"废池乔

---

① 淳熙丙申至日:宋孝宗淳熙三年(1176年)的冬至日。维扬:扬州。
② 戍角:军营里吹的号角。
③ 千岩老人:萧德藻,字东夫,晚年居湖州,自号千岩老人。姜夔曾经跟他学诗,又是他的侄女婿。
④ 淮左:宋朝设置淮南路,后分为东西两路。淮南东路称淮左,扬州为其首府。竹西:亭名,在扬州东蜀岗上禅智寺前,环境清幽。
⑤ 春风十里:指扬州道上。杜牧《赠别》有"春风十里扬州路,卷上珠帘总不如"的诗句。
⑥ 胡马窥江:指金兵南下。
⑦ 杜郎:唐代诗人杜牧。豆蔻词工、青楼梦好:化用杜牧《赠别》中"娉娉袅袅十三余,豆蔻梢头二月初"和《遣怀》中"十年一觉扬州梦,赢得青楼薄幸名"的诗句。
⑧ 二十四桥:有两种说法,《梦溪笔谈》:"扬州在唐时最为富盛……可纪者有二十四桥。"《扬州画舫录》谓二十四桥"即吴家砖桥,一名红药桥",因古之二十四美人吹箫于此,故名。

木",也好像有了感觉,"犹厌言兵"。黄昏时节,曾经繁华的扬州空城传来凄凉的角声,令人更感寒意。上阕以对比手法展现出扬州昔日的"春风十里"与今日"废池乔木"的反差,表达了词人面对悲凉残破现实的无限悲慨。

下阕转写扬州历史名人晚唐风流才子杜牧,即使是对扬州风景很有鉴赏力的杜郎,看到现实情景也会吃惊,当时纵然能写出千古名句,而今也一定不能抒写深情。当年杜牧笔下的"二十四桥"胜景是明月朗照,箫声悠悠。而如今只剩下冰冷的湖水泛着涟漪,清冷的月色无语弥散,昔人已去,桥边红药年年为谁盛开?今昔之感弥漫句中,见于言外。

全词以眼前的荒凉对比往日的繁华,寄托了词人深沉的物是人非、故国黍离之悲,表达了对国事飘摇的担忧与关切,风格清空峭拔,气韵高古。

水调歌头·赋三门津①
金·元好问

黄河九天上,人鬼瞰重关。长风怒卷高浪,飞洒日光寒。峻似吕梁千仞,壮似钱塘八月,直下洗尘寰。② 万象入横溃,依旧一峰闲。仰危巢,双鹄过,杳难攀。人间此险何用,万古秘神奸。③ 不用燃犀下照,④未必仗飞强射,⑤有力障狂澜。唤取骑鲸客,⑥挝鼓过银山。⑦

【作者】元好问事迹创作见前 P.59。

【赏析】三门津,即三门峡,今河南省三门峡市东北黄河中,传说夏禹为治理泛滥成灾的河水,破山通河,凿穿的三条通水之道,称为三门:中神门,南鬼门,北人门。三门中只有人门可以行舟;鬼门凶险,船只不慎入门,就会触礁沉没。

此词以磅礴的气势,描绘了三门津雄奇险丽的景色,透露出作者的豪情壮志与昂扬奋发精神。上阕从"九天"落笔,写黄河从青海高原发端,高屋建瓴,一泻千里,俯下三门,长风卷着高浪,遮天蔽日,寒意侵人,三门津险峻如吕梁山,壮观如钱塘八月江潮,水势浩大,有一洗尘世之感,而砥柱山峰依旧安然,如等闲处之,一动一静,相映成趣;下阕紧承峰字,写三门砥柱杳入天际,只有鸿鹄才能飞过,渲染其高峻雄险。"人间此险何用"以下,开始抒发感慨,三门津是自然险要之处,犹如神鬼

---

① 水调歌头:是词牌名。
② 吕梁:山名,在山西省离石县东北,黄河和汾水之间。尘寰:即尘世。
③ 万古秘神奸:这句是说三门津地形险要,犹如神鬼控制不可捉摸。奸,通假字,即"干",主宰。
④ 燃犀:据《晋书·温峤传》,温峤至牛渚矶,水深不可测,于是燃犀牛角照水下,见水族覆火,奇形怪状,有乘马车穿赤衣者。
⑤ 仗(cì)飞:汉代武官名,掌管弋射鸟兽,因其便利轻疾如飞而得名。
⑥ 骑鲸客:泛指勇敢的人。扬雄《羽猎赋》有"乘巨鳞,骑鲸鱼"的句子。
⑦ 挝:敲,打。银山:波涛涌起如山峰。

控制不可捉摸,在乱世人间又有何用,中流砥柱也未必能挡住狂澜,应该唤取骑鲸勇士,不畏艰险穿越雪浪银山。寓托了词人于国家危难之秋,以力挽狂澜为己任的自豪和自信。这首词抒发了词人拯世济世的豪迈情怀,笔力雄健,意境开阔,是一首非常杰出的山水旅游词。上下阕末句"万象入横溃,依旧一峰闲";"唤取骑鲸客,挝鼓过银山"都是造语精奇的点睛之笔。

浣溪沙①·红桥怀古(其一)
清·王士禛

北郭清溪一带流,②红桥风物眼中秋,③绿杨城郭是扬州。西望雷塘何处是?④香魂零落使人愁,⑤淡烟芳草旧迷楼。⑥

【作者】 王士禛(1634—1711),字贻上,号阮亭,又号渔洋山人,山东新城(今山东桓台县)人。清顺治十五年(1658年)进士,官至刑部尚书,谥号文简。论诗创"神韵"说,是清初诗坛领袖之一,影响很大。其诗描绘山水,吟咏风月,注重抒发个人情怀,中年后诗风转为苍劲。王士禛有词集《衍波词》,词作以小令为佳,但其成就比不上诗。有《带经堂集》。

【赏析】 红桥位于江苏扬州城西北。因桥上栏杆为红色而得名。又因其横跨瘦西湖,势如长虹,又被称为大虹桥(今名虹桥)。建于明崇祯年间,清乾隆时由木桥改为拱形石桥。清代文人多在此吟诗作赋。

这首词写的是词人与好友游览扬州红桥一带的经过,词中写到了所见景色,但写景中明显又有幽情抒发,在悠闲情调之外的怀古忧思才是这首词所要表达的真实情感。我们在欣赏古代的诗词时,需要特别注意:作者在诗词中抒发的感怀,往往不是很明显直接,需要读者反复体会。这首词前面写流水清溪,写绿杨城郭,营造出清新自然的意境,但因为带上了作者的情怀——"眼中秋",所以词中带出淡淡的愁绪。后面作者怀古伤今,用了隋炀帝穷奢淫欲而葬身扬州的典故,表达了作者悠远的历史感怀。千载而后,词人重游扬州,当年的迷楼、雷塘,固然已经全无痕迹,隋朝的江山也已飘零,人生的短暂、历史的无常,怎能不令人感慨万千呢?最后

---

① 浣溪沙:词牌名。唐教坊曲名,后用作词牌。一作《浣溪纱》,又名《小庭花》。王士禛在扬州为官时,与友人泛舟红桥,兴致所至,提笔成词。同题词两首,此为其一。词前有长序一篇,记述红桥清景及作词缘由,文长不录。
② 郭:外城墙。一带:形容水似带状。
③ 风物:风光景物。
④ 雷塘:地名,在扬州城北七里处。隋炀帝常携宫人来游,后为隋炀帝陵地。
⑤ 香魂:一般用于指美人之魂。零落:离散。
⑥ 迷楼:隋炀帝行宫。故址在扬州城北观音山上,因曲径幽深、门户众多而得名。这句是指隋炀帝的迷楼已然沉寂,只剩下淡烟芳草。

全词收结于"淡烟芳草"之中,淡淡烟霭,好像是使词人的视野朦胧模糊,实际上是扰乱了词人的心境,令他平添了几多感慨愁绪。

卖花声·雨花台①

清·朱彝尊

衰柳白门湾,潮打城还。② 小长干接大长干。③ 歌板酒旗零落尽,剩有渔竿。秋草六朝寒,花雨空坛。更无人处一凭阑。燕子斜阳来又去,④如此江山!

【作者】朱彝尊(1629—1709),字锡鬯(chàng),号竹垞。浙江秀水(今浙江嘉兴县)人。清康熙十八年(1679年),以布衣应博学鸿词考试,授翰林院检讨。他博通经史,擅长诗词古文。词宗姜夔、张炎,风格精丽,是浙西词派领袖。他还纂辑唐宋金元词五百余家为《词综》,为词学研究和创作提供了重要资料。著有《曝书亭集》。

【赏析】南京是六朝古都,又是明代朱元璋开国时的都城,明末福王也曾建都于此,朱彝尊生活在明清易代之时,游历金陵故都,登上雨花台远眺,自有一番感慨涌上心头。金陵素以繁华闻名,而如今"衰柳白门湾,潮打城还",衰败的树木点缀着江岸,江潮往复拍打着石头城墙,一片残破荒凉景象。从小长干到大长干,往日繁华的歌楼酒肆如今都零落净尽,只留下江边几个孤零垂钓的渔翁。六朝遗迹荡然无存,眼前满地秋草衰寒;残花散落在空空的雨花台之上。词人在空寂无人时来这里凭栏四望,只见斜阳中有几只燕子飞来飞去。江山如此凋零,令词人兴起无尽的历史兴亡之感! 词人先后化用刘禹锡怀古诗中"潮打空城寂寞回""旧时王谢堂前燕,飞入寻常百姓家"的意境,表达时移境迁而江山依旧的沧桑兴亡之感,用得自然妥帖,如同己出。这首词写得声调健朗,含意深远,有一种冲逸之气,是登临怀古词中的佳作。

二、旅游散曲欣赏

【南吕】一枝花·杭州景

元·关汉卿

普天下锦绣乡,环海内风流地。⑤ 大元朝新附国,亡宋家旧华夷。水秀山奇,一

---

① 卖花声:是词牌名。雨花台:位于南京市中华门外。登上雨花台可以远眺大江,俯瞰全城。
② 白门:建康(南京)台城的外门,后来用为建康的别称。潮打城还:唐代诗人刘禹锡《石头城》中有"潮打空城寂寞回"的诗句。城,这里指古石头城,在今南京清凉山一带。
③ 小长干、大长干:古代里巷名,故址在今南京城南。
④ 燕子斜阳来又去:借用刘禹锡《乌衣巷》诗之典:"朱雀桥边野草花,乌衣巷口夕阳斜。旧时王谢堂前燕,飞入寻常百姓家。"
⑤ 环海内:四海之内。

到处①堪游戏。这答儿忒富贵,满城中绣幕风帘,一哄地人烟辏集。②

【梁州第七】百十里街衢整齐,万余家楼阁参差,并无半答儿闲田地。松轩竹径,药圃花蹊,茶园稻陌,竹坞梅溪。一陀儿③一句诗题,一步儿扇面屏帏。西盐场便似一带琼瑶,吴山色千叠翡翠。兀良④,望钱塘江万顷玻璃。更有清溪绿水,画船儿来往闲游戏。浙江亭紧相对,相对着险岭高峰长怪石,堪羡堪题。

【尾】家家掩映渠流水,楼阁峥嵘出翠微。遥望西湖暮山势,看了这壁⑤,觑了那壁,纵有丹青下不得笔。

【作者】关汉卿,号已斋,亦作一斋,汉卿是他的字,元代著名杂剧作家。大约生于金代末年(约1229—1241),卒于元成宗大德初年(约1300年前后)。有关关汉卿生平的资料缺乏,只能从零星的记载中窥见其大略。《录鬼簿》著录关汉卿杂剧名目共六十二种(今人傅惜华《元代杂剧全目》著录关剧存目共六十七种),今存十八种。他还是元代重要的散曲作家,留存的作品有小令五十七首,套数十三首,现在都收录在《全元散曲》中。

【赏析】元统一全国后,关汉卿曾到过杭州,所以【南吕·一枝花】《杭州景》套数是以一个初到江南的北方人的角度描写了杭州都市的秀丽风光和繁华生活。首曲【一枝花】概括介绍了杭州的山川形势、城市风貌与历史变迁,指出这座南宋旧都是寰宇内的"锦绣乡"和"风流地",不仅繁华富贵,而且"水秀山奇",到处足供游览。【梁州第七】一曲以移步换景的手法对杭州的景物进行了具体细致的描写,是整套曲的核心部分,一开始写城内街巷整齐通达,万家楼阁参差错落,繁华富丽的杭州城,掩映着"松轩竹径,药圃花蹊,茶园稻陌,竹坞梅溪",到处充满诗情画意。然后作者将笔触伸展开来,转而写城里城外的山山水水,西盐场洁白纯净好似玉带,吴山景色葱茏如翠,钱塘江江面广阔如万顷玻璃,清溪绿水,险峰怪石,一片秀丽风光,值得羡慕,值得题咏。【尾】曲是收煞之笔,再次用简练的诗句来概括杭州的美丽风景,并以作者无法表达的深切感受作结,纵有丹青也画不出,对杭州景进行了高度的赞美。

这首曲在景物描写方面很有特点,既有概括描写,又有具体描写,二者紧密结合,使全曲结构严谨、层次清楚,又富有变化。作者充分利用对仗,把景物嵌入其中,意象密丽,让人有目不暇接之感,描绘了一幅色彩鲜明、内容丰富的风景画,又充满繁华富贵的民俗气息,其中也渗透着作者对祖国江山秀美风光的热爱之情。

---

① 一到处:所到之处。
② 这答儿:这里。一哄地:纷纷扰扰、吵吵嚷嚷地。辏集:聚集。辏(còu):车轮的辐聚集到毂上。
③ 一陀儿:一块儿。
④ 兀良:曲中的衬词,这里用来表示惊奇,与"啊呀"差不多。
⑤ 这壁:这里。

从语言上来说,朴素自然,通俗生动,格调清新明丽,体现出关汉卿散曲创作的率真本色。

关汉卿《杭州景》套曲充分发挥套曲适于铺叙的形式特点,抒发了自己对于杭州风物的深切感受,笔墨酣畅淋漓,极大拓展了散曲领域中的城市题材,我们可以把它跟北宋词人柳永的名作《望海潮》对照着来欣赏,在艺术成就上《杭州景》也是足以跟《望海潮》相媲美的。

【越调】天净沙·秋思
元·马致远

枯藤老树昏鸦,小桥流水人家,古道西风瘦马。夕阳西下,断肠人在天涯。

【作者】马致远(约1251—1321以后),元代戏曲作家。号东篱,一说字千里。马致远的散曲声誉极高,明代朱权《太和正音谱》评价他的散曲"有振鬣长鸣,万马齐喑之意",推为元散曲家第一。他的散曲题材丰富,意境深远,以反映退隐山林的田园题材为多,语言融合诗词与口语之长,风格兼有豪放与清逸的特点。有《东篱乐府》一卷,收小令一百零四首,套数十七套。另著有杂剧《汉宫秋》等十五种。

【赏析】马致远的写景之作,大多寓情于景,表现出一种诗情画意,笔法凝练,意境幽远。这首《秋思》抒发的是游历在外的旅人的思乡之情。作者在特别容易触动乡思的深秋日暮时分,选取了最能触动乡思的景物加以组织。枯藤、老树、昏鸦,传达出一种衰飒的气氛,小桥、流水、人家,则体现出一种生活的气息,写到古道、西风、瘦马,已经切入羁旅的主题。前三句意象自然连缀,看起来没有必然联系,实际上却是互相映衬,紧密相关,描绘出一幅萧瑟悲凉而又意境深远的秋景图,可谓写景如画,在画意之中自然流淌出旅人疲倦凄凉的感怀。最后写夕阳西下之时,断肠的游子远在天涯,既是实写,更写出了与故乡亲人相隔万里的心理体验。一切景语皆情语,前面的夕阳秋景,衰瑟物象,都是为了烘托出羁旅之人的深沉乡思,从而使全曲情景交融,含蓄隽永,无怪乎被称人为"秋思之祖"。清末民初的大学者王国维推崇其"纯是天籁,仿佛唐人绝句"(《宋元戏曲考》),就是着眼于这样一种疏笔勾勒而神韵毕现的浓郁的诗情画意。

【双调】折桂令·卢沟晓月
元·鲜于必仁

出都门鞭影摇红,山色空濛,①林景玲珑。桥俯危波,车通远塞,栏倚长空。

---

① 空濛:迷茫不清。

起宿霭千寻卧龙,①掣流云万丈垂虹。路杳疏钟,似蚁行人,如步蟾宫。②

【作者】鲜于必仁,字去矜,号苦斋,渔阳郡(治所在今天津蓟县)人。生卒年不详。他的父亲鲜于枢曾任太常典簿,"吟诗作字,奇态横生"(《新元史·文苑·鲜于枢传》),是元代著名的书法家、诗人。虽出身官宦家庭,却是一生布衣,性情达观,常常寄情山水,浪迹四方。

【赏析】卢沟桥位于北京市西南约十五公里丰台区永定河上,是北京市现存最古老的石造联拱桥。建于金大定二十九年(1189年),完成于明昌三年(1192年),桥长266.5米,桥栏杆上有五百零一只石狮子(也有一说五百零二只,以至于有"卢沟桥的狮子——数不清"的歇后语),桥下十一孔,距今已有八百多年的历史。每当黎明,斜月西沉之时,月色倒影水中,皎洁明媚,景色迷人,所以卢沟晓月从七百多年前的金朝时就是"燕京八景"之一。卢沟桥的东西两头各立一块御碑,东为清乾隆帝御书"卢沟晓月"碑,西为清康熙帝于1698年为记述重修卢沟桥而立的御制碑。在近代革命史上,卢沟桥因为1937年"七七事变"而影响深远,成为革命教育基地。

鲜于必仁为"燕京八景"各写了一支曲子,这是其中的一首。这首小令尽描写形容之妙,摹画出凌晨之时月下卢沟桥的曼妙风光,再现了元代"卢沟晓月"的胜景。出了都门,摇鞭策马,水光山色迷茫不清,景色朦胧悠远。"桥俯危波,车通远塞,栏倚长空"三句写出了卢沟桥的雄伟壮观,更写出了天地的旷远,境界和气魄很大。接着用比喻写清晨薄雾之中的卢沟桥像姿态雄伟的千寻巨龙,像拉住流云垂向大地的万丈彩虹,写法上气势壮大。最后三句转入宁静,在寥落清远的晨钟声里,远望行人如蚁。在一个阔大的时空背景下,人、月和谐地融为一体,传达出一种宁静、广大和悠远,似乎还有一丝寂寞的愁绪,给我们留下很多可以体会的东西。

【中吕】山坡羊·潼关怀古
元·张养浩

峰峦如聚,波涛如怒,山河表里潼关路。③ 望西都,④意踟蹰,⑤伤心秦汉经行处,宫阙万间都做了土。⑥ 兴,百姓苦;亡,百姓苦。

---

① 起宿霭:迟迟不散去的雾霭。这一句形容卢沟桥姿态雄伟美丽。
② 蟾宫:月宫。传说月中有蟾蜍,所以称月为蟾宫。
③ 山河表里:指潼关一带地势险要,外有黄河,内有华山,是为表里。潼关,关名,故址在今陕西省潼关县东南,历代为兵家必争的军事要地。
④ 西都:指长安,故址在今陕西西安附近。西汉建都长安,东汉迁都洛阳,所以长安称西都,洛阳称东都。
⑤ 踟蹰:犹豫,徘徊。
⑥ 阙:皇宫前的望楼。

【作者】张养浩(1270—1329),字希孟,别号云庄,山东历城(今属济南)人。少好读书,曾任礼部尚书、监察御史等职,为官敢于直谏,因此获罪辞官,晚年归隐历城。作为元散曲中豪放派的主要作家,张养浩的散曲在思想上和艺术上都达到了很高的成就。有《云庄休居自适小乐府》一卷,存小令一百六十一首,套数两首,多写寄情林泉之乐,也有关怀民生疾苦之作。

【赏析】潼关,故址在今陕西省潼关县东南,雄踞晋、豫、秦三省,有"鸡鸣闻三省,关门扼九州"之说,历代为兵家必争的军事要地。作为军事要隘的潼关,始于春秋战国时代,此后历经战争洗礼,仍保留着基本风貌,是历史悠久的文化古迹。

张养浩晚年出任陕西行台中丞赈济灾民,这首散曲是他经过潼关时所写的。作者以怀古为题,着眼于百姓的命运,将自己对百姓深重苦难的同情渗透到作品中,表达了一个有正义感的官员对于历史兴亡的深刻理解,体现了关注现实、同情人民的态度。作品一开始写潼关的险峻形势,潼关东临崤山,西接华山,山山紧连,层峦叠嶂,所以用一"聚"字写其形势;下临黄河,波涛滚滚,咆哮奔腾,所以用一"怒"字写其动态。这两句写得气势非凡,雄伟壮阔。接着用"山河表里"一笔概括,突出了潼关背山临水、扼东西要冲的险要地势,而"潼关路"见证了历史的不断变迁,王朝的频繁更迭,当然也见证了在这兵家必争之地发生的一幕幕风云变幻。下面将视野拓展开,遥望长安,这座古都承载着多少荣耀和苦难,所以作者才有踟蹰低回的感慨深思,"秦汉经行处"指代秦汉隋唐历朝遗迹,用"宫阙万间都做了土"点出征战兴废的结局,"伤心"二字直接表明了作者深沉的感慨。

过去的王朝已经覆灭,历史的繁华也已经消逝,只有自然山川亘古不变,这是历代文人怀古之多的普遍主题,但"兴,百姓苦;亡,百姓苦",则是作者从对历史的思索中提炼出的更为深刻的主题,也使得作品的高度超越了一般的怀古之作。

作者始终处于一种情感的激荡之中,所以语言富有冲击力,气势磅礴,写景状物也都紧紧围绕着激切情绪的表达展开,显得波澜壮阔。元代散曲中,思虑如此深刻、表达如此复杂的作品是不多的。

【中吕】普天乐·大明湖泛舟
元·张养浩

画船开,红尘外。人从天上,载得春来。烟水闲,乾坤大。四面云山无遮碍,影摇动城郭楼台。杯斟的金波滟滟①,诗吟的青霄惨惨②,人惊的白鸟嗒嗒③。

---

① 滟滟:水波荡漾的样子。
② 青霄:青天。惨惨:暗淡无光。
③ 嗒嗒:鸟叫声。

【赏析】大明湖位于山东省济南市区中心,与趵突泉、千佛山并称济南三大名胜。大明湖是由泉水汇流而成的天然湖泊,景色秀美,历史悠久,其间多名胜古迹,蕴含着悠久的历史和文化内涵。

张养浩曾有一段时间隐居在山东历城,所以这一时期的作品普遍体现出一种隐士的闲适情怀。这首小令也不例外,写泛舟大明湖所见之景,清新自然,仿佛一幅徐徐展开的水墨画卷。开篇切题,写轻泛画船游湖,好像畅游于无牵无挂的尘外世界,色彩鲜明而意境淡然;接着写大明湖的美景好像是从天上载来,既是顺承前句,又表达了对人间美景的赞叹,出人意想。烟水朦胧,乾坤远大,四面山岚云霞,水面楼阁倒映,写出了水阔天空、倒影玲珑的奇妙感受。后人有"四面荷花三面柳,一城山色半城湖"的对联,也写出了这种奇妙的审美感觉。泛舟湖上所见的美景触动了作者的情怀,所以最后通过喝酒和吟诗的描写,塑造出一个潇洒出尘的文人形象,是作者寄情自然、隐居乐道,对闲居生活抱有满足感的真情流露。但另一方面,作者在营造的出于尘外的神仙境界中,还是不免流露出一丝无奈。

【仙吕】太常引·姑苏台赏雪
元·张可久

断塘流水洗凝脂,早起索吟诗。何处觅西施?垂杨柳萧萧鬓丝。银匙藻井①,粉香梅圃,万瓦玉参差。一曲天词,富贵似吴王在时。

【作者】张可久(1280—约1352)号小山,浙江庆元(今浙江宁波)人。曾做过典吏、首领官等小官,一生在仕途上不得志。晚年隐居杭州西湖。他善写散曲,多歌咏山水,表达与此相关的思想情感,风格清新秀丽,但也有风格瘦硬之作。有《小山乐府》。

【赏析】姑苏台,在今江苏苏州,相传春秋末年,吴越纷争,越国失败,献美女西施与吴王。吴王夫差为了取悦西施,为西施眺望家乡而在灵岩山建造姑苏台。灵岩山位于苏州城西南十五公里的木渎镇。可以说,姑苏台是吴越争霸的历史见证,岁月流逝,几度春秋,文人墨客登临高台,是不免要抒发浓重的怀古之思的。作者写这首小令,也有一睹遗迹之想,有无处觅西施的今昔感慨,却没有表现出一般凭吊古迹时的悲伤沉重之感,而是围绕西施这样一个美丽而柔弱,却又处于战争旋涡的女子来写,通过对西施行迹的追问,对古今的对比描写,传达出一种悠远怅惘的情怀。所以即使是写"凝脂""鬓丝"等富于深沉意味的形象,也显得文笔简练干净,有清新淡雅的韵味,但同时又不失其历史的感怀。

---

① 藻井:传统建筑中顶棚上的一种装饰处理。一般做成方形、多边形或圆形的凹面,上有各种花纹、雕刻和彩画。

【中吕】红绣鞋·天台瀑布寺
元·张可久

绝顶峰攒雪剑①,悬崖水挂冰帘,倚树哀猿弄云尖。血华啼杜宇②,阴洞吼飞廉③,比人心山未险。

【赏析】天台山,在浙江省天台县北。多悬崖、峭壁和飞瀑。山中有方广寺,寺旁有瀑布,奔腾直下数十丈,为天台八景之一。宋代米芾曾题为"第一奇观"。

张可久一生沉抑下僚,辗转各地,直到终老还是一个小吏,真正是"功名半纸,风雪千山"(【殿前欢】《客中》),因此在他的作品中,怀才不遇、寄人篱下的内容尤其多。他从中抒发穷通无定、悲欢无常的深切感慨,往往表现出悲凉、凄婉的情绪。一些游历写景之作也往往抒发对人世多艰的感慨,并不是一味地吟赏山水,表现隐居生活的闲适超逸。因此在对景物的描写中就体现出独特的感觉,更多展示的是大自然冷峻阴森的一面。从这首曲子作者使用的意象来看,绝顶、雪剑、冰帘、哀猿、血华、阴洞,集中体现出寒气逼人、冷峻凄切的特点,虽然是客观的事物,但明显都蕴含着作者精神世界的某些寓意。写法上来看,前面集中写绝顶的高寒奇崛,帘洞的寒气逼人,以及云中哀猿的悲鸣,写出了天台山瀑布的奇险寒绝,接下来以鹃啼凄厉,阴风凌厉,极力渲染所见之景的令人胆寒。最后陡转一笔点出主题,由表现山川的奇险转而反映人世间的阴暗面,有一种急转直下、令人惊悚的效果,既出人意外,又意味深长。这种感受,来源于作者的仕途失意、所遇多舛,体现出作者对人生、社会的冷峻思考。语言刚劲瘦硬,造语奇特生新,格调冷峻,是元曲中独具一格的作品。

【中吕】山坡羊·侍牧庵先生西湖夜饮④
元·刘致

微风不定,幽香成径,红云十里波千顷。绮罗馨,管弦清,兰舟直入空明镜,碧天夜凉秋月冷。天,湖外影;湖,天上景。

【作者】刘致,字时中,号逋斋,石州宁乡(今山西离石)人。因石州归太原管辖,故有"太原寓士"之称。大德二年(1298年),被荐用为湖南廉访使司幕僚。至治二

---

① 绝顶峰攒雪剑:天台绝顶名华顶峰,山势峻峭,冬有积雪,远望山峰好像闪着寒光的宝剑,攒聚在一起。
② 血华啼杜宇:传说古蜀国君主望帝死后化为杜鹃,悲啼泣血。这里指杜鹃鸟的啼声异常悲苦,它嘴中啼出的血变成了鲜红的杜鹃花。华,同"花"。
③ 飞廉:传说中的风神,这里指风。
④ 牧庵先生:是元代前期著名的散文家姚燧的号,姚燧在当时文坛影响很大,刘时中曾得到他的荐举。

年(1322年)刘时中任太常博士,至顺三年(1332年),在翰林待制任内,最后调任江浙行省都事。其所作散曲小令多写景、叹世之作,作风清新明丽。

【赏析】杭州西湖是游赏胜地,作者用简洁的语言勾画出一幅秋日湖上的美丽图景,寄寓作者在大自然中悠然自得的感受。开头三句从触觉、嗅觉、视觉几个角度写感觉之美,通过简练的笔调呈现出丰富的意境,静中有动,富于变化。接着通过写绮罗、管弦、兰舟,在美景中融入了人的因素,也通过写天凉月冷表达出作者有些落寞的心境。最后把视角扩展到整个天地之间,水天一色,境界一下子显得阔大起来。

【正宫】塞鸿秋·浔阳即景

元·周德清

长江万里白如练①,淮山数点青如淀。② 江帆几片疾如箭,山泉千尺飞如电。晚云都变露,新月初学扇③,塞鸿一字来如线。

【作者】周德清(1277—1365),字日湛,号挺斋,高安(今江西高安县)人。工乐府,善音律。著有《中原音韵》,是我国古代音韵学的重要作品。其散曲现存小令三十一首,套数三套。

【赏析】长江流经江西九江的一段称为浔阳江。浔阳即今天的江西九江市,是一个颇有文化意蕴的地方,白居易"浔阳江头夜送客",引出了《琵琶行》这一千古绝唱。"同是天涯沦落人"的感叹,在塞雁南飞所到的浔阳,是别有一种意味的。

此曲为登浔阳城楼的即兴写景之作。作者选择了宏观的角度,采用了富有动感的艺术手法,为我们勾勒了一幅生动传神的浔阳江景图。开篇两句写远眺所见,长江源远流长,澄澈如白练,极目可见淮南远山数点,苍翠如蓝靛。三、四句写近观,大江宽广反衬出江帆数片,舟行江上迅疾如箭,庐山瀑布从千尺高峰飞落,快如闪电。前两句写阔大的静景,后两句写迅疾的动景,动静结合,使画面富有变化。接下来写向晚的烟云氤氲如露气,新升的一弯明月像一把半圆的团扇,为前面壮阔绚丽的图景蒙上了一层朦胧柔美的色彩,同时传达出时间的流逝。结句写塞雁成一字形飞过江面,不仅切合题目,而且传达出作者在深秋之时的感受,情韵不尽。作者写景时善于捕捉充满活力的艺术镜头,连用六个比喻,将江舟、山泉、晚云、新月、塞鸿这些景物都呈现得富于动感和诗情画意,都在万里长江和数点淮山这一整体构思中被不露痕迹地融合起来。意象大气磅礴,感情豪迈奔放。

---

① 练:白色的绸子。
② 淀:蓝靛,一种深蓝色的染料。
③ 新月初学扇:是说新出的月亮圆得像团扇。出自汉班婕妤的《怨歌行》:"裁成合欢扇,团团似明月。"

本章小结

　　旅游词曲是旅游文学中非常有特点的门类。旅游词的发展从宋代开始延续到清代，宋代是最繁荣的时期，此后历代也都有许多优秀作品。散曲的繁荣主要是在元代，有着鲜明的时代特征和独特的艺术特点。在具体欣赏旅游词曲时，应该在掌握基本的文学知识、历史文化知识的前提下，注意掌握词曲在艺术形式上的特点，注重对作品的思考和感悟，这样才能体会其艺术特色，理解其思想内涵。

思考与练习

1. 旅游词和旅游散曲各有什么特点？
2. 旅游词在主题意境上有哪些特点？
3. 结合王安石的《桂枝香·金陵怀古》，分析旅游词中所表达的历史情怀。
4. 分析柳永《望海潮》这一类城市风情词的特点。
5. 分析马致远《天净沙·秋》的意境。

第4章

游记欣赏

本章导读

本章的主要内容是首先介绍游记概说,包括游记的发展状况(分汉魏六朝、唐代、宋代、明清时期、现当代时期等五个阶段)以及如何欣赏游记(包括古代游记的旅游文化价值、现当代游记的旅游文化价值等);然后具体介绍有代表性的古代、现当代游记作品。

在学习中,应该在掌握古代、现当代游记乃至散文基本知识的基础上理解并把握作品的篇章结构、层次组织、创作方法、修辞技巧、语言艺术特色等方面的问题,提高文学作品的欣赏能力。

第一节 游记概说

一、游记的发展状况

中国地域辽阔,历史悠久。中国文化向来有着向往、欣赏自然山水之美的传统。中国文化中大量的简约淡远、含蓄蕴藉的山水画,丰富的灵动隽秀、美不胜收的山水诗词散文,形成浓厚的社会文化氛围,成为中国文化的一份壮观的积淀。游记属于散文的一种,是记述山川景胜之文。中国的山水审美始于先秦、成于汉,风行于魏晋、盛唐,此后这一传统一直延续下来。

(一)汉魏六朝

我国的游记文学初创于汉魏六朝时期。在先秦诗歌中,山水景物往往只有"比""兴"作用,或为人物活动的背景,其自然之美并未受人注意。在汉赋中,山水开始作为其他事物的背景或陪衬。晋代谢灵运则开启了一代山水诗派。因为自那时起,自然山水才开始作为真正的、纯粹的审美对象而出现。继后的山水诗人有谢朓、鲍照等人,后至唐宋又有王维、李白、柳宗元、苏东坡、王安石、黄庭坚等诸家。山水诗文趋于成熟,气韵生动的审美境界成为山水诗文的美学特征。

东晋孙绰的《游天台山赋》、王羲之的《兰亭集序》以景为题材,寄寓玄理,发宋代游记议论化倾向的先声。作为地理学著作,郦道元的《水经注》也有精彩的山川描述,其博采兼载的内容体例,为陆游《入蜀记》、徐宏祖《徐霞客游记》提供了借鉴。南北朝时期,佛教大盛,北魏杨衒之作《洛阳伽蓝记》,历叙洛阳佛寺兴废经过,兼及风俗景物、人物故事,描写细致生动。总的来说,这一时期的作品还带有初创阶段的痕迹,真正能算作严格意义的游记很少,但已为后世的游记发展奠定了基础。

(二)唐代

游记的真正独立出现并趋于成熟是在唐代。唐代游记的代表作家是柳宗元。中国山水游记文体至柳宗元发生了质的飞跃。柳宗元以其超乎常人的才情和见识、丰富的阅历和自觉的创新意识,完成了游记散文作为独立的文学样式的创建工作,这种游记散文被后人誉为"再现型"游记。柳宗元"再现型"山水游记的主要特点在于对山水自然之美的精微感受和细致传神的描写。他为人所熟知的代表作《永州八记》,堪为我国古代游记中的珍品。其文字流走而简练,清隽而集中,俱是变化多端而曲折有致,达到了较高的艺术水平。柳宗元所创造的游记散文规范,即着重于显现山川风物之美的写作方式,在当时流传甚广,"模山范水"作为一种独特的职能而凝集于游记散文的形式之中。

此外,仕途不遇的悲慨,是唐代许多游记散文思想上的共同点。白居易被贬后作《三游洞序》,借三游洞长期不为人所知的状况,抒写怀才不遇的感叹。《冷泉亭记》和《庐山草堂记》,虽然表现的是远离尘嚣、乐天安命的思想,但也是抑郁不平的自我排遣。王维山水游记另有特色,其《山中与裴秀才迪书》写辋川蓝田景色,意境清新,闲适宁静,与他的诗歌一样富于画意。

(三)宋代

与唐代相比,宋代游记散文成就更加突出,名家荟萃。代表人物有范仲淹、欧阳修、王安石、苏轼、陆游、范成大等。受宋代诗歌议论化倾向的影响,宋代游记,开始出现了借景说理、借景议论的倾向。

范仲淹《岳阳楼记》是情景融合的典范,写景状物,表达的是"先天下之忧而忧,后天下之乐而乐"的"仁人之心"。欧阳修《醉翁亭记》将与民同乐、乐民所乐才是最大乐事这一思想寄寓于写景记游中。王安石《游褒禅山记》从入山探洞写起,借题发挥,包含了治学乃至从事任何事业都应不畏险远、全力以赴的深刻道理,启人深思。

苏轼的人生遭际比柳宗元更为坎坷。苏轼晚年受老庄影响颇深,他在观照自然景物时,常常略其形而求其神,舍其景而存其情。苏轼的游记多是笔记小品,他突破了柳氏游记客观叙写的惯例,而把叙述、议论、抒情结合起来,在精短的文字中述怀抒情并杂有议论。苏轼的游记小品以感情心态描写为主,景物描写为辅,迥异于柳宗元的"再现型"游记而自成一体,被称为"心态型"游记散文。

南宋以后,还发展了日记体游记。陆游的《入蜀记》,范成大的《吴船录》,将一路风光按行程、游踪逐日记下,既有文学性,又包含着史料价值。陆游游记散文的代表作是以日记纪行体写下的《入蜀记》。陆游在观照旅途山川风物时,其审美体验常常表现为对自然美的超越,面对着江山的雄姿秀态常常流露出强烈的文化认同意识。他的游记不注重通过自己的观察和独特感受来再现山水之美,却经常陶醉于前人对于眼前山水的描写之中,文化意味极浓。陆游的日记体游记也突破了柳宗元游记客观叙写的惯例,抒写随意,其内容之丰富,容量之巨大,亦非柳氏游记因精巧而相对单纯的格局所能比肩。因此,陆游在柳氏、苏氏的游记体例之外,再创"文化型"游记散文。

总之,宋朝之后,柳宗元所代表的"再现型"游记,苏轼所代表的"心态型"游记,陆游所代表的"文化型"游记成为中国游记散文的三种主要体式,其中尤以柳宗元的"再现型"游记对后世影响最大。中国古代交通不便,人们活动的区域相对狭小,注重描写山川风物之美的柳氏"再现型"游记经常成为人们增长见识、了解祖国山河之美丽神奇的一个重要途径而备受欢迎。柳氏游记成为中国游记文学的主流,其"模山范水"的写作方式也被后世作家所接受,并沿袭至今。

(四)明清时期

明清时期是游记文的繁荣期,作品丰富,流派众多。各派的游记风格往往与其文学主张相关,是明清游记文学的特点,明代复古派王世贞《张公洞记》语言省净,句法古朴,不事雕琢。唐宋派归有光的《宝界山居记》直抒胸臆。主张"独抒性灵"的公安派袁宏道的《虎丘记》《满井游记》个性突出。竟陵派钟惺的《浣花溪记》幽深孤峭。张岱的《西湖七月半》《湖心亭看雪》笔触精致,意境明净,是晚明山水小品的代表作。徐宏祖历时三十余年,遍游名山大川,后人将其篇幅宏大的旅游日记辑为《徐霞客游记》,是继《水经注》之后地理著作的高峰。清代神韵派王士禛的《登燕子矶记》写出了金陵燕子矶的气势和性格。朱彝尊的《游晋祠记》旁征博引,显示了其学者之长。性灵派袁枚的《游桂林诸山记》中表现出追求自由的倾向。桐城派姚鼐的《登泰山记》雅正严谨。阳湖派恽敬的《游庐山记》布局讲究,状物生动,富于情趣。清末龚自珍游记则反映出鸦片战争前后的现实,政论性很强,《己亥六月重过扬州记》即表现出变革现实的强烈愿望;他的很多游记,反映了社会变革的要求,也体现出对游记思想内容的创新,开辟了近代游记的新阶段。林纾的《记九溪十八涧》《游栖霞紫云洞记》是近代游记中的名篇。

(五)现当代时期

现当代游记是中国现当代社会发展的记录和反映,现代社会的转型与变革为现代游记文学提供了千载难逢的发展机遇。至现代,游记产生了与古代游记不同的一系列特点。

五四时期,经过文学革命的全面洗礼,中国传统的游记文学,在语言载体、记游内容和思想情感等方面发生了全面的变革。从发展脉络看,1919 年到 1949 年为产生发展时期;1950 年到现在为繁荣时期。从表现风格看,多样化、多元化、个性化成为现当代时期游记文学的主要特点。郁达夫、巴金、俞平伯、沈从文、徐渭南、冰心、朱自清、杨朔、秦牧、叶圣陶、碧野、菡子、余秋雨等是这一时期的代表性作家。这一时期,作家作品的风格多姿多彩。俞平伯、徐渭南的游记充满着理趣美;冰心以她女性清丽委婉的笔调抒写对于异国风物的感受;瞿秋白、郭沫若的游记充满着改造社会的激情;沈从文以他清新淡远的笔触描写湘西奇特的民族风情。

  在这些大家名作之中,以朱自清和他的游记作品,对中国的普通读者最具亲和力。朱自清在语言方面颇具天分,常常天才地运用比喻、比拟、通感等修辞格,来更为准确生动地传达对于山川景物的细致感受。例如,他在《荷塘月色》中如此描写荷香和月色:"微风过处,送来缕缕清香,仿佛远处高楼上渺茫的歌声似的。""光与影有着和谐的旋律,如梵阿玲上奏着的名曲。"这些已成为常被人称颂的妙语。在中国传统文学中,景物描写的最佳境界是使人"如临其境",这是古今许多作家诗人辛苦修炼、孜孜以求的语言境界。朱自清的景物描写,可以说达到了这样一个佳境。他的游记散文既满足了读者对未曾谋面的景物之准确体认的愿望,也使读者在那些优美而流畅的文字中获得了阅读的快感和美感。

  朱自清的一些写景佳作因其优美含蓄、清浅晓畅,或被选入中学语文课本,或被读者广为传颂,在潜移默化中滋养了一代代读者。朱自清在民间的影响是如此的深入广泛而持久,使得不少读者将游记文体与他的优美细致、充满诗情画意的游记散文本能而顽固地联系在了一起。总之,朱自清的游记散文师承柳宗元的"再现型"游记,并且将这类游记散文提升到一个较高的艺术境地。柳宗元、朱自清的游记在中国游记史上影响巨大,表明读者对他们那种游记方式的选择,表明他们细致形象地描摹山水美景的游记方式正契合了读者的审美需求。

二、如何欣赏游记

(一)古代游记的旅游文化价值

1. 宣传开发价值

  风景名胜与游记美文彼此辉映,相互增色,是我国许多旅游胜地的文化特色,也是发展旅游业的一大优势。有时,一篇古代游记就是开发新景观的有利条件。湖北黄冈县西北江滨的赤鼻矶,本与三国古战场赤壁毫无关系,但自从苏轼在此写了前后《赤壁赋》和《念奴娇·赤壁怀古》后,名声大振,甚至超过了浦圻赤壁,被称作"东坡赤壁"或"文赤壁",成为旅游胜地。广东英德县(古称英州)的通天岩风景区的开发就是从宋代文学家洪迈《通天岩记》中受到启发的。宋人赵汝驭的《罗浮山行记》记述了两次游山的经历,介绍了使本来荒凉萧条、湮没无闻的罗浮山大放异彩的过程,可以给后人很大启示。我国有十分丰富的旅游资源,而其中有许多自然景观、人文景观至今没有得到充分开发,但在我国古代游记中已有不同程度的反映,为我们提供了开发的价值和信息。因此,为了更好地开发和利用我们的旅游资源,发展旅游事业,应该充分重视整理和研究我国古代的游记。

2. 审美经验价值

在古代游记中,包含着宝贵的旅游审美经验。如,关于审美心境,柳宗元谈到:"心凝形释,与万化冥合"(《始得西山宴游记》),苏舜钦说:"形骸既适,则神不烦;观听无邪,则道以明。"(《沧浪亭记》)高濂指出:"若能高朗其怀,旷达其意,超尘脱俗,别具只眼,揽景会心,便得其趣。"(《四时幽赏录》)这些都说明,好的审美心境,是真正领略山水之美的前提。关于审美视角。柳宗元说:"凡是州之山水有异态者,皆我有也。"(《始得西山宴游记》)以奇特为美。"游之适,大率有二:旷如也,奥如也,如期而已。"(《永州龙兴寺东丘记》)袁宏道论山之通病说:"凡山深僻者多荒凉,峭削者鲜迂曲;貌古则鲜妍不足,骨大玲珑绝少,以至山高水乏,石峭毛枯:凡此皆山之病。"(《天目》)也就是说,山水自然之美,没有一定之规,但仍有格调高下之别。关于鉴赏方法,袁中道说:"江声滂湃,听宜远;溪声涵淡,听宜近。"(《三游洞序》)山水各具个性,其玩味的方法、角度也应因景而异。

3. 艺术借鉴价值

导游人员要以富于表现力和感染力的语言,去激发游客的兴致,使游客获取知识,增广见闻,享受美感。如果导游人员知识欠缺,语言贫乏,表达不到位,游客的收获就会大打折扣。而古代游记中多样的艺术表现手法,对于导游工作者来说,具有很高的参考价值。

首先,古代游记作家除了运用最常见的白描手法,以准确的语言描摹景物外,还往往借助比喻、夸张、拟人、顶真、对比等修辞技巧,使景物逼真生动,增强了语言的感染力。如范成大的《峨眉山行记》(本书节选,名为《峨眉山佛光记》)所涉及景物虽多,但作者尤其重彩描绘的,是号称"峨眉奇观"的佛光现象。作者用细腻的生花妙笔,将"小现""大现""清现"等变幻多端的景象,犹如万花筒般呈现出来。假如作者在写作中不注意把握轻重缓急,则"佛现"景观就不会给读者留下那么深刻的印象。其次,古代游记作者对篇章结构、层次组织的把握也值得借鉴。名山大川,景点较多,游程较长,如何使导游语言既有丰富的内容,又不失清楚的条理,这一点,可以从很多古代游记中获得启发。此外,古代游记中所涉及的表现技巧还有很多。如元代麻革的《游龙山记》在正面描写龙山之游前,先作反面衬托,写自己饱游历览而厌倦的心情,写对龙山被盛赞的将信将疑的心理,从而在文章的开篇造成了悬念,达到了先抑后扬的效果。古代游记中丰富的艺术手法,需要导游人员在学习中深思体味,并灵活运用于自己的导游工作中。

(二)现当代游记的旅游文化价值

现当代游记是现当代旅游文化的重要组成部分,对旅游文化建设意义重大。

1. 旅游文化资源开发的评价与借鉴价值

游记为开拓和挖掘旅游资源服务。游记虽然是个人的个性化的创造,但所描写的内容是客观的。游记中所表现的域外或境内各地域不同的社会思想、文化生活、风俗习惯、山川风貌等,既是该地区旅游资源特征的真实表现,同时也可以成为人文旅游资源开发与建设的重要依据和参照。有些旅游景点在开发过程中表现出的过于"文人气"和过于"商业气",都是旅游文化建设的偏失,这些在游记中有非常明显的反映。在此意义上讲,游记可以视为旅游资源开发成败的风向标。

2. 旅游文化传播和文化教育价值

优秀的游记可以提升游客思想境界。随着旅游业的不断发展,扩展旅游文化的内涵,提升旅游品质是大势所趋,当旅游不仅仅作为繁荣社会经济的手段和社会发展的窗口,而是作为人们文化生活方式的自觉选择时,旅游的文化意蕴必将在一定程度上借文学创作的方式而张扬,可以说,游记是旅游文化中最具有生命力的因素。用优秀的游记陪伴游客,不但可以使旅游资源的文化意蕴得到充分领会,还可以陶冶游客的情操,具有深刻的文化传播和道德教育意义。

第二节 游记作品欣赏

一、先秦至唐代游记欣赏

与宋元思书①

南朝梁·吴均

风烟俱净,天山共色。从流飘荡,任意东西。自富阳②至桐庐,一百许里③,奇山异水,天下独绝。水皆缥④碧,千丈见底;游鱼细石,直视无碍。急湍⑤甚箭,猛浪若奔。夹岸高山,皆生寒树⑥,负⑦势竞上,互相轩邈⑧,争高直指,千百成峰。泉水激石,泠泠⑨作响。好鸟相鸣,嘤嘤⑩成韵。蝉则千转不穷⑪,猿则百叫无绝。鸢飞戾

---

① 宋元思,原作"朱元思"。黎经诰《六朝文絜笺注》六:"宋,一作朱,非。案宋元思,字玉山。刘峻有《与宋玉山元思书》。"
② 富阳、桐庐:富春江沿岸地名,均属浙江。
③ 一百许里:一百里左右。许,约计之语。
④ 缥(piǎo):淡青色。
⑤ 急湍(tuān)甚箭:急流比箭还快。湍,急流。
⑥ 寒树:耐寒长绿的树。
⑦ 负:依凭。
⑧ 互相轩邈:山与山互相争高。轩,高。邈,远。
⑨ 泠(líng)泠:形容流水击石的清脆声。
⑩ 嘤(yīng)嘤:鸟鸣声。
⑪ 千转不穷:久鸣不断。转,通"啭"。

天者①,望峰息心②;经纶世务者③,窥谷忘反。横柯④上蔽,在昼犹昏;疏条⑤交映,有时见日。

【作者】吴均(469—520),字叔庠,吴兴故鄣(今浙江安吉县)人。家世寒微,好学有俊才,为沈约所称赏。南朝梁时官至奉朝请。因私撰《齐春秋》免官,后奉封诏撰《通史》,未成而卒。所作诗文,多描绘山水景物,文辞清拔,格调隽永,时人仿效之,号"吴均体"。所著《后汉书注》《齐春秋》《庙记》等均已散佚,今传《续齐谐记》一卷、《吴朝请集》辑本一卷。

【赏析】本篇是原书的节录,以书信短札的形式,集中描绘了富阳至桐庐沿途一百许里秀丽的山水景物。文体骈散相间,笔致清新隽永,历历如绘,是六朝山水小品中的佳作。

这首骈文短信,是写山水以寄感慨的精美小品。作者以淡泊的情怀记述从富阳到桐庐的富春江水行观感。作者观察细密,领会深刻,能抓住自然景物的特征,融入自己的感情,运思走笔,使山水的风貌显露无余。它构思精妙,文辞清丽,而风光见怀,景物有情。在山水中摹世态,赏风景似看人情,欣赏寒士的清高恬淡,厌看门阀的竞争追逐。以天清人适起,而以谷幽日昏结,中间写水清澈而有急湍,山静立却似竞争,泉响鸟鸣好听,蝉噪猿叫聒耳,而讽竞争之徒息心,劝碌碌君子退隐,可见作者的感慨是对门阀统治的不满。在描写上,能从静境中见出动态,注意到声音色彩的摹写,以构成完美形象。另外,文中错落有致地运用骈散语句,则增强了文章本身的节奏感。这些,都能从视觉、听觉上给予读者以美的享受。它在艺术上的独到处,就在于笔笔写山水,极尽其奇异,而在其奇其异之中,又有若即若离的寄托。因而读者容易见仁见智,爱山水的可欣赏其写景优美,谙历史的则能品味其寄怀深长,各得佳趣。

三峡·巫峡(节选)
北魏·郦道元

江水又东,迳巫峡,杜宇所凿以通江水也⑥。郭仲产云⑦:"按《地理志》,巫山在

---

① 鸢(yuān)飞戾(lì)天者:喻追逐权位者。《诗经·大雅·旱麓》:"鸢飞戾天,鱼跃于渊。"鸢:鹰类猛鸟。戾:至。
② 息心:消除竞进之心。
③ 经纶世务者:指从政做官者。经纶,经营,处理。窥谷:看到山谷。
④ 柯:树枝。
⑤ 条:小枝。"横柯"四句形容"皆生寒树"的高山峡谷中景象,枝干横生,遮蔽上空,白天也像黄昏;偶尔几处小枝稀疏,错落地映出光照,有时还可见到太阳。
⑥ 杜宇:传说中东周末年古蜀国国君,号"望帝"。事见《蜀王本纪》《华阳国志·蜀志》。
⑦ 郭仲产:晋代人,曾任荆州从事。《新唐书·艺文志》录其《荆州记》二卷。

县西南①。"而今县东有巫山,将郡县居治无恒故也②。

江水历峡东,迳新崩滩③。此山汉和帝永元十二年崩④,晋太元二年又崩⑤。当崩之日,水逆流百馀里,涌起数十丈。今滩上有石,或圆如箪⑥,或方似笥⑦,若此者甚众,皆崩崖所陨⑧,致怒湍流⑨,故谓之新崩滩。其颓岩所馀,比之诸岭,尚为竦桀⑩。

其下十馀里,有大巫山⑪,非惟三峡所无,乃当抗峰岷、峨⑫,偕岭衡、疑⑬。其翼附群山⑭,并概青云⑮,更就霄汉辨其优劣耳⑯。神孟涂所处⑰。《山海经》曰:"夏后启之臣孟涂⑱,是司神于巴⑲,巴人讼于孟涂之所⑳,其衣有血者执之㉑,是请生㉒。居山上,在丹山西㉓。"郭景纯云:"丹山在丹阳,属巴㉔。"丹山西即巫山者也。又帝女

---

① "按《地理志》"二句:查《汉书·地理志》并无此语,不知此《地理志》为何人所作。县,当指重庆巫山县。
② "将郡县"句:或许是郡县治所变动的缘故吧。将,表示推测的副词。居治,郡县衙门所在地。
③ 新崩滩:巫峡中险滩之一。
④ 汉和帝永元十二年:公元100年。
⑤ 晋太元二年:公元377年。太元,东晋孝武帝年号。
⑥ 箪:古代盛饭竹具,圆形。
⑦ 笥(sì):古代盛饭或物的竹具,方形。"笥"一作"屋",熊会贞云:"'屋'与'箪'不类,不得对举。"从其说。
⑧ 陨:坠落。
⑨ 致怒湍流:谓石积江中,急流受阻,流势更加汹涌。湍流,急流。
⑩ 竦桀(sǒng jié):耸立突出,形容崩裂后的山高峻耸立的样子。
⑪ 大巫山:陆游《入蜀记》:"新奔滩(按,即新崩滩)下十馀里有大巫山。"
⑫ 岷、峨:指四川岷山、峨眉山。
⑬ 偕岭衡、疑:与衡山、九疑山比肩并立。衡、疑,指湖南衡山和九疑山(又作九嶷山、苍梧山)。
⑭ 翼附群山:谓依附于大巫山周围的群山。
⑮ 并概青云:与青云平齐。概,量粮食时用以刮平量器的工具。此用作动词。
⑯ "更就"句:谓只有到高天上才能分辨其高低。霄汉,高空。霄,云霄。汉,天河。
⑰ 孟涂:一作"血涂",司法之神。
⑱ 夏后启:夏朝帝王启。后,帝君。
⑲ 是司神于巴:是巴地的司法神。司神,郭璞注:"听其狱讼,为之神主。"巴,今四川东部、重庆、湖北西部一带。
⑳ 讼:打官司。
㉑ 执:逮捕。
㉒ 是请生:郭璞注:"言好生也。"指孟涂这样做,表现了他爱护生命、不随便杀人的严肃态度。
㉓ 丹山:山名,在今湖北巴东县西。上面一段引文出自《山海经·海内南经》,文字稍有出入。
㉔ "郭景纯"三句:郭景纯即郭璞。引文为《山海经》郭璞注文。

居焉。宋玉所谓天帝之季女①,名曰瑶姬,未行而亡②,封于巫山之台③,精魂为草④,寔为灵芝⑤。所谓巫山之女,高唐之姬⑥,旦为行云,暮为行雨,朝朝暮暮,阳台之下,旦早视之⑦,果如其言。故为立庙⑧,号"朝云"焉。其间首尾百六十里,谓之巫峡,盖因山为名也⑨。

自三峡七百里中,两岸连山,略无阙处⑩。重岩叠嶂⑪,隐天蔽日,自非亭午夜分⑫,不见曦月⑬。至于夏水襄陵⑭,沿溯阻绝⑮。或王命急宣⑯,有时朝发白帝⑰,暮到江陵⑱,其间千二百里,虽乘奔御风⑲,不以疾也⑳。春冬之时,则素湍绿潭㉑,回清倒影㉒。绝㵎多生怪柏㉓,悬泉瀑布,飞漱其间,清荣峻茂㉔,良多趣味㉕。每至晴初霜旦,林寒涧肃,常有高猿长啸,属引凄异㉖,空谷传响,哀转久绝。故渔者歌曰:"巴东三峡巫峡长,猿鸣三声泪沾裳。"

【作者】郦道元(约470—527),字善长,范阳涿鹿(今河北涿州市)人,北魏孝昌三年(527年)卒于关中(今陕西临漳)。郦道元出身于官宦世家,其祖父、父亲曾多

---

① "宋玉"句:此句至"号'朝云'焉",参用了宋玉《高唐赋序》的说法。季女,年龄最小的女儿。
② 行:出嫁。
③ 封:埋葬。台:阳云台,即下文之"阳台",在巫山县西北。《太平寰宇记》卷一四八:"(阳云)台高一百二十丈,南枕长江。"
④ 为:变为。
⑤ 寔:通"实"。
⑥ 高唐:楚国台馆名,在云梦泽中。姬:古人对妇女的美称。
⑦ 旦早:次日早上。
⑧ 庙:即神女祠。《巫山县志》:"神女祠在县东三里,十二峰南,龙凤峰之处。"
⑨ 盖:大概。
⑩ 阙:通"缺"。
⑪ 嶂:山峰。
⑫ 亭午:中午。夜分:半夜。
⑬ 曦(xī):日光。此指太阳。
⑭ 襄:漫上。陵:山陵。
⑮ 沿溯阻绝:顺水、逆水之船都被阻断。沿,顺流而下;溯,逆流而上。
⑯ 或王命急宣:有时朝廷的旨令急于传达。宣,传布。
⑰ 白帝:城名,在今重庆奉节县东白帝山上。
⑱ 江陵:今湖北江陵县。
⑲ 乘奔御风:骑马驾风。
⑳ 不以疾也:不如峡中船行之快。不以,不如。
㉑ 素湍:白色急流。
㉒ 回清:映照着清光。一说指曲折的清流。倒影:倒映着景物。
㉓ 㵎(yǎn):山峰。柽(chēng):柽柳,又称"三春柳"或"红柳",一种落叶小乔木。一作"怪"。
㉔ 清荣峻茂:水清花荣,山高树茂。
㉕ 良多:甚多。
㉖ 属(zhǔ)引凄异:谓猿的叫声相续不绝,音调格外凄凉。属引,连续。

年为官。郦道元成年之后，也多次出任中央和地方官吏，到过很多地方。郦道元做官期间，执法严格，办事果断，对各种违法行为予以严惩，因此触犯了一些地方豪强和皇亲国戚，后遭皇室暗算而死。

郦道元从少年时代起就有志于地理学的研究。他喜欢游览祖国的河流、山川，尤其喜欢研究各地的水文地理、自然风貌。他充分利用在各地做官的机会进行实地考察，足迹遍及今河北、河南、山东、山西、安徽、江苏、内蒙古等广大地区，调查当地的地理、历史和风土人情等，掌握了大量的第一手资料。每到一个地方，他都要游览名胜古迹、山川河流，悉心勘察水流地势，并访问当地长者，了解古今水道的变迁情况及河流的源头所在、流经地区等。同时，他还利用业余时间阅读了大量古代地理学著作，如《山海经》《禹贡》《汉书·地理志》《水经》等，积累了丰富的地理学知识，为他的地理学研究和著述打下了基础。

【赏析】本文节选自《水经注·江水二》。《水经注》全书四十卷。《水经》是三国时代桑钦所著的一部地理学著作，此书简要记述了一百三十七条全国主要河流的水道情况。原文仅一万多字，记载相当简略，缺乏系统性，对水道的来龙去脉及流经地区的地理情况记载不够详细、具体。为此郦道元利用自己掌握的丰富的第一手资料，在《水经》的基础上，终于完成了《水经注》这一地理学名著。它以前人的《水经》为纲，通过搜集丰富的文献和一些实地调查，详细注录了全国一千二百五十多条大小河流的走向和经过。它的可贵之处在于不仅注录了水道，而且把水道经过的山陵、城邑的地理沿革、风土人情、建筑名胜、历史故事和民间传说等，都作了生动而详细的叙述。所以它不仅是一部地理名著，而且文学与史学的价值也很高。

巫峡是长江三峡中最为险丽幽深的峡谷，在重庆巫山县大溪口和湖北巴东县官渡口之间。峡长谷深，迂回曲折，奇峰嵯峨连绵，烟云氤氲缭绕，景色清幽之极，如一条美不胜收的画廊。巫峡主要景观有三台（楚怀王梦会巫山神女的楚阳台、瑶姬授书大禹的授书台、大禹斩孽龙的斩龙台）、八景（南陵山顶"南陵春晓"、杨柳坪"夕阳返照"、大宁河口"宁河晚渡"、清溪河上"清溪鱼钓"、宁河渡口"澄潭秋月"、五凤山上"秀峰禅刹"、城西望夫"女观贞石"、高塘观"朝云暮雨"）和十二峰（即江北岸的登龙、圣泉、朝云、神女、松峦、集仙六峰；南岸的飞凤、翠屏、聚鹤、净坛、起云、上升六峰）。宋代诗人陆游诗云："放舟下巫峡，心在十二峰。"十二峰中以神女峰最著名，峰上有一挺秀的石柱，形似亭亭玉立的少女。她每天最早迎来朝霞，又最后送走晚霞，故又称"望霞峰"。据唐杜光庭《墉城集仙录》载，西王母幼女瑶姬携狂章、虞余诸神出游东海，过巫山，见洪水肆虐，于是"助禹斩石、疏波、决塞、导厄，以循其流"。水患既平，瑶姬为助民永祈丰年，行船平安，立山头，日久天长，便化为神女峰。

《三峡》是一篇写景散文，全文总分结合，全面描写了长江三峡的壮丽景色，总写气势恢宏，分写特征鲜明。同是三峡四季景色，特点绝不相同。写夏季，作者抓住江水的浩荡,以"虽乘奔御风,不以疾也"突出了流速之快,春冬季作者则抓住清澈来写,"回清倒影"的"素湍绿潭",加上"飞漱其间"的"悬泉瀑布",真是别有一番情趣。描写秋季的巫峡时,作者则通过写猿鸣来突出它的凄凉气氛。本段《巫峡》,主要写巫峡山水的雄丽峭拔、幽奇清绝,中间穿插历史掌故、神话传说。风格神奇清丽,行文跌宕不拘,既是优秀的学术著作,又是优美的文学篇章。

始得西山宴游记①

唐·柳宗元

　　自余为僇人②,居是州③,恒惴栗④。其隙也⑤,则施施而行⑥,漫漫而游⑦。日与其徒上高山⑧,入深林,穷回溪⑨,幽泉怪石,无远不到⑩。到则披草而坐⑪,倾壶而醉⑫;醉则更相枕以卧⑬。卧而梦,意有所极,梦亦同趣⑭。觉而起,起而归。以为凡是州之山水有异态者,皆我有也⑮,而未始知西山之怪特⑯。

　　今年九月二十八日⑰,因坐法华西亭⑱,望西山,始指异之⑲。遂命仆人过湘江,

---

① 西山:在今湖南零陵县城西南,又称粮子岭。
② 僇(lù)人:有罪之人,指唐宪宗即位后,作者因在顺宗时期参与王叔文集团而被贬永州司马。僇,同"戮",刑辱。
③ 是州:指永州。是,即"此"。
④ 恒:经常。惴(zhuì)栗:恐惧不安,战战兢兢的样子。
⑤ 隙:空闲的时候。
⑥ 施施(yíyí):通"迤",缓缓地。
⑦ 漫漫:随意地,漫无目的地。
⑧ 日:每日。徒:同伴。
⑨ 穷:寻源,穷尽。回溪:迂回曲折的溪水。
⑩ "幽泉"两句:只要有幽泉怪石,多远的地方都去。
⑪ 披草:拨开草丛。
⑫ 倾壶:倒尽壶中之酒。
⑬ 相枕以卧:互相枕靠而睡。
⑭ "意有"两句:心中有所向往,梦中就会表现出同样的志趣。极:至,到。
⑮ 皆我有也:都已为我所观赏、领略过。
⑯ 未始:未尝。怪特:怪异、奇特。
⑰ 今年:指元和四年(809年)。
⑱ 法华:寺名,在永州城内东山上。西亭:位于法华寺西,系作者所建,其《永州法华寺新作西亭记》曰:"法华寺居永州,地最高。……余时谪为州司马,官外乎常员,而心得无事,乃取官之禄秩,以为其亭。"
⑲ 始:才。指异:指点而称奇。之:代西山。

缘染溪①,斫榛莽②,焚茅茷③,穷山之高而止。攀援而登,箕踞而遨④,则凡数州之土壤,皆在衽席之下⑤。其高下之势⑥,岈然洼然⑦,若垤若穴⑧。尺寸千里⑨,攒蹙累积⑩,莫得遁隐⑪。萦青缭白⑫,外与天际⑬,四望如一⑭。然后知是山之特立,不与培塿为类⑮,悠悠乎与颢气俱而莫得其涯,洋洋乎与造物者游而不知其所穷⑯。

引觞满酌⑰,颓然就醉⑱,不知日之入⑲。苍然暮色,自远而至,至无所见,而犹不欲归。心凝形释,与万化冥合⑳,然后知吾向之未始游㉑,游于是乎始㉒。故为之文以志㉓。是岁元和四年也。

【作者】柳宗元(773—819),唐文学家、哲学家。字子厚,河东解(今山西运城西)人,世称柳河东。参加主张革新的王叔文集团,失败后被贬为永州司马,后迁柳州刺史,故又称柳柳州。与韩愈倡导古文运动,并称"韩柳",同列"唐宋八大家",散文峭拔矫健,说理透彻,结构严谨。

【赏析】本篇为《永州八记》之一。文章围绕题目中"始得"二字,通过往昔和今

---

① 缘:沿着、顺着。染溪:即冉溪,在零陵县西南,元和五年(公元810年),柳宗元更名为愚溪。其《愚溪诗序》:"余以愚触罪,谪潇水上,爱是溪,入二三里,得其尤绝者家焉。古有愚公谷,今予家是溪,而名莫能定,土之居者,犹龂龂然,不可以不更也,故更之为愚溪。"
② 斫(zhuó):砍伐。榛(zhēn)莽:丛生的荆棘、杂草。
③ 茅茷(fèi):茅草。茷,草叶盛多的样子。
④ 箕(jī)踞:一种臀部压脚后跟上,形似簸箕的坐姿。这是一种放任自适的举动。遨:游逛。
⑤ 衽(rèn)席:床席,座席。
⑥ 势:形势。
⑦ 岈(yá)然:山谷幽深的样子。洼然:山谷低凹的样子。
⑧ 垤(dié):蚁封,蚁穴外的土堆。
⑨ 尺寸千里:从西山远眺,山似蚁封谷如洞,视野中看似咫尺大小的地方,实际面积极大。极写山高望远。
⑩ 攒蹙(cù)累积:景物集聚、紧凑、累积。攒,聚集。蹙,压缩。
⑪ 遁隐:隐藏,隐蔽。以上几句言千里之景,聚集眼前,无一隐遁。
⑫ 萦(yíng)青缭白:形容山水重沓。萦,环绕,缠绕。青,山峦。白,水流。
⑬ 外与天际:视线之外的景物远与天连。际:会合,交际。
⑭ 四望如一:四面瞭望,同一景色。
⑮ 特立:突兀。培塿(pǒulǒu),小土丘。
⑯ "悠悠乎"两句:渺远得像大气一样,没有止境;飘飘然与天地同游,无穷无尽。悠悠:长远的样子。颢:同"浩",广大的样子。洋洋:逍遥自得的样子。造物者:古时以天为万物创造者。
⑰ 引觞(shāng)满酌:举杯斟满酒。引,举起。觞,酒杯。酌,斟酒。
⑱ 颓然:醉倒的样子。
⑲ 日之入:太阳落山。
⑳ "心凝"两句,心神凝聚于山水景色之中,形体像消散了,与万物融为一体。凝:凝集、凝聚。释:消散。万化,变化着的宇宙万物。冥合:融合为一。
㉑ "然后"句:与第一段"以为凡是州之山水有异态者……"句相应,意谓今日方知以前所游,算不上真正有所体会。未始:未尝、未曾。向:以前。
㉒ 是:这次。
㉓ 志:记。

日的对比,写出了过去的游览,"意有所极,梦亦同趣,"并没有得到真正的精神解脱,而后来真正领略了西山的胜境,"心疑形释,与万化冥合",才确实达到了自由、忘我的境界,也才与大自然融为一体。这篇游记并没有花费太多笔墨实写山水,而是从虚处落笔,着力描绘到达山顶后,极目远眺之所见,展现了一种高远阔大的境界。作者的思想境界——宽广的胸襟,包容的心态,超脱的精神,高远的追求,与其从西山中体味到的境界相互交融。文中运用比喻手法增强了描写的生动性,对偶、顶真等修辞手法的运用,则使文章获得一种声韵美,同时也增强了表达的感染力。

滕王阁序
唐·王勃

豫章故郡,洪都新府①;星分翼轸,地接衡庐②。襟三江而带五湖,控蛮荆而引瓯越③。物华天宝,龙光射斗牛之墟④;人杰地灵,徐孺下陈蕃之榻⑤。雄州雾列,俊彩星驰,台隍枕夷夏之交,宾主尽东南之美⑥。都督阎公之雅望,棨戟遥临⑦;宇文新州之懿范,襜帷暂住⑧。十旬休暇⑨,胜友如云;千里逢迎,高朋满座。腾蛟起凤,孟学士之词宗;紫电清霜,王将军之武库⑩。家君作宰,路出名区;童子何知,躬逢胜饯⑪。

时惟九月,序属三秋⑫。潦水尽而寒潭清,烟光凝而暮山紫。俨骖騑于上路,访风景于崇阿⑬。临帝子之长洲,得天人之旧馆⑭。层峦耸翠,上出重霄;飞阁流丹,下

---

① 豫章:豫章为汉代郡名,所以称为"故郡";唐代改为"洪州",故而称作"新府"。"南昌"之名,五代时始用。
② 翼轸:天文学家把星宿的分布与地面的区域对应划分,称为分野。翼、轸都是星宿名,南昌在翼、轸分野之内。衡庐:衡山(属衡州)、庐山(属江州)。
③ 三江:长江过彭蠡湖之后,分三道入海,故称三江。五湖:泛指长江流域的鄱阳湖等大湖泊。蛮荆:古时称楚国为蛮荆,这里泛指湖北、湖南一带。瓯越:古东越王都东瓯(今浙江永嘉县),故称瓯越,指今浙江一带。
④ "物华天宝"两句:指丰城宝剑的故事。晋初,斗、牛之间有紫气照射,雷焕告诉张华,是宝剑之气上冲于天。张华命雷焕寻觅,在丰城(古属豫章郡)牢狱地下,发掘龙泉、太阿一双宝剑。后来,宝剑没入水中,化为龙。物华天宝:指物的光华,焕发为天上宝气。龙光:剑光。
⑤ 徐孺:徐稚,字孺子,东汉末年人,家贫,自耕而食,德行为时人所景仰。陈蕃为豫章郡太守,不接宾客,唯独特地为他准备一榻留宿,徐孺走后,便挂起来。事见《后汉书》。
⑥ 台隍:城池。
⑦ 都督阎公:名不详。雅望:好声望。棨戟:兵器名,这里指官员的仪仗。
⑧ 宇文:姓宇文的新州刺史。懿范新州:地名,唐属岭南道,在今广东省新兴县一带。懿范:美好的榜样。襜帷:车上的帷幕,借指车辆。
⑨ 十旬休暇:唐代规定,每十天为一旬日,官员在这天休假。
⑩ 孟学士、王将军:都是座中宾客。紫电青霜:古宝剑名。武库:这里指胸中韬略。
⑪ 家君:对别人称呼自己父亲之词。
⑫ 三秋:秋天七、八、九三个月,九月属于季秋。
⑬ 骖(cān)騑(fēi):驾车的马。崇阿:高的山陵。
⑭ 帝子、天人:滕王。旧馆:滕王阁。

临无地。鹤汀凫渚,穷岛屿之萦回;桂殿兰宫,列冈峦之体势。披绣闼,俯雕甍,山原旷其盈视,川泽纡其骇瞩①。闾阎扑地,钟鸣鼎食之家②;舸舰迷津,青雀黄龙之轴③。虹销雨霁,彩彻云衢。落霞与孤鹜齐飞,秋水共长天一色。渔舟唱晚,响穷彭蠡之滨;雁阵惊寒,声断衡阳之浦④。

遥襟甫畅,逸兴遄飞⑤。爽籁发而清风生,纤歌凝而白云遏⑥。睢园绿竹,气凌彭泽之樽;邺水朱华,光照临川之笔⑦。四美具,二难并;穷睇眄于中天,极娱游于暇日⑧。天高地迥,觉宇宙之无穷;兴尽悲来,识盈虚之有数。望长安于日下,指吴会于云间⑨。地势极而南溟深,天柱高而北辰远⑩。关山难越,谁悲失路之人?萍水相逢,尽是他乡之客。怀帝阍而不见,奉宣室以何年⑪?嗟乎!时运不济,命途多舛;冯唐易老,李广难封⑫。屈贾谊于长沙,非无圣主;窜梁鸿于海曲,岂乏明时⑬?所赖君子安贫,达人知命。老当益壮,宁知白首之心?穷且益坚,不坠青云之志。酌贪泉而觉爽,处涸辙而相欢⑭。北海虽赊,扶摇可接;东隅已逝,桑榆非晚⑮。孟尝高洁,空怀报国之心;阮籍猖狂,岂效穷途之哭⑯!

---

① 闼(tà):门。甍:屋脊。
② 闾阎:屋舍。钟鸣鼎食:古代贵族鸣钟列鼎而食。
③ 轴:通舳,船。
④ 彭蠡:鄱阳湖古名。衡阳:地名,在今湖南省。传说雁飞衡阳即止,待春而回。有回雁峰。
⑤ 遥襟:远怀。遄(chuán):往来频繁而疾速。
⑥ 爽籁:参差不齐的排箫。爽,参差。
⑦ 睢园:西汉梁孝王在睢旭(在今河南商丘县南)所建的园林,他常与文人聚会于此。彭泽:指陶渊明,曾为彭泽令。邺:今河北临漳县,曹魏的都城。朱华:此处指文采风流。临川:南朝刘宋时,诗人谢灵运曾任临川内史。
⑧ 四美:《文选》刘琨《答卢谌》李善注:"四美,音、味、文、言也。"一说指良辰美景赏心乐事。二难:《世说新语·规箴》:"知几其神乎,古人以为难;交疏吐诚,今人以为难。"指学通古今的明哲之士。睇眄:极目而视。
⑨ 吴会:吴郡,即今江苏苏州。
⑩ 南溟:南海。语出《庄子·逍遥游》。天柱:据《神异经》记述,昆仑山上有铜柱,其高入天,称为天柱。北辰:北极星,借指君主。
⑪ 帝阍:原意为天帝的守门者,这里指皇帝的宫门。宣室:汉未央宫的正殿。汉文帝曾在此召见贾谊。
⑫ 冯唐:汉文帝时为中郎署长,景帝时出为楚相。武帝求贤良,有人举荐他,而他当时已九十多岁,不能再做官了。李广:西汉名将,多次参加抗击匈奴的战斗,战功赫赫,但始终没得到封侯。
⑬ 贾谊:汉初名臣,受朝中权贵排斥,文帝时为长沙王太傅,郁郁不得志。梁鸿:字伯鸾,东汉扶风平陵人,过京师,作《五噫歌》,讽刺朝廷奢侈,不体恤民生艰难。汉章帝读后甚为不满,派人寻找他。他更改姓名,与妻子孟光避居齐鲁,后移居吴地。海曲:即滨海之地。
⑭ 贪泉:晋吴隐之到广州任刺史,来到离城二十里之处,有水名"贪泉"。隐之饮泉后,赋诗曰:"古人云此水,一歃怀千金。试使夷齐饮,终当不易心。"涸辙:比喻身处困境。
⑮ 赊:远。扶摇:旋风。东隅:日出东隅,指早晨,引申为早年。桑榆:日落桑榆,指晚上,引申为晚年。《后汉书·冯异传》有"失之东隅,收之桑榆"之语。
⑯ 孟尝:字伯周,东汉人,曾任合浦太守,兴利除弊,受到人民爱戴。后罢居。桓帝时,尚书杨乔多次举荐,称他"清行出俗,能于绝群",但始终没被起用。阮籍:字嗣宗,晋朝诗人,佯狂不羁,有时驾车独游,不走大路,等到路走不通了,便痛哭而返。

勃,三尺微命,一介书生。无路请缨,等终军之弱冠;有怀投笔,慕宗悫之长风①。舍簪笏于百龄,奉晨昏于万里②;非谢家之宝树,接孟氏之芳邻③。他日趋庭,叨陪鲤对④;今晨奉袂,喜托龙门⑤。杨意不逢,抚凌云而自惜⑥;钟期既遇,奏流水以何惭⑦?呜乎!胜地不常,盛筵难再;兰亭已矣,梓泽丘墟⑧。临别赠言,幸承恩于伟饯;登高作赋,是所望于群公⑨。敢竭鄙诚,恭疏短引⑩;一言均赋,四韵俱成。请洒潘江,各倾陆海云耳⑪。

【作者】王勃(650—676),字子安,绛州龙门(今山西河津县)人。后来游于蜀地,又任职虢州。溺水受惊而死。有《王子安集》。

【赏析】唐太宗贞观十三年(639年)前后,滕王李元婴(高祖李渊之子)官洪州都督,修筑滕王阁,故址在今江西省南昌市。唐高宗时,洪州都督阎某重阳节在滕王阁大宴宾客,王勃前往交趾探视其父,路过洪州,参加了这次宴会,写了《滕王阁诗》及"序"。

序中描写了滕王阁壮美的景色,铺叙了宴会的盛况,抒发了自己的羁旅之情,寄寓了怀才不遇的感慨。这是王勃骈体文的代表作,词采绚丽,对仗工整,音韵铿锵,气势奔放,用点贴切而无晦涩芜杂之嫌,自然流畅而无堆砌矫揉之病。

---

① 终军:西汉济南人,二十多岁为谏议大夫,武帝派他出使南越,他请求给他长缨(绳),说一定要将南越王缚了来献于朝廷。《礼记·曲礼》说:"二十曰弱,冠。"故弱冠即指二十岁左右。宗悫(què):南朝刘宋时人。幼年,叔父问他的志向,他说:"愿乘长风破万里浪。"

② 簪:古人束发戴冠时所用的长针。笏:手板,古代官员上朝时记事。

③ 宝树:《世说新语·言语》中记晋谢安问其子侄,为什么人们总是希望孩子们成材呢?他的侄子谢玄答道:"譬如芝兰玉树,欲使其生于庭阶耳!"宝树,即玉树,比喻好子弟。芳邻:好邻居。用孟母三迁择邻的典故。

④ 鲤对:孔丘之子孔鲤,有一次快步走过庭前,孔子问他:"学《诗》乎?"他答没有。孔子教导他:"不学诗,无以言!"于是他便回去认真学《诗》。又有一次过庭,孔子问他:"学《礼》乎?"答曰没有,孔子又告诉他:"不学礼,无以立!"于是他便认真学习《礼》。故趋庭鲤对二语,后人用为亲聆父训之意。

⑤ 喜托龙门:东汉李膺,声望极高,当时的读书人能够得到接近他的机会,便称为登龙门。

⑥ 杨意:即杨得意,蜀人,汉武帝的狗监,有一次武帝读了司马相如的《子虚赋》,甚为赞赏,以为古人所作,他恰好陪侍,便说:"我的同乡司马相如说这是他作的。"于是,武帝便召见了司马相如。

⑦ 钟期:即钟子期。俞伯牙善于弹琴,钟子期是他的知音。俞伯牙弹流水曲,他马上心领神会地说:"好啊,浩浩荡荡地像江河奔流!"

⑧ 兰亭:在会稽山阴县,晋时王羲之等曾在此聚会,行修禊事,并饮酒赋诗。王羲之写了《兰亭序》记叙这次盛会。梓泽:即晋朝石崇的别墅金谷园,曾有《金谷序》传世。

⑨ 伟饯:盛宴。

⑩ 疏:写。短引:短序。

⑪ 潘江、陆海:钟嵘《诗品》中说陆机才如海,潘岳才如江。形容洋溢的文才。

冷泉亭记
唐·白居易

东南山水,余杭郡为最①;就郡言,灵隐寺为尤②;由寺观,冷泉亭为甲③。

亭在山下水中央,寺西南隅。高不倍寻,广不累丈④,而撮奇得要⑤,地搜胜概,物无遁形⑥。春之日,吾爱其草薰薰⑦,木欣欣,可以导和纳粹⑧,畅人血气⑨,夏之夜,吾爱其泉渟渟⑩,风泠泠⑪,可以蠲烦析酲⑫,起人心情⑬。山树为盖,岩石为屏⑭,云从栋生,水与阶平⑮。坐而玩之者,可濯足于床下⑯;卧而狎之者⑰,可垂钓于枕上。矧又潺湲洁澈⑱,粹冷柔滑⑲,若俗士,若道人⑳,眼耳之尘、心舌之垢,不待盥涤㉑,见辄除去㉒。潜利阴益㉓,可胜言哉㉔!斯所以最余杭而甲灵隐也㉕。

---

① "东南"两句:"东南",唐代人的"东南"概念多指江南东道(包括今浙江、福建、上海全部和江苏、安徽两省的长江以南部分)。"余杭郡",指杭州,唐天宝元年至乾元元年(742—758)间杭州尝改余杭郡,此处用作雅称。
② "就郡言"两句:就余杭郡的山水而言,灵隐寺的景致最为突出。灵隐,亦名"云林禅寺",为我国佛教禅宗十刹之一。在浙江杭州西湖西北灵隐山麓,前临冷泉,面对飞来峰。东晋咸和年间取名"灵隐"。清康熙南巡,赐名"云林禅寺",历代屡有毁建。尤:优异,突出。
③ "由寺观"两句:从灵隐寺的风景看,冷泉亭居首位。甲,天干的第一位,引申为第一,首位。
④ "高不倍寻"两句:高不过十六尺,宽不到两丈。寻,八尺。累,重叠、积累,在此意同"倍"。
⑤ 撮奇得要:聚集奇景,揽得精华。撮(cuō),聚合,聚拢。要,精华。
⑥ "地搜"两句:搜取大自然之胜景,使山水无所隐遁其形状。搜,觅取,寻找。胜概,胜景,美景。
⑦ 薰薰:指花草的芳香。
⑧ 导和纳粹:引导心平气顺,吸纳纯净新鲜的养分。粹:精华。
⑨ 畅人血气:使人气血舒畅。
⑩ 渟渟(tíng):水静止的样子。
⑪ 泠泠(líng):清凉、冷清。
⑫ 蠲(juān)烦析酲(chéng):消除烦恼,解脱酒醒后的困惫。蠲,除去,免除。酲,病酒曰"酲",即酒醒后所感觉的困惫如病的状态。
⑬ 起:激发。
⑭ 山树为盖"两句:以山峦、绿树为亭之顶盖,以山崖岩石为屏壁。
⑮ "云从"两句:云生于亭之栋梁上,水与亭之台阶相齐平。
⑯ 濯(zhuó):洗涤。
⑰ 狎(xiá):亲近。
⑱ 矧(shěn):况且。潺湲(chán yuán):水慢慢流的样子。
⑲ 粹冷:纯洁、冷冽。
⑳ 俗士:见识浅陋的世俗之士。道人:出家修行者。
㉑ 不待盥(guàn)涤:用不着以水洗涤。盥,洗(手、脸)。
㉒ 见辄除去:观赏冷泉就能除去尘垢。
㉓ 潜利阴益:不知不觉中对人的熏陶、好处。潜,阴,暗中,不为人察觉。
㉔ 胜言:说尽。
㉕ "斯所以"句:这就是它的景致居余杭之最、列灵隐之首的原因。

杭自郡城抵四封①,丛山复湖,易为形胜②。先是领郡者③,有相里尹造作虚白亭④,有韩仆射皋作候仙亭⑤,有裴庶子棠棣作观风亭⑥,有卢给事元辅作见山亭⑦,及右司郎中河南元藇最后作此亭⑧。于是五亭相望,如指之列⑨,可谓佳境殚矣⑩,能事毕矣⑪。后来者虽有敏心巧目,无所加焉。故吾继之,述而不作⑫。

【作者】白居易事迹创作见前 P.46。

【赏析】冷泉亭是杭州的一处山水胜迹,位于灵隐寺前、飞来峰下。旧传冷泉深广可通舟楫。唐时亭在水中,宋移建于岸上,亭倚泉而立,并建起水闸蓄水排洪。"冷泉放闸"成为古代灵隐寺的景观之一。

本篇作于作者任杭州刺史期间。游记开头,采用层递收缩法,强调冷泉亭景色为余杭灵隐之最佳,用笔十分工整。这一手法,被很多后世记游者所效仿。第二段是全文中心。作者并不对冷泉亭本身作细致描绘,而是连用四个"可"字,从春、夏两季,坐、卧不同,写了冷泉亭周围景色之宜人,强调它对人情趣、情操的熏陶作用,点明了它"最余杭而甲灵隐"的原因。最后一段补充说明五座亭子及其建造者(唐代有姓名可考的杭州刺史共有九十九位)。本文将写景、抒情、议论融为一体,句式既有长短错落,也有对偶整饬,风格多样。

① 四封:与"提封"同义,指余杭郡四周行政边界之内的疆土。
② 易为形胜:容易形成山川胜迹。
③ 先是领郡者:以前担任郡守之位者。
④ 相里尹:指相里造,曾为江州刺史、杭州刺史,后为河南尹。尹是其衔称。虚白亭:释来复虚白亭诗云:"洞然一室生虚白,包括须弥百千亿。卧游恍讶玻璃宫,幻出诸天帝青色……"
⑤ 韩仆射:即韩皋,字仲闻,唐长安人。知音律,善属文。历任右拾遗、左补阙、考功员外郎、京兆尹、汀州司马、杭州刺史,穆宗长庆元年(821年)拜尚书右仆射。以东都留守转左仆射卒。仆射(yè),尚书省长官。候仙亭,韩皋建,久废,后重建。
⑥ 裴庶子:即裴棠棣,又作裴常棣,曾任杭州刺史。庶子,皇太子东宫的从官。观风亭:在冷泉亭侧。
⑦ 卢给事:即卢元辅,字子望,唐滑州人。历任杭、常、绛三州刺史。自兵部侍郎出为华州刺史,文宗大和三年(829年)八月卒。给事,即"给事中"。属门下省,管理奏章文书档案。
⑧ 右司郎中:尚书省的助理官员。元藇:又作元屿。河南(今河南洛阳)人。曾为杭州刺史。
⑨ 如指之列:像五个手指的排列。
⑩ 殚(dān):尽、竭。
⑪ 能事毕矣:构筑山水之胜的境界达到了极致。
⑫ 述而不作:语出《论语·述而》篇,谓只阐述前人成说,自己无所创作。本文指只记述而不另筑新亭。

二、宋元游记欣赏

岳阳楼记

北宋·范仲淹

庆历四年春,滕子京谪守巴陵郡①。越明年,政通人和,百废具兴②,乃重修岳阳楼,增其旧制,刻唐贤今人诗赋于其上,属予作文以记之③。

予观夫巴陵胜状,在洞庭一湖。衔远山,吞长江,浩浩汤汤,横无际涯;朝晖夕阴,气象万千;此则岳阳楼之大观也,前人之述备矣④。然则北通巫峡,南极潇湘,迁客骚人,多会于此,览物之情,得无异乎⑤?若夫霪雨霏霏,连月不开⑥;阴风怒号,浊浪排空;日星隐耀,山岳潜形;商旅不行,樯倾楫摧⑦;薄暮冥冥,虎啸猿啼;登斯楼也,则有去国怀乡,忧谗畏讥,满目萧然,感极而悲者矣⑧。

至若春和景明,波澜不惊,上下天光,一碧万顷;沙鸥翔集,锦鳞游泳,岸芷汀兰,郁郁青青⑨。而或长烟一空,皓月千里,浮光跃金,静影沉璧,渔歌互答,此乐何极⑩!登斯楼也,则有心旷神怡,宠辱皆忘,把酒临风,其喜洋洋者矣。嗟夫!予尝求古仁人之心,或异二者之为,何哉?不以物喜,不以己悲,居庙堂之高,则忧其民⑪;处江湖之远,则忧其君。是进亦忧,退亦忧;然则何时而乐耶?其必曰:先天下之忧而忧,后天下之乐而乐欤!噫!微斯人,吾谁与归⑫!

【作者】范仲淹(989—1052),字希文,苏州吴县(今属江苏)人。宋真宗朝进士。庆历三年(1043年)七月,授参知政事,主持庆历改革,因守旧派阻挠而未果。次年罢政,自请外任,历知州、邓州、杭州、青州。卒谥文正。他不仅是北宋著名的政治家、军事家、文学成就亦杰然可观。散文《岳阳楼记》为千古名篇,词则能突破

---

① 庆历四年:1044年。滕子京:名宗谅,与范仲淹同时中进士,被贬守岳州。谪:封建社会官吏的降职或远调,也指把有罪的人遣戍远方。
② "越明年"历来有两种解释:一、"越"作"逾"讲,作"度过"讲;二、"越"作"及"讲。据《岳州府志》载,滕子京重修岳阳楼在庆历六年。所以这句中的"越"还是按它的本来意义作"过"讲为妥,"越明年"就是"过了第二年",当进入了第三年讲(庆历六年)。具:通"俱",全,都。
③ 属:同"嘱"。
④ 夫:那。大观:盛大的美景。
⑤ 极:直通。得无异乎:能够没有不同吗?这是用疑问的形式表达一个强有力的发问。得,能够。
⑥ 霪雨:连绵不停的过量的雨。开:放晴。
⑦ 樯:桅杆。
⑧ 冥冥:昏暗的样子。
⑨ 锦鳞:指美丽的鱼。
⑩ 极:穷尽。
⑪ 庙堂:庙,宗庙;堂,殿堂;庙堂指朝廷。
⑫ 谁与:与谁。

唐末五代词的绮靡风气。有《范文正公集》。

【赏析】岳阳楼,位于湖南岳阳市城西门城楼,下临洞庭湖。岳阳楼始建于唐代,主楼三层,高19.72米。岳阳楼与滕王阁、黄鹤楼并称为江南三大名楼。岳阳楼因范仲淹的《岳阳楼记》名传四方,有"洞庭天下水,岳阳天下楼"之誉,以其悠久的历史、美妙的传说和雄伟的气势蜚声中外。

作者虽被贬谪却心胸开阔,保持了一种豁达磊落的心境和乐观向上的处世态度。作者用简练的语言描绘了洞庭湖的全景并提出"览物之情,得无异乎"一问,从而引出迁客骚人因己而悲,因物而喜的两段文字,将迁客骚人的这种情怀跟"古仁人之心"作对比,自然引出议论,抒发自己的政治抱负,表达自己的旷达胸襟。

醉翁亭记
北宋·欧阳修

环滁皆山也①。其西南诸峰,林壑②尤美。望之蔚然而深秀者③,琅琊也。山行六七里,渐闻水声潺潺,而泻出于两峰之间者,酿泉也。峰回路转,有亭翼然④临于泉上者,醉翁亭也。作亭者谁?山之僧智仙也。名之者谁⑤?太守自谓也⑥。太守与客来饮于此,饮少辄⑦醉,而年又最高,故自号曰⑧"醉翁"也。醉翁之意⑨不在酒,在乎山水之间也。山水之乐⑩,得之心而寓之酒也⑪。

若夫日出而林霏开⑫,云归而岩穴暝⑬,晦⑭明变化者,山间之朝暮也。野芳发而幽香⑮,佳木秀而繁阴⑯,风霜高洁⑰,水落而石出者,山间之四时也。朝而往,暮

---

① 环滁皆山也:环滁,环绕着滁州城。
② 壑:山谷。
③ 望之蔚然而深秀者:蔚然,草木茂盛的样子。深秀,幽深秀丽。
④ 有亭翼然临于泉上者:翼然,像鸟儿张开翅膀一样。指亭四角飞檐翘起。临,靠近。
⑤ 名之者谁:名之者,给亭起名的人。
⑥ 太守自谓也:自谓,自称,太守用自己的别名(醉翁)来命名。
⑦ 辄:就。
⑧ 自号:给自己起了个别号。
⑨ 意:情趣。
⑩ 山水之乐:欣赏山水的乐趣。
⑪ 得之心而寓之酒也:得之心,领会在心里。寓之酒,寄托在饮酒上。
⑫ 若夫日出而林霏开:若夫,文言里承接上文而引出另一层意思时常用,近乎"要说那一……""像那……"的意思。林霏,树林里的雾气。
⑬ 云归而岩穴暝:云归,云雾聚拢在山中。岩穴,山谷。暝,昏暗。
⑭ 晦:昏暗不明。
⑮ 野芳发而幽香:野芳,野花。幽香,清淡的香气。
⑯ 佳木秀而繁阴:佳木,好的树木。秀,枝叶繁茂。繁,浓密的。
⑰ 风霜高洁:即风高霜洁,形容秋高气爽,霜色洁白。

而归,四时之景不同,而乐亦无穷也。

至于负者歌于途①,行者休于树,前者呼,后者应,伛偻提携②,往来而不绝者,滁人游也。临溪而渔,溪深而鱼肥;酿泉为酒,泉香而酒洌③;山肴野蔌④,杂然而前陈者⑤,太守宴也。宴酣⑥之乐,非丝非竹⑦,射者中⑧,弈⑨者胜,觥筹交错⑩,起坐而喧哗者,众宾欢也。苍颜⑪白发,颓然乎其间者⑫,太守醉也。

已而夕阳在山,人影散乱,太守归而宾客从也。树林阴翳⑬,鸣声上下,游人去而禽鸟乐也。然而禽鸟知山林之乐,而不知人之乐;人知从太守游而乐,而不知太守之乐其乐也⑭。醉能同其乐,醒能述以文者,太守也。太守谓谁? 庐陵欧阳修也。

【作者】欧阳修(1007—1072),字永叔,号醉翁、六一居士,庐陵(今属江西)人。北宋文学家、史学家。天圣进士。官馆阁校勘,因直言论事贬知夷陵。庆历中任谏官,支持范仲淹,要求在政治上有所改良,被诬贬知滁州。官至翰林学士、枢密副使、参知政事。王安石推行新法时,对青苗法有所批评。谥文忠。主张文章应"明道"、致用,对宋初以来靡丽、险怪的文风表示不满,并积极培养后进,是北宋古文运动的领袖。散文说理畅达,抒情委婉,为"唐宋八大家"之一;诗风与其散文近似,语言流畅自然。其词婉丽,承袭南唐余风。曾与宋祁合修《新唐书》,并独撰《新五代史》。又喜收集金石文字,编为《集古录》,对宋代金石学颇有影响。有《欧阳文忠集》。

【赏析】欧阳修不仅是一位文学家,同时也是一位著名的政治家和历史学家。他曾积极参与范仲淹领导的新政,提出不少建议。庆历五年,新政失败,范仲淹被罢官,欧阳修"慨言上书",触怒当政者,曾被借故下狱。接着被贬为滁州知州。本

---

① 至于负者歌于途:至于,连词,多用于句子开头,承接上文,表示另提一事。负者,背负着东西的人。
② 伛偻(yǔlǚ)提携:伛偻,弯腰驼背的样子,这里指老人。提携,拉着手行走,这里指被拉着手走路的小孩。
③ 泉香而酒洌:互文,即泉洌而酒香。洌,水清。
④ 山肴野蔌(sù):山肴,野味。肴,荤菜。野蔌,野菜。蔌,菜蔬。
⑤ 杂然而前陈者:杂然,错杂。陈,摆放。
⑥ 酣,尽兴地喝酒。
⑦ 非丝非竹:丝、竹,指音乐。丝,弦乐器。竹,管乐器。
⑧ 射者中:射,投射,宴饮时以饮酒为赏罚的一种游戏。
⑨ 弈,下棋。
⑩ 觥筹交错:觥,用犀牛角做的酒杯。筹,酒筹,宴会上行令或游戏时饮酒计数用的签子。交错,交互错杂。
⑪ 苍颜,脸色苍老。
⑫ 颓然乎其间者:颓然,原意是精神不振的样子。这里指醉醺醺的样子。
⑬ 阴翳,形容枝叶茂密成荫。翳,遮盖。
⑭ 而不知太守之乐其乐也:乐其乐,乐他所乐的事情,意思是自有他的乐趣。第一个"乐"字是动词,第二个"乐"字是名词。

文作于他到滁州任上的第二年,庆历六年(1046年)。当时,欧阳修年仅四十,正当壮盛之期。他自号"醉翁",并在本文中把自己写成"苍颜白发","颓然乎"山水之间,别有用意。正如他自己后来所述:"四十未为老,醉翁偶题篇。醉中遗万物,岂复记吾年。"(《题滁州醉翁亭》)"我生四十犹强力,自号醉翁聊戏客。"(《赠沈遵》)这不过是借以表达他贬官之后愤懑心情的一种方式。这篇记游佳作一出,盛传不衰。滁人唯恐失之,于庆历八年(1048年)请人把全文刻在石碑上。后来又嫌字小字浅,怕日久磨灭,又请苏轼用真、草、行三种字体书写重刻,往来文人墨客乃至商贾都争相摹拓,可见其感人的艺术魅力。

  本文属于记,在古文中属杂记类,特点是以记叙为主(记叙滁人游山、太守与宾客宴游的情况,由大范围逐层收窄至焦点);兼及描写(以白描法概括描写醉翁亭四季及早晚的美景)、衬托(以衬托手法,以禽鸟之乐陪衬人之乐,而又以人之乐衬托太守之乐其乐;以滁人游山欢乐的盛况,侧面衬托出欧阳修治下的滁州政通人和,百姓生活安乐),前后照应;文末发议论或抒情(抒发作者与民同乐的思想)。风格散中带骈,骈散相间(本文虽是散文,但其中却化入了不少骈句),使全文回环咏叹,具有浓厚的抒情意味,像一首散文诗。欧阳修借本文,充分显露出中国传统的知识分子"先天下之忧而忧,后天下之乐而乐"的忧国忧民的情操。本文多次提到"乐"字,其实正好指出乐的不同层面,有山水之乐,百姓之乐,宴游之乐等,当然较高层次便是以百姓之乐为个人的忧乐。

  首先,贯穿全文的主线是"乐"字。"醉"与"乐"是统一的,"醉"是表象,"乐"是实质,写"醉",正是为了写"乐"。作者的"山行"和"闻水声",都暗寓着一个"乐"字。在破题句"醉翁之意不在酒,在乎山水之间也"后再补一笔,便借"山水之乐"明白地道出了全文的主线。下文又承"山水之乐"稍稍展开,写山中朝暮和四时之景并点出"乐亦无穷",使读者渐入佳境。但这种"乐"趣,是人人都能体会到的,还不算奇。待到"滁人游""太守宴""众宾欢"时,"乐"的内涵就加深了。因为享受"山水之乐"的不仅有太守及其宾客,还有滁州的百姓,表现了"与民同乐"的境界。文中用"太守醉"结束这一欢乐场面,也是有深意的,说明"醉翁之意"何止"在乎山水之间",同时也在于一州之人。到全文结尾处,更用"醉能同其乐"一句将"醉"和"乐"统一起来,画龙点睛般地勾出全文的主旨。其次,文章写景抒情自然结合,由景生情,情景交融。最后,本文语言有很大的特色。骈散相间,多为散句,但也间有骈句,特别是使用二十一个"也"字作句尾,韵味浓郁;巧妙地用了二十五个"而"字使文章流畅优美,从容婉转。

游褒禅山记
北宋·王安石

褒禅山亦谓之华山。唐浮图慧褒始舍于其址,而卒葬之①。以故,其后名之曰褒禅。今所谓慧空禅院者②,褒之庐冢也③。距其院东五里,所谓华山洞者,以其在华山之阳名之也④。距洞百余步,有碑仆道⑤,其文漫灭⑥,独其为文犹可识:曰花山⑦。今言"华"如"华实"之"华"者,盖音谬也⑧。

其下平旷,有泉侧出,而记游者甚众⑨,所谓前洞也。由山以上五六里⑩,有穴窈然⑪,入之甚寒,问其深,则虽好游者不能穷也⑫,谓之后洞。余与四人拥火以入⑬,入之愈深,其进愈难,而其见愈奇⑭。有怠而欲出者⑮,曰:"不出,火且尽。"遂与之俱出。盖予所至,比好游者尚不能十一⑯,然视其左右,来而记之者已少⑰。盖其又深,则其至又加少矣。方是时,予之力尚足以入,火尚足以明也⑱。既其出,则或咎其欲出者⑲;而予亦悔其随之⑳,而不得极夫游之乐也㉑。

于是予有叹焉。古人之观于天地、山川、草木、虫鱼、鸟兽,往往有得,以其求思之深而无不在也㉒。夫夷以近㉓,则游者众;险以远,则至者少。而世之奇伟、瑰怪、非常之观㉔,常在于险远,而人之所罕至焉,故非有志者,不能至也;有志矣,不随以

---

① 浮图:梵语译音,有佛、僧、佛塔诸义。文中指僧人。舍:结庐,筑室居住。卒:最后。
② 禅院:佛寺。禅,梵语"禅那"的省称,意为坐禅或静修,后泛指与佛事有关的人与物。
③ 庐冢(zhǒng):室舍和坟墓。
④ 阳:山南。古代以山之南,水之北为阳。
⑤ 仆道:倒伏道旁。仆,倒伏。
⑥ 漫灭:磨灭不清。
⑦ "独其为文"句:文中尚可辨认的唯独"花山"两字而已。
⑧ "今言"两句:现在把"华山"的"华"(huā),读作"华实"的"华"(huá),怕是读错了音。
⑨ 记游:在游览处题字、赋诗文留念。
⑩ 以:而。
⑪ 窈然:幽深的样子。
⑫ "好游者"句:喜爱游历者不能穷尽它。
⑬ 拥火:举着火把。拥,持。
⑭ "入之愈深"三句:入洞愈深,行进愈困难,而所见的景色也越加奇异。
⑮ 怠:懒惰,松懈。
⑯ "盖予"两句:大约我在洞内所走到的,还不及好游历者的十分之一。
⑰ "然视其"两句:但看两边的洞壁,能到这儿记游的人已很少了。
⑱ "方是时"三句:正当此时,我的体力还足以继续入洞,火把还足够照明之用。
⑲ 既:已经。其:句中语气词。咎:责怪。
⑳ "予亦"句:我也后悔随着他们出来。
㉑ 极:尽。夫:这,那。
㉒ "以其"句:因为古人思考探求得十分深刻周密的缘故。无不在,没有不到之处,形容细致、周密。求思,探求思考。
㉓ 夷以近:平坦而离得近。以,而。
㉔ 瑰怪:瑰丽奇特。非常之观:少见而不平凡的景象。

止也①,然力不足者,亦不能至也;有志与力,而又不随以怠②,至于幽暗昏惑而无物以相之,亦不能至也③。然力足以至焉④,于人为可讥,而在己为有悔⑤;尽吾志也,而不能至者,可以无悔矣,其孰能讥之乎⑥? 此予之所得也⑦。

余于仆碑,又有悲夫古书之不存,后世之谬其传而莫能名者,何可胜道也哉⑧!此所以学者不可以不深思慎取之也⑨。四人者:庐陵萧君圭君玉⑩,长乐王回深父⑪,余弟安国平父,安上纯父⑫。至和元年七月某日⑬,临川王某记。

【作者】王安石事迹创作见前 P.52。

【赏析】褒禅山在今安徽省含山县北十五里,旧名华山,北三里曰华阳山,亦名兰陵山。唐贞观年间慧褒禅师慕此地胜景,结庐山下,在此坐禅修行,葬于此,山因以为名。山色翠霭,四面如围。中有起云峰,欲雨,云则先起,春夏往往见之。有龙洞、罗汉洞,曲折深幽,怪石错落。有龙女泉、白龟泉,泉水清洌,终年不竭。本文作于王安石任职舒州(今安徽安庆)时。

这篇游记不以写景抒情为重点,而是借记游表达了追求学问、献身事业所必备的素质:深入思考,不畏险远,意志坚强。文章记叙与议论结合紧密自然。每记一段景致,则夹叙一段观感,为后文的议论奠定了基础。后文的议论又不脱离前面的景致观感,全面、透彻,有很强的逻辑性。文章详略得当。如记游的重点在后洞而不在前洞,因此,前洞略写,后洞详写,重点突出。该游记体现了宋代游记的议论化倾向。

---

① 不随以止:不盲目跟随别人而停止。
② 不随以怠:不迁就于惰性。
③ "至于幽暗"两句:到达幽暗不明的地方,却没有外物辅助他,也不能到达尽头。相(xiàng),辅佐,帮助。
④ "然力足"句:然而力量足以达到,(却没有达到)。
⑤ "于人"两句:对别人来说,是足可讥笑的,而对于自己来说,是足可后悔的。
⑥ "尽吾志也"四句:尽心尽力,却没能达到的人,可以没有悔恨了,又有谁能讥讽他呢? 孰:谁。
⑦ 得:心得、体会。
⑧ "余于仆碑"四句:对于倒卧的碑石,我又悲叹古书的散佚,后世以讹传讹,终不能弄清真相,这类事情哪数得过来。
⑨ 此:指古书失存、后代谬传的现象。慎取:慎重取舍。
⑩ 庐陵:今江西吉安县。萧君圭字君玉,不详。
⑪ 长乐:今福建长乐。王回,字深父,福建侯官(今闽侯)人。进士及第。为忠武军节度推官,知南顿县。
⑫ "余弟"句:王安石兄弟七人,安师行三。安国字平父,行四,仁宗熙宁初,以才行召试及第,除西京国子教授。曾议其兄安石,知人不明、聚敛太急。帝不悦,授崇文院校书。屡以新法谏,后为吕惠卿所陷,罢归。王安上,字纯父,行七。
⑬ 至和元年:公元1054年。至和是宋仁宗的年号。

雁荡山
宋·沈括

温州雁荡山,天下奇秀,然自古图牒①,未尝有言者。祥符中②,因造玉清宫③,伐山取材,方有人见之,此时尚未有名。按西域书④,阿罗汉诺矩罗居震旦东南大海际雁荡山芙蓉峰龙湫⑤。唐僧贯休为《诺矩罗赞》⑥,有"雁荡经行云漠漠,龙湫宴坐雨蒙蒙"之句。此山南有芙蓉峰,峰下芙蓉驿⑦,前瞰大海,然未知雁荡、龙湫所在,后因伐木,始见此山。山顶有大池,相传以为雁荡;下有二潭水,以为龙湫。又有经行峡、宴坐峰,皆后人以贯休诗名之也。谢灵运为永嘉守⑧,凡永嘉山水,游历殆遍,独不言此山,盖当时未有雁荡之名。

予观雁荡诸峰,皆峭拔险怪,上耸千尺,穹崖巨谷⑨,不类他山,皆包在诸谷中,自岭外望之,都无所见;至谷中则森然干霄⑩。原其理⑪,当是为谷中大水冲激,沙土尽去,唯巨石岿然挺立耳。如大小龙湫、水帘、初月谷之类,皆是水凿之穴。自下望之则高岩峭壁,从上观之适与地平,以至诸峰之顶,亦低于山顶之地面。世间沟壑中水凿之处,皆有植土龛岩⑫,亦此类耳。今成皋、陕西大涧中⑬,立土动及百尺,迥然耸立,亦雁荡具体而微者,但此土彼石耳。既非挺出地上,则为深谷林莽所蔽,故古人未见,灵运所不至,理不足怪也。

【作者】沈括(1031—1095),字存中,北宋科学家、政治家。

【赏析】选自《梦溪笔谈》。《梦溪笔谈》是一部用笔记的形式写成的科学著作,被誉为"中国科学史上的里程碑"。雁荡山,见王十朋《游灵岩,辉老索诗,至灵峰寄数语》。

---

① 图牒(dié):指古代的地图和官府文书。牒,官府文书。
② 祥符:宋真宗年号大中祥符(1008—1016)的简称。
③ 玉清宫:道观名。是"玉清昭应宫"的简称。
④ 西域书:指天竺佛经。西域,我国古代称玉门关以西的地区为西域。
⑤ "阿罗汉"句:阿罗汉,亦称罗汉。小乘佛教将修果位分为九等,时人第五等的为阿罗汉,能摆脱现行烦恼,不能消灭根本烦恼。诺矩罗:一说是外国和尚,东晋时率弟子来中国,住在雁荡山。震旦:古代印度人称中国为震旦,有东方国家的意思。龙湫:瀑布名;在雁荡山马鞍岭西,是我国著名的大瀑布之一;水从高约190米凌空而下,十分壮观;为雁荡山奇胜。
⑥ 贯休:唐末和尚。俗名姜德隐,擅长诗画书法。
⑦ 芙蓉驿:设在芙蓉峰下的驿站。驿:古代官吏、信使中途休息或换马的地方。芙蓉峰:为雁荡山一大奇峰,状若莲花。
⑧ 谢灵运:南朝宋时著名山水诗人,曾任永嘉(今浙江温州)太守。
⑨ 穹(qióng)崖:穹隆起伏的山崖。
⑩ 干:冲犯。霄:云,天空。
⑪ 原:推究。
⑫ 植土龛(kān)岩:被土埋着的凹陷的岩石。
⑬ 成皋:在今河南省荥阳市。

这篇文章探究了雁荡山"峭拔险怪,上耸千尺,穹崖巨谷,不类他山"的地形特征形成的原因,结合实地考察,举出例证,进行比较,做出判断,引用资料说明问题,行文前后呼应,逻辑紧密,是一篇既有科学性又有文学性的游记。

前赤壁赋

北宋·苏轼

壬戌①之秋,七月既望②,苏子与客泛舟游于赤壁之下。清风徐③来,水波不兴④。举酒属⑤客,诵明月之诗⑥,歌窈窕之章⑦。少焉⑧,月出于东山之上,徘徊于斗牛⑨之间。白露⑩横江,水光接天。纵一苇之所如,凌万顷之茫然⑪。浩浩乎如冯虚御风⑫,而不知其所止;飘飘乎如遗世独立,⑬羽化⑭而登仙。

于是饮酒乐甚,扣舷⑮而歌之。歌曰:"桂棹⑯兮兰桨,击空明兮泝流光⑰。渺渺⑱兮予怀,望美人⑲兮天一方。"客有吹洞箫者,倚歌⑳而和之,其声呜呜然:如怨如慕㉑,如泣如诉;余音袅袅㉒,不绝如缕㉓;舞幽壑㉔之潜蛟,泣孤舟之嫠妇㉕。

---

① 壬戌:宋神宗元丰五年,岁次壬戌。
② 既望:农历每月十五日为"望日",十六日为"既望"。
③ 徐:舒缓地。
④ 兴:起,作。
⑤ 属(zhǔ 嘱):倾注,引申为劝酒。
⑥ 明月之诗:指《诗经·陈风·月出》,详见下注。
⑦ 窈窕之章:《月出》诗首章为:"月出皎兮,佼人僚兮,舒窈纠兮,劳心悄兮。""窈纠"同"窈窕"。
⑧ 少焉:一会儿。
⑨ 斗牛:星座名,即斗宿(南斗)、牛宿。
⑩ 白露:白茫茫的水汽。横江:笼罩江面。
⑪ 此二句意谓:任凭小船在宽广的江面上飘荡。纵:任凭。一苇:比喻极小的船。《诗经·卫风·河广》:"谁谓河广,一苇杭(航)之。"如:往。凌:越过。万顷:形容江面极为宽阔。
⑫ 冯虚御风:乘风腾空而遨游。冯,通"凭"。虚,太空。御,驾御。
⑬ 遗世独立:出离尘世,超然独立。
⑭ 羽化:道教把成仙叫作"羽化",认为成仙后能够飞升。登仙:登上仙境。
⑮ 扣舷:敲打着船边,指打节拍。
⑯ 桂棹(zhào)兰桨:用兰、桂香木制成的船桨。
⑰ 空明:月亮倒映水中的澄明之色。泝:同"溯",逆流而上。流光:在水波上闪动的月光。
⑱ 渺渺:悠远的样子。
⑲ 美人:比喻内心思慕的贤人。
⑳ 倚歌:按照歌曲的声调节拍。
㉑ 怨:哀怨。慕:眷恋。
㉒ 余音:尾声。袅袅:形容声音婉转悠长。
㉓ 缕:细丝。
㉔ 幽壑:深谷,这里指深渊。此句意谓:潜藏在深渊里的蛟龙为之起舞。
㉕ 嫠(lí)妇:孤居的妇女。白居易《琵琶行》写孤居的商人妻云:"去来江口守空船,绕舱明月江水寒。夜深忽梦少年事,梦啼妆泪红阑干。"这里化用其事。

苏子愀然①，正襟危坐②，而问客曰："何为其然也?③"客曰："'月明星稀，乌鹊南飞'，此非曹孟德之诗乎④？西望夏口⑤，东望武昌⑥。山川相缪④，郁乎苍苍；此非孟德⑤之困于周郎者乎？方其破荆州，下江陵，顺流而东也⑥，舳舻⑦千里，旌旗蔽空，酾⑧酒临江，横槊⑨赋诗；固一世之雄也，而今安在哉？况吾与子，渔樵于江渚之上，侣鱼虾而友麋鹿，驾一叶之扁舟，举匏⑩樽以相属；寄蜉蝣于天地⑪，渺沧海之一粟⑫。哀吾生之须臾，羡长江之无穷；挟飞仙以遨游，抱明月而长终⑬；知不可乎骤⑭得，托遗响⑮于悲风。"

苏子曰："客亦知夫水与月乎？逝者如斯⑯，而未尝往也；盈虚者如彼⑰，而卒⑱莫消长也。盖将自其变者而观之，则天地曾不能以一瞬；自其不变者而观之，则物与我皆无尽也。而又何羡乎？且夫天地之间，物各有主。苟非吾之所有，虽一毫而莫取。惟江上之清风，与山间之明月，耳得之而为声，目遇之而成色。取之无禁，用之不竭。是造物者之无尽藏也，而吾与子之所共适。"

客喜而笑，洗盏更酌，肴核⑲既尽，杯盘狼藉。相与枕藉⑳乎舟中，不知东方之既白。

---

① 愀（qiǎo）然：忧愁变色。
② 正襟危坐：整理衣襟，严肃地端坐着。
③ 何为其然也：箫声为什么会这么悲凉呢？
④ 所引是曹操《短歌行》中的诗句。
⑤ 夏口：故城在今湖北武昌。
⑥ 武昌：今湖北鄂城县。
④ 缪：通"缭"（liáo），环绕。
⑤ 孟德之困于周郎：指汉献帝建安十三年(208)，吴将周瑜在赤壁之战中击溃曹操号称八十万大军。周郎：周瑜二十四岁为中郎将，吴中皆呼为周郎。
⑥ 以上三句指建安十三年刘琮率众向曹操投降，曹军不战而占领荆州、江陵。方：当。荆州：辖南阳、江夏、长沙等八郡，今湖南、湖北一带。江陵：当时的荆州首府，今湖北县名。
⑦ 舳舻（zhúlú）：战船前后相接。
⑧ 酾（shī）酒：斟酒。
⑨ 横槊（shuò）：横执长矛。
⑩ 匏樽：酒葫芦。
⑪ 蜉蝣：一种朝生暮死的昆虫。此句比喻人生之短暂。
⑫ 此句比喻人类在天地之间极为渺小。
⑬ 长终：至于永远。
⑭ 骤：突然。
⑮ 遗响：余音，指箫声。悲风：秋风。
⑯ 逝者如斯：语出《论语·子罕》："子在川上曰：逝者如斯夫，不舍昼夜。"逝：往。斯，此，指水。
⑰ 盈虚者如彼：指月亮的圆缺。
⑱ 卒：最终。消长：增减。
⑲ 肴核：荤菜和果品。
⑳ 枕藉：相互枕着睡觉。

【作者】苏轼事迹创作见前 P.53。

【赏析】东坡赤壁位于湖北古城黄州的西北边。因断岸临江,崖石赭赤,屹立如壁,故称赤壁,素有"风景如画"之美誉。晋代以来即为游览胜地。自唐代杜牧、宋初王禹贬谪黄州之后,赤壁之名日甚。至北宋大文学家苏轼贬黄州时写有赤壁二赋、《念奴娇·赤壁怀古》等著名作品,更使赤壁名扬中外。故清康熙末年,始更名为"东坡赤壁"。东坡赤壁的楼阁始建于西晋初年,距今约一千七百余年,后多次重建,现有面积约三十公顷。这些古建筑依山就势,古朴典雅,具有浓厚的民族风格。

神宗元丰五年(1082年)七月十六日,苏轼与友人乘舟游览黄州城外赤壁,作《赤壁赋》,表达对宇宙及人生的看法。同年十月重游,又写了一篇《后赤壁赋》,两文传诵不绝,是文学史上著名的杰作。

《前赤壁赋》是一篇散体文赋。赋作为一种特殊的文学体裁,在汉代是铺张扬厉、繁缛富赡的,被称为大赋。到了六朝讲求对仗工稳、字句整饬,叫作律赋。宋代则突破了声律的种种限制,使之自由挥洒,富有灵活性,叫做文赋。这篇作品便是宋代文赋的代表作。此赋通过月夜泛舟、饮酒赋诗引出主客对话的描写,既从客之口中说出了吊古伤今之情感,也从苏子所言中听到矢志不移之情怀,主客对话所表现的忧伤与喜乐,都是作者内心矛盾和复杂感情的真实反映。此赋可分为三部分。先由泛舟赏月写起,以极为优美的笔调展现出一幅人间仙境的图画;然后由超然之乐引导出悲凉的情感,以"客"的口吻慨叹英雄人物的兴亡幻灭,抒发宇宙无穷而人生有限的悲哀;最后以"主"的口吻阐发恒久与变化、无穷与有限皆是相对的道理,提出消除外慕、冥于自然的解脱之道。假托主客问答,表现了作者的心灵由矛盾、悲伤转而获得超越、升华的复杂过程。把记叙、描写、议论、抒情融为一体,把深奥的道理寄寓在生动的形象之中,自然畅达,如行云流水,代表了苏轼美文的典型风格。

此赋融诗、赋、文为一体,或叙事,或写景,或抒情,或议论,各因其情理所宜而运用自如。如叙事,则简括清晰,历历在目;写景,则景物清爽,令人神往;抒情,则情思幽渺,淋漓尽致;议论则即景生论,寓说理于景物描写之中,赋予抽象道理以具体形象,生动感人。行文有偶有散,错落有致,挥洒自如,犹如行云流水,极尽变化,既有整饬之美,又有通达流转之妙。兼于偶句中用韵,声调铿锵和谐,增强了文章的音乐美。其中采用的主客问答的方式,虽然沿袭汉赋,但并不像汉赋那样板重,而是运用得十分灵活巧妙,恰足以表现作者的内心矛盾和思想感情的曲折变化,整个文章也因之波澜起伏,诗情画意俱现。此赋巧妙地从消极、哀怨中解脱出来,从庄子的机械相对论中寻找人生之路,因而胸襟豁达,思想开阔,表现出一种洒脱、豪迈的气度,使文章具有某些积极进取、达观超然的感情基调。全赋情韵深致、理意透辟,实是文赋中之佳作。

入蜀记(节选)

南宋·陆游

(七月)十四日,晚,晴。开南窗观溪山①。溪中绝多鱼,时裂②水面跃出,斜日映之,有如银刀。垂钓挽罟者弥望③,以故价甚贱,僮使辈日皆餍饫④。土人云,此溪水肥,宜鱼⑤。及饮之,水味果甘,岂信以肥故⑥多鱼邪?溪东南数峰如黛⑦,盖青山也。

(八月)十四日⑧,晓,雨。过一小石山,自顶直削去半,与余姚⑨江滨之蜀山绝相类⑩。抛⑪大江,遇一木筏,广十余丈,长五十余丈。上有三四十家,妻子鸡犬臼碓皆具⑫,中为阡陌相⑬往来,亦有神祠,素所未睹也。舟人云,此尚其小者耳,大者于筏上铺土作蔬圃,或作酒肆,皆不复能入夹⑭,但行大江而已。是日逆风挽船⑮,自平旦至日昳⑯才行十五六里。泊刘官矶⑰,旁⑱蕲州⑲界也。儿辈登岸,归云:"得小径,至山后,有陂湖渺然⑳,莲芰㉑甚富㉒。沿湖多木芙蕖㉓,数家夕阳中,芦藩㉔茅舍,宛有幽致,而寂然无人声。有大梨,欲买之,不可得。湖中小艇采菱,呼之亦不应。更

---

① 南窗观溪山:南窗,船舱中向南的窗。溪山,河山风景。溪,姑熟溪。书中七月十三日这样记述:"州(太平州治)正据姑熟溪北,土人但谓之姑溪。水色正绿而澄澈如镜,纤鳞(小鱼)往来可数。溪南皆渔家,景物幽奇。"山,就是下文"溪东南数峰如黛"的青山(山名)。
② 裂:冲开。
③ 垂钓挽罟(gǔ)者弥望:垂钓,垂竿钓鱼。挽罟,拉网。罟,捕鱼的网。弥望,充满视野。弥,满。
④ 僮使辈日皆餍(yàn)饫(yù):家僮差役们每天都吃得饱饱的。僮,年纪小的仆役。使,公家的差役。餍、饫,都是饱足的意思。
⑤ 宜鱼:适于鱼的生长。宜,适宜。
⑥ 信以肥故:当真是因为(水)肥的缘故。
⑦ 黛:青黑色的颜料,可以画眉。这里是说山色青黑。
⑧ 十四日:八月十四日,船从富池出发西行。富池,富池口镇,在现在湖北阳新。
⑨ 余姚:县名,现在浙江余姚。江:余姚江,东流入甬江。
⑩ 绝相类:极像。
⑪ 抛:放,行船。
⑫ 妻子鸡犬臼(jiù)碓(duì)皆具:妻子、儿女、臼、碓都具备。妻子,妻和儿女。臼、碓,舂(chōng)米的工具。臼是石槽,盛还没去皮的谷子。碓是一块圆形石头,系在杆上,一上一下地捣臼中的谷。具,具备、齐备。
⑬ 阡陌:田间的小路,南北向的称阡,东西向的称陌。这里指筏上纵横的通道。
⑭ 夹:江边的小水湾,可以停船。
⑮ 挽船:用力拉船。
⑯ 自平旦至日昳(dié):从天亮到日落。
⑰ 矶:水边的大岩石、小山。
⑱ 旁(bàng):同"傍",靠近。
⑲ 蕲州:州治在现在湖北蕲春南临江处。
⑳ 陂(bēi)湖渺然:湖泽广阔辽远。陂湖,湖泽。渺然,形容面积很大。
㉑ 芰:菱角。
㉒ 富:繁多。
㉓ 木芙蕖:一种落叶灌木,秋天开花,花大而艳,有红、黄、白等颜色。
㉔ 芦藩:用芦苇编的篱笆。藩,篱。

欲穷之,会见道旁设机①,疑有虎狼,遂不敢往。"刘官矶者,传云汉昭烈②入吴尝舣舟于此。晚,观大鼋浮沉水中。

(八月)二十一日③。过双柳夹,回望江上,远山重复深秀。自离黄④,虽行夹中,亦皆旷远,地形渐高,多种菽粟荞麦⑤之属。晚,泊杨罗⑥,大堤高柳,居民稠众。鱼贱如土,百钱可饱二十口;又皆巨鱼,欲觅小鱼饲猫,不可得。

(九月)九日⑦,早,谒后土祠⑧。道旁民屋,苫⑨茅皆厚尺余,整洁无一枝乱。挂帆⑩,抛江行三十里,泊塔子矶,江滨大山也。自离鄂州,至是始见山。买羊置酒。盖村步⑪以重九故,屠一羊,诸舟买之,俄顷而尽。求菊花于江上人家,得数枝,芬馥可爱,为之颓然径醉⑫。夜雨,极寒,始覆絮衾⑬。

(十月)二十一日。舟中望石门关⑭,仅通一人行,天下至险也。晚,泊巴东县,江山雄丽,大胜秭归。但井邑极于萧条,邑中才百余户,自令廨⑮而下皆茅茨⑯,了无片瓦。权县事秭归尉右迪功郎⑰王康年、尉兼主簿⑱右迪功郎杜德先来,皆蜀人也。谒寇莱公⑲祠堂,登秋风亭,下临江山。是日重阴微雪,天气飂飉⑳,复观亭名,使人怅然,始有流落天涯之叹。遂登双柏堂、白云亭。堂下旧有莱公所植柏,今已槁死。然南山重复,秀丽可爱。白云亭则天下幽奇绝境㉑,群山环拥,层出间见㉒,古木森

---

① 机:捕捉野兽的工具。
② 汉昭烈:蜀汉昭烈帝刘备。昭烈是谥号。
③ 二十一日:八月二十一日,船从黄州上游戚矶港出发。
④ 黄:黄州。
⑤ 菽(shū)粟荞麦:菽,豆类。粟,谷子,去皮后为小米。荞麦,粒三角形,有棱,磨成面粉食用。
⑥ 杨罗(fú):江边地名,在鄂州(现在武汉市武昌一带)以东几十里。
⑦ 九日:九月九日,船行至荆州石首县(现在湖北石首)界内。
⑧ 谒(yè)后土祠:往拜土神的庙。上古称君主为后。
⑨ 苫(shān):覆盖房顶。
⑩ 挂帆:张起船帆。
⑪ 村步:村庄。步,停船的水边。
⑫ 颓然径醉:就喝醉了。颓然,醉后坐立不稳的样子。径,就。
⑬ 始覆絮衾(qīn):开始盖棉被。
⑭ 石门关:两山夹着的一条狭路,当在巴东县之东。
⑮ 令廨(xiè):县官办公的地方,县衙门。令,知县。
⑯ 茅茨:茅屋。茨,用茅草、芦苇盖的屋顶。
⑰ 权县事:代管县里的政事,代理知县。权,暂代。秭归尉:秭归县的县尉(县令的属官)。右迪功郎:一种文散官(只是品级,没有实职)衔,从九品,品级最低。
⑱ 尉兼主簿:(巴东县的)县尉兼主簿。主簿是县令属下管文书的官。
⑲ 寇莱公:北宋名相寇准,字平仲,华州下邽(guī,现在陕西渭南)人。19岁中进士,曾任归州巴东县的知县。宋真宗时封莱国公。
⑳ 飂飉(liáopiāo):凄冷的样子。
㉑ 绝境:超过一切的美妙境界。
㉒ 间(jiàn)见(xiàn):和"层出"意思一样,都是山峰很多的意思。间,更迭。

然,往往二三百年物。栏外双瀑泻石涧中,跳珠溅玉①,冷入人骨。其下是为慈溪,奔流与江会。余自吴入楚,行五千余里,过十五州,亭榭之胜无如白云者,而止在县廨听事②之后。巴东了无一事,为令者可以寝饭于亭中,其乐无涯,而阙令动辄二三年,无肯补者③,何哉?

【作者】陆游事迹创作见前 P.58。

【赏析】《入蜀记》是宋代著名的一部笔记,是陆游入蜀途中的日记,共六卷。南宋孝宗乾道五年(1170年),作者由山阴(现在浙江绍兴)赴任夔州(现在重庆奉节一带)通判(知州的佐理官)。闰五月十八日晚起程,乘船由运河、长江水路前往,历时五个多月,于十月二十七日早晨到达夔州任所。路上每天写日记(很少几天只记日期而没有记事),记一天经过什么地方,游历或舟中所见,会见什么人等。较多的是写景物,写观感,间或考证古闻旧事。

《入蜀记》是一部文学价值极高的游记,它不仅包含许多精丽的写景小品,而且对沿途的风土人情作了生动的叙述。文中所选片段记作者入蜀途中的各日经历,往往随作者兴之所至,如行云流水,涉笔成趣,尤其是所写景物和观感,简练优美,多富有诗意。因此被看作游记的上品,为读者所喜爱。这里选的五则日记,体现了《入蜀记》的写作艺术。

日记是随笔记事的文体,容易写,因为很少有题材、结构、篇幅、写法等方面的限制;但也容易写得平庸呆板,有如记账。要想写得好,首先要在题材方面有所选择,无论事实、景物、思想感情,都要有其可取之处,有可记可写的价值。在写法上,可因事、因人、因物、因情灵活掌握,随文而异,不拘一格。阅读时要注意这五则日记的选材和写法。

峨眉山佛光记
南宋·范成大

乙未④,果大霁⑤,遂登上峰……移顷,冒寒登天仙桥,至光明岩⑥,炷香⑦。小殿

---

① 栏外双瀑泻石涧中:栏杆外面的两条瀑布倾泻到石涧里。泻,奔流。石涧,连底带岸都是石头的山涧。跳珠溅玉:像珍珠在跳跃,像玉屑在飞溅。形容瀑布水入涧的景象。
② 听事:厅堂,办公的处所。
③ 而阙令动辄二三年,无肯补者:可是每逢知县出缺,动不动就两三年没有人肯补这个缺。阙,通"缺"。
④ 乙未:宋孝宗淳熙四年(1177年)阴历六月二十七日。
⑤ 大霁:雨雪之后天气放晴。
⑥ 天仙桥、光明岩:峨眉山顶景点。
⑦ 炷:点燃。

上木皮盖之。王瞻叔参政尝易以瓦①,为雪霜所薄②,一年辄碎。后复以木皮易之,翻可支二三年③。人云佛现悉以午④。今已申后⑤,不若归舍,明日复来。逡巡⑥,忽云出岩下傍谷中,即雷洞山也⑦。云行勃勃如队仗⑧,既当岩则少驻⑨。云头现大圆光,杂色之晕数重⑩。倚立相对,中有水墨影,若仙圣跨象者。一碗茶顷,光没,而其旁复现一光如前,有顷,亦没。云中复有金光两道,横射岩腹,人亦谓之"小现"。日暮,云物皆散,四山寂然。乙夜灯出⑪,岩下遍满,弥望以千百计⑫。夜寒甚,不可久立。

　　丙申⑬,复登岩眺望,岩后岷山万重;少北则瓦屋山,在雅州⑭;少南则大瓦屋,近南诏⑮,形状宛然瓦屋一间也。小瓦屋亦有光相⑯,谓之"辟支佛现"⑰。此诸山之后,即西域雪山,崔嵬刻削,凡数十百峰。初日照之,雪色洞明,如烂银晃耀曙光中。此雪自古至今未尝消也。山绵延入天竺诸蕃⑱,相去不知几千里,望之但如在几案间⑲。瑰奇胜绝之观真冠平生矣⑳。复诣岩殿致祷㉑,俄氛雾四起,混然一白。僧云:"银色世界也。"有顷,大雨倾注,氛雾辟易。僧云:"洗岩雨也,佛将大现。"兜罗绵云复布岩下㉒,纷郁而上,将至岩数丈辄止。云平如玉地,时雨点有余飞。俯视岩腹,有大圆光偃卧平云之上㉓,外晕三重,每重有青黄红绿之色。光之正中,虚明凝湛㉔,观者各自见其形现于虚明之处,毫厘无隐,一如对镜,举手动足,影皆随形,而

① 王瞻叔:名之望,字瞻叔。宋孝宗时曾任参知政事。
② 薄:侵。
③ 支:保持。
④ 悉:全。
⑤ 申后:已过下午五点。
⑥ 逡(qūn)巡:犹豫徘徊。
⑦ 雷洞山:又叫雷洞坪,常云雾缭绕。
⑧ 勃勃如队仗:指云雾浓重如仪仗队的样子。
⑨ 少驻:停留。
⑩ 晕:圆形的光圈。
⑪ 乙夜:二更时分,晚上十点左右。
⑫ 弥望:满眼。
⑬ 丙申:阴历六月二十八日。
⑭ 雅州:今四川省雅安。
⑮ 南诏:唐代国名。在今云南省大理白族自治州一带。
⑯ 光相:即"佛光"。
⑰ 辟支佛:辟支迦佛陀的简称。
⑱ 天竺:我国对古印度的称谓。蕃:也作"番",我国古代对少数民族或国外异邦的称谓。
⑲ 案:条桌。
⑳ 真冠平生:真是我一生中所见到的最好的。
㉑ 复诣:又到。
㉒ 兜罗绵云:像草木的花絮一样的云,佛经中称草木的花絮为兜罗绵。
㉓ 偃卧:仰面躺下。
㉔ 虚明凝湛:透明澄澈。

不见傍人。僧云:"摄身光也①。"此光既没,前山风起云驰。风云之间,复出大圆相光,横亘数山,尽诸异色,合集成采,峰峦草木,皆鲜妍绚蒨②,不可正视。云雾既散,而此光独明,人谓之"清现"。凡佛光欲现,必先布云,所谓兜罗绵世界。光相依云而出,其不依云,则谓之"清现",极难得。食顷,光渐移,过山而西。左顾雷洞山上,复出一光,如前而差小。须臾亦飞过山外,至平野间转徙,得得与岩正相值③,色状俱变,遂为金桥,大略如吴江垂虹,而两坯各有紫云捧之。凡自午至未云物净尽,谓之"收岩"。独金桥现至酉后始没④⋯⋯

【作者】范成大(1126—1193)字致能,号石湖居士。吴郡(郡治在今江苏吴县)人。南宋诗人。父母早亡,家境贫寒。宋高宗绍兴二十四年(1154年)进士。晚年退居故乡石湖。卒谥文穆。他与尤袤、杨万里、陆游齐名,号称"中兴四大诗人"。他从江西派入手,后学习中、晚唐诗,继承了白居易、王建、张籍等诗人新乐府的现实主义精神,终于自成一家。其诗题材广泛,风格平易浅显、清新妩媚。有《石湖居士诗集》《石湖词》等诗集及散文游记《吴船录》《桂海虞衡志》等。

【赏析】本文选自《吴船录》。峨眉山是我国"佛教四大名山"之一。素以"峨眉天下秀"著称。峨眉山——乐山景区已被联合国教科文组织列入《世界自然与文化遗产名录》,是闻名遐迩的旅游胜地。峨眉佛光被称为"峨眉宝光",是太阳光投射到水蒸气上形成的自然现象。俗称"佛光"。《吴船录》以时间先后为顺序,逐日详细记述了作者入山探胜的经过。对峨眉山的水文地貌、气候植被、风土人情、名胜古迹一一详细介绍摹写,给人目不暇接、美不胜收之感。

作者以时间为行文线索,生动、形象地描写了峨眉山的佛光。用细腻笔触,将"小现""大现""清现"等变幻多端的景象作了真切的记述,峨眉奇观的各种"佛现"现象,作者虽不能用科学原理予以阐述,却用生花妙笔,将它隐显变幻的万千景象,犹如万花筒般呈现出来。由表及里,由近及远,层层点染,运笔轻重缓急得当。文章比喻新颖,想象丰富,神采飞扬,感染力强。

---

① 摄身光:映照出人体的圆光。
② 鲜妍绚蒨:色彩鲜艳。
③ 得得⋯⋯相值:恰恰⋯⋯相遇。
④ 酉:古时下午五时到七时。

沧浪亭记①

宋·苏舜钦

予以罪废无所归②,扁舟南游,旅于吴中③,始僦舍以处④。时盛夏蒸燠⑤,土居皆褊狭⑥,不能出气。思得高爽虚辟之地⑦,以舒所怀。

一日过郡学⑧,东顾草树郁然,崇阜广水⑨,不类乎城中⑩。并水⑪,得微径于杂花修竹间,东趋数百步⑫,有弃地,纵广函五十寻⑬,三向皆水也⑭。矼之南⑮,其地益阔,旁无居民,左右皆林木相亏蔽⑯。访诸旧老⑰,云:"钱氏有国⑱,近戚孙承祐之池馆也⑲。"坳隆胜势⑳,遗意尚存㉑。予爱而徘徊㉒,遂以钱四万得之。构亭北碕㉓,号沧浪焉。

前竹后水,水之隅又竹,无穷极。澄川翠干㉔,光影会于轩户之间㉕,尤与风月为

---

① 沧浪亭:在江苏苏州市城南,三元坊附近,是江南现存的历史最久的古园林之一。北宋庆历年间(1041—1048),苏舜钦买下别墅,临水筑亭,因感于楚辞《渔父》中所歌"沧浪之水清兮,可以濯我缨;沧浪之水浊兮,可以濯吾足。",而命名为沧浪亭,并作记,历代屡有兴废。南宋时韩世忠辟为住宅。明代修复后,归有光亦记。现在的亭园以康熙年间所修为基础。一泓清水绕园而过,进门山丘隆起,建筑均环山布置,沧浪亭翼然山顶。园内殿堂楼榭众多,景色秀丽。
② 予以罪废:《宋史·苏舜钦传》记载,苏舜钦于庆历年间因用卖故纸之公钱召妓乐、会宾客而遭弹劾除名。无所归:无处可归。
③ 吴中:指苏州一带。
④ 僦(jiù):租赁。舍:屋舍。
⑤ 蒸燠(yù):闷热如蒸。
⑥ 土居:土屋。褊狭:狭窄。褊,衣服狭小,引申为"狭隘"。
⑦ 虚辟:空旷开阔。
⑧ 郡学:州府开设的官学,教授生员。此指郡学学府。
⑨ 崇阜广水:高山阔水。阜:土山。
⑩ 不类乎城中:和城里不同。
⑪ 并(bàng)水:依傍、沿着水流。
⑫ 趋:向。
⑬ 函:包含、包容。寻:见《冷泉亭记》注⑤。
⑭ 三向皆水:三面环水。
⑮ 矼(gāng):石桥。
⑯ 亏蔽:掩蔽。亏:缺、欠。
⑰ 访诸旧老:就弃地事访问老人。诸:之于。
⑱ 钱氏有国:钱镠(liú)于907年被封为吴越王,到978年钱俶献国土,吴越亡。
⑲ 孙承祐:宋钱塘人。吴越王钱俶纳其姐为妃,因擢处要职,故称近戚。沧浪亭旧址即其别墅。
⑳ 坳(āo)隆胜势:地势起伏高下的美景。坳:低凹的地方。隆:隆起、凸出之处。
㉑ 遗意尚存:旧日遗留的形态、情趣还在。
㉒ 裴徊:同"徘徊"。
㉓ 碕(qí):曲折的堤岸。
㉔ 澄川:水清的样子。翠干:竹茂的样子。
㉕ 轩:窗户。

宜①。予时榜小舟②,幅巾以往③。至则洒然忘其归。觞而浩歌④,踞而仰笑⑤。野老不至,鱼鸟共乐。形骸既适⑥,则神不烦;观听无邪⑦,则道以明。反思向之汩汩荣辱之场,日与锱铢利害相磨戛,隔此真趣,不亦鄙哉⑧。

【作者】苏舜钦(1008—1048):字子美,梓州铜山(今四川中江县南)人,生于开封。少慷慨有大志,曾任大理评事。范仲淹荐为集贤校理,监进奏院。后退居苏州,买水石作沧浪亭,自号沧浪翁。其诗与梅尧臣齐名,风格豪健,甚为欧阳修所重。有《苏学士文集》。

【赏析】本文叙写了作者建亭的背景,觅地的经过,以及游赏的乐趣。就艺术手法而言,作者采用了先抑后扬的笔法,开篇先写"罪废"带来的心情压抑,盛夏所带来的天气蒸燠,居室狭窄所带来的环境郁闷,总体上构成一种不得舒展的氛围。接着描写购亭后得以与水竹、风月为伴的雅趣。"澄川翠干",色彩宜人,"鱼鸟共乐",不乏生机。叙事井井有条,写景如在目前,景中有趣,景中有理,表达了淡泊忘机的心境。

观 潮⑨

宋·周密

浙江之潮⑩,天下伟观也⑪。自既望以至十八日为最盛⑫。方其远出海门⑬,仅

---

① "尤与"句:尤以有风月之时,景色更为宜人。
② 榜:船桨。这里用作动词"划"。
③ 幅巾:古代男子用绢一幅束发,称为幅巾。
④ 觞而浩歌:饮酒放歌。
⑤ 踞:一种两脚底和臀部着地,两膝上耸的坐姿。
⑥ 形骸:形体。适:舒适,适宜。
⑦ 观听无邪:看不见、听不到邪恶的声色。
⑧ "反思"四句:回想过去起伏于荣辱升沉的官场,每天与极微小的利害相磕碰,却与这种真趣相隔膜,不是很鄙琐的吗。汩汩(gǔ),水流动荡不安的样子。锱铢(zīzhū):古时重量单位。六铢为一锱,一锱为四分之一两。比喻极微小的数量单位。磨戛(jiá):摩擦、撞击。
⑨ 潮:海水受太阳、月球引力作用,有周期性的升降现象,白昼称潮,夜间叫汐。潮汐现象主要随月的盈亏而变,阴历初一、十五前后,潮汐最大。钱塘潮:也叫海宁潮,是杭州湾钱塘江口的涌潮。起潮时,海水从宽达一百公里的江口涌入,受两旁渐狭的江岸约束,并受江口拦门沙坎的阻拦,波涛前阻后推,潮头最高达三点五米,潮差可达八点九米。潮头壁立,波涛汹涌,极为壮观。整个涌潮全程80公里,历时四小时左右。
⑩ 浙江:即钱塘江,源出浙、皖、赣边境,东北流到杭州闸口以下,注入杭州湾,全长四百一十公里,是浙江省最大的河流。
⑪ 伟观:宏伟雄壮的景象。
⑫ 望:月圆之时,常指阴历每月十五日,文中指八月十五日。既望:望日的第二天,这里指阴历八月十六日。
⑬ 方:当。海门:钱塘江的入海口,两边山峦对峙,形如门户。

如银线①;既而渐近,则玉城雪岭,际天而来②,大声如雷霆,震撼激射,吞天沃日③,势极雄豪。杨诚斋诗云:"海涌银为郭,江横玉系腰"者,是也④。

每岁京尹出浙江亭教阅水军⑤。艨艟数百分列两岸⑥;既而尽奔腾分合五阵之势⑦,并有乘骑、弄旗、标枪、舞刀于水面者,如履平地⑧。倏尔黄烟四起⑨,人物略不相睹⑩,水爆轰震⑪,声如崩山;烟消波静,则一舸无迹⑫,仅有敌船为火所焚,随波而逝⑬。

吴儿善泅者数百⑭,皆披发文身⑮,手持十幅大彩旗⑯,争先鼓勇,溯迎而上⑰,出没于鲸波万仞中⑱,腾身百变⑲,而旗尾略不沾湿,以此夸能⑳。而豪民贵宦,争赏银彩㉑。

江干上下十余里间㉒,珠翠罗绮溢目㉓,车马塞途。饮食百物皆倍穹常时㉔,而

---

① 银线:银白色的丝线。
② 玉城雪岭:形容海潮奔腾席卷之势。玉、雪:海浪之色。城:岭,状其气势。际天:连天。
③ 吞天沃日:吞噬蓝天,淋洗白日。沃:浇,灌。
④ 杨诚斋:杨万里(1124—1206)号诚斋,字廷秀,江西吉水县人。与范成大、陆游、尤袤并称南宋四大诗人,著有《诚斋集》。"海涌银为郭,江横玉系腰"是其《浙江观潮》诗前半首。银郭:银砌之城郭。
⑤ 京尹:即京兆尹,京都的最高行政官。文中"京"指南宋京城临安。浙江亭:馆驿名,在临安城南钱塘江北岸。教阅:教习、训练、检阅。
⑥ 艨艟(méngchōng):同"蒙冲",亦作"艨冲",古代战船名。《释名·释船》:"狭而长曰艨冲,以冲突敌船也。"
⑦ "既而"句:接着,演习阵法、疾驶、冲腾、分合变化之势充分展现。五阵:又称五行阵。唐李靖《兵法》说,各路军旗按所在方位作五色排列成阵:赤,南方火;白,西方金;皂,北方水;碧,东方木;黄,中央土。文中泛指军阵。
⑧ "并有"两句:还有在水面上骑马的、挥旗的、举枪的、耍刀的,像踩平地一样。
⑨ 倏(shū)尔:刹那间,极快。
⑩ "人物"句:人和物一点都看不清楚了。略:丝毫。
⑪ 水爆:水中的炸药。
⑫ 一舸(gě)无迹:连一条船的踪迹都没有了。舸:大船。
⑬ 敌船:水军演习时假定为攻击目标的船。
⑭ 吴儿:江南健儿。钱塘江一带,春秋时属吴国。善泅者:水性娴熟,善游泳的人。
⑮ 披发文身:头披长发,身画纹彩。
⑯ 幅:布帛的宽度。《汉书·食货志》:"布帛广二尺二寸为幅。"十幅:表示彩旗之宽。
⑰ 溯(sù)迎:逆流迎潮。
⑱ 鲸波万仞:形容浪潮之高。鲸波:巨浪。
⑲ 百变:变换各种姿势。
⑳ 以此夸能:用这(指"腾身百变,而旗尾略不沾湿")来显示、夸耀自己的本领。
㉑ 银彩:以银子为彩头,奖给竞赛中的胜者。
㉒ 江干:江岸,江边。
㉓ 珠翠罗绮:泛指华丽的服饰。溢目:满眼。
㉔ "饮食"句:各种吃食、货物都成倍地多于平时。穹(qióng):高大、隆起。

僦赁看幕①,虽席地不容闲也②。禁中例观潮于"天工图画"③,高台下瞰④,如在指掌⑤。都民遥瞻黄伞雉扇于九霄之上⑥,真若箫台蓬岛也⑦。

【作者】周密(1232—1298):祖籍济南,流寓吴兴(今属浙江)。字公谨,号草窗。曾为南宋义乌令、浙西帅司幕官。宋亡,寄居杭州,以歌咏著述自娱,与宋遗民唐珏等相唱和。尝居弁山,自号弁阳啸翁,又号肃斋、四水潜夫。工词能诗,著述颇富,有《齐东野语》《武林旧事》等,又编选《绝妙好词》。

【赏析】钱塘江潮以壮观取胜。本文描绘了海潮声如雷霆的气势,叙写水军分合倏忽、变化神奇的阵势,赞美弄潮儿出没万仞鲸波的绝技。文章形象鲜明生动,或用比喻——"声如崩山",或用拟人、夸张——"吞天沃日",或以杨万里诗引证,或正面描述其"天下伟观",或以"车马塞途"侧面衬托,结构井然有序。

三、明清游记欣赏

游 龙 门 记
明·薛瑄

出河津县西郭门⑧,西北三十里,抵龙门下。东西皆层峦危峰⑨,横出天汉⑩。大河自西北山峡中来,至是,山断河出,两壁俨立⑪相望。神禹⑫疏凿之劳,于此为大。

由东南麓穴岩构木⑬,浮虚架水为栈道⑭,盘曲而上。濒河有宽平地,可二三亩,多石少土。中有禹庙,宫曰明德,制⑮极宏丽。进谒庭下,悚肃⑯思德者久之。庭多

---

① 僦赁(jiùlìn):租借。看幕:用以观潮的临时搭起的帐篷。
② "虽席地"句:虽然小如一席之地,也不会空闲的。席:座席。
③ 禁中:皇宫,这里指皇帝及其亲近。例:照例。天工图画:台名,在杭州皇宫中。
④ 瞰:从上往下看。
⑤ 如在指掌:像在手掌上看物一样清楚。
⑥ 都民:百姓。黄伞雉扇:黄罗伞、雉尾扇,是黄帝专用仪仗。九霄:天空最高处,比喻极高极远的地方。
⑦ 箫台:凤台。传说秦穆公为女儿弄玉和其夫萧史筑凤台,夫妇吹箫引凤,乘凤仙去。蓬岛:传说中的海山仙山。
⑧ 郭门:城门。
⑨ 危峰:高峰。
⑩ 天汉:天河,也叫银河。
⑪ 俨立:齐齐整整地立着。
⑫ 神禹:即夏禹。传说大禹治水凿开黄河上的龙门山以疏导河水。
⑬ 穴岩构木:在岩石上凿洞,搭上木架。
⑭ 浮虚架水为栈道:在水上凌空搭起栈道。
⑮ 制:(建筑的)规格。
⑯ 悚肃:毕恭毕敬地。

青松奇木，根负土石①，突走连结，枝叶疏密交荫，皮干苍劲偃蹇②，形状毅然，若壮夫离立③，相持不相下。

宫门西南，一石峰危出半流④。步石磴，登绝顶。顶有临思阁，以风高不可木⑤，甃甓⑥为之。倚阁门俯视，大河奔湍⑦，三面临激，石峰疑若摇振。北顾巨峡，丹崖翠壁，生云走雾，开阖晦明⑧，倏忽⑨万变。西则连山宛宛⑩而去。东视大山，巍然与天浮⑪。南望洪涛漫流，石洲沙渚⑫，高原缺岸，烟村雾树，风帆浪舸⑬，渺茫出没，太华、潼关、雍豫诸山，仿佛见之。盖天下之奇观也。

下磴，道石峰东，穿石崖，横竖施木，凭空为楼。楼心穴板⑭，上置井床辘轳⑮，悬繘汲河⑯。凭栏槛，凉风飘洒，若列御寇驭气在空中立也⑰。复自水楼北道，出宫后百步余，至右谷，下视窈然⑱。东距山，西临河，谷南北涯相去寻尺⑲，上横老槎为桥⑳，踖步以渡㉑。谷北二百步，有小祠，扁曰后土㉒。北山陡起，下与河际。遂穷祠东。有石龛窿然若大屋，悬石参差，若人形，若鸟翼，若兽吻，若肝肺，若疣赘，若悬鼎，若编磬㉓，若璞未凿㉔，若矿未炉，其状莫穷。悬泉滴石上，铿然有声。龛下石纵横罗列，偃者、侧者、立者，若床、若几、若屏，可席、可凭、可倚。气阴阴，虽甚暑，不知烦燠㉕；但凄神寒肌，不可久处，复自槎桥道由明德宫左历石梯上。东南山腹有道

---

① 根负土石，突走连结：意思是树根钻入泥土之内，四下伸展。
② 偃蹇：高傲的样子。
③ 离立：并立。
④ 危出半流：高高地突在中流。
⑤ 不可木：不可用木料建筑。
⑥ 甃(zhòu)甓(pì)：砖块。
⑦ 湍(tuān)：急流。
⑧ 开阖晦明：云雾开则明，云雾合则暗。
⑨ 倏(shū)忽：很短的时间，一会儿。
⑩ 宛宛：曲折蜿蜒。
⑪ 与天浮：与天浮在一起，高与天齐。
⑫ 石洲沙渚：水中的陆地。渚，小洲。
⑬ 舸(gě)：大船。
⑭ 穴板：在楼板上开一个洞。
⑮ 井床：井栏。
⑯ 繘(jú)：井绳。
⑰ 列御寇：即列子，相传战国时郑人，得风仙之道，能乘风而行。驭气：即驾风。
⑱ 窈然：幽深的样子。
⑲ 寻尺：谓距离很近。寻，八尺为寻。
⑳ 槎(chá)：木筏。
㉑ 踖(jí)：小步行走。
㉒ 扁：同"匾"。后土：土神。
㉓ 编磬：古代用玉或石制成的、按声音高低编排、悬挂在架上的一种打击乐器。
㉔ 璞：未加工的玉。
㉕ 烦燠(yù)：烦闷燥热。

院,地势与临思阁相高下,亦可以眺望河山之胜。遂自石梯下栈道,临流观渡,并东山而归①。

时宣德元年丙午②,夏五月二十五日。同游者,杨景瑞也。

【作者】薛瑄(1392—1464),字德温,号敬轩,河津(今山西省河津县)人。明学者、文学者。明成祖永乐十九年(1421年)考中进士,历仕几朝,官至礼部右侍郎。宣宗时授御史。因性刚直,不阿谀权贵,忤逆宦官王振,下狱论死罪,不久获释。英宗时拜礼部右侍郎,兼翰林学士,入阁参与机要政务,能诗善文,风格淡雅。卒谥"文清"。学宗程朱,属河东学派,有《薛文清集》《读书录》等著作。

【赏析】龙门,山名,又称禹门,如今山西省河津县与陕西省韩城县之间,形势险要,横跨黄河两岸,如同门阙。黄河从中流过,故名龙门。相传大禹导河至此,凿以通流。两岸悬崖壁立,东西对峙,黄河奔流其间,波涛汹涌,出龙门则一泻千里,气象十分壮观。本文以奔腾喧豗的黄河为背景,状写龙门的奇崛险峭,赞颂了神禹的疏凿之功。作者用奇峭粗犷的笔触,勾勒出临思阁纵览所见景象的浩茫,气势的宏伟,境界的开阔。而对石龛等诸石形状的描写,却又极细腻、生动。这是一篇用大笔写大景的游记。作者着眼的不是一草一木、一水一石,而是景物的概貌,用大刀阔斧的写法,几笔便勾勒出来,不在形的惟妙惟肖,而在神韵和气势。例如"南望洪涛漫流,石洲沙渚,高原缺岸,烟村雾树,风帆浪舸,渺茫出没",全是概括性很高的描述,但丝毫不给人抽象的感觉,反觉形象突出,画面完整,气势磅礴。与此相应,作者文笔遒劲,字字句句如刀刻一般。这些都给本文带来了与众不同的特色。

高梁桥到青龙桥
明·袁中道

出西直门,过高梁桥,杨柳夹道,带以清溪,流水澄澈,洞见沙石,蕴藻紫蔓③,鬣走带牵④。小鱼尾游,翕忽跳达⑤。亘流背林⑥,禅刹相接⑦。绿叶秾郁,下覆朱户,寂静无人,鸟鸣花落。过响水闸,听水声汩汩。至龙潭堤,树益茂,水益阔,是为西

---

① 并:通"傍",沿着。
② 宣德元年:公元1426年。宣德为明宣宗年号。
③ 蕴藻紫蔓:积存的藻类,紫绕的水草。藻,水藻。蔓,茎蔓。
④ 鬣(liè)走带牵:水藻像马鬃一样随水飘动,长长的水草像带子一样被水牵扯着。走,这里是飘动的意思。
⑤ 翕(xī)忽跳达:指鱼疾速地游动。翕忽,疾速的样子。跳达,轻捷跳跃的样子。
⑥ 亘流背林:流水绵延,背依树林。
⑦ 禅刹:寺庙。

湖也①。每至盛夏之月,芙蓉十里如锦,香风芬馥,士女骈阗②,临流泛觞③,最为胜处矣。憩青龙桥④,桥侧数武⑤,有寺依山傍岩,古柏阴森,石路千级。山腰有阁,翼以千峰⑥,萦抱屏立,积岚沉雾⑦。前开一镜⑧,堤柳溪流,杂以畦畛⑨,丛翠之中,隐见村落。降临水行,至功德寺⑩,宽博有野致。前绕清流,有危桥可坐⑪。寺僧多习农事,日已西,见道人执畚者、锸者、带笠者野歌而归⑫。有老僧持杖散步塍间⑬,水田浩白,群蛙皆鸣。噫!此田家之乐也,予不见此者三年矣。

【作者】袁中道(1570—1632),字小修,公安(今湖北公安县)人。明代文学家。万历进士,曾任南京吏部郎中。他与其兄袁宗道、袁宏道被称为"公安三袁"。他们都是明代著名的文学家,继唐宋古文运动之后,又树起了一面文学革新运动的旗帜,倡导"独抒性灵,不拘格套",标志着明代散文主情、主文一派主导地位的确立。他们的成就对以后几百年的历史乃至五四文化运动都产生了积极的影响。袁中道的文学主张反对模拟,崇尚自然,强调性灵。著有《珂雪斋集》。

【赏析】高梁桥:在西直门外,因跨高梁河而得名。高梁桥建于元代至元二十九年(1292年),一说建于明初,是元代出和义门和明清时出西直门往西北向的主要要道。原桥之南北各有牌坊一座,南牌坊之南额题为"长源",北额为"永泽",北牌坊之北额题为"姿安",南额为"广润",至明代,此地已是京都士女踏青赏春的胜地,曾极一时之风光。

《高梁桥至青龙桥》为《西山十记》记之一,题目为编者所加。文章描述了明代高梁桥至青龙桥的优美风光。作者以游踪为序,一地一景地探幽寻姿,将沿途杨柳、清溪、小鱼、禅刹、湖水等景物,描写得绘影绘声,有声有色,自然传神。

---

① 西湖:今颐和园昆明湖。
② 士女骈阗(piántián):男男女女聚集而来,非常拥挤、喧闹。
③ 临流泛觞:将酒杯放在流动的水中,让它漂流,停在谁那里,谁就喝酒。觞,酒器。
④ 青龙桥:在颐和园的北面。
⑤ 数武:数步。
⑥ 翼以千峰:即以千峰为翼,千峰环绕。
⑦ 积岚沉雾:山中雾气浓重。岚,山气。
⑧ 镜:指水面。
⑨ 畦畛(qízhěn):田中以土埂围成的小块和田中的小路。
⑩ 功德寺:在昆明湖上,旧称护圣寺,建于金代,明宣德二年(1427年)重修时改为今名。
⑪ 危桥:高高的桥。
⑫ 执畚(běn)者、锸者:拿着簸箕和铁锹的人。畚,草或竹编的筐、簸箕等农具。
⑬ 塍(chéng):田间的土埂。

游黄山日记(后)(节选)
明·徐弘祖

初四日①。十五里,至汤口②。五里至汤寺③,浴于汤池④。扶杖望朱砂庵而登⑤,十里上黄泥岗,向时云里诸峰,渐渐透出,亦渐渐落吾杖底。转入石门⑥,越天都之胁而下⑦,则天都、莲花二顶,俱秀出天半。路旁一歧东上⑧,乃昔所未至者,遂前趋直上,几达天都侧。复北上,行石罅中⑨,石峰片片夹起,路宛转石间,塞者凿之,陡者级之,断者架木通之,悬者植梯接之。下瞰峭壑阴森,枫松相间,五色纷披,烂若图绣。因念黄山当生平奇览,而有奇若此,前未一探,兹游快且愧矣。

时夫仆俱阻险行后⑩,余亦停弗上。乃一路奇景,不觉引余独往。既登峰头,一庵翼然,为文殊院⑪,亦余昔年欲登未登者。左天都,右莲花,背依玉屏风。两峰秀色,俱可手揽。四顾奇峰错列,众壑纵横,真黄山绝胜处。非再至,焉知其奇若此!遇游僧澄源至,兴甚勇。时已过午,奴辈适至。立庵前,指点两峰。庵僧谓天都虽近而无路,莲花可登而路遥,只宜近盼天都,明日登莲顶。余不从,决意游天都。挟澄源、奴子⑫,仍下峡路。至天都侧,从流石蛇行⑬而上,攀草牵棘,石块丛起则历块⑭,石崖侧削则援崖。每至手足无可着处,澄源必先登垂接。每念上既如此,下何以堪? 终亦不顾。历险数次,遂达峰顶。惟一石顶,壁起犹数十丈,澄源寻视其侧,得级,挟予以登。万峰无不下伏,独莲花与抗耳。时浓雾半作半止,每一阵至,则对面不见,眺莲花诸峰,多在雾中。独上天都,予至其前,则雾徙于后;予越其右⑮,则雾出于左。其松犹有曲挺纵横者,柏虽大干如臂,无不平贴石上,如苔藓然。山高风巨,雾气去来无定,下盼诸峰,时出为碧峤⑯,时没为银海。再眺山下,则日光晶

---

① 初四日:指万历四十六年(1618年)九月初四。
② 汤口:小镇,在黄山脚下。
③ 汤寺:原名祥符寺。唐代开元年间修建,因地近汤泉,故名。
④ 汤池:又名汤泉,泉深三尺,长丈余,水呈朱红色,疗养价值很高。
⑤ 朱砂庵:正名慈光寺,修建于明嘉靖间。在黄山朱砂峰下。
⑥ 石门:山峰名,因其两边峭壁夹峙如山门,故名。
⑦ 胁:山腰。
⑧ 歧:歧路。
⑨ 罅(xià):裂缝。
⑩ 夫仆:跟随和仆人。
⑪ 文殊院:山寺名。明代晋门和尚主持修建,在天都、莲花两峰之间,后有玉屏峰。
⑫ 挟:携。
⑬ 蛇行:伏地爬行。
⑭ 历:越过。
⑮ 越(dǐ):至。
⑯ 峤:山锐而高。

晶,别一区宇也①。日渐暮,遂前其足,手向后据地②,坐而下脱。至险绝处,澄源并肩手相接。度险下至山坳,暝色已合③,复从峡度栈以上,止文殊院。

初五日,平明④,从天都峰坳中北下二里,石壁岈然⑤,其下莲花洞⑥,正与前坑石笋对峙⑦,一坞幽然⑧,别澄源下山,至前歧路侧,向莲花峰而趋。一路沿危壁西行,凡再降升⑨,将下百步云梯⑩,有路可直跻莲花峰,既陟而磴绝,疑而复下。隔峰一僧高呼曰:"此正莲花道也!"乃从石坡侧度石隙,径小而峻,峰顶皆巨石鼎峙⑪,中空如室。从其中迭级直上⑫,级穷洞转,屈曲奇诡,如下上楼阁中,忘其峻出天表也⑬。一里,得茅庐,倚石嘩中,方徘徊欲升,则前呼道之僧至矣。僧号凌虚,结茅于此者,遂与把臂陟顶⑭。顶上一石,悬隔二丈,僧取梯以度。其颠廓然⑮,四望空碧⑯,即天都亦俯首矣。盖是峰居黄山之中,独出诸峰上,四面岩壁环耸,遇朝阳霁色,鲜映层发,令人狂叫欲舞。久之,返茅庵。凌虚出粥相饷⑰,啜一盂⑱,乃下。至歧路侧,过大悲顶⑲,上天门⑳。三里,至炼丹台㉑。循台嘴而下,观玉屏风、三海门诸峰㉒,悉从深坞中壁立起。其丹台一冈中垂,颇无奇峻,惟瞰翠微之背㉓,坞中峰峦

---

① 区宇:天下。
② 据:按。
③ 暝:日暮。
④ 平明:天亮时。
⑤ 岈然:山深邃的样子。
⑥ 莲花洞:在莲花峰下。洞方广三丈,洞侧有峡。
⑦ 石笋:状似竹笋之石。
⑧ 坞:地势四周高中间低的地方。
⑨ 凡:总共。再,两次。
⑩ 百步云梯:为上莲花峰道。梯磴插天,足趾及腮,磴石倾侧,兀兀欲动。
⑪ 鼎峙:如鼎三足并立。
⑫ 迭级:一级级重叠。
⑬ 天表:天外。
⑭ 把臂:挽住对方手臂。
⑮ 廓然:空阔的样子。
⑯ 空碧:青天。
⑰ 饷:馈,送。
⑱ 啜(chuò):饮。盂(yú):盛饮食的器皿。
⑲ 大悲顶:峰名,在炼丹峰前。
⑳ 天门:地名,在莲花峰北。两壁夹立,中阔摩肩,高数十丈,仰面而度,阴森可怖。
㉑ 炼丹台:在炼丹峰下。台石为紫色,空旷平敞。传浮丘公曾在此炼丹,黄帝服食七粒,即升空而去。
㉒ 三海门:在石门峰和炼丹峰间。这里崖石峭刻,云雾如海,故名。
㉓ 翠微:峰名,在清潭峰北。全山遍布青松翠柏,故名。

错笋,上下周映,非此不尽瞻眺之奇耳。还过平天矼①,下后海②,入智空庵③,别焉④。三里,下狮子林⑤,趋石笋矼⑥,至向年所登尖峰上,倚松而坐,瞰坞中峰石回攒⑦,藻绩满眼⑧,始觉匡庐、石门⑨,或具一体,或缺一面⑩,不若此之闳博富丽也。久之,上接引崖⑪,下眺坞中,阴阴觉有异⑫。复至冈上尖峰侧,践流石,援棘草,随坑而下,愈下愈深,诸峰自相掩蔽,不能一目尽也。日暮,返狮子林。

【作者】徐弘祖(1587—1641),字振之,号霞客,南直隶江阴(今属江苏)人。从二十二岁起,历时三十多年,进行地理考察,足迹所到,北至燕、晋,南及云、贵、两广。其观察所得,按日记载,去世后被整理成《徐霞客游记》。

【赏析】黄山,位于安徽省南部,地处皖南歙县、黟县和休宁县的边境。中国十大风景名胜之一,1990年被联合国教科文组织列入"世界文化与自然遗产"名录,面积约一千两百平方公里,其中精粹风景区约一百五十四平方公里。这里,千峰竞秀,有奇峰七十二座,其中天都峰、莲花峰、光明顶都在海拔一千八百米以上,拔地极天,气势磅礴,雄姿灵秀。黄山集名山之长,泰山之雄伟,华山之险峻,衡山之烟云,庐山之飞瀑,雁荡之巧石,峨嵋之秀丽,黄山无不兼而有之。明代旅行家、地理学家徐霞客两游黄山,赞叹说:"登黄山天下无山,观止矣!"又留下"五岳归来不看山,黄山归来不看岳"的美誉。黄山可以说无峰不石,无石不松,无松不奇,并以奇松、怪石、云海、温泉四绝著称于世。其二湖、三瀑、十六泉、二十四溪相映争辉。黄山还兼有"天然动物园和天下植物园"的美称,黄山气候宜人,是得天独厚的避暑胜地。没上黄山的人向往黄山,上了黄山的人更留恋黄山。它会使你高兴而来,满意而归。黄山四季景色各异,晨昏晴雨,瞬息万变,黄山日出、晚霞、云彩、佛光和雾凇等时令景观各得其趣,真可谓人间仙境。本篇选自《徐霞客游记》。作者曾于万历四十四年(1616年)二月初二至十一日初游黄山,作《游黄山日记》。此为第二次,故缀以(后)字。

该文描写作者登天都峰、莲花峰的历程。对天都峰,他将雾气出没的氤氲景致

---

① 平天矼(gāng):为黄山前海、后海的分界处,四面皆峻,独此若平地。矼,石桥。
② 后海:平天矼南为前海,北为后海。
③ 智空庵:在平天矼后,庵主曰智空,作者前次游黄山曾得其款待引路。
④ 别焉:此指与僧智空告别。
⑤ 狮子林:庵名,在狮子峰。因峰似卧地雄狮而名。狮子张口处有狮子林、狮林精舍等庙刹。
⑥ 石笋矼:在接引崖东一里左右。矼脊斜亘,夹悬坞中。
⑦ 回攒(cuán):山峰迂回簇聚。
⑧ 藻绩(huì):即藻绘,华美的彩绘。
⑨ 匡庐:即江西九江市南的庐山。石门:在庐山北。
⑩ "或具"两句:或者只具备黄山的某一面,而又缺少其另一面。
⑪ 接引崖:在狮子林庵与石笋矼之间。这里乱峰争奇,崖忽中断,架木连之,上有一松,攀引可度,故名。
⑫ 阴阴:气象阴森。异:异常。

和古松曲直挺拔之状都作了刻画。对莲花峰之景重在描绘其独高众山,独出诸峰。除了善于客观描摹外,作者还长于传达自己的感受。如写登顶后"遇朝阳霁色,鲜映层发,令人狂叫欲舞",写峰石的闳富博丽,"藻绩满眼",既写出了黄山秀绝的风景,也充分表达了作者为黄山所倾倒、折服的心境。同时,文中所体现的攀险者的精神,不仅给人以美的享受,还可提升人的境界。

游武夷记
明·曹学佺

以七夕前一日发建溪①,百里,抵万年宫②,谒玉皇太姥十三仙之列③,履汉祀坛④,即汉武帝时所谓"乾鱼荐武夷"者也⑤。泛舟溪上,可以望群峰,巍然首出,为大王⑥;次而稍广,为幔亭⑦。按魏志⑧:"魏子骞为十三仙地主⑨,筑升真观于峰顶,有天鉴池、搴鹤岩诸胜。以始皇二年⑩,架虹桥而宴曾孙,奏'人间可哀'之曲。"今大王梯绝不可登,幔亭亦惟秋蝉咽衰草矣。玉女兜鍪之下⑪,数里,为一线天⑫。道经友定故城⑬,虎为政,游人不敢深入。两崖相阖者里许,中露天光仅一线。有风洞,白玉蟾斩蛇于此⑭,今祠之,而肃杀之气犹存云。

移舟过大藏峰⑮,踵御茶园,万磴而上,其山如鸟巢,盖魏王易裸服以登天柱者⑯,为更衣台。渡隔岸,谒朱子所读书⑰,拜其遗像,徘徊久之。以一径入云窝,陈

---

① 建溪:水名,位于闽江上游。
② 万年宫:又名万年观,建于唐朝。俗称武夷宫。
③ 太姥(mǔ):道教尊神。十三仙:传说战国末魏王子骞访道,入武夷山,随后张湛、孙绰、赵元、彭令昭、刘景、顾思远、白石先生、马鸣主、胡氏、季氏、二鱼氏等十二人也到武夷山修炼,共推王子骞为主。后遂称十三仙。
④ 履:登上。汉祀坛:汉武帝所立祭祀武夷君的坛。
⑤ "乾鱼荐武夷":汉武帝时,有人奏请祭祀各方神灵以拟出规格,其中有"武夷君用乾鱼"说。
⑥ 大王:大王峰。又称纱帽岩,海拔530米。
⑦ 幔亭:峰名,在大王峰北侧,崇阳溪畔。
⑧ 魏志:《三国志》中魏志。
⑨ 魏子骞(qiān):即王子骞,因为他是魏国人所以又称魏子骞。
⑩ 始皇二年:相传秦始皇二年八月十五,武夷君在幔亭峰大会乡人。呼乡人为曾孙。
⑪ 玉女:峰名。兜鍪(móu):峰名。
⑫ 一线天:又叫灵岩。岩顶断裂张开,长约200米,宽约1米,下与三个岩洞相连。从洞底仰视,岩顶呈现天光一线。
⑬ 友定:陈友定,元末统领福建八郡的平章。
⑭ 白玉蟾:道士。曾居武夷山中。南宋嘉定年间奉诏入朝,封紫清明道真人。
⑮ 大藏峰:峰名。
⑯ 魏王:魏国人王子骞。天柱:即天柱峰。
⑰ 朱子:南宋学者朱熹。

丹枢修炼之所①,存其石灶。出大隐屏以西②,登接笋木梯铁缆之路③,视上则恐错趾,视下则恐眩目;千盘而度龙脊,乃有仙弈亭可憩。修竹鸣蝉之外,黄冠启闭于丹房而已④。天游虽称崔嵬过之⑤,然迢梯可肩舆入⑥。登一览台⑦,于是三十六峰之胜,可屈指数矣。复命舟里许,过临岭,为陷石堂。小桥流水之中,度石门而桑麻布野,鸡犬声闻,依稀武陵之境乎⑧?于是望鼓子峰相近⑨,穿修篁五里,木石栈道,相为钩连。叩岩石,逄然作鼓声⑩。岩下为吴公洞,洞旁为道院。

是游凡以次达九曲矣⑪,乃归万年宫。从山麓走二十里,游水帘⑫,乱崖飞瀑而下,衣裾入翠微尽湿。以别涧出崇安溪之西楚道上。

曹学佺曰:"余考《武夷祀典志》,详哉其言之,则知人主之媚于神仙所从来矣。始皇遣方士徐市求仙海上⑬,而武夷不少概见⑭,何以故?又按魏子骞遇张湛十三仙,及宴曾孙,俱始皇二年事,何其盛也?而后无闻焉。夫山灵之不以此易彼⑮,明矣。语云:'遗荣可以修真'⑯,是之谓夫?"

【作者】曹学佺(1574—1647),字能始,号石仓,侯官(今福建闽侯)人。万历二十三年(1595)进士。明亡后,曾任南明唐王礼部尚书。清兵入闽,自缢山中。著有《石仓集》《蜀中广记》。选辑上古至明代诗歌,编为《石仓十二代诗选》,有《金陵集》等专集32种。

【赏析】本文选自《皇明十六名家小品集》。作者所游览的武夷山位于福建崇安县境内,是著名的道教胜地。游踪从万年宫起,又以万年宫为收束,描述了沿九曲溪所见的山水名胜,用概述与具体描写相结合,并依据《武夷祀曲志》的记载,实地考察了有关道教传说的遗迹,真切再现山灵水秀的武夷山,展现了武夷的"真山水,纯文化"。

① 陈丹枢:陈省,曾任兵部侍郎,万历十一年(1583)隐居在云窝。
② 大隐屏:峰名。
③ 接笋:峰名。
④ 黄冠:道士的别称。
⑤ 天游:峰名。
⑥ 肩舆:轿子。此处指乘轿。
⑦ 一览台:在天游峰顶。
⑧ 武陵之境:代指桃源洞。其景致类似陶渊明《桃花源记》所描绘的武陵桃花源。
⑨ 鼓子峰:在武夷八曲。
⑩ 逄(péng):鼓声。
⑪ 九曲:九曲溪。共有九个大的弯曲,依次称一曲至九曲。
⑫ 水帘:水帘洞。武夷山最大的岩洞。
⑬ 徐市:徐福。秦始皇曾派其入海求仙。
⑭ 不少概见:不见梗概。此指《武夷祀典志》没有记载徐市求仙之事。
⑮ 山灵:山神。
⑯ 修真:此指存养本性。

西湖七月半

明·张岱

西湖七月半①,一无可看,只可看看七月半之人。看七月半之人,以五类看之。其一,楼船箫鼓②,峨冠盛筵③,灯火优傒④,声光相乱,名为看月而实不见月者,看之。其一,亦船亦楼,名娃闺秀⑤,携及童娈⑥,笑啼杂之,环坐露台⑦,左右盼望,身在月下而实不看月者,看之。其一,亦船亦声歌,名妓闲僧,浅斟低唱⑧,弱管轻丝⑨,竹肉相发⑩,亦在月下,亦看月,而欲人看其看月者,看之。其一,不舟不车,不衫不帻⑪,酒醉饭饱,呼群三五,跻入人丛⑫,昭庆、断桥⑬,嚣呼嘈杂⑭,装假醉,唱无腔曲,月亦看,看月者亦看,不看月者亦看,而实无一看者,看之。其一,小船轻幌⑮,净几暖炉,茶铛旋煮⑯,素瓷静递,好友佳人,邀月同坐,或匿影树下,或逃嚣里湖⑰,看月而人不见其看月之态,亦不作意看月者⑱,看之。

杭人游湖,巳出酉归⑲,避月如仇。是夕好名,逐队争出,多犒门军酒钱⑳,轿夫擎燎㉑,列俟岸上。一入舟,速舟子急放断桥㉒,赶入胜会。以故二鼓以前㉓,人声鼓吹,如沸如撼,如魇如呓㉔,如聋如哑,大船小船一齐凑岸,一无所见,止见篙击篙,舟

---

① 七月半:农历七月十五日,俗称中元节,又名鬼节。杭州旧习,人们于这天晚上倾城出游西湖。
② 楼船箫鼓:配有声乐的游船。
③ 峨冠:高耸的帽子,指高官。刘基《卖柑者言》:"峨大冠,拖长绅者,昂昂乎庙堂之器也。"
④ 优傒:歌伎和婢仆。优,优伶。傒,随身仆人。
⑤ 名娃闺秀:指大家闺秀。名娃,美女。
⑥ 童娈(luán):即娈童,漂亮的男童。
⑦ 露台:楼船上的平台。
⑧ 浅斟低唱:慢慢斟酒,轻声地歌唱。
⑨ 管:管乐。丝:弦乐。
⑩ 竹肉相发:箫笛声伴着歌唱声。竹,指管乐器。肉,指歌喉。
⑪ 帻(zé):头巾。
⑫ 跻(jǐ):此处通"挤"。
⑬ 昭庆:昭庆寺,在杭州西湖东北角岸上,为宋明以来的著名僧寺。断桥:西湖名胜之一,在苏堤上。
⑭ 嚣呼:大声叫喊。
⑮ 轻幌:轻薄的帷幔。
⑯ 茶铛:煮茶的器具。旋:频繁地。
⑰ 逃嚣:逃避喧嚣。里湖:西湖白堤以北的部分。
⑱ 作意:着意,特意。
⑲ 巳出酉归:巳,巳时,约指上午九点到十一点。酉,酉时,约指下午五点到七点。
⑳ 犒门军酒钱:犒赏守城门的军士酒钱。
㉑ 擎燎:举着火把。
㉒ 速:催促。
㉓ 二鼓:二更,约指夜晚九到十点。
㉔ 如魇(yǎn)如呓:好像人在梦中的惊叫、说梦话。

触舟,肩摩肩,面看面而已。少刻兴尽,官府席散,皂隶喝道去①。轿夫叫船上人,怖以关门②,灯笼火把如列星,一一簇拥而去。岸上人亦逐队赶门,渐稀渐薄,顷刻散尽矣。

吾辈始舣舟近岸③。断桥石磴始凉④,席其上,呼客纵饮。此时月如镜新磨,山复整妆,湖复頮面⑤,向之浅斟低唱者出,匿影树下者亦出,吾辈往通声气,拉与同坐。韵友来⑥,名妓至,杯箸安,竹肉发。月色苍凉,东方将白,客方散去。吾辈纵舟,酣睡于十里荷花之中,香气拍人,清梦甚惬⑦。

【作者】张岱(1597—1679),字宗子,又字石公,号陶庵,又号蝶庵居士。山阴人,其先世为蜀之剑州人,故《自为墓志铭》称"蜀人张岱"。明代散文家。其家世颇为显贵。他出身于官宦世家,而无意仕途;性好山水,关心社会,对人间世态洞悉入微。为文题材广泛多样,笔调清新率真;明茶理,识茶趣,为品茶鉴水的能手。明亡后,避迹山居,展现文人高贵的气节;一生以读书著述为乐,为晚明小品文大家。著有《陶庵梦忆》等。

【赏析】西湖因位于杭州市老城区西面而得名,它三面环山,层峦叠嶂;中涵绿水,波平如镜。全湖面积5.6平方公里,绕湖一周近十五公里,环湖的绿荫丛中,隐现着数不清的楼台亭榭,近处波光潋滟,风姿绰约,远处云山逶迤,雾霭漫漫。在宽阔的湖面上,巧妙地布置着一山(孤山)、二堤(白堤和苏堤)、三岛(小瀛洲、湖心亭和阮公墩),把全湖分为外湖、北里湖、西里湖、岳湖和小南湖。湖似明镜,山若花冠,堤像锦带,岛如碧玉,天然景色加上人工布局,把自然美和人工美融为一体。西湖风光之美,真是"古今难画亦难诗"。

西湖自古以来就是著名的游览胜地。在旖旎的西湖景色中,最有名的当属"西湖十景"和"西湖新十景",人称"西湖双十景"。西湖十景之名源出于南宋西湖山水画的题名。清朝时康熙皇帝为十景亲笔写了景名,并刻石建碑;乾隆皇帝时又为十景一一题诗。这样,自南宋开始得名的"西湖十景"一直流传至今。其中"雷峰夕照"一景因雷峰塔于1924年倾圮而景观消失,目前已重建。为进一步开发西湖的名胜古迹,1984年杭州市开展了"西湖新十景"的评选活动。经杭州市民投票和由知名人士组成的评委会评议,最后确定了"西湖新十景"。

---

① 皂隶:官署中的差役,因穿黑衣,称皂隶。喝道:呼喝着让人肃静让路。
② 怖以关门:用要关城门了来吓唬游人。
③ 舣(yǐ)舟:停船靠岸。
④ 石磴:石阶。
⑤ 頮(huì)面:洗面。此处形容湖面恢复了明净。
⑥ 韵友:气味相投的朋友。
⑦ 惬:快意。

西湖三面群山,根据岩性差别和山势高低,可分为内外两圈。外圈有北高峰、天竺山、五云山等,峰峦挺秀,溪涧纵横,是西湖泉水最多地带。内圈有飞来峰、南高峰、玉皇山、吴山、葛岭、宝石山等,山势较低,多洞穴,著名的有烟霞、水乐、石屋、紫来等溶洞。

西湖不仅揽山水之胜、林壑之美,它更因众多的历史文化名人而生色。中国历史上的民族英雄岳飞、于谦、张苍水、秋瑾等,都埋骨西子湖畔,他们的英名和浩然正气长留于西湖的青山绿水之间。古往今来,许多诗人、画家,如白居易、苏东坡、柳永、吴昌硕、黄宾虹、潘天寿等,都与西湖结下不解之缘,留下了"水光潋滟晴方好,山色空濛雨亦奇;欲把西湖比西子,淡妆浓抹总相宜"等千古传芳的名篇华章。西湖也因他们的题咏和描绘而更负盛名。

西湖之美,自古难言。"山色湖光步步随,古今难画亦难诗",宋人汤促友的两名诗早已指明这一点。然而,西湖之美,却又人人可得。"西湖天下景,游者无愚贤,深浅随所得,心知口难传(谁能识其全)。"苏东坡这四句诗,道出了西湖的慷慨与大度。只要你愿意与她"相亲相近",她总会给你几分美的享受,美的乐趣,只不过要看你如何与她"相亲",如何与她"相近"罢了。一言以蔽之,欲领略西湖之美,唯"品"之或能得其一二。

这篇文章记述的是杭州人每年例行一次的游湖赏月盛会,重点描写的是其中的"七月半之人",分类述之,雅俗并陈,让人如置其境。语言清新别致,如珍珠错落。"七月半之人"中,有"楼船箫鼓,峨冠盛筵"者,他们虽然奢华,但"名为看月而实不见月";有"名娃闺秀,携及童娈"者,他们何等热闹,却只是"左右盼望,身在月下而实不看月";有"名妓闲僧""亦船亦声歌"者,看月,也希望别人看见他们看月,如此等等。本文写人能抓住各自的特点,穷形尽状,生动传神。阅读时可画出并品味其中描写精彩的语句。

黄果树瀑布记
明·徐弘祖

二十三日,雇短夫遵大道南行。二里,从陇头东望双明西岩①,其下犹透明而东也。洞中水西出流壑中,从大道下复西入山麓,再透再入,凡三穿岩腹,而后注于大溪。盖是中洼壑,皆四面山环,水必透穴也。又南逾阜②,四升降,共四里,有堡在南山岭头③。路从北岭转而西下,又二里,有草坊当路,路左有茅铺一家。又西下,升陟陇壑④,共七里,得聚落一坞,曰白水铺,已为中火铺矣。又西二里,遥闻水声轰

---

① 陇:高地。
② 阜:土山,泛指小山。
③ 堡(bǔ):小村庄。
④ 陟(zhì):登高。

轰,从陇隙北望,忽有水自东北山腋泻崖而下①,捣入重渊。但见其上横白阔数丈,翻空涌雪,而不见其下截,盖为对崖所隔也。复逾阜下,半里,遂临其下流,随之汤汤西去;还望东北悬流,恨不能一抵其下。担夫曰:"是为白水河②。前有悬坠处,比此更深。"余恨不一当其境,心犹慊慊③。随流半里,有巨石桥架水上,是为白虹桥。其桥南北横跨,下辟三门,而水流甚阔。每数丈,辄从溪底翻崖喷雪,满溪皆如白鹭群飞。白水之名不诬矣。

渡桥北,又随溪西行半里,忽陇箐亏蔽④,复闻声如雷,余意又奇境至矣。透陇隙南顾,则路左一溪悬捣,万练飞空,溪上石如莲叶下覆,中剜三门⑤,水由叶上漫顶而下,如鲛绡万幅横罩门外⑥,直下者不可以丈数计,捣珠崩玉,飞沫反涌,如烟雾腾空,势甚雄厉。所谓"珠帘钩不卷,匹练挂遥峰",俱不足以拟其壮也。盖余所见瀑布,高峻数倍者有之,而从无此阔而大者;但从其上侧身下瞰,不免神悚⑦而担夫曰:"前有望水亭可憩也。"瞻其亭,犹在对崖之上。遂从其侧西南下,复度峡南上,共一里余,挤西崖之巅。其亭乃覆茅所为,盖昔望水亭旧址,今以按君道经,恐其停眺,故编茅为之耳。其处正面揖飞流,奔腾喷薄之状,令人可望而不可即也。停憩久之,从亭南西转,见乃环山转下东南去,路乃循崖石级西南下。

【作者】徐弘祖(1587—1641),字振之,号霞客,南直隶江阴(今属江苏)人。从22岁起,历时三十多年,进行地理考察,足迹所到,北至燕、晋,南及云、贵、两广。其观察所得,按日记载,去世后被整理成《徐霞客游记》。

【赏析】黄果树瀑布是我国最大的瀑布,也是世界著名的瀑布之一。游记简要地叙述了黄果树瀑布所处特定的自然环境,从声音、色彩、形状、给人留下的深刻印象等方面,详细地描绘了黄果树瀑布"万练飞空"的壮观景象。

---

① 山腋:山窝。
② 白水河:北盘江的上游,位于贵州省镇宁布依族苗族自治县。
③ 慊慊:不满足的样子。
④ 陇箐(qìng)亏蔽:山冈被竹木遮蔽。箐,山间的大竹林。亦指竹木生长的山谷。
⑤ 剜:挖。
⑥ 鲛绡:指传说中的鲛人所织的绡。
⑦ 悚(sǒng):恐惧,惶恐。

游衡岳记①

明·张居正

《山海经》②，衡山在《中山之经》③，而不列为岳，岂禹功莫山川，望秩犹未逮与④《舜典》："南巡狩至于南岳"⑤，今潇湘苍梧，故多舜迹⑥。殆治定功成，乃修禋祀与⑦。张子曰：余登南岳，盖得天下之大观焉⑧。

十月甲午，从山麓抵岳庙⑨，三十里石径，委蛇盘曲⑩，夹以虬松老桂⑪，含烟袅雾，郁郁葱葱，已不类人世矣。予与李子先至⑫，礼神毕⑬，坐云开堂⑭。蒋子、王子、邵子、张子乃从他间道亦至⑮，同宿。是夜，恍然有道予升寥廓之宇者⑯，蹑虹梯⑰，凭刚飙⑱，黄金白玉，幻出宫阙，芝草琅玕⑲，灿然盈把⑳。殆心有忆，触兴念云尔㉑。

---

① 衡岳：也称南岳，即五岳之一的衡山，在湖南中部。山势雄伟，盘纡数百里，有七十二峰，以祝融、天柱、芙蓉、紫盖、石廪五峰最著名。相传舜南巡和禹治水都到过这里，其后除汉武帝以衡山道远而迁祀安徽潜山外，历代帝王祀典南岳，相沿不变。

② 《山海经》：古代地理著作。内容主要为民间传说中的地理知识，包括山川、道理、民族、物产、药物、祭祀、巫医等，保存了不少远古的神话传说。作者不详，旧传为夏禹、伯益所著。

③ 《中山之经》：指《山海经》第五卷《中山经》。其中有关衡山的记载并不标明其为"岳"。

④ 莫：奠基。望秩：按等级而望祭山川。《南岳志》载，禹曾登衡山岣嵝峰，获金简玉牒，得治水之要。逮(dài)：及，到。

⑤ 舜典：伪《古文尚书》篇名，主要叙述虞舜时的史事。

⑥ 潇：湘江支流，在湖南省南部，源于九嶷山。湘：水名，源于广西兴安县，流入洞庭湖。苍梧：山名，即九嶷山，在湖南宁远县东南；虞舜南巡，崩于此，今有舜庙遗址。

⑦ "殆治定"两句：与上面"岂……与"一起组成选择问句，意谓还是治水之功成，才进行祭祀呢。禋(yīn)祀：泛指祭祀。

⑧ 张子：作者自指。

⑨ 岳庙：在衡山南岳镇，创建于唐开元十三年(725年)，后经过多次扩建和重建，现存建筑为清光绪年间重建。是我国五岳庙中规模最大、总体布局最完整的古建筑群之一。

⑩ 委蛇(yí)：绵延曲折貌。

⑪ 虬松：枝干偃蹇盘曲、形如无角之龙的松树。

⑫ 李子：据《张太岳文集》，为李义河，应城人，官给谏，作者多有诗赠之。

⑬ 礼神：向神像参拜行礼。

⑭ 云开堂：唐贞元间，韩愈以上疏获罪，由监察御史贬阳山韩愈令，改江陵法曹，自郴至衡，急欲登衡岳以览其胜，时值秋雨暝晦，韩愈默祷小顷，云气净扫，而群峰为之尽出，故有"云开堂"等建筑。

⑮ 间道：旁出的小道。

⑯ 恍(huǎng)然：恍惚貌。道予：引导我。

⑰ 蹑虹梯：登彩虹搭成的云梯。

⑱ 凭刚飙：凭借着强劲的旋风。飙：暴风。道教认为升天到达太清境界，便乘刚风。

⑲ 琅玕(lánggān)：质次于玉的美石。

⑳ 盈把：满把。

㉑ "殆心"两句：大概是心里追忆白天"已不类人世"的感受，触动兴念，才做这样的梦。

乙未晨,从庙侧右转而上。仄径缥缈①,石磴垂接②,悬岩巨壑,不敢旁瞬③,十步九折,氛填胸臆④,盖乘云扪天,若斯之难也⑤。午乃至半山亭⑥,去庙十五里,五峰背拥⑦,云海荡漾,亦胜境也。饭僧舍。少憩,复十五里乃至祝融⑧。初行山间,望芙蓉、烟霞、石廪、天柱诸峰⑨,皆摩霄摇云,森如列戟⑩;争奇竞秀,莫肯相下⑪。而祝融乃藏峰间,才露顶如髻。及登峰首,则诸峰顾在屐底⑫,若揖若退⑬,若頫若拱⑭,潇湘二江,一缕环带。因忆李白"五峰晴雪,飞花洞庭"之句⑮,盖实景也。旁睨苍梧九疑,俯瞰江汉,纮綖六合⑯,举眦皆尽⑰。下视连峦别山献,悉如培塿蚁垤⑱,不足复入目中矣⑲。同游者五六人,咸勒石纪名焉⑳。暮宿观音岩㉑。岩去峰头可一里许,夜观天垣诸宿㉒,大者或如杯盂,不类平时所见也。

　　晨登上封㉓,观海日初出,金光烁烁,若丹鼎之方开㉔。少焉,红轮涌于海底㉕,火珠跃于洪炉㉖,旋盘旋莹㉗,苍茫云水之间。徘徊一刻许,乃掣浮埃而上㉘。噫吁

---

① 仄径:狭窄的小径。缥缈:若有若无。
② 磴(dèng):石头台阶。
③ 旁瞬:向两旁看。
④ 氛填胸臆:云气填满胸膛,指喘不过气来。
⑤ "盖乘云"两句:乘云摸天,像这样难哪。
⑥ 半山亭:位于南岳庙与祝融峰之间,南朝齐梁时修建,清光绪间改为玄都观。
⑦ 五峰:即祝融、芙蓉、石廪、天柱、烟霞诸峰。背拥:拥立背后。
⑧ 祝融:是衡山七十二峰的主峰,海拔一千二百九十米。相传古祝融氏葬此,故名。从峰顶俯瞰,众山罗列,景物雄奇。峰上建有祝融殿,以祀祝融火神。
⑨ 芙蓉:在岳庙后,峰东有仙人石室,相传能闻讽诵之声。烟霞:在岳庙后,下有懒残岩,为唐李泌故居。石廪:在岳庙西南,形如仓廪,有二户,一开一阖。天柱:又名双柱峰,在岳庙西,两峰端耸,其形如柱。
⑩ 森如列戟:森然像并列的刀戟。
⑪ 莫肯相下:谁也不肯示弱。
⑫ 顾:回头看。
⑬ 若揖若退:若作揖,退让;与前"莫肯相下"形成对比。
⑭ 若頫(fǔ)若拱:若低俯,若打拱。
⑮ "五峰"两句:见李白《与诸公送陈郎将归衡阳》诗。原句为:"回飙吹散五峰雪,往往飞花落洞庭。"
⑯ 纮綖(hóngyán):包举。六合:天地、四方为六合。
⑰ 眦(zì):眼角,此即指代目。
⑱ 培塿:小土丘。蚁垤(dié):蚁穴旁的小土堆。
⑲ "不足"句:不值得一看了。
⑳ 勒石:在石上刻字。勒:刻。
㉑ 观音岩:即高台寺,在祝融峰下。
㉒ 天垣:泛指星空。垣,星位,分上、中、下三垣。
㉓ 上封:寺名,在祝融峰下,旧名光天观,隋大业年间改为寺,现仅存后殿,寺后山顶有望日台。
㉔ 丹鼎:道家炼丹炉。
㉕ 红轮:指太阳。
㉖ 火珠:比喻太阳。洪炉:天地。
㉗ 旋盘旋莹:一边盘旋而升,一边闪闪发光。
㉘ 掣(chè):拉,牵。

嘻,奇哉伟与!山僧谓此日澄霁①,实数月以来所无。往有好事者,候至旬日,竟不得见去。而予辈以杪秋②,山清氛肃,乃得快睹,盖亦有天幸云。然心悚神慑③,不能久留。遂下兜率④,抵南台⑤,循黄庭观⑥,登魏夫人升仙石⑦。西行四十里,得方广寺⑧。方广在莲花峰下,四山重裹如瓣,而寺居其中。是多响泉,声彻数里,大如轰雷,细如鸣弦,幽草珍卉,夹径窈窕⑨。锦石斑驳⑩,照烂丹青⑪。盖衡山之胜,高称祝融,奇言方广。然涧道险绝,岩壑幽邃,人罕至焉。暮谒晦庵、南轩二贤祠⑫,宿嘉会堂⑬。夜雨。晓起,云霭窈冥,前峰咫尺莫辨,径道亦绝,了不知下方消息,自谓不复世中人矣。

止三日,李子拉予冲云而下。行数里,倏见青霄霁日,豁然中开。问山下人,乃云比日殊晴⑭,乃悟向者吾辈正坐云间耳⑮。又从庙侧东转十余里,得朱陵洞⑯,云是朱陵大帝所居。瀑泉洒落,水帘数叠,挂于云际,垂如贯珠,霏如削玉,飞花散雪,萦洒衣襟。岩畔有冲退石,大可径丈。列坐其次⑰,解缨濯足⑱,酌酒浩歌。当此之

---

① 霁(jì):雨后或雪后初晴。
② 杪(miǎo)秋:暮秋,农历九月。杪:年月或四季的末尾。
③ 悚(sǒng)、慑:恐惧。
④ 兜率:寺名,在弥勒峰下,唐韦宙建,宋名净福。
⑤ 南台:寺名,在南岳庙西北八里。寺建于梁天监中,唐天宝二年(743年)僧希迁居此,辟为道场,并在此著《草庵歌参同契》。日本佛教曹洞宗视南台寺为祖庭。现存关圣殿、大佛殿、说法堂和两侧祖堂、禅堂等建筑均为清光绪年间重建。
⑥ 黄庭观:今在衡山集贤峰下,距南岳庙约二里。观原在天柱峰下,唐建,至清乾隆年间才移建于集贤峰。故作者当时所过黄庭观在天柱峰。
⑦ 魏夫人:名华存,字贤安,晋司徒魏舒之女,山东任城人,相传在南岳黄庭观静修十六年,得《太上黄庭内景经》,于东晋咸和九年(334年)托剑化形升天,世称南岳夫人。升仙石:在黄庭观门外,相传魏夫人在此飞升仙化。
⑧ 方广寺:在岳庙西,莲花峰花心位置。建于南朝梁天监二年(503年)。唐时改为方广圣寿寺。宋初又赐额"方广崇禅寺"。寺处地幽深,附近泉石、树木、峰峦均美,有"不游方广,不知南岳之深"之说。为南岳四绝(祝融峰之高、藏经殿之秀,方广寺之深,水帘洞之奇)之一。
⑨ 窈窕:幽深的样子。
⑩ 锦石斑驳:五光十色的石头,色泽斑斓。
⑪ 丹青:泛指绘画用的颜色。
⑫ 晦庵:朱熹(1130—1200),字元晦,一字仲晦,号晦庵、遁翁。宋朝著名理学家。徽州婺源(今属江西)人。曾任秘阁修撰等职,历仕西朝,而在朝不满四十日。南轩:张栻(1130—1180)的号,字敬夫,号南轩,绵竹人,张浚之子,官至吏部侍郎,也是南宋著名理学家。二贤祠:在方广寺右,祀朱熹、张栻。
⑬ 嘉会堂:在二贤祠后。南宋孝宗乾道三年(1167年)朱熹游衡山,会张栻于此。
⑭ 比日:近日。殊:非常。
⑮ 向者:过去,指前几天。
⑯ 朱陵洞:在紫盖峰下,又名水帘洞。水源于峰顶,流经山洞,汇入石池,水满溢出,垂直下倾,高二十余丈,跳珠溅雪,玉喷雷鸣,为南岳四绝之一。
⑰ 列坐其次:顺次排列而坐。
⑱ 缨:结冠的带子。

时,意惬心融①,居然有舞雩沂水之乐②,诚不知簪绂尘鞅之足为累也③。是日,石塘李子亦至,会岳庙同返。

自甲午讫辛丑④,八日往来诸峰间,足穷于攀登,神罢于应接⑤,然犹未尽其梗概也,聊以识大都云⑥。张子云:"昔向平欲俟婚嫁已毕⑦,遍游五岳。嗟乎人生几许,得了此尘事⑧?惟当乘间自求适耳⑨。"予用不肖之躯⑩,弱冠登仕⑪,不为不通显矣。然自惟涉世酷非所宜⑫,每值山水会心处,辄忘返焉,盖其性然也。夫物惟自适其性,乃可永年⑬,要欲及今⑭,齿壮力健,即不能"与汗漫期于九垓"⑮,亦当遍游寰中诸名胜⑯,游目骋怀⑰,以极平生之愿。今兹发轫南岳⑱,遂以告于山灵⑲。

【作者】张居正(1525—1585):字叔大,号太岳,明代江陵(今属湖北)人。嘉靖进士,明神宗时为宰相,主持国政十年,在财政、吏治、军事、水利等方面积极改革,海内称治,谥号"文忠"。著有《书经直解》《太岳集》。

【赏析】本文首先简略介绍了衡山尊为南岳的相关史地背景,接着浓墨重彩,重点记述了在作者八天游历中所观赏到的南岳胜景。文章抓住衡山壮观雄奇的特点来描绘,运用了一系列语言技巧,如以"森如列戟"比喻石廪、天柱诸峰的高峻陡险,

---

① 惬(qiè):称心、满意。
② 舞雩沂水:据《论语·先进篇》,孔子弟子曾点曾言其志曰:"暮春者,春服既成,冠者五六人,童子六七人,浴乎沂风乎舞雩,咏而归。"以此为乐。孔子对此表示赞许。沂:水名,在山东曲阜县南,水有温泉流入,故暮春时可入浴。舞雩:地名,是曲阜县东南的求雨坛。
③ 簪绂(zānfú):皆古礼服之制,以喻显贵。簪:插冠的长针。绂:丝制的缨带。尘鞅:世俗事务的束缚。鞅:套在马颈上的皮带。
④ 讫(qì):完毕,终了。
⑤ 罢:同"疲"。
⑥ 大都(dōu):大概。
⑦ 向平:又称向子平,东汉隐士,光武帝建武年间,子女婚嫁事完,遂不问家事,出游名山大川,不知所终。
⑧ "嗟乎"两句:人生才多少时间,何时才能了却世俗之事。
⑨ 间:空闲之时。适:舒心快意。
⑩ 不肖:原指子不似父,后多用作自谦之词,不贤。
⑪ 弱冠:古礼男子二十而行冠礼,以示成年。初加冠,体还未壮,故称年少为弱冠。
⑫ 惟:考虑。涉世:经历世事,这里指做官。
⑬ 惟:只有。永年:长寿,长生。
⑭ 要欲:约束欲望。
⑮ "与汗漫"句意谓即使不能与神仙相期于仙境。《淮南子·道应训》记载:隐士卢敖在北海遇见神仙,神仙笑着说:"吾与汗漫期于九垓之外,吾不可以久驻。"汗漫,广大无边。期:约会。九垓(gāi):九天之上。
⑯ 寰中:宇内,天下。
⑰ 骋怀:畅开胸怀。
⑱ 发轫:启程。
⑲ 山灵:山神。

以红轮、火珠借喻日出时分太阳的壮美,以"大如轰雷、细如鸣弦"的响泉,反衬方广寺的静幽。极尽山中景色之美,手法灵活,描摹细腻,情景交融。

浣花溪记①

明·钟惺

出成都南门,左为万里桥②,西折纤秀长曲③,所见如连环、如玦、如带、如规④;色如鉴、如琅玕、如绿沉瓜⑤,窈然深碧、潆回城下者,皆浣花溪委也⑥。然必至草堂,而后浣花有专名⑦,则以少陵浣花居在焉耳⑧。

行三四里为青羊宫⑨。溪时远时近,竹柏苍然。隔岸阴森者尽溪,平望如荠⑩。水木清华,神肤洞达⑪。自宫以西,流汇而桥者三,相距各不半里⑫。舁夫云通灌县⑬,或所云"江从灌口来"是也⑭。

人家住溪左⑮,则溪蔽不时见,稍断则复见溪⑯,如是者数处,缚柴编竹,颇有次

---

① 浣花溪:在成都西郊,一名濯锦江,又名百花潭。溪畔有杜甫故居浣花草堂。
② 万里桥:在四川成都市南,跨锦江上,旧名长星桥。传说三国时蜀国费祎(yī)出使吴国,诸葛亮为他饯行于此,祎说:"万里之行始于此",因此改名。杜甫草堂在此桥西,杜诗《狂夫》有"万里桥西一草堂"句。
③ "西折"句:向西弯转,纤巧秀丽而又蜿蜒绵长。
④ 环:圆形而中间有孔的玉器。玦:环形有缺口的玉器。带:古代官僚腰间系的大带子。规:圆规,画圆形的工具。
⑤ 鉴:镜子。琅玕(lánggān):珠状美石。绿沉瓜:深绿色的瓜。
⑥ "窈(yǎo)然"三句:幽深而暗绿,萦绕回旋于城下的,都是浣花溪流聚之处。窈然:幽深的样子。委:水流所聚。
⑦ "然必至"两句:然而一定要到杜甫草堂,水流才有浣花溪的专名。草堂:杜甫在安史之乱后的乾元二年(759年)流寓成都时所建。
⑧ "则以……"句:那是因为杜甫浣花居在那里(所以溪以浣花名)。少陵:本为汉宣帝许后墓地,在长安杜陵附近。杜甫曾居此,并自号"少陵野老",故世称杜少陵。浣花居:杜甫客居成都的旧宅。
⑨ 青羊宫:亦称青羊观,在成都通惠门外,百花潭北,是著名的道教宫观,相传为老子约会关尹喜之处。始建于唐,现存殿宇建于清。其中三清殿(又名无极殿)内有铜羊一对,那只单角铜羊系雍正年间由京移蓉。此羊形象古怪。每年农历二月间,观中(现为成都文化公园)有盛大花会,是郊游胜地。
⑩ "隔岸"两句:对岸林木阴森,直至溪的尽头,远远地水平望去,像荠菜一样。荠(jì):一两年生草本植物。多野生。喜温和,嫩株作蔬菜,带花果的全草可入药。
⑪ "水木"两句:水光树色清幽、秀丽,使人心神、体肤都感清爽。清华:景物清幽美丽。洞达:通达。此指清爽之气贯通肤神。
⑫ "自宫"三句:从青羊宫以西,水流汇聚而架桥的有三处,相隔都不到半里。桥:作动词,架桥。
⑬ 舁(yú)夫:轿夫。灌县:在成都平原西北缘。有著名的都江堰水利工程。
⑭ "或所云"句:像有人所说的"锦江从灌口镇来"那样。江:指锦江,岷江的支流。源于郫县,流经成都城南。因古时用"此水濯锦,鲜于他水"(《元和郡县志》),故名。
⑮ 溪左:溪东。古以东为左。
⑯ "溪蔽"两句:溪为人家所蔽而不能全部显现,一到无人家处,则又能显现。

第①。桥尽，一亭树道左，署曰"缘江路"②。过北则武侯祠③，祠前跨溪为板桥一④，覆以水槛⑤，乃睹"浣花溪"题榜⑥。过桥一小洲⑦，横斜插水间如梭⑧，溪周之⑨，非桥不通，置亭其上，题曰"百花潭水"。由此亭还度桥，过梵安寺⑩，始为杜工部祠⑪。像颇清古，不必求肖，想当尔尔⑫。石刻像一，附以本传⑬，何仁仲别驾署华阳时所为也⑭，碑皆不堪读⑮。

钟子曰⑯：杜老二居⑰，浣花清远，东屯险奥⑱，各不相袭⑲。严公不死，浣溪可老⑳，患难之于友朋大矣哉㉑！然天遣此翁增夔门一段奇耳㉒。穷愁奔走，犹能择胜㉓；胸中暇整，可以应世㉔，如孔子微服主司城贞子时也㉕。时万历辛亥十月十七

---

① 缚柴编竹：指村舍人家的篱笆，是住家的标志。次第：秩序。
② "一亭"两句：一座亭子立于道东，署名曰："缘江路"。杜诗《堂成》有"背郭堂成荫白茅，缘江路熟俯青郊"，亭或因以为名。署：题字。
③ 武侯祠：在四川成都市南郊。西晋末年，十六国李雄为纪念蜀汉丞相、武乡侯诸葛亮而建。明代初年武侯祠被并入昭烈（刘备谥号）庙，虽门额题作"汉昭烈庙"，人仍称"武侯祠"。祠内古柏苍翠，殿宇高大，颇多题咏碑刻。现为全国重点文物保护单位。
④ 板桥：木板或石板铺的桥。
⑤ 覆以水槛（jiàn）：桥上加了临水的栏杆。槛：栏杆。
⑥ 榜：匾额。
⑦ 洲：水中沙地。
⑧ "横斜"句：斜着横插水中像织布梭子。
⑨ 周之：环绕着它（即小洲）。
⑩ 梵安寺：在成都市西南五里，与杜甫草堂相连，原名桃花尼寺。隋文帝时改为梵安寺，俗称草堂寺。
⑪ 杜工部祠：杜甫的祠庙。因杜甫曾任检校工部员外郎，故人称"杜工部"。今祠堂内有杜甫全身泥塑像和明、清两代石刻像，两侧配祠宋黄庭坚、陆游等像。
⑫ "像颇"三句：祠中杜甫像清癯古朴，不必追求酷似，料想应当这样罢了。肖：像似。尔尔：如此如此。
⑬ 本传：唐书中杜甫的传记。
⑭ "何仁仲"句：何仁仲以别驾代理华阳县令时所立的。别驾：明代通判（州府的副长官）的别称。署：代理官职。华阳：旧县名。在四川省成都平原东南部，现并入双流县。
⑮ "碑皆"句：碑文都字迹模糊，无法辨认。堪：能够。
⑯ 钟子：钟惺自称。
⑰ 杜老：对杜甫的尊称。二居：即下浣花、东屯二处住所。
⑱ 东屯：即夔州（今四川省奉节县）东瀼溪。因东汉公孙述在这里屯过田，故称。杜甫于766年4月从成都移居此地。创作了四百三十多首诗。
⑲ 各不相袭：各不相同。袭：沿袭。
⑳ "严公"两句：不是严武早死，则杜甫可以终老于浣花溪。严武（726—765），字季鹰，华州华阴人。与杜甫交情很深。其任剑南节度使、成都尹时，杜甫前往依附他。老：终老。
㉑ "患难"句：在患难之中得到朋友的帮助，是太重要了。
㉒ "然天遣"句：然而天意驱遣此翁，增添了在夔门这一段不平常的生活。夔门：在瞿塘峡西入口处。
㉓ "穷愁"两句：穷愁潦倒，为生活而奔走，还能选择景色奇丽之处居住。
㉔ "胸中"两句：胸中宽闲不乱，就可以应付世变。暇整：安闲不烦乱。
㉕ "如孔子"句：就像宋国司马桓魋要杀孔丘，他化装逃到陈国大夫司城贞子家一样。微服：为不暴露身份而改换服装。主：以……为主。

日①,出城欲雨,顷之霁②。使客游者③,多由监司郡邑招饮④,冠盖稠浊⑤,磬折喧溢⑥,迫暮趣归⑦。是日清晨,偶然独往。楚人钟惺记⑧。

【作者】钟惺(1547—1625):字伯敬,号退谷,竟陵(今湖北天门县)人,与谭元春同为竟陵派的创始者,明代散文家。万历进士,历官工部主事、南京礼部郎中、福建提学佥事。作诗主张抒写性灵,反对前后七子的复古主义,对散文发展有一定促进作用。但追求形式的险僻,作品流于冷涩。

【赏析】本文写作者游览浣花溪、参观杜工部祠的情景。作者与溪流为伴,一路领略溪岸风光。写溪水,采用博喻手法,着重平面形象,用"如连环、如玦、如带、如规",写其蜿蜒曲折。用"色如鉴,如琅玕,如绿沉瓜"写其幽深碧绿。写溪行,则侧重于流动形象,如"溪时远时近""溪蔽不时见""稍断则多见溪"等。动静结合,形象鲜明。文章写沿途名胜古迹,沉寂深幽,使人览物生情,不禁与作者同生遥古之思。

说居庸关⑨

清·龚自珍

居庸关者,古之谭守者之言也⑩。龚子曰⑪:疑若可守然。何以疑若可守然?曰:出昌平州⑫,山东西远相望⑬;俄然而相辏相赴⑭,以至相蹙⑮;居庸置其间,如因两山以为之门。故曰疑若可守然。关凡四重,南口者下关也⑯,为之城,城南门至北

---

① 万历辛亥:万历三十九年(1611 年)。本句记作者游浣花溪草堂的时间。万历:明神宗朱翊钧年号。
② 顷之:一会儿。
③ 使客:朝廷派来的使臣、客人。
④ 监司:监察州县的官吏。明代按察使(主管司法的长官)因掌管监察,亦称监司。郡邑:指府县的长官。招饮:招待宴饮。
⑤ 冠盖:古代官吏所戴帽子和所坐车上的伞盖,代指官吏。稠浊:稠密杂乱。
⑥ 磬折:弯腰打躬作揖,像曲折的石磬,以示恭敬。磬:乐器,以玉、石、金属为之,状如矩。喧溢:喧闹沸腾。
⑦ 趣:急促。
⑧ 楚人:钟惺原籍竟陵属战国时楚地,故自称楚人。
⑨ 居庸关:旧称军都关、蓟门关。在北京昌平县西北部,南口北面。距北京市五十余公里。两旁高山夹一条长达二十公里的溪谷,俗称关沟。居庸关是长城要口之一,形势险要,为交通要冲。
⑩ 谭守者:谈论防守的人。谭通"谈"。
⑪ 龚子:龚自珍自称。
⑫ 昌平州:今昌平县,在北京的北面。
⑬ 山东西:居庸山的东面和西面。
⑭ 辏:聚集。
⑮ 相蹙:相迫促。
⑯ 南口:在昌平县西十二公里,地当居庸关南口,故名。

门一里；出北门十五里曰中关，又为之城，城南门至北门一里；出北门又十五里曰上关，又为之城，城南门至北门一里；出北门又十五里曰八达岭①，又为之城，城南门至北门一里。盖自南口之南门至八达岭之北门，凡四十八里，关之首尾具制如是。故曰疑若可守然。下关最下，中关高倍之。八达岭之俯南口也，如窥井形然。故曰疑若可守然。

　　自入南口，城甃有天竺字、蒙古字②。上关之北门大书曰："居庸关，景泰二年修③。"八达岭之北门大书曰："北门锁钥，景泰三年建。"自入南口，流水啮吾马蹄，涉之瑽然鸣④，弄之则忽涌、忽洑而尽态⑤，迹之则至乎八达岭而穷。八达岭者，古㶅余水之源也⑥。自入南口，木多文杏、苹婆、棠梨⑦，皆怒华。自入南口，或容十骑，或容两骑，或容一骑。蒙古自北来⑧，鞭橐驼与余摩肩行⑨，时时橐驼冲余骑颠，余亦挝蒙古帽⑩，堕于橐驼前，蒙古大笑。余乃私叹曰：若蒙古，古者建置居庸关之所以然，非以若耶？余，江左士也⑪。使余生赵宋世⑫，目尚不得睹燕、赵⑬，安得与反毳者相挝戏乎万山间⑭！生我圣清中外一家之世⑮，岂不傲古人哉！蒙古来者，是岁克西克腾、苏尼特皆入京⑯，诣理藩院交马云⑰。自入南口，多雾，若小雨，过中关见税亭焉。问其吏曰："今法网宽大，税有漏乎？"曰："大筐小筐，大偷橐驼小偷羊。"余叹曰："信若是，是有间道矣。"自入南口，四山之陂陀之隙，有护边墙十处，问之民，皆言明时修。微税吏言，吾固知有间道出没于此护墙之间。承平之世⑱，漏税而已。设生昔之世，与凡守关为险之世，有不大骇北兵自天而降者哉！降自八达岭，地遂平。又五里，曰岔道。

---

① 八达岭：在北京市延庆县，是长城的一个隘口。关城有东西二门：东门题"居庸外镇"；西门题"北门锁钥"。
② 甃（zhòu）：砌。天竺字：古印度梵文。天竺：古印度别称。
③ 景泰：明景帝的年号。
④ 瑽（cōng）：佩玉相碰的声音。这里形容流水声。
⑤ 洑：旋涡。
⑥ 㶅（xí）余水：今称榆河，俗名富河。自居庸关南流，经昌平县、顺义县至通县流入白河。
⑦ 文杏：一种名贵的果树。苹婆：亦称"凤眼果""罗望了""罗晃子"等，常绿乔木，果实味如栗子，亦可生食。棠梨：一名甘棠，果实似梨而小，俗称野梨子。
⑧ 蒙古：这里代指蒙古人。
⑨ 橐（tuó）驼：骆驼。
⑩ 挝（zhuā）：打。
⑪ 江左：长江下游以东地区。
⑫ 赵宋：宋朝的开国君主姓赵，故称赵宋。
⑬ 燕赵：指河北一带。
⑭ 反毳（cuì）者：反穿皮衣的人。
⑮ 圣清：对清朝的赞美称谓。
⑯ 克西克腾、苏尼特：在今内蒙古自治区境内。
⑰ 理藩院：清官署名。掌管蒙古、西藏、新疆各地少数民族事务。
⑱ 承平之世：太平的年代。

【作者】龚自珍(1792—1841),清末思想家、文学家,字璱人,号定盦,浙江仁和(今杭州)人。官礼部主事。提倡通经致用,主张改革。为文奥博纵横,自成一家,诗词瑰丽奇肆。著作有《定盦文集》,今人辑为《龚自珍全集》。

【赏析】本文写于1836年(清道光十六年)龚自珍北至居庸关、宣化等地实地调查之后。文章开篇,即用悬疑、设问手法,提出问题,接着三番强调"疑若可守焉,"并通过古今对比,既描绘了居庸关险要的地势,也反映了作者对京师边防的深深忧虑,发人深思。本文不同于一般的游记,形式类似杂感,文辞质朴,现实意义深刻,反映了龚自珍游记政论性强的突出特点。

游晋祠记①
清·朱彝尊

晋祠者,唐叔虞之祠也②。在太原县西南八里③。其曰汾东王、曰兴安王者④,历代之封号也。祠南向,其西崇山蔽亏⑤。山下有圣母庙⑥,东向。水从堂下出⑦,经祠前。又西南有泉曰难老⑧,合流分注于沟浍之下⑨,溉田千顷,《山海经》所云"悬瓮之山,晋水出焉"是也⑩。水下流,会于汾⑪,地卑于祠数丈,《诗》言"彼汾沮洳"是也⑫。圣母庙不知所自始,土人遇岁旱,有祷辄应,故庙特巍奕⑬,而唐叔祠反

---

① 晋祠:在山西太原市西南五十里悬瓮山下晋水发源处。祠为纪念晋国始祖叔虞而建。叔虞封唐,其子燮因晋水更国号,后人因以名祠。祠建于北魏前,北齐改称大崇皇寺,唐代仍叫晋祠,明代称唐叔虞祠。

② 唐叔虞:周武王次子,名虞。周公灭唐,成王戏削桐叶以封叔虞。史佚请择日立叔虞,成王曰,吾与之戏耳。史佚曰,天子无戏言,遂封叔虞于唐。

③ 太原县:治所在今太原市西南。

④ 汾东王:北宋天圣年间,进封唐叔虞为汾东王。兴安王:五代时,后晋高祖天福六年封唐叔虞为兴安王。

⑤ 蔽亏:遮掩、荫蔽。

⑥ 圣母庙:为奉祀叔虞之母邑姜而建。始建于北宋,是尚存的一座规模较大的宋代建筑。殿内有宋代彩塑四十三尊,主像为圣母,其余为侍从,后代虽有修补,然仍依宋代风格。据说向它祈雨特灵验。

⑦ "水从"句:晋祠正殿右边,有泉深广丈余,上建有亭子,下有涵洞,伏流通祠外。堂:殿堂,指晋祠正殿。

⑧ 难老泉:晋水主泉,水流清澈,常年水温在17℃左右。

⑨ 浍(kuài):田间水道。

⑩ 《山海经》:我国古代地理名著。文中所引,出自《山海经·北山经》。悬瓮(wèng)山:又名龙山,山腹巨石如瓮悬于山上,故名。水出其中,亦曰汲瓮山。在太原市西南十里。

⑪ 汾:汾河,黄河第二大支流,在山西中部。源自宁武县管涔山,经太原南流,由河津县西入黄河,全长七百一十六公里。

⑫ 彼汾沮洳(jùrù):汾河流域地势低湿。见《诗经·魏风·汾沮洳》。沮洳:低湿之地。

⑬ 故庙特巍奕:所以庙殿特别雄伟高大。奕:高大。

若居其偏者①。隋将王威、高君雅因祷雨晋祠,以图高祖是也②。庙南有台骀祠,子产所云汾神是也③。祠之东有唐太宗晋祠之铭④。又东五十步,有宋太平兴国碑⑤。环祠古木数本,皆千年物,郦道元谓"水侧有凉堂,结飞梁于水上,左右杂树交荫,希见曦景"是也⑥。自智伯决此水以灌晋阳⑦,而宋太祖、太宗卒用其法定北汉⑧,盖汾水势与太原平,而晋水高出汾水之上,决汾之水不足以拔城,惟合二水,而后城可灌也。

岁在丙午⑨,二月,予游天龙之山⑩,道经祠下,息焉。逍遥石桥之上,草香泉冽,灌木森沉,鲦鱼群游⑪,鸣鸟不已,故乡山水之胜,若或睹之⑫。盖予之为客久矣,自云中历太原七百里而遥⑬,黄沙从风⑭,眼眯不辨川谷⑮;桑乾、滹沱⑯,乱水如沸汤⑰,

---

① "而唐叔祠"句:而唐叔虞的祠庙反倒好像居于附属的地位。
② 王威:隋太原郡丞。高君雅:隋武牙郎将。两人均佐太原留守李渊为副留守。隋大业十三年(617年),天下大乱,唐公李渊将起兵隋,王、高两人疑之,欲请李渊祈雨晋祠,乘机加害,李渊知而以谋反为名斩之。
③ 台骀(tái):汾水神。《左传·昭公元年》载:郑大夫子产说,台骀是金天氏后裔昧之子,因疏通汾河有功封诸汾川,后为汾神。祠在圣母殿南。子产:郑国大夫公孙侨,字子产,春秋时期著名的政治革新家。执政四十余年,晋楚不敢觊觎郑国。
④ 唐太宗晋祠之铭:在晋祠贞观宝翰亭内。李渊父子起兵太原,建立唐朝后,唐太宗李世民于贞观廿年(646年)正月廿六日,到此酬谢唐叔虞的神佑,由太宗亲自撰文并书。铭文歌颂周朝和唐叔虞的功德,宣扬唐朝的文治武功。碑高一百九十五厘米,宽一百二十厘米,厚二十七厘米,行书劲拔洒脱,刻工洗练,是碑铭佳作。
⑤ 太平兴国碑:即北宋太平兴国九年(984年)赵昌言、张仁庆奉皇帝诏令撰书的《新修晋祠铭并序》。
⑥ "水侧……景"句:见《水经注·晋水》。凉堂:亭子。飞梁:亦称板桥,架于晋水三泉之一的鱼沼上。建于北宋,有三十四根小八角石柱立水中,柱础为宝装莲花,柱上置斗木共、梁枋,形制特殊,在我国桥梁史上有重要价值。希见曦(xī)景:很少见到日影。曦:日光。景:影。
⑦ 智伯:春秋晋国贵族,姓荀,名瑶。食邑在智,因称智伯,卒谥瑶。公元前453年,他率韩魏向晋国另一贵族赵襄子索地,决汾水攻之于晋阳,城几为水淹。晋阳:古县名,故城即今太原。
⑧ 宋太祖:赵匡胤,北宋开国皇帝。宋太宗:赵匡义,太祖之弟,辅太祖创业,功封晋王,后嗣位。卒:终于、最后。北汉:五代十国之一,五代后汉隐帝刘承祐遇害,刘崇继汉称帝太原,史称北汉。公元969年,宋太祖曾亲征北汉,引汾水灌太原,北汉坚守,又有辽兵增援,宋兵久攻不下而班师。979年宋太宗率兵又决晋、汾两水灌城,北汉降。
⑨ 岁在丙午:清圣祖康熙五年(1666年)。
⑩ 天龙山:在山西太原县。
⑪ 鲦(tiáo)鱼:即白鲦(tiáo)。
⑫ 若或睹之:似乎看到了故乡的山水。之:代故乡山水。
⑬ "自云中"句:从云中到太原,经历了七百多里路程。云中:山西大同。
⑭ 黄沙从风:风卷黄沙。
⑮ "眼眯"句:因风沙入眼,而看不清川和谷。
⑯ 桑乾:河名。源出山西北部管涔山,入河北省西北的官厅水库,长364公里。相传每年桑葚熟时河水干涸。滹沱:河名。源于山西省五台山东北泰戏山,经河北,与滏阳河一起汇入子牙河,长540公里。
⑰ 乱水如沸汤:水波翻腾如沸。

无浮桥、舟楫可渡①;马行深淖②,左右不相顾。雁门句注③,坡陀厄隘④,向之所谓山水之胜者,适足以增其忧愁怫郁、悲愤无聊之思已焉⑤。既至祠下,乃始欣然乐其乐也⑥。

由唐淑乃今三千年,而台骀者,金天氏之裔⑦,历岁更远。盖山川清淑之境⑧,匪直游人过而乐之⑨,虽神灵窟宅⑩,亦冯依焉而不去⑪。岂非理有固然者欤!为之记,不独志来游之岁月,且以为后之游者告也⑫。

【作者】朱彝尊(1629—1709),清代文学家、学者。字锡鬯,号竹垞,又号金风亭长、小长芦钓鱼师。秀水(今浙江嘉兴)人。康熙时举博学宏词科,授检讨,马修《明史》,仅二年而罢归。通经史,兼擅诗词故。于词推崇姜夔、张炎,标举清空醇雅,开创浙西词派。诗宗唐而求变,与王士禛齐名,时称"南朱北王"。有《经义考》《日下旧闻》等。

【赏析】本文重点不在于正面描绘晋祠庙宇殿院,而详于晋祠周围山水地形的介绍,和有关历史事件的旁征博引,记述简约而知识丰富。文章采用正面烘托的手法,以故乡山水情思衬出晋祠美若江南,又采用反面对比手法,以云中至太原旅途的艰辛、景色的荒凉反衬晋祠的优美,最后得出晋祠山川秀美、人神共好、魅力无穷、令人神往的结论。读了本文,见晋祠概貌,长历史知识,发读者游兴,得怡然情趣。

① 浮桥:用船、筏或浮箱作墩的桥。
② 淖(nào):烂泥。
③ 雁门:雁门即古句注山,又名西陉关,在山西代县城西北二十公里雁门山腰。传说"雁出其门",所以叫雁门山。又因山势勾转,水势注流,又称句注山。形势险要,为军事要塞。
④ 坡陀厄隘:险阻狭窄。坡陀:即"陂陀"(pōtuó),不平坦。厄隘:险要。
⑤ "向之所谓"三句:过去所谓的山水名胜(指上文所述山川),只能够增添那种忧愁、郁闷、悲愤、无聊的心情而已。怫(fú)郁:郁闷。已焉:而已,罢了。
⑥ "既至祠下"两句:已到晋祠,才开始欣欣然以祠中可供游乐的名胜古迹为乐。第一个"乐"为动词,第二个"乐"为名词,指乐趣。
⑦ 金天氏:传说中原始部落的首领少昊。裔(yì):子孙。
⑧ "盖山川"句:大约山川中清丽美好的境地。淑:善、好。
⑨ "匪直"句:不只是游人经过而以之为乐。
⑩ 神灵窟宅:神仙居住的地方。
⑪ "亦冯(píng)依"句:也依托在这里而不愿离去。冯:即凭,依托。
⑫ "不独"两句:不光记载来游的岁月,而且拿它来告知后来之游者。志:记载。以为:是"以之为"的省略,之:代"所记"。

宁古塔纪略(节选)

清·吴桭臣

宁古塔在大漠之东①,过黄龙府七百里②,与高丽之会宁府接壤③,乃金阿骨打起兵之处④。虽以塔名,实无塔。相传昔有兄弟六个,各占一方。满洲称六为宁古,个为塔。其言宁古塔,犹华言六个也。有木城两重⑤,系国朝初年新筑⑥,去旧城六十余里。内城周二里许⑦,只有东西南三门。其北因有将军衙署⑧,故不设门。内城中惟容将军护从,及守门兵丁,余悉居外城。周八里,共四门,南门临江。汉人各居东西两门之外,余家在东门外,有茅屋数椽⑨,庭院宽旷。周围皆木墙,沿街留一柴门。近窗牖处,俱栽花树。余地种瓜菜。家家如此。因无买处,必须自种。后因吴三桂造逆⑩,调兵一空。令汉人俱徙入城中。余因移住西门口。内有东西大街,人于此开店贸易。从此人烟稠密,货物客商,络绎不绝,居然有华夏风景。

当我父初到时⑪,其地寒苦。自春初至三月,终日夜大风。雷鸣电激,尘埃蔽天,咫尺皆迷。七月中有白鹅飞下,便不能复起。不数日即有浓霜,八月中即下大雪,九月中河尽冻,十月地裂盈尺。雪才到地,即成坚冰。虽向日照灼不消。初至者必三袭⑫裘,久居即重袭可御寒矣。至三月终,冻始解,草木尚未萌芽。近来汉官到后,日向和暖,大异曩时⑬。满洲人云:"此是蛮子带来⑭"。可见天意垂悯流人⑮,

---

① 大漠:指内蒙古自治区的大沙漠。
② 黄龙府:在今吉林省长春市农安县,地滨伊通河,为扶余古都。沃野数百里,为富饶之区。传说辽太祖平渤海时,黄龙现于城上,故称黄龙府。岳飞有"直捣黄龙,与诸君痛饮"之说。
③ 高丽之会宁府:高丽,朝鲜的旧称。会宁府,今朝鲜会宁县。
④ 金阿骨打:金太祖,名旻,本名阿骨打。起兵处,指阿骨打在宁古塔起兵伐辽,攻打黄龙府。
⑤ 木城:宁安县南的东京城,旧为金的上京。传说为清太祖爱新觉罗努尔哈赤肇兴发祥之地。杨宾《柳边纪略》云:"宁古塔城旧在觉罗城北五十二里。康熙五年移于觉罗城西南八里,今梅勒章京所居者新城也。新城建,旧城遂废。宁古塔四面皆山,虎儿哈河绕其前,公衙门及梅勒章京在本城内。"
⑥ 国朝:本朝。
⑦ 许:约。
⑧ 将军衙署:吉林古为肃慎国,唐属渤海国。宋契丹、女真之地。元为开元路北境。明设辽东都指挥司。清初置将军统治。康熙十五年(1675年)移宁古塔将军于永吉,今吉林市。将军,这里特指全区的最高军事和行政长官。衙署,为办公地。
⑨ 椽(chuán):即椽子。这里指房屋的间数。
⑩ 吴三桂造逆:吴三桂原为明代辽东总兵,驻防山海关。李自成攻克北京后,吴引清兵入关,受封为平西王,攻打农民起义军,杀害南明永历帝,镇守云南,掌握重兵。康熙撤藩(撤销各藩王封地),吴三桂举兵叛乱,称帝,不久战败病死。
⑪ 我父初到:指作者吴桭臣的父亲吴兆骞初到宁古塔,其时为顺治十六年(1659年)。
⑫ 袭:皮衣。
⑬ 曩(nǎng)时:从前,过去。
⑭ 蛮子:旧时称南方人为"蛮子"。
⑮ 垂悯流人:可怜、同情流寓之人。

回此阳和也。

南门临鸭绿江,江发源自长白山①。西门外三里许,有石壁临江,长十五里,高数千仞,名鸡林哈答。古木苍松,横生倒有插。白梨红杏,参差掩映。端午左右,石崖下芍药遍开。至秋深,枫叶万树,红映满江。江中有鱼,极鲜肥而多,有形似缩项鯿,满名发禄,满洲人喜食之,夏间最多。余少时喜钓,每于晡夕②,持竿垂钓。顷刻便得数尾而归。又有一种生于江边浅水处,石子下者,上半身似蟹,下截似虾,长二三寸,亦鲜美可食。名哈什马。今上祭太庙,必用此物。亦有鲟鳇鱼,他如青鱼、鲤鱼、鯿鱼、鲫鱼,其最多者也。

春秋二季,将军令兵丁于各门城上,晨夕两时吹笳,声闻数里。冬至令兵丁各山野烧,名曰放荒。如此则来年草木更盛。又岁端午后,派八旗拨什库一人③,率兵丁几名,将合宁古塔之马,尽放于几百里外有水草处。马尾上系木牌,刻某人名,至七月终方归。此时马已极肥,俱到衙门内,各认木牌牵回。四季常出猎打围④。有朝出暮归者,有三两日而归者,谓之打小围。秋间打野鸡围,仲冬打大围⑤,按八旗排阵而行。成围时,无令不得擅射。二十余日乃归。所得者虎、豹、猪、熊、獐、狐、鹿、兔、野鸡、雕羽等物;猎犬最猛,有能捉虎豹者。虎豹颇畏人,惟熊极猛,力能拔树掷人。野鸡最肥,油厚寸许。辽东野鸡颇有,然迥不及矣⑥。每一猎,车载马驮不知其数。鹰第一等,名民东青,能捉天鹅。一日能飞二千里。又有白鹰、芦花鹰,俱极贵重,进上之物。余则黄鹰、兔虎、鹞子,亦皆猛于他处。有雕极大而多,但用其翎毛为箭。

余生长边陲⑦,入关之岁,已为成人,其中风土人情,山川名胜,悉皆谙习⑧,颇能记忆。今年近六旬,须发渐白。因思患难时,不啻隔世⑨。诚恐久而遗忘,子孙不复知乃祖父之阅历艰危如此⑩。长夏无事,笔之于纸,以为《宁古塔纪略》。时康熙六十年辛丑岁七月也⑪。

---

① 长白山:为松花、鸭绿、图们三江的发源地。在会宁府南六十里。横亘千里,高二百里,其巅有潭,周围八十里。
② 晡(bū):申时,黄昏时分。即下午三点到五点。
③ 八旗:满洲户口的编制,分正黄、正白、正红、正蓝、镶黄、镶白、镶红、镶蓝八旗。还有蒙古八旗及汉军八旗。拨什库,清官名,满语"催促人"的意思,汉名"领催"。管理文书、粮饷庶务。
④ 出猎打围:出行打猎。围,打猎的围场。
⑤ 仲冬:冬季的中间,即阴历十一月。
⑥ 迥不及:远不及,远比不上。
⑦ 边陲:边疆。
⑧ 谙(ān):熟悉。
⑨ 不啻(chì):无异于。
⑩ 乃祖父:吴桭臣父子自称(对他们的子孙而言)。乃,你们的。
⑪ 康熙六十年辛丑岁:公元1721年。

【作者】吴桭臣(1664—?),号南荣,清吴江(今属江苏)人。其父吴兆骞,字汉槎,顺治举人,少有俊才,名闻海内,顺治十六年流放宁古塔。吴桭臣生于宁古塔,后随赦归吴兆骞返回故乡吴江,时年十八岁。四十年以后,他作《宁古塔纪略》,以志其事。本文节选自《宁古塔纪略》。

【赏析】宁古塔古城原在今海林县旧街古城村附近。宁古塔是清代宁古塔将军治所和驻地,是清政府设在盛京(沈阳)以北统辖黑龙江、吉林广大地区的军事、政治和经济中心。清太祖努尔哈赤1616年建立后金政权时在此驻扎军队。地名由来传说不一,据《宁古塔纪略》载:相传兄弟六人,占据此地,满语称"六"为"宁古",称"个"为"塔",故名"宁古塔"。作为国防重镇的宁古塔,是向朝廷提供八旗兵源和向戍边部队输送物资的重要根据地,也是17世纪末到18世纪初,东北各族向朝廷进贡礼品的转收点,因此宁古塔与盛京齐名。从顺治年间开始,宁古塔成了清廷流放人员的接收地。

本文所选两则,一则简要说明了宁古塔的历史及宁古塔城概貌,一则描述了宁古塔的自然环境和民俗风情。吴桭臣的《宁古塔纪略》,内容十分丰富,他依据少年时随父在宁古塔的见闻而写成,类分有山川、疆里、气候、草木、鸟兽、被服、饮食、渔猎、民族语言、交通驿站、民族关系、土著"流人"生活、礼俗、兵制、官庄等,无所不包,尤对满语多有记述,是研究少数民族语言的重要参考书。

游桂林诸山记
清·袁枚

凡山离城辄远,惟桂林诸山离城独近。余寓太守署中,晡食后即于于焉而游①。先登独秀峰,历三百六级诣其巅,一城烟火如绘。北下至风洞②,望七星岩③,如七穹龟团伏地上④。

次日过普陀,到栖霞寺。山万仞壁立,旁有洞,道人秉火导入。初尚明,已而沉黑窅渺⑤。以石为天,以沙为地,以深壑为池,以悬崖为幔,以石脚插地为柱,以横石牵挂为栋梁。未入时,土人先以八十余色目列单见示,如狮、驼、龙、象、渔网、僧磬之属,虽附会亦颇有因。至东方亮,则洞尽可出矣。计行二里许,俾昼作夜,倘持火者不继,或堵洞口,则游者如三良殉穆公之葬⑥,永陷坎窞中⑦,非再开辟不见白日。

---

① 晡食:晚餐。于于:行动悠然自得的样子。
② 风洞:风洞山,一名叠彩山,山上有风洞岩,山层横断如叠彩缎。
③ 七星岩:在市东普陀山西侧,因七峰列如北斗而名。
④ 穹龟:隆背的乌龟。
⑤ 窅(yǎo)渺:深远的样子。
⑥ 穆公:秦穆公,名任好,在位三十九年,任用百里奚等贤臣,称霸西戎。死时以子车氏的三个儿子奄息、仲行、鍼虎为殉。三人均为当时著名贤士,故秦人作《黄鸟》诗哀之,称之为"三良"。
⑦ 窞(dàn):深坑。

吁,其危哉! 所云亮处者,望东首正白。开门趋往扣之,竟是绝壁。方知日光从西罅穿入,反映壁上作亮,非门也。世有自谓明于理、行乎义,而终身面墙者,率类是矣。

次日往南熏亭。堤柳阴翳,山溪远萦绕,改险为平,别为一格。

又次日游木龙洞①。洞甚狭,无火不能入。垂石乳如莲房半烂,又似郁肉漏脯②,离离可摘。疑人有心腹肾肠,山亦如之。再至刘仙岩③,登阁望斗鸡山,两翅展奋,但欠啼耳。腰有洞,空透如一轮明月。

大抵桂林之山,多穴,多窍,多耸拔,多剑穿虫啮。前无来龙,后无去踪,突然而起,戛然而止,西南无朋,东北丧偶,较他处山尤奇。余从东粤来,过阳朔,所见山业已应接不暇,单者,复者,丰者,杀者,揖让者,角斗者,绵延者,斩绝者④,虽奇鸽九首、獂疏一角⑤,不足喻其多且怪也。得毋西粤所产人物,亦皆孤峭自喜,独成一家者乎?

记岁丙辰余在金中丞署中⑥,偶一出游,其时年少,不省山水之乐。今隔五十年而重来,一丘一壑,动生感慨,矧诸山之可喜可愕者哉? 虑其忘,故咏以诗;虑未详,故又足以记。

【作者】袁枚(1716—1797),字子才,号简斋,又号随园老人,浙江钱塘(今浙江杭州市)人。乾隆四年(1739年)进士。辞官后定居江宁,在小仓山下构筑"随园",自号随园老人。袁枚的思想比较自由解放,他对当时统治学术思想界的汉、宋学派都表示不满,特别反对汉学考据。袁枚认为"诗有工拙,而无古今",提倡诗写性情、遭际和灵感,反对尊唐之说,不满神韵派,也批驳了沈德潜的主张,创为性灵派。他的诗作多写性灵,抒发闲情逸致,流连风花雪月,关乎民情者不多,缺少社会生活内容,但比那些模拟格调或以考据文字为诗的作品,却别具清新灵巧之风。有《小仓山房诗文集》。著名诗评有《随园诗话》。还有笔记体志怪小说专集《子不语》,虽然其中有些封建迷信色彩的东西,但文笔流畅,叙事简洁婉曲。散文名篇有《黄生借书说》《书鲁亮侪》等。

【赏析】桂林地处湘桂走廊南端,平均海拔一百五十米,北、东北面与湖南省交界,西、西南面与柳州地区相连,南、东南面与梧州市、贺州市相连,毗邻广东省。桂林旅游资源十分丰富,尤以山水取胜。整个景区包括桂林市、阳朔县以及临佳、灵川、兴安、永福、龙胜等县的部分地区。桂林石山平地拔起,姿态奇异,像老人、骆

---

① 木龙洞:在市南。洞北悬崖旧有古木倒挂石上,蜿蜒如龙。
② 郁肉漏脯:不新鲜或腐败的肉。
③ 刘仙岩:在南溪山白龙洞南,相传宋人刘景居此。
④ 斩绝:陡峭壁立,犹如被刀斩过一样。
⑤ 奇鸽:即鸧鸽,传说中有九个头的怪鸟。獂疏:兽名,据《山海经》,其状如马,能御火。
⑥ 丙辰:乾隆元年(1736)。金中丞:金鉷。中丞是对巡抚的别称。金鉷字震方。乾隆元年,袁枚去桂林探望为金鉷幕僚的叔父,金鉷十分赏识他,荐举他应博学鸿词考试。

驼、骑马、象鼻、独秀、童诸山都惟妙惟肖。石山、峰丛、峰林、孤峰星罗棋布,疏密有致,森列无际。清澄的漓江及其支流萦绕回环于秀峦奇峰之间,从桂林至阳朔的漓江两岸,峰峦峭拔连绵,绿水平滑如镜。著名的胜景有漓江烟雨、南溪新霁、西峰夕照、阳江秋月、桂岭晴岚、尧山冬雪、东岭朝霞等。桂林无山不洞,两千多岩洞大都有奇异洞景。阳朔月亮山、穿山月岩、会仙月峰等高悬碧空;水月洞、龙隐洞、冠岩等低浮水面;碧莲洞、隐山洞群洞相连;芦笛岩、七星岩深邃幽长;龙泉洞溪流平缓,宜乘船游玩;安吉岩水声震耳,宜寻险探胜。洞内石乳、石笋、石幔、石柱、石花、石莲等缤纷幻丽、琳琅满目。吸水石、假山石在山脚、水畔、洞口、地下广泛分布。怪异奇巧的山石更是到处可见,著名的如试剑石、芙蓉石等。

  桂林素有山水甲天下的美称,是我们祖国的一颗璀璨明珠,她以奇特的喀斯特地貌成为举世闻名的旅游胜地。"山青、水秀、洞奇、石美"的旖旎风光,"山峰环野立,一水抱城流""水绕青山山绕水、山浮绿水水浮山"的迷人景色,使得古今中外无数骚人墨客为之叹服、为之动情。

  桂林也是一座历史悠久的文化名城,文物古迹荟萃,古代的城池、石刻、墓址、遗迹比比皆是。重点文物保护单位四十多处,如秦灵渠、秦汉古严关遗迹、唐归义古城遗址、宋桂州城图、明王城王陵等。桂林的人文资源也非常丰富,民族风情独特。保留完好的近代名人故居,是桂林翔实而珍贵的历史写照。1982年桂林被列为国务院首批二十四个历史名城,1986年被国务院确定为"七五"期间全国七个重点旅游城市之一。

  该篇游记作于乾隆四十九年(1784年)十月。题为桂林诸山,实写桂林城区的几座山。文章抓住桂林山水特点,以栖霞山洞为主要描写对象,信手刻绘其他景点,用字不多,却绘出山水之神髓;行文比喻、素描、议论自然穿插,景色栩栩如生而又充满理趣。作为性灵派文人,将自己的感受锲入自然,心灵与自然交融。

登泰山记
清·姚鼐

  泰山之阳①,汶水西流②,其阴,济水东流③。阳谷皆入汶④,阴谷皆入济。当其南北分者,古长城也⑤。最高日观峰⑥,在长城南十五里。

---

① 阳:山之南、水之北为阳。
② 汶水:俗称大汶河,发源于山东莱芜县东北的原山,向西南流经泰安。
③ 阴:山北、水南。济水:源于河南省济源县王屋山,东流至山东。下游河道屡迁。
④ "阳谷"句:泰山南面山谷中的水流,都汇入汶水。
⑤ "当其"二句:在那山南山北水流分界的地方,是古长城。古长城:非今所谓万里长城,乃战国时齐国所筑,位于齐鲁之间的长城。西起山东平阴,东至胶南琅琊(yá)台入海。
⑥ 日观峰:在泰山玉皇顶东南,为岱顶观日出处。峰北侧一巨石悬空探出,长约二丈,名拱北石,又名探海石。"旭日东升"为岱顶四大奇观之一。

余以乾隆三十九年十二月①,自京师乘风雪②,历齐河、长清③,穿泰山西北谷,越长城之限④,至于泰安。是月丁未⑤,与知府朱孝纯子颖由南麓登⑥。四十五里,道皆砌石为磴⑦,其级七千有余。泰山正南面有三谷。中谷绕泰安城下,郦道元所谓环水也⑧。余始循以入⑨;道少半⑩,越中岭,复循西谷,遂至其巅。古时登山,循东谷入,道有天门⑪。东谷者,古谓之天门溪水,余所不至也。今所经中岭,及山巅,崖限当道者⑫,世皆谓之天门云。道中迷雾冰滑,磴几不可登。及既上,苍山负雪,明烛天南⑬。望晚日照城郭,汶水、徂徕如画⑭,而半山居雾若带然⑮。

　　戊申晦⑯,五鼓⑰,与子颖坐日观亭⑱,待日出。大风扬积雪击面。亭东自足下皆云漫⑲。稍见云中白若樗蒱数十立者,山也⑳。极天云一线异色㉑,须臾成五采,日上,正赤如丹㉒,下有红光,动摇承之㉓。或曰:"此东海也"㉔。回视日观以西峰,或得日,或否㉕,绛皓驳色㉖,而皆若偻㉗。

---

① 乾隆三十九年:1774年。乾隆,清高宗(弘历)的年号。
② "自京师"句:从京城(即今北京)冒风雪。乘:冒着。
③ 历:经过。齐河、长清:均今山东省县名。
④ 限:界限。
⑤ 是月丁未:这月(十二月)二十八日。
⑥ 知府:官名,一府(略相当于今之专区)的行政长官。朱孝纯:字子颖,号海愚,山东历城人。乾隆时进士,累官两淮盐运使。善诗画。有《宝扇楼诗集》。
⑦ 砌石为磴:用石头砌成阶梯。
⑧ 环水:载郦道元《水经注·汶水》。
⑨ 始循以入:开始沿着中谷进入。
⑩ 道少半:路(走了)一小半。
⑪ 天门:泰门有中天门、南天门等处。因两山夹峙,矗立如门而得名。
⑫ 崖限:山崖如门限。限,门槛。
⑬ 明烛天南:雪光照耀着南面的天空。烛,照。
⑭ 徂徕(cúlái):山名。在泰安县东南四十里。
⑮ 居雾若带然:停留的云雾如系绕在半山的腰带一样。
⑯ 戊申晦:二十九日。晦,农历每月的末一天。
⑰ 五鼓:古时以鼓报更。五鼓即五更,约清晨四五点钟。
⑱ 日观亭:在日观峰上。
⑲ 云漫:云雾弥漫。
⑳ "稍见"两句:依稀能够看到云雾中几十个白得像骰子般立着的是山。樗蒱(chūpú),赌具,类似骰子。
㉑ "极天"句:天尽头的云出现一线奇异的颜色。
㉒ 正赤如丹:纯红如朱砂。
㉓ "下有"句:太阳下面有跳动的红光承托着它。
㉔ 东海:泛指东方的海。
㉕ "或得"句:有的得到日光照射,有的却没有。
㉖ 绛:红色。皓:白色。驳色:杂色。
㉗ 若偻(lǚ):好像弯着腰。表明诸峰皆低于日观峰。

亭西有岱祠①,又有碧霞元君祠②。皇帝行宫在碧霞元君祠东③。是日,观道中石刻,自唐显庆以来④;其远古刻尽漫失⑤,僻不当道者⑥,皆不及往。

山多石,少土。石苍黑色,多平方,少圜⑦。少杂树,多松,生石罅⑧,皆平顶。冰雪,无瀑水,无鸟兽音迹。至日观,数里内无树,而雪与人膝齐。

【作者】姚鼐(1732—1815),字姬传,梦谷,室名惜抱轩,人称惜抱先生,安徽桐城人,清代散文家。乾隆二十八年(1763年)进士,选庶吉士,曾任礼部主事、乡试考官、会试同考官、刑部郎中等职。嘉庆十五年(1810年)重宴鹿鸣,加四品衔。长于古文。晚年曾先后主讲江南、紫阳、钟山等书院。著有《惜抱轩全集》。

【赏析】泰山,我国五岳中的东岳,被奉为五岳之尊。绵亘济南与泰安两市之间,主峰在泰安城北,海拔1545米,次于华山与恒山,居五岳第三位。古人以东方为万物交替、初春发生之地,故有"五岳之长""五岳独尊"的称誉。古代帝王登基之初,太平之岁,多来泰山举行封禅大典,祭告天地。

本篇记述了作者与友人在隆冬除夕攀登泰山观日出的全过程。文章首写泰山所在位置,次写攀登经过及沿途感受,而后着墨于观日出,最后落笔泰山概貌。文章记事简约,状物准确。坐日观亭看日出一段,写得景象雄奇而极尽光彩。虽寥寥数笔,泰山上所见的山、云、海、日、雪都得到了极其生动的描绘。全文无一字议论,而意境含蓄,神采飞扬,耐人咀嚼。

由西藏归程记
清·林俊

廓尔喀横逆⑨,余以臬司督办粮饷⑩。大军奏凯,于癸丑五月二十五日脱然就道⑪。鸡鸣而起,策马东旋,各牧令候送河干⑫。匆匆揖别,遂乘皮船径渡,稳放江

---

① 岱祠:祭祀泰山神——东岳大帝的东岳庙。
② 碧霞元君祠:在泰山极顶南面,宋真宗时所建,后有增修。采用金属铸件与土木砖石相结合的设计。正殿供碧霞元君铜像。该建筑群范铜铸铁,玲珑精巧,为国内罕见。碧霞元君,传说是东岳大帝的女儿。
③ 皇帝行宫:皇帝(此指乾隆)外出巡行时住的宫室。
④ 显庆:唐高宗李治的年号。
⑤ 漫失:磨灭缺失。
⑥ 僻不当道:处地偏僻,不在路边。
⑦ 圜(yuán):通"圆"。
⑧ 罅(xià):裂缝。
⑨ 廓尔喀横逆:乾隆五十六年(1791),廓尔喀人(今属尼泊尔)入侵后藏,清政府派兵击退。
⑩ 臬司:官员名。元主管司法刑狱和官吏考核。清代俗称臬台,又称廉访。
⑪ 癸丑:乾隆五十八年(1793)。脱然就道:从容上路。
⑫ 牧令:州县官,牧为知州,令为知县。

流,于波涛中顷刻即登彼岸。朝暾初上①,风日晴佳,碧草黄花,殊不荒寂。入菜园稍憩片时,午间抵德庆②,因与承观察同行③,即在碉楼小饭④。次日晓征,山路多寒,绝似深秋天气。约三十里至占达,青稞绿麦,一望无涯。沿途村妇番民,共相力作。又三十里至纳木⑤,田亩更佳。假寓吹仲庙中。寺极宽敞,所奉佛像,皆状貌狰狞,屋檐排架弓矢刀矛等兵器。吹仲如内地巫师,蛮家奉若神⑥,一切吉凶,尽取决也。少间喇嘛吹仲落桑汪敦来见⑦,年约三旬,人颇文秀。询知娶有室家,生子即传其业,洵夷俗也⑧。次日由墨竹工至仁进里⑨,道路较长,几及百里。次日,仁进里起程,自藏一路,俱系循河行走。至乌斯江⑩,一派西流,洵亦藏河上游也。新涨初生,势极浩瀚,由此取道东行,晓抵维达⑪。童山濯濯⑫,风景荒凉,仅有败屋数椽⑬,塘兵及番妇数人而已。此外别无寨落,购买颗粒俱难。幸人有裹粮⑭,马有野草,藉以度此寒宵。次日上鹿马岭,未及数里,四望重阴,雪山层叠,寒风刺骨,手足俱僵。五月杪⑮,不啻三冬⑯。下至半山,气候稍暖,草木丛生,渐行渐入佳境。凝芳积翠,山色顿觉改观,为西藏以来所未有。次日至顺达。沿途山色颜佳,茂林深密,百鸟争鸣,如一路笙簧⑰,呖呖可听⑱。晚登碉楼,远眺见夕阳芳草,牧马成群,嫩绿丰肥,足资刍秣⑲。次日密雨绵绵,石头路滑,中有山径,宽仅二尺许,峭壁连云,势极险仄。过此即系江达。当面一山,群峰苍崖,绝似黄大痴笔意⑳。至行馆。

---

① 朝暾(tūn):初升的太阳。
② 德庆:在西藏自治区拉萨市东。今达孜县。
③ 观察:官员名,清代道员的俗称。
④ 碉楼:西藏的一种建筑。
⑤ 纳木:在拉萨市东,1960年与达孜宗、邦堆溪、德庆宗合并为达孜县。
⑥ 蛮家:旧时中原汉人对四方少数民族的称呼。
⑦ 喇嘛:藏传佛教的僧侣称喇嘛。
⑧ 洵:实在。
⑨ 墨竹工:墨竹工卡,在拉萨市东,清代的重要驿站。
⑩ 乌斯江:江名。
⑪ 维达:又名堆达,磊达,毹氆仓。
⑫ 童山:指不生草木的山。
⑬ 椽:文中指房屋。
⑭ 裹粮:即干粮。
⑮ 杪:原指树梢,文中指月底。
⑯ 不啻(chì):无异于。
⑰ 笙簧:管簧乐器,形容鸟鸣。
⑱ 呖呖:鸟鸣声。
⑲ 刍秣:牛马的草料。
⑳ 黄大痴:名黄公望(1269—1354),元末著名的山水画家。原姓陆,名坚,因出继黄氏为义子,改姓黄。号大痴道人。

次日天晓，尚霪霖不绝①。峰岚合沓②，云气蓊然③，或锁山腰，或覆山顶，于飘渺中策马而行。沿河曲折，水势又见西流，应亦藏河东派，山重水复，未能一溯其源。行六十里，即在林多喇嘛寺住宿④。楼高百尺，万山俱在目前，树色岚光，苍翠欲滴。次日雨势连绵，不过五六十里，即于常多住歇⑤。四山壁立，风景荒寒，绝无栖止之所。仅有黑帐房一所，又复破烂欹斜，不足以庇风雨，兀坐半宵⑥，未明即行。上瓦子山，势极高峻，一路俱系碎石粗沙，形同瓦砾，意即瓦子山所山名也。山顶石径陡险，积雪尺余，凛冽寒风，砭人肌骨。过山，马不能下，随更换肩舆，令蛮夫十余人，牵马于后。建瓴之势，犹觉足不能留。下观一片茫茫，云气如海。途次窝咱塘⑦，日已向暮。次拉里山，迤逦而上，道尚宽平，惟到顶峰垭高入青冥。下坡路险而长，径反而曲，傍晚抵拉里旧台，屋宇整洁。山程跋涉，业已经旬，马亦间有疲乏者，又值大雨连宵，积雪层峦，虽狐裘重迭，犹觉寒气逼人。少住一日，至擦竹卡，遇雨更大，仅止土屋一间，聊资憩息，坐以待旦。

起过鲁公拉，为西藏第一名山。路径绵长，砂石纵横，与瓦子相等。至半山，则巨石巉岩，乱流奔溢，人马均无著足之处。有雕犬如鹤，啄食倒毙人马，见人亦不惊，数十为群。行百里，至多洞。本系一站，缘柴草俱无，不能止宿。复策马至甲贡，途间山色绝佳，苍翠相接，路亦稍平。闻前站阿南多⑧，更胜于此。次日，束装过鹦哥嘴。有巨石横踞道旁，尖矗于外，故以为名。径极陡窄，虽设有危栏，而步行甚险。两峰山势雄奇，劈斧乱柴，各成其妙。又有古柏万株，群木森列。浓阴积翠，蔽日千霄，曲折迂回，如行深巷。中间奔流急湍，声若惊雷。绝壁之上，瀑布飞悬数百步，喷薄如雨。过危桥七道，抵阿南多。小住休息一日，拟行两站，午间抵大咱窝⑨，至浪吉宗。晓起趱行⑩，皆砂石。过插拉松⑪，即系上坡。行二三十里，遥望丹达，雪峰并峙，中路影一条，盘旋而上，陡险异常。有雪城数仞，壁立如墙，或遇风狂雪化，往往被其倾压。山下丹达神庙，最称灵应，人过必祭赛。瞻谒神祠。庙貌重新，规模宏敞。是日抵站后，忽有十数马，委顿不食，不知何病。询之蛮人，云系误食醉马草⑫，当令人针刺数匹，倒毙两匹。由丹达塘起程，道路平坦，裸麦青葱，庙宇碉房，

---

① 霪霖：连阴雨。
② 峰岚合沓：山峰与雾气汇集在一起。
③ 蓊然：指云气极盛的样子。
④ 林多：地名，一名宁多。
⑤ 常多：地名，一作昌都。
⑥ 兀坐：独自端坐。
⑦ 次：止，停留。引申为旅途中投宿的地方。
⑧ 阿南多：地名，又名阿兰多。
⑨ 大咱窝：地名，一名达模。
⑩ 趱行：赶路。
⑪ 插拉松：地名，一名察罗松多。
⑫ 醉马草：一种类似麦苗的野草，有毒。

亦皆修整。次大坡,势极高峻。次赛瓦舍,上下五十余里。次忠义沟,路径亦与赛瓦舍相类。次硕板多①,有大喇嘛寺一座。该处本有都司一员②,近改驻后藏,仅留千总防守③。是日行六十余里,住紫泥喇嘛庙。殿宇宏深,即万人亦多余地。

【作者】林俊(生卒年不详),号西崖。乾隆三十二年(1767)任成都知县。五十六年(1791)任四川盐茶道。抗击廓尔喀入侵时,其在后藏督运军粮有功,升按察使,授布政使衔。

【赏析】作者乾隆五十六年(1791)任四川盐茶道,在后藏督运军粮。文章记写从拉萨返回四川途中的见闻。

文中记写了西藏的风土人情,独特的地质地貌。文笔简洁,语言自然,感染力强。重点突出高原的特点。如:"朝暾初上,风日晴佳,碧草黄花,殊不荒寂",写出了清晨的清新美丽。"晚登碉楼远眺,见夕阳芳草,牧马成群,嫩绿丰肥,足资刍秣",写出了畜牧之盛。上席马岭,重阴、雪山、寒风,"五月杪,不啻三冬";而下至半山,则气候渐暖,草木葱茏,顿觉山色改观;形象地描绘出高原雪山的立体式气候特点。在人文景观方面,突出了民族特色。如:一路寺庙辉煌宏丽,占达村青稞绿麦,一望无际等,展现了二百多年前西藏高原的风土人情及灿烂的文明。文章以时间为序,一一记录了沿途重要地点和名胜,对于研究西藏地理及民俗有珍贵的资料价值。

台湾行(节选)

清·郁永河

二十二日平旦④,渡黑水沟⑤。台湾海道,惟黑水沟最险。自北流南,不知源何所。海水正碧,沟水独黑如墨,势又稍窊⑥,故谓之沟。广约百里,湍流⑦迅驶,时觉腥秽袭人。又有红黑间道蛇及两头蛇绕船游泳。舟师以楮镪⑧投之,屏息愒愒惧⑨。或顺流而南,不知所之耳。红水沟不甚险,入颇泄视⑩之,然二沟俱在大洋中,风涛

---

① 硕板多:一作硕般多,1960年与洛隆宗合并为洛隆县。
② 都司:清代绿营军官。
③ 千总:清代绿营军官,地位在都司之下。
④ 二十二日平旦:指清康熙三十六年(1697)二月二十二日天明之时。平旦:鸡叫天明之时。
⑤ 黑水沟:台湾岛与大陆福建厦门之间的海域上由于受西太平洋暖流影响形成的一条广约百里的黑色如墨的水面,被称为黑水沟,而非实有其地名。
⑥ 窊(wā):低下状。
⑦ 湍流(tuān):急流。
⑧ 楮镪(chǔqiáng):成串的纸钱。
⑨ 愒愒惧:恐惧不安状。
⑩ 泄视:随意看望。泄:通"媟"。

鼓荡,而与绿水,自古不淆,理亦难明。度①沟良久,闻钲鼓②作于舻间。舟师来告,望见澎湖矣。余登鹢尾③高处凭眺,只觉天际微云,一抹如线,徘徊四顾,天水欲连。一舟荡漾,若纤埃在明镜中。赋诗曰:"浩荡孤帆入杳冥④,碧空无际漾浮萍。风翻骇浪千山白,水接遥天一线青。回首中原飞野马⑤,扬舲⑥万里指晨星。扶摇乍徙⑦非难事,莫讶庄生语不经。⑧"顷之视一抹如线者,渐广渐近矣。午刻至澎湖之妈祖澳⑨,相去仅十许丈。以风不顺,帆数辗转,不得入澳,比⑩入已暮。

二十三日乘三板⑪登岸,岸高不越丈。浮沙没骭⑫,草木不生。有水师稗⑬将统兵二千人,暨一巡检司⑭守之。澎湖凡六十四岛澳。……悉断续不相联属,彼此相望,在烟波缥缈间。远者或不可见,近者亦非舟莫即⑮。澳有大小,居民有众寡,然皆以海为田,以鱼为粮。若需米谷,虽升斗必仰给台郡⑯,以砂碛不堪种植也。居人临水为室,潮至辄入大室中,即官署不免。顷之,归舟有罟师鬻鱼者⑰,持巨蟹二枚,赤质白文,厥状⑱甚异。又鲨鱼一尾,重可⑲四五斤,犹活甚。余以付庖人⑳,用佐午餐。庖人将剖鱼,一鲨从腹中跃出,剖之更得六头。以投水中,皆游去。始信鲨胎生。申刻㉑出港,泊澳外。舟人驾三板登岸,汲水毕,各谋晚食。余独坐舻际。时近

---

① 度:同"渡"。
② 钲(zhèng)鼓:钟和鼓。又名丁宁。古代铜制的打击乐器或响器,形如小钟,与甬钟形相近。参见《周礼·地官·鼓人》。
③ 鹢(yì)尾:画有鹢鸟图形的船尾。古书上说的一种水鸟。
④ 杳冥:指天际极远,缥缈无尽。
⑤ 野马:此处是指空中浮游的云气。
⑥ 舲(líng):有窗户的船。
⑦ 扶摇乍徙:典出《庄子·逍遥游》,原文云:"鹏之徙予南冥也,水击三千里,抟扶摇而上者九万里。"此处是形容船行之速如大鹏乘风飞翔。扶摇:旋风。乍:骤然。
⑧ 莫讶庄生语不经:不要怀疑庄子的话没有根据。
⑨ 妈祖澳:地名。澎湖列岛中的一个小岛。妈祖:又作马祖,台闽多供奉马祖之庙。澳:海边弯曲可供停泊之处。
⑩ 比:近,紧靠。
⑪ 三板:即舢板。作者《日记》原注:"三板即脚板也。海舟大,不能近岸。凡欲往来,则乘三板;至欲开行,又拽上大船载之。"
⑫ 骭(gàn):此处指小腿。
⑬ 稗将:副将。
⑭ 巡检司:管理地方治安等事的职司。巡检:始于宋,设置于沿边或关隘要地,以武官任之,有都巡检使之职。
⑮ 莫即:不能到达。此处指登岸。
⑯ 台郡:指台湾府所辖之地。清初,台湾府福建省辖。
⑰ 罟(gǔ)师鬻(yù)鱼者:打鱼的人卖鱼。罟:用网捕鱼。鬻:卖。
⑱ 厥状:它的形状。
⑲ 可:大约。
⑳ 庖人:厨师。
㉑ 申刻:下午三时至五时。

初更,皎月未上,水波不动。星光满天,与波底明星相映,上下二天,合成圆器。身处其中,遂觉宇宙皆空。露坐①甚久,不忍就寝。偶成一律②:"东望扶桑好问津③,珠宫璇室④俯为邻。波涛静息鱼龙夜,参斗横陈⑤海宇春。似向遥天飘一叶⑥,还从明镜度纤尘⑦。闲吟抱膝樯乌⑧下,薄露泠然已湿茵⑨。"少间黑云四布,星光尽掩,忆余友言君右陶⑩言:"海上夜黑不见一物,则击水以视。"一击而水光飞溅,如明珠十斛⑪,倾撒水面。晶光荧荧⑫,良久始灭。亦奇观矣。夜半微风徐动,舟师理舵欲发,余始就枕。

二十四日晨,起视海水,自深碧转为淡黑。回望澎湖诸岛,犹隐隐可见。顷之渐没入烟云之外,前望台湾诸山,在隐现间。更进,水变为淡蓝,转而为白,而台郡山峦毕陈目前矣。近岸皆浅沙,沙间多渔舍,时有小艇往来不绝。望鹿耳门⑬,是两岸沙角环合处。门广里许,视之无甚奇险。门内转大,有镇道海防盘诘出入,舟人下碇⑭候验。久之,风大作,鼓浪如潮,盖自渡洋以来所未见。念大洋中不知更作何状,颇为同行未至诸舶危之。既入鹿耳,又迂回二三十里至安平城下,复横渡至赤嵌城,日已晡⑮矣。盖鹿耳门浩汗⑯之势,不异大海,其下实皆浅沙。若深水可行舟处,不过一线;而又左右盘曲,非素熟水道者,不敢轻入。所以称险。不然,既入鹿耳,斜指东北不过十里已达赤嵌⑰,何必迂回乃尔。会风恶,仍留宿舟中。

【作者】郁永河,生卒年不详,清康熙时仁和(今浙江杭州)人,字沧浪,诸生。我国台湾游记文学的开创者,是撰写我国台湾游记的第一人。他所撰的《裨海纪游》,

---

① 露坐:在室外坐着。
② 律:此处指诗歌的格律。旧体诗词体裁之一,形成于唐初。五字称五律、七字称七律,有押韵、对偶的要求。
③ 扶桑、问津:扶桑,此处指日本。问津:问路。
④ 珠宫璇室:形容宫室十分华贵富丽,如同用珠璇名贵珠宝造成。
⑤ 参斗横陈:参,指二十八星宿之一的参宿。斗,此处指北斗星。陈,排列、卧。
⑥ 一叶:指小船。
⑦ 纤尘:细小的灰尘。
⑧ 樯乌:疑指桅杆上所置的候风乌鸟。
⑨ 茵:通裀,指垫子或褥子。
⑩ 言右陶:郁永河赴台湾时的同僚。
⑪ 斛(hú):量器,方形,口小,底大,原十斗为一斛,后改为五斗为一斛。
⑫ 荧荧:形容星光或灯光的光亮微弱。
⑬ 鹿耳门:地名。位于台湾省南部安平镇以西三十里处,有山对峙如鹿耳状,故名。此处为天险门户,水道狭窄,屈曲回旋,多暗礁,淤沙起伏,名七鲲身。
⑭ 碇(dìng):拴船的石墩子。
⑮ 晡(bū):申时,即下午三时至五时。
⑯ 汗:通瀚,广大貌。
⑰ 赤嵌:地名。即今台湾省台南安平镇。

又名《采硫日记》,是一部有关我国台湾的最重要的行役记。书中记的是清康熙三十六年(1697)他从福州出发,南下经厦门,渡台湾海峡,循西部海岸北上由淡水坐海舶进入台北盆地,到大屯山麓北投一带采办硫黄的经过。此书对我国台湾当时情况,特别是原住少数民族的生活和风俗习惯,都做了极有价值的记录。

【赏析】清康熙三十六年(1697),福州火药库爆炸焚毁,清政府命郁永河赴台采购硫黄补充损失。郁于二月二十一日乘船离开福建厦门港,出大旦门,扬帆东航。二十二日渡台湾海峡,经过澎湖群岛,越四昼夜,于二十五日抵我国台湾。郁永河将其旅途见闻经历,著为《采硫日记》。本节选自其中二十一日至二十五日四天的记载,有少量删节,选者题为《台湾行》。这篇游记,给人们留下了丰富的资料,同时也表达了我国大陆人民与台湾同胞的亲密感情。这里选录了二十二日至二十四日三天的部分日记。题目是编者所加。

郁永河所写的《裨海纪游》,是我国最好的大游记之一,内容翔实,文字优美,可以媲美徐霞客的滇游日记。郁氏非常看重少数民族的民俗风情。他在台湾历尽艰辛,记录许多有趣的事物和现象;对台湾大地理的重建及比较研究,均有很大的贡献。作者这一段的记述以时间为序,较为详细地记述了从厦门港至台湾间的海峡、地形、河流、火山、矿藏、气象及风土人情。最后追述了郑氏三代人抗击荷兰人,将荷兰人驱逐出台湾的经过,并对郑氏三代人保卫台湾、建设台湾的历史功绩作了高度的肯定和评价。《日记》为今人研究台湾历史、地理,都提供了相当丰富的材料,具有珍贵的文献价值。

记九溪十八涧

清·林纾

过龙井山①数里,溪色澄然迎面,九溪之北流也,溪发源于杨梅坞,余之溯溪,则自龙井始。

溪流道万山中,山不峭而堑②,踵趾错互③,苍碧莫辨途径④。沿溪取道,东瞥西匿,前若有阻而旋得路⑤。水之未入溪号皆曰涧,涧以十八,数倍于九也⑥。

余遇涧即止。过涧之水,必有大石亘其流,水石冲激,蒲藻交舞。溪身广四五

---

① 龙井山:在浙江省杭州市西湖西南,出产名茶龙井茶,其地有历史悠久的龙井寺,寺内有井,泉水出自山岩,甘洌清凉,四时不绝。
② 不峭而堑:不陡峭而多山沟。堑,本指壕沟,这里指山的沟壑。
③ 踵趾错互:山脚互相交错。
④ "苍碧"句:一派深绿,连路也辨认不出。
⑤ 旋:立即,不很久。
⑥ 数倍于九:数字比九多一倍。

尺,浅者沮洳①,由草中行;其稍深者,虽渟蓄犹见沙石②。

其山多茶树,多枫叶,多松。过小石桥,向安理寺路,石犹诡异。春箨始解③,攒动岩顶,如老人晞发④。怪石折叠⑤,隐起山腹,若橱,若几,若函书状⑥。即林表望之⑦,滃然带云气⑧。杜鹃作花⑨,点缀山路。岩日翳吐⑩,出山已亭午矣。

时光绪己亥三月六日⑪,同游者达县吴小村⑫、长乐高凤岐⑬、钱塘邵伯绚⑭。

【作者】 林纾(1852—1924),字琴南,号畏庐,别署冷红生,福建闽县(今福州)人。光绪间举人。林纾自幼嗜书如命,五岁时在私塾当一名旁听生,受塾师薛则柯的影响,深爱中国传统文学。但由于家境贫寒、且遇乱世,为生计终日奔波。他广结师友、饱读诗书。虽已过而立之年,却不辞辛苦,七次上京参加礼部会试。原本一心报效祖国的林纾"七上春官,屡试屡败",因而从此绝意于仕途,专心致志地走上文学创作的道路。他不仅用一腔爱国热血挥就了百余篇针砭时弊的文章;用犀利、恰切的文笔完成了《畏庐文集》《讽喻新乐府》《巾帼阳秋》等四十余部书,成功地勾勒了中国近代社会的人生百态;而且在不谙外文的特殊情况下,与魏翰、陈家麟等曾留学海外的才子们合作翻译了一百八十余部西洋小说,其中有许多出自外国名家之手。这些西洋小说向中国民众展示了丰富的西方文化,开拓了人们的视野,牢固地确立了林纾作为中国新文化先驱及译界之王的地位。至此,林纾被公认为中国近代文坛的开山祖师及译界的泰斗,并留下了"译才并世数严林"的佳话。

【赏析】 九溪十八涧,在浙江省杭州市烟霞岭西南,发源处为杨梅岭,山径一道甚平坦,可自烟霞岭直达理安山。九溪十八涧位于浙江杭州市西湖西南群山的怀抱之中,后被列入新西湖十景,称九溪烟树。九溪十八涧是"丫"字形上面的两支分叉,九溪东出自翁家杨梅岭,约七八里,北起龙井村,南至九溪烟村,两侧均为山林

---

① 沮洳:湿润,泉泥相和。
② 渟蓄:水积聚而不流。
③ 春箨(tuò)始解:春天的笋壳开始脱落。箨,包在竹笋外面的笋壳。
④ 晞发:晒干头发。
⑤ 折叠:重叠。
⑥ 若函书状:像一匣子一匣子的书的样子。
⑦ 林表:林外。
⑧ 滃然:云气四起的样子。
⑨ 杜鹃作花:杜鹃花都开花了。
⑩ 岩日翳吐:山岩下,太阳有时被遮蔽,有时又露出来。
⑪ 绪己亥:清德宗光绪二十五年,即1899年。光绪,清德宗年号。
⑫ 达县:今四川省达县。
⑬ 长乐:今福建省长乐县。高凤岐:福建长乐人,字啸桐,号媿室主人。光绪举人,官至梧州知府。工古文词。
⑭ 钱塘:今浙江省杭州市。邵伯绚(jiǒng):事迹不详。

与茶园,其间多有山间小溪流过,风景秀美怡人。十八涧是虚指,言山中细流众多,九溪和十八涧汇合后汇入钱塘江。一路峰回路转,山峦起伏,林木茂密,清溪琴韵时高时低,忽骤忽缓;浅流或迂回于山脚,或潜行于岩隙,或漫溢于路面,又从步石空缺处轻盈地跌宕而下,溅起一片细水珠。"九溪十八涧"是西湖众多景观中丝毫没有人工雕凿、不见点滴矫揉造作之处。

九溪多山,九溪富水,山水共生成望不尽数不完的绿树翠黄,野草杂花。竹木花草,又赋予山野以秀色,以灵性,再加以烟岚渲染,便整体呈现阴柔含蓄之美,朴实野性之美,这正是九溪烟树能够跻身新西湖十景的根本原因。

九溪十八涧是杭州著名的风景区之一,溪涧交错,峰回路转,游览时给人一种"山重水复疑无路,柳暗花明又一村"的感觉。这篇文章就紧紧抓住这一特点,并用生动的笔触加以描绘。所以文章虽只二百余字,却把这一风景名胜的深邃秀丽再现了出来,使人如身临其境。自然风景优美,文章也清新明丽。

四、现代游记欣赏

新疆风土杂忆(节选)
现代·茅盾

"坎儿井"者,横贯砂碛之一串井,每井自下凿通,成为地下之渠,水从地下行,乃得自水源处达于所欲溉灌之田。此因砂碛不宜开渠,骄阳之下,水易干涸,故创为引水自地下行之法。水源往往离田甚远,多则百里,少亦数十里。"坎儿井"隔三四丈一个,从飞机上俯瞰,但见黑点如连珠,宛如一道虚线横贯于砂碛,工程之大,不难想见;所以又听说,新省地主计财产时,往往不举田亩之数而举"坎儿井"之数,盖地广人稀,拥田多不为奇,惟拥有数百乃至数千之"坎儿井"者,则开井之费已甚可观,故足表示其富有之程度也。此犹新省之大牧畜主,所有牛羊亦不以数计,而以"山"计;何谓以"山"计?据言大"把爷"(编者按:维吾尔族语。意即财主。)羊群之大,难于数计,每晚放牧归来,仅驱羊群入山谷,自山顶望之,见谷已满,即便了事。所以大"把爷"计其财产时,亦不曰有牛羊若干千百头,而曰有牛羊几山。

本为鲜卑民歌,从鲜卑语译成汉文的《敕勒歌》,其词曰:"敕勒川,阴山下;天如穹庐,笼盖四野;天苍苍,野茫茫;风吹草低见牛羊。"前人品此歌末句为"神来之笔",然在习惯此种生活之游牧民族,此实为平凡之现实,不过非有此生活实感者,也道不出这一句的只字来。此种"风吹草低见牛羊"之景象,在今日南北疆之大草原中,尚往往可见。一望无际的大草原,丰茂的牧草,高及人肩,几千牛羊隐在那里啃草,远望如何能见?天风骤来,丰草偃仰,然后知道还有那么多牛羊在那里!

新疆是一块高原,但在洪荒时代,她是中央亚细亚的大内海的一部分。这一苍海,在地质学上的哪一纪始变为高原?正如亚洲之边缘何时断离而为南洋群岛,同样尚未有定论。今新省境内,盐碛尚所在有之。昔年自哈密乘车赴吐鲁番,途中遥见远处白光一片,似为一个很大的湖泊,很是惊异,砂碛中难道竟有这样的大湖泊?乃至稍近,乃辨明此白皑皑者,实非流动之水而为固体之盐。阳光逼照,返光甚强,使人目眩。因新疆古为内海,故留此盐碛。然新省之盐,据谓缺少碘质,迪化的讲究卫生的人家都用苏联来的精盐。又盐碛之盐,与云南之岩盐不同;岩盐成块如石,而盐碛之盐则为粒状,粗细不等,曾见最粗者如棋子而形方,故食用时尚须略加磨捣。

吐鲁番地势甚低。新疆一般地形皆高出海面一二千公尺,独吐鲁番低于海面数百公尺,故自全疆地形而言,吐鲁番宛如一洞。俗谓《西游记》所写之火焰山,即今之吐鲁番,则其热可想而知。此地难分四季,只可谓尚有寒暑而已。大抵阳历正二三月,尚不甚热,白天屋内须衣薄棉,晚上还要冷些;五月以后则燥热难堪,居民于正午时都进地窖休息,仅清晨薄暮始有市集。以故吐鲁番居民家家有地窖,街上跨街搭荫棚,间亦有种瓜果葡萄盘缘棚上者,市街风景,自有一格。最热之时,亦在阳历七八月,俗谓此时壁上可以烙饼,鸡蛋可以晒熟;而公安局长蹲大水缸中办公,则我在迪化时曾闻吐鲁番来人言之,当必不虚。

然吐鲁番虽热,仍是个好地方,地宜植棉,棉质之佳,不亚于埃及棉。又多产蔬菜水果。内地艳称之哈密瓜,其实不尽产于哈密,鄯善与吐鲁番皆产之,而吐鲁番所产尤佳。石榴甚大,粒粒如红宝石。葡萄在新疆,产地不少,然以吐鲁番所产,驰名全疆。无核之一种,虽小而甜,晒为干,胜于美国所产。新疆有民谣曰:"吐鲁番的葡萄,哈密瓜;库车的杨姑,一朵花。"(《新疆图志》亦载此谣)然则哈密之瓜,固有其历史地位。惟自马仲英两度焚掠而后,哈密回城已成废墟,汉城亦萧条冷落,未复旧观,或哈密之瓜亦不如昔年乎?这可难以究诘了。民谣中之"库车",在南疆,即古龟兹国,紫羔以库车产者为最佳;"杨姑",维族语少女也。相传谓库车妇人多美丽,故民谣中如是云尔。库车居民多维吾尔族(即元史所称畏兀儿族,前清时俗称缠回或缠头)。不仅库车,南疆各地皆然。

……

维吾尔(元史称畏兀儿)族人口占全疆总人口之半数,南疆居民,什九为维族。奉伊斯兰教。旧时阿訇(教中长老)集政教大权于一身,教长同时即为一部落或一区域之行政首长。今则阿訇惟掌教,不复能过问地方行政矣。维族人兼营商业、游牧,及农业;手工业(如裁缝、木匠、泥水、织毯等)亦多彼族中人。南疆所产之绸,色彩鲜艳,图案悦目,亦多为维族工人所织造。

在文艺美术方面,维族人具有天才,土风歌舞,器具特色,此不赘言。尝观一出由民间故事改编之短剧,幽默而意味深长,实为佳作。此种民间故事,大都嘲笑富而不仁之辈。短剧内容,写一富人路遇一穷人,穷人向彼行乞,富人不应,且骂之。既而同憩于路侧,穷人徐问富人何来,将赴何处,且进以谀词。富人大喜,乃夸其家宅之美,夸其子,夸其骆驼,终乃夸其所爱之狗。穷人随机应变,亦盛赞其房屋之美轮美奂,其子之多才多艺,其骆驼之健硕,其狗之解人意。富人大喜。穷人乃乘间复请周济。富人怫然掉头不顾。二人于是无言。富人解行囊,取馕食之,不能尽,则以所余投畀路旁一野犬,穷人至是复乞分一小块馕,富人仍不肯,谓宁投畀狗食,不与汝懒虫,荷囊而起,将行。穷人忽思得一计,遂追语之曰:你不是有一条很好的狗么?我适从你家乡来,见你的狗已死。富人大惊,问故。穷人曰:因为你的狗吃了你那匹骆驼的肝,所以死了!富人更惊,复问骆驼何故致死。穷人曰:因为你的儿子死了,你的妻杀骆驼以祭你子。富人惊极而号哭,复问子何因死。穷人曰:因为你的家中失火,你的儿子被烧死了。至是,富人大哭,捶胸捋发,如中风狂,尽弃其行囊,并自褫其衣,呼号痛哭而去。穷人大喜,乃尽取富人之行囊、衣物,坐于道旁,从行囊中取馕食之,未尽一枚,而富人已大呼而来,指穷人为偷儿,夺还各物,且将夺其手中之余馕。穷人急逃,富人追之,幕遂下。维族风俗,杀骆驼致祭,乃最郑重之典礼,又谓狗食骆驼肝必死。

维族乐器,有长颈琵琶(四弦)、鼓、箫、琴(铜丝之弦甚多,而以小竹片鼓之,广东人亦常用之,称为洋琴)等数事。所谓长颈琵琶者,实似一曼陀令,而颈特长,在三尺以上;意谓当别有名,但曾询翻译人哈美德,则云是琵琶。或者吾人今日习见之琵琶已经汉化乎?

维族人席地而坐。炕之地位占全室过半有强,或竟整个房间是一大炕,炕上铺毡,毡上更有大坐垫。有矮几,或圆或长方。维族人上炕坐时,足上仍御牛皮软底靴,实则此为袜子;下炕则加牛皮鞋,无后跟,与吾人之拖鞋相仿,出门亦御此鞋。长袍左衽,无纽扣,腰束以带。头上缠布,或戴无帽结之瓜皮小帽,帽必绣花,而甚小,仅覆头顶之一部。至于戴打鸟帽,穿长统靴,则已为欧化之结果。哈族人装束相同。两族女子平日亦穿靴。

日常饮食,为牛乳、羊肉、馕、奶皮、酥油、水果、红茶,而红茶中例必加糖。菜肴中甚少菜蔬。待客,隆重者宰一羔羊,白煮,大盘捧上,刀割而食。主人倘割取羊尾肥脂以手塞客人口中,虽系大块,客人须例张口承之,不得以手接取徐徐啮食,更不得拒而不受。盖此为主人敬客之礼,不接受或不按例一口吞下者即为失礼。客人受后,例须同样回敬主人。

所谓"抓饭"者,乃以羊油蒸饭,又加羊肉丁与胡萝卜(黄色)丁子;因其非羊油炒饭,而为蒸饭,故虽似炒饭而味实不同。俄国风之"萨莫伐"在新疆颇为流行,有钱之维族人家都置一具。盖嗜饮红茶,维哈及其他各民族皆然也。

新疆十四民族,除汉族外,维族兼营农业、商业、牧畜、手工业,已如上述。蒙族及哈族则以游牧为主。哈族在北疆居近汉人众多之大城市者,亦种地,惟视为副业;种地不施肥,用休耕制,下种后即自驱羊入山,不复一顾,待秋收时再来收割,有多少算多少。据闻南疆维族人之养蚕者,亦如我们之养野蚕然,蚕置桑树上,即不复措意,蚕及时成茧,亦在树上。此因南疆气候温和又无雨,故得如此便宜省事也。

蒙族多逐水草而游牧,故小学亦设蒙古包中,跟着他们一年迁徙数次。

……1958年11月16日,茅盾记于北京。

【作者】茅盾(1896—1981),本名沈德鸿,字雁冰,笔名有玄珠、方璧、郎损等。浙江桐乡县乌镇人。现代作家,政治活动家。1913年考入北京大学预科。1916年毕业后进上海商务印书馆编译所任职,从此开始他的文学生涯。1920年任《小说月报》主编。同年12月底,与郑振铎等发起成立文学研究会。第一次国内革命战争时期,积极从事政治活动,任国民党中央宣传部秘书,武汉的中央军事政治学校教官,《民国日报》主编。大革命失败后,东渡日本。1930年春回到上海,加入中国左翼作家联盟。1937年后,到武汉任中华全国文艺界抗敌协会理事,主编《文艺阵地》。1938年冬,赴新疆任教,任新疆各族文化协会联合会主席。1940年5月到延安。1940年底到重庆。后又到桂林、香港,担任《大众生活》编委。1946年底,应邀赴前苏联访问。1949年后任中国文联副主席,中国作家协会主席,文化部长,第一至第五届全国人大代表、全国政协常务委员,第四、五届全国政协副主席等职。

茅盾一生创作了大量的文学作品,具有很高的艺术成就。此外,他还翻译了几十种外国文学著作。"文化大革命"后写成的回忆录《我走过的道路》,具有珍贵的史料价值。茅盾生前为团结广大作家,培养青年作者,促进文学理论建设,增进国际文化交流,作出了不懈的努力和突出的贡献。其作品歌颂人民、歌颂革命,鞭挞旧中国黑暗势力,表现了中国民主革命的艰苦历程,绘制了规模宏大的现实主义历史画卷,在中国现代文学史上占有重要地位。

【赏析】新疆维吾尔自治区简称新疆或新。根据《中华人民共和国宪法》和《中华人民共和国民族区域自治法》,1955年10月1日成立了新疆维吾尔自治区。当时,自治区行政区包括13个地州、17个市、70个县、844个乡镇。

新疆位于我国西北部,地处欧亚大陆中心。面积166多万平方公里,约占全国面积的1/6,是我国面积最大的一个省区。除东南连接甘肃、青海,南部连接西藏外,其余部分与8个国家为邻,即东北部与蒙古毗邻,北部同俄罗斯联邦接壤,西北部及西部分别与哈萨克斯坦、吉尔吉斯斯坦和塔吉克斯坦接壤,西南部与阿富汗、巴基斯坦、印度接界,边境线长达5600多公里,是我国边境线最长、对外口岸最多的一个省区,这使新疆对外开放具有得天厚的地缘优势。新疆北部有阿尔泰山,南部有昆仑山、喀喇昆仑山和阿尔金山。天山,作为新疆象征,横贯中部,形成南部的塔里木盆地和北部的准噶尔盆地。习惯上把天山以南地区叫南疆,天山以北地区叫北疆,把哈密、吐鲁番盆地叫东疆。

新疆三大山脉的积雪、冰川孕育汇集为五百多条河流,分布于天山南北的盆地,其中较大的有塔里木河、伊犁河、额尔齐斯河、玛纳斯河、乌伦古河、开都河等二十多条。许多河流的两岸,都有无数的绿洲,田园阡陌,村镇相望,颇富"十里桃花万杨柳"的塞外风光。新疆有许多自然景观优美的湖泊，总面积达9700平方公里，占全疆总面积的0.6%以上，其中有著名的十大湖泊：博斯腾湖、艾比湖、布伦托海、阿雅格库里湖、赛里木湖、阿其格库勒湖、鲸鱼湖、吉力湖、阿克萨依湖、艾西曼湖。新疆境内绵连的雪岭，林立的冰峰，形成了独具特色的大冰川，共计1.86万余条，总面积2.4万多平方公里，占全国冰川面积的42%，冰储量2.58亿立方米，是新疆的天然"固体水库"。新疆的水资源极为丰富，人均占有量居全国前列，有待于大力开发。大沙漠占全国沙漠面积的2/3，其中塔克拉玛干沙漠的面积为33.67万平方公里，是我国最大的沙漠，为世界第二大流动沙漠，仅次于阿拉伯半岛上的鲁卜哈利沙漠。准噶尔盆地的古尔班通古特沙漠，面积48000平方公里，为我国第二大沙漠。新疆沙漠中蕴藏着丰富的油气资源和矿产资源。

茅盾的游记，多用力于写实。本文也是如此，信笔写来，都是平静叙说，没有强烈的抒情，而地理形貌、风俗人情、物产美食、历史文化，都一一汇聚文中，笔墨质朴，从容自然。记古写今，不避繁碎与琐细，探赜索隐，却有扎实的考辨功夫。所述虽多属陈迹，却格调清新，犹如文明的光影，永远在历史的图景中闪耀。对风俗性和地理性的强调，使本篇的认识价值绝非普通的写景散文可比。

文章平缓的述实语调，颇有古人笔记的意味。商贸、宗教、语言、艺术乃至物候地理，均为茅盾所注意，仔细钩沉，细致描写，对新疆百科知识娓娓道来。信而有征之外，又有不易察觉的性情流露，笔端多含风趣，因此所写虽多、虽杂，但不觉枯燥无趣。本文写景，笔触粗重，颇合于大漠戈壁的旷远阔大。

敦煌沙山记（节选）

现代·贾平凹

河西走廊，是沙的世界，少石岩，少飞鸟，稀罕树木，也稀罕花草；荒荒寂寂的戈壁大漠，地是深深的洞，天是高高的空；出奇的却是敦煌城南，三百里地方圆内，沙不平铺，堆积而起伏，低者十米八米不等，高则二百米三百米直指蓝天，垄条纵横，游峰回旋，天造地设地竟成为山了。沙成山自然不能凝固，山有沙因此就有生有动：一人登之，沙随足坠落，十人登之，半山就会软软泻流，千人万人登过了，那高耸的骤然挫低，肥壅的骤然减瘦。这是沙山之形啊。其形变之时，又出奇衾隆鸣响，有闷雷滚过之势，有钢骑奔驰之感。这是沙山之声啊。沙鸣过后，万山平平，一夜风吹，却更出奇的是平堆竟为丘，小丘竟为峰，辄复还如。这是沙山之力啊。进入十里，有一泉水，周回千数百步，其水澄澈，深不可测，弯环形如半月，千百年来不溢、不涸，沙漏不掉，沙掩不住，明明净净在沙中长居。这是沙山之神秘啊。汉书载：元鼎四年，有神马（从泉中）出，武帝得之，作天马歌，现天马虽已远走，泉中却有铁背游鱼，七星水草，相传食之甘美，亦强身益寿。这是沙山之精灵啊！

敦煌久为文化古都，敦者，大也，煌者，盛也；旧时为丝绸之路咽喉，今日是西山高原公路交通枢纽。自莫高窟惊世骇俗以来,这沙山也天下称奇,多少年来,多少游客,大凡观了人工壁画,莫不再来赏这天地造化的绝妙的。放眼而去,一座沙山,一座沙山,偌大的蘑菇的模样,排列中错错落落,纷乱里有联有系:竖着的,顺着的,脉络分明,走势清楚,梁梁相接,全都向一边斜弯,呈弓的形状;横着的,岔着的,则半圆支叠,弧线套叉,传一唱三叹之情韵。这是沙山之远景啊。沿沙沟而走,漫坡缓上,徐下漫坡,看山顶不高,濛濛并不清晰,万道热气顺阳光下注,浮阳光上腾,忽聚忽散,散则丝丝缕缕,聚则一带一片,晕染梦幻,走近却一切皆无;偶尔见三米五米之外有彩光耀眼,前去细辨,沙竟分五色:红、黄、蓝、白、黑,不觉大惊小叫,脚踹之,手搁之,口袋是装满了,手帕是包饱了,满载欲归,却一时不知了东在哪里、西在何方,茫然失却方向了。这是沙山之近景啊。登至山巅,始知沙山之背如刀如刃,赤足不能稳站,而山下泉水,中间的深绿,四边的浅绿,深绿绿得庄重的好,浅绿绿得鲜活的好。四周群山倒影又看得十分明白,疑心山有多高,水有多深,那水面就是分界线,似乎山是有根在水,山有多高,根也便有多长。人在山巅抬脚动手,水中人就豆粒般的倒立,如在瞳仁里,成千上万倍地缩小了。这是沙山俯景啊。站在泉边,借西山爽气豁人心神,迎北牖凉风荡涤胸次,解怀下卧,仄眼上眺,四面山坡无崖,无穴,无坎,无坑,漠漠上下,光洁细腻如丰腴肌肤。这是沙山之仰景啊。阴风之日,山山外表一尺左右团团一层迷离,不即不离,如生烟生雾,如长毛长绒,悲鸣齐响,半晌不歇,月牙泉内却水波不兴,日变黄色,下激水底,一动不动,犹如泉之洞眼;盛夏晴朗天气,四山空洞,如在瓮底,太阳神万条光脚,缓缓走过,沙不流下泻,却丝竹管弦之音奏起,看泉中有鱼跃起,亦是无声,却涟漪扩散,不了解这泉是一泓乐泉,还是这山是一架乐山? 这是沙山动中静、静中动之景啊。

【作者】 贾平凹(1953年生),陕西丹凤县人。当代著名作家。主要著作有长篇小说七部,其中《浮躁》获1988年第八届美孚飞马文学奖,中短篇小说近30部,其中《满月儿》获首届全国优秀短篇小说奖,《腊月·正月》获得第三届全国优秀中篇小说奖。散文集十余部,其中《爱的踪迹》获首届全国优秀散文集奖,其他散文集有:《月迹》《商州散记》等。

【赏析】 本文是以写景抒情为主要特征的游记。

本文在结构上有突出的特点,即采用"扇面型结构"。扇面型结构指描写、议论、抒情、记叙总是围绕一个焦点或是中心,内容由此向广度辐射、铺陈,面面展开,犹如打开的扇子,又称"扇面展开式结构"。这种结构形式在小说和散文创作中经常使用。扇面型结构重在同一侧面的扫描,从而见事物全貌于一端。本文以敦煌鸣沙山为描写中心,围绕着鸣沙山,从古到今、从形到神、从远到近、从俯到仰、从动到静等一一描述,使我们获得了对鸣沙山的全面认识。而且每一个侧面描写之后,都用一个相类似的感叹句作结语,诸如"这是沙山之形啊","这是沙山之力啊",

"这是沙山之神秘啊","这是沙山之精灵啊",这些感叹句清晰地将各个不同的层面区分开来,既在内容上与其他描写相隔开,又为新一个层面的描写提供了转换句式的机会。这种结构方式整饬而巧妙。

本文的语言也别具一格。首先,文章用语洗练典雅,古色古香,富有古典美。文中大量运用文言句式,同时夹杂通俗的白话,造成既俗又雅的语言特色。

修辞格的运用也为文章增添了不少文采,文中用了多种修辞格,有层递,如:"一人登之,沙随足坠落,十人登之,半山就会软软泄流,千人万人登过了,那高耸的骤然挫低,肥壅的骤然减瘦。"此处的层递由少到多排列,表现了鸣沙山无穷的魅力。有拟人,如:"太阳神万条光脚,缓缓走过。"将阳光比作太阳的脚,形象而生动;"缓缓走过"使抽象无形的时间流动有了质感。比喻则更是俯拾皆是:"一座沙山,偌大的蘑菇的模样";"登至山巅,始知沙山之背如刀如刃""人在山巅抬脚动手,水中人就豆粒般的倒立,如在瞳仁里,成千上万倍地缩小了"。形象的比喻将沙山之柔和、之坚硬、之浩大表现得十分生动,给人留下深刻印象。

巴蜀双城记(节选)
现代·高虹

重庆的人文地理特别容易孕生出少年气盛的自命不凡。年轻的心总是与这个城市火热的气氛合拍一些。长江嘉陵江边一站,不由地就吟哦出"大江东去,浪淘尽千古风流人物"之类的华章乐句,不由地便有了"到中流击水,浪遏飞舟"的豪迈冲动。

记得我在重庆读小学时,老师带了一帮学生去鹅岭公园看菊展,齐声朗诵的是唐末农民起义领袖黄巢的诗句:"待到秋来九月八,我花开后百花杀",明明是吟诗赏花的雅事,也弄得金戈铁马、杀气腾腾的"满城尽带黄金甲"!还让稀嫩的嗓子故意羼些痰音,显得笃厚一些。夜登枇杷山,看万家灯火,两江汇流尽踏足下,于是又忙着把阑干拍遍,感慨"无人会,登临意",其实岂止是无人会,胸中一片乱七八糟的生命原始冲动,自己也未会。

重庆夏季别名"火炉",冬季雅号"雾都",而山高路不平是四季皆然,确实不是居家过日子的好地方。但越是生存境况不佳的地方,倒越容易生长出铺张的激情、不凡的志向,这大概正可以印证一句老生常谈——逆境出英雄吧。

城市到底出了多少英雄这很难说,但英雄的豪迈气概却溢满了这座水深火热的城市。这表现在市民阶层,你可以看到街头巷尾的小小口角转眼便升级为大动干戈,双方比试着谁更能逞强称霸。最初的事由完全不重要也完全被忘记了,重要的是此时此刻决不能输这口气,非要拼个你死我活。重庆人常用一句话评价某人:那崽儿有点亡命。口气中绝无一丝贬义。亡命之徒谁都觉得可怕,而重庆人表达的却可能是一种敬佩。

这种英雄气概在文化人那里，大多表现为精神的无限扩张，向往不平凡，拒绝平常心。从小他们戴着红领巾去歌乐山"中美合作所"、白公馆渣滓洞前扫墓，高声朗诵"我愿在烈火与热血中得到永生"。他们真的认为自己是早上八九点钟的太阳，对"世界是你们的"这种慨然允诺信而不疑。他们是鲁莽的理想主义者，注定要磕磕碰碰吃很多苦。直到年龄大了，英雄也就有些老了。

闲适的都市

成都是一座以"闲适"闻名的都市。

成都的"闲"，在以生活节奏紧张为时尚的现代社会很有些遭人物议。外地朋友来到成都，主人立即呼朋引类，轮番款待。茶肆酒座，细品漫议，为主为宾，好不快活。结果客人临走时留下评论：你们成都好悠闲，慢悠悠的生活节奏，只怕在此长住，人就要变得懒散了，做不成什么大事。主人面面相觑——这话怎么说的？好茶好饭全喂白眼狼了。还有那心智糊涂的本地人，"蜀奸"似的直点头：是呵是呵，我就是被这种生活给耽误了。言下之意，他只要是东出夔门西越剑门，立马就成龙成凤如何了不得了。

此言甚不合孤意。悠闲并没有什么不合适的，它甚至是生命最佳状态（之一）。我总想将奥地利作家茨威格的一段话广为传播。那是他把塞纳河畔的维也纳和它的近邻德国作了一番比较之后所说的一段话。大意是这样：没有那种对安逸舒适生活的享受意识和审美意识，就不是真正的维也纳人。维也纳人并不"能干"，也没有紧张的生活秩序，只能愿意享受生活，并为此搞出了卓越超群的音乐和艺术。问题在于：维也纳人的闲适和享乐使他们产生出了如瓦格纳、勃拉姆斯、约翰·施特劳斯这样的艺术长河中的巨星，而成都的闲适产生的是什么呢？茶馆里的清客、街头上的混混儿、麻将桌上的高手、说东家长西家短的长舌妇。值得在某种意义上称道的唯有因闲适而格外发达的各种小吃。

看来，艺术和文明的前提确实需要闲适和富足，但闲适和富足并不铁定产生艺术和文明——如果市民骨子里缺少一种追求精神、追求美的深刻本能的话。

于是，成都的闲适终究是应该招致非议的了。

平民的乐园

曾经听闻一位老成都眉飞色舞地描述当年坐落在市中心的皇城古都风貌，雕梁画栋，城门森严，十分威风气派，哪是现在的粗陋而毫无特色的展览馆能望其项背。他痛斥在"特殊时期"中拆毁皇城兴修万岁展览馆的刘吉挺、张西挺是千古罪人，这夫妻二人在"特殊时期"期间给四川造成许多灾难。老成都的那份痛心疾首，颇使人联想起建国初期为保留北京古城墙而四处奔走呼号的梁思成——而老成都与老北京也真有几分相似之处：城墙、牌楼、护城河，茶馆、庙会、鸟笼子，品目繁多的风味小吃和种花养草的四合院，处处都标志着这是个平民的乐园，而绝不带点上海、重庆式的"冒险家的乐园"的色彩，那吱呀胡琴和哐哐鼓伴奏着还嫌不够，必须加上高亢如云的帮腔的川剧，一板一眼唱着的都是常人的生老病死、歌哭悲笑。

既然生在这座平民的乐园，成都的知识精英们，也就不必与享受着平庸快乐的草根市民作战了，反应该去充分体会一下这种快乐——最好的去处是茶馆和书场，而书场往往都设于茶馆，所以可说是一回事。

那遍布成都大街小巷的、铺设着木桌竹椅的茶馆，一俟走进，便可"丢开几十年教育、几千年文化在我身上的重负，自在地沉没于贤愚一体、皂白不分的人群中，满足牛要跟牛在一起、马要与马处一堆的原始要求"（美学家朱光潜语）。而那些好像出生时便落草于茶馆的说书人，更是市井街巷里的百年精怪，每一个毛孔都浸透着人情世故。他们还是化雅为俗的大家，化神奇为腐朽的高手。一个说书人说一个女人如何漂亮，"如花似玉"，紧接道："如花椒似芋头，麻不死你也要噎死你！"直听得我目瞪口呆，叹道："匪夷所思，化典至境！"说书人也很得意，沾沾自喜，他们真心认为"世事洞明皆学问，人情练达即文章"，且是唯一的学问、最好的文章。

平民的乐园虽然有一种常态自妙的况味，但在现代社会，毕竟杂糅着许多迟暮、守旧、破败、凋敝。提及"闲情"二字，其相邻的姊妹词似乎是优雅、舒适、幽静、安宁等，而成都的闲情却不需要这么讲究，它竟然滋生于简单以至于简陋、粗糙以至于粗鄙、随意以至于肆意的场景。

从物质生活到精神生活的不讲究、不精致、瞎凑合、穷应付，是成都闲情的地方特色。于是你可以看到：正规的楼堂馆所永远竞争不过街边的大排档摊贩。一到傍晚，临街的红锅饭馆和麻辣烫桌子便摆出占了人行道，食客们密密麻麻，吆五喝六。其场景和气氛十分不堪，而收费并不比酒楼宴厅便宜多少。尤其是夏日的"冷淡杯"，一张简易桌子，几条矮板凳竟然招客无限。男子们露天作业兼赤膊上阵，而装扮时髦的女郎将长裙往胯下一塞，长久陪坐。你别看桌上乱七八糟，地上一片狼藉，仔细瞧去，这些糙人中多有手机、商务通和高档手袋随身，再看美女如云依依相伴，便知其中富翁不少。既是如此，何不去花园餐厅、皇家酒楼？答曰："这里自在。"

这情景使人这样想：正如一切战争武器武装不了恐惧一样，一切现代化的装置，装备不出一个现代化的人来。

改良火锅

重庆人不无自豪地说在饮食花样上他们是执牛耳者。火锅的发祥地在重庆，且源于重庆社会底层的码头工人的故事已是尽人皆知，还有什么酸菜鱼、啤酒鸭……无不是他们的发明。重庆人敏捷能干、热情好动、善于兴风作浪，让别人跟在后面一浪一浪地赶。

但重庆人生性粗枝大叶，饮食上也显出粗犷有余，必须要由精细而温和的成都人来拾遗补缺。成都人是最精明的改良主义者，他们将重庆人的发明去粗取精、由表及里加以改良，最后面目全非，让重庆人完全认不出自己生的崽了。比如酸菜鱼在重庆兴起时，绝对是将大棵大棵的酸菜整熬，鱼骨头架子连头连尾地潜伏汤底，一个菜非要用小号面盆来盛不可。而这个菜一到成都，酸菜就成了碎米粒样，一片一片雪白的鱼肉飘浮其上，那鱼雷般的骨头架子是决不会让食客看见的了，熬汤以后早被厨房捞出，这道菜最后用了细瓷汤盆装好了，体面地登堂入室。

重庆火锅来到成都，保留其辣鲜香烫，但成都人是不会让那种傻大粗黑的灶具锅瓢出现在餐桌上的。还有锅里的作料也不会那么峥嵘毕露。要知道重庆火锅里辣椒是整个整个、花椒一舀满勺，而生姜呢，大块大块连拍破都不肯的。

重庆火锅最初常备一种十字架格子，一俟发展来成都，这东西早被挡在城门外了。其实那才是早年重庆火锅特有的人文景观：素昧平生的食客可同桌共用一锅，锅中扔个十字架形的格子，四面就座的客人——他们或许不相识的——同一只锅进食，但只管经营面对自己的那一格，点了什么菜就放自己那一格里烫熟。

但那十字架子有点像官样文章，仅具形式而已——它漂浮在汤面上，底下却是"公海"并无国界。就有毛肚黄喉从这个格子丢下去却从那个格子冒了出来，对面客人打捞起来，一看自己并未点这道菜，便自觉用筷子送了回来："这是你的，跑过来了。"这边的客人慷慨道："不客气，你吃就是！"——不等火锅吃完，两人已称兄道弟哥俩好了。这种粗放是成都人所没有的，成都火锅也决无不相识的人共用一锅的情景。

一次重庆有客人来成都，我不怀好意地请去一家所谓"重庆无渣火锅"，那里是每人一个酒精炉，小号奶锅大小的不锈钢锅，精致小巧的盛菜碟子，把那习惯于大碗喝酒大块吃肉的汉子弄得手脚无措，初是碍于秀雅的服务小姐和我这个主人的情面，直着脖子僵手僵脚地硬挺着，到后来，终于花和尚般叫了起来："这顿鸟饭，吃得俺好憋气，也敢叫重庆火锅，待洒家去取了他招牌来！"

语言的精灵

温文好脾气的成都人，容易受到好惹是生非的重庆人诟病。首先便是语言令重庆人嘲笑。外省人听起来完全没有区别的四川话，在本地人耳朵里竟然可以分辨出那么多的差异，那么强烈的对比：重庆话横、杠、快、冲，成都话绵、软、慢、文。就市井俚语而言，重庆土话偏于粗，成都土话流于俗。"文革"期间的上山下乡运动，使成渝两地知青有机会初次接触和正面交锋，双方很快便确定了自己的优劣势及位置：重庆知青以拳头逞强，成都知青以舌头取胜。

重庆知青回城来，十分好笑地向街坊邻居学说成都知青奚落自己的话："重庆崽儿,求钱莫得,馆进馆出。"其学说的重点是被夸张了的"莫"和"馆"的发音。挨了骂顾不上回报,先被其发音用词吸引住了,觉得十分新奇可乐。至于没钱还下馆子,是事实也正是其豪迈之处,不予以还击。

以阳刚著称的重庆小伙子听到绵软的成都话乐不可支,耳朵十分受用,尤其话从姑娘嘴里吐出来的时候。而重庆女人对这种娘娘腔表示反感,很难说潜意识中没有几分嫉恨和悻悻然,因为成都语音显然更能体现女性的娇媚。曾经听到一个重庆晚报的女记者厌恶地说:"我最烦成都人说'晚报'了,让他们一说,我们就成了'Y报'了。"

其实除却偏颇和成见,就事实而论,成都话确实比重庆话更丰富,更有表现力,这一点,对语言颇有研究和体验的成渝两地的作家都不否认。而且认为这可能和两地人性格有关:重庆人一发生摩擦,说不上三两句便老拳相向,哪里有机会操练嘴皮子;而成都人遇事多半是狗掀门帘子,靠的就是嘴上功夫,大家都不依不饶,却又像嚼上了牛皮糖,缠了半天还维持着原有事态,既不相让也不升级,其间要费多少唇舌要用多少词语。久而久之,语言自然积累得丰饶胜人,风格自然修炼得炉火纯青。

市民式幽默

一辆奥拓车后窗贴着一句话:"长大了,就是卡迪拉克";一架虚位以待的人力三轮车挂出一块牌子:"你知道我在等你吗?"这都是城市里的幽默风景。成都街上跑得最多的正是奥拓和三轮,其实在成都公然表现自己幽默的人并不多。不过这也好,我一直认为,缺少足够的聪明最好不要尝试幽默,就如同没有洋溢的才华轻易不要抒情一样。

初识成都人的幽默是真正生活在这座城市之后。我的编辑工作中经常要指出别人作品的不足以便理直气壮地退稿,但当编辑不久我便遭遇到这样的事情:我说你这作品没有新意,他说那你可以当古文发表啊;我说你这文章写得太幼稚,他说你把它看作童话不行吗——终于忍不住我笑了起来。这就是成都式的幽默了:有点油滑,有点狡狯。最重要的一点是,遇事他不和你正面冲撞不与你直接过招,就像溜冰场上,你直杵杵笨拙拙地朝一个人奔去,他灵巧一闪躲开,当你叫一声摔了个大马趴,回头一看,那成都人正远远地朝你脱帽致意呢。

在成都街头曾经见到过很好玩的一幕,但当事人双方都不是开玩笑而是相当认真的:一段时间市公安局整顿自行车,要求每辆车都必须安装上尾灯,动员了大批老头老太满街捉拿没有尾灯的自行车。

事情其实很简单,一个尾灯花不了几个大子儿,但成都人就这么奇怪,他们千方百计想蒙混过去,用了比装尾灯不知多少倍的心力来应付这些老头老太。于是街上出现的尾灯匪夷所思,千奇百怪:有人铆上一块小钢板刷上红漆,被查问时车主岂止振振有词,简直是得意非凡了;有人用胶水将大活络丸瓶盖粘上去,一个急刹车,瓶盖丁零当啷掉了下来,老太太循声望去,该自行车落荒而逃。也有破旧不堪的丑车安上了个崭新漂亮的新尾灯,活像病马配金鞍——那多半是从人家新车上顺手牵下来的。一个下雨天,只见前面的自行车走出了一条血淋淋的路,心里吃了一惊,仔细一看,原来被别人挖掉尾灯的地方,车主贴了一块红纸在上面糊弄老太们,被雨一淋可不就滴滴答答淌血水。看着满街的成人、老人们一本正经地逮着、躲着,一会儿,一种特有的幽默感就会油然而生。

有文化的人爱把幽默说得太深沉,比如"幽默是智者的优越"什么的;没文化的人又常常把油腔滑调当作幽默。其实,市民似的幽默最宝贵的潜质既不是表现智慧,也不是让人开心好笑,而正在于它能够化解冲突,成功地将人从非此即彼的困境中解救出来,使模棱两可变得合情合理。

从重庆到成都

人太年轻的时候,一颗心总是向上的、奋进的,与重庆特有的热烈张扬的氛围总是更相容一些。向往着不平凡,拒绝着寻常巷陌的日常生活,于是便无端地对小桥流水的成都生出许多隔膜与粗鲁来,认为成都人操娘娘腔,没有血性,缺少刚烈,满城转悠着小市民。成都,恰如一个巨型的、散发出淡淡的肥皂气息的小康人家。

这种不无矫饰的情怀保留得那么长久,直到长大成人,长成了一个年轻女人,嫁到成都安家过日子以后,它还是在心灵深处隐隐作祟,如归隐田园的将军,"梦回吹角连营"。白天醒来,一样的提篮子上小菜市场,见成都少妇的菜篮里买了一块生猪肉、一斤水豆腐,末了也选上一束鲜花搁面上,便无端怀疑人家是要拿那晚香玉炒肉片或煮一个豆腐汤——"难道如此实际过日子的人也会有爱美之心、浪漫之情?"这近乎无理取闹的怀疑,其发源仍是那虽被日子冲淡了的,却又被时间凝固了的,对世俗生活的不爱。

成都以一种近乎虚无、十分内敛的姿态,接纳了不知多少年轻狂者。成都生活是一只缓缓的手,将这些人脸上过于浓厚的戏剧妆轻轻抹去,还原其普通而平常的五官。浓墨重彩本来是沧海英雄的底色,但在稀松平常的成都人中间,却容易讹变成小丑装扮。此时,才智激情将会无所适从,它们得让位于世故人情。

久之我感受到了,其实成都并不是拒斥所有的奋进、追求和腾达,它只不过以自己特有的悠闲,让一颗太忙碌的心在这里有所停驻。松弛闲适的老成都,为激进情绪,为劲旅人生,提供了一个驿站。你完全可以在此进行检点,看看你是否走得太快,是否落下了什么——比如爱情,又比如灵魂。

……

【赏析】"双城记"现象充分说明了普遍存在的城市文化性格的联系。城市文化性格是区域文化性格的一种,区域文化性格又是社会性格的一种。社会性格是美国人本主义心理学家埃利希·弗洛姆首先提出来的,他把社会性格概念规定为:团体的每一个分子都共有的一些人格结构,是一个团体大多数人性格结构的基本核心。社会性格乃是对各种各样的群体性格的高度抽象的概括,是对包括民族性格、区域文化性格在内的一切群体性格的泛指,是对所有描写集合性格现象全部体系的总称。区域文化性格作为社会性格中的一种,它研究的对象是以地理文化区域为载体的社会性格,它以具象的文化区域为分析单位,研究社会性格的地域空间分布特征。区域文化性格、城市文化性格乃是一地人民实际性格特点的具体表词,它有实实在在的物质基础,是可以具体观察到的(如前面文章所述)。研究区域文化性格、城市文化性格有着重要的学术意义。"双城记"现象还充分地表现出中国现代化进程中各种两极因素的碰撞,传统与现代的冲突,理解"双城记",可以更深刻地理解中国现代化中的复杂层面、多重困难与多种路径。

本章小结

> 游记是旅游文学中的一个重要门类,其特征是以生动的描写,记述旅途中的见闻,展现某地的山川景物、名胜古迹、风土人情、社会图景、政治生活等方方面面,并在记述中表达作者的种种思想感情。在欣赏各篇游记时,应该在掌握作者和文章创作背景等前提下,在把握作品的语言表达艺术的基础上,进一步理解并鉴赏作品的思想内涵以及文化价值,并争取将相关内容融入导游讲解内容之中,从而有效提高导游讲解质量。

思考与练习

1. 中国游记发展各个时期有什么特点?
2. 中国游记发展各个时期有哪些代表作家?有什么代表作品?
3. "再现型"游记代表作家是哪位?其作品有什么特点?
4. "心态型"游记代表作家是哪位?其作品有什么特点?
5. "文化型"游记代表作家是哪位?其作品有什么特点?
6. 谈谈应当从哪几方面欣赏古代游记和现当代游记?
7. 本章中所列各篇游记都在什么景点?
8. 翻译《峨眉山佛光记》中下段文字:

今已申后,不若归舍,明日复来。逡巡,忽云出岩下傍谷中,即雷洞山也。云行勃勃如队仗,既当岩则少驻。云头现大圆光,杂色之晕数重。倚立相对,中有水墨影,若仙圣跨象者。一碗茶顷,光没,而其旁复现一光如前,有顷,亦没。云中复有金光两道,横射岩腹,人亦谓之"小现"。日暮,云物皆散,四山寂然。

9. 简述《记九溪十八涧》的景色。
10. 简述《敦煌沙山记》(节选)中所运用的主要修辞技巧。
11. 简述《巴蜀双城记》(节选)中所讨论的成都与重庆两个城市的文化特色。
12. 试着将本章游记作品内容融入景点讲解。

第5章

名胜楹联欣赏

本章导读

本章的主要内容是介绍名胜楹联的艺术特征、楹联的发展概况，以及如何从语言特点、主题内涵等角度欣赏名胜楹联。并通过对有代表性的楹联作品的具体分析，使同学们能够学会欣赏名胜楹联的基本方法，深入了解不同地区不同风格的名胜楹联的艺术特征与思想内容、文化内涵。

在学习中，同学们需要掌握有关名胜楹联的基础知识，并需要具备一定的自然地理知识以及历史文化知识，提高分析欣赏具体楹联作品的能力。

第一节 名胜楹联概说

一、楹联的特点

(一)楹联的定义

对联，又叫对子、楹联、楹帖、联语，是我国特有的一种体制短小、文字精练、历史悠久、雅俗共赏的传统文学形式。

名胜古迹联是指悬挂、嵌缀或雕刻在山水名胜和历史名人、历史遗迹纪念地的楹联。名胜古迹楹联多出现在风景胜迹(如山崖、水畔、园林、寺观、宫廷、宅院、祠宇、馆所、书院，等等)的楼、台、亭、阁、殿、堂、轩、榭、廊、厅、室等的楹柱、门户、墙壁或摩崖石壁上。

横额又叫横批、横幅、横联等，贴(或悬)于楹联上方的中间位置，以四字者为多。横额的写法，过去都是自右向左横书，现在也有自左向右写的。

(二)楹联的特点

楹联最大的特点是对仗，所谓对仗就是指楹联的上句与下句无论字面还是音节都要两两相对。

一是字数相等。除有意空出某字的位置以达到某种效果外，上下联字数必须相同，这是楹联的首要条件。

二是出句与对句词性相同。上下联相对的词或词组，在词性上必须一致。比如温州"文信国祠联":花外子规燕市冷,柳边精卫浙江潮。都是同类词相对,即名词(花、子规、燕市)对名词(柳、精卫、浙江),方位词(外)对方位词(边),形容词(冷)对形容词(潮)。

三是出句与对句结构相应。上联与下联在句法结构上应该保持一致。如济南大明湖小沧浪园联:四面荷花三面柳,一城山色半城湖。分开来看,"四面荷花"对"一城山色""三面柳"对"半城湖"都是偏正结构对偏正结构,总体上看是并列结构对并列结构。

四是出句与对句节奏相同。上联和下联节奏要求一致。比如北京西郊樱桃沟凉亭联:行到水穷处,坐看云起时。上下联都是二二一节奏。

五是出句与对句平仄相谐。古代汉语声调分平上去入四声,四声又可分为两大类:平声与仄声。楹联一般要求一联之中平仄相间,一般两个音节一转换,上下联之间基本上平仄相对。从而使得楹联节奏分明,声调和谐,形成一种起伏跌宕、抑扬顿挫的声律美。一般情况下,上联末字用仄声,下联末字用平声,使人读起来顺畅、深长、有余味。比如安庆大观亭联:

秋色满东南,自赤壁以来,与客泛舟无此乐;
平仄仄平平 仄仄仄仄平 仄仄仄平平仄仄
大江流日夜,问青莲而后,举杯邀月竟何人?
仄平平仄仄 仄平平平仄 仄平平仄仄平平

六要内容相关,上下衔接。上下联的含义必须相互衔接,但不能重复。

二、楹联的发展状况

楹联的起源与发展主要经历了四个阶段:楹联的孕育时期——从先秦到唐代,楹联的出现时期——五代;楹联的发展时期——宋元;楹联的鼎盛时期——明清。

秦汉以前,我国民间过年已经有悬挂桃符的习俗,将传说中的降鬼之神"神荼"和"郁垒"的名字,分别书写在两块桃木板上,悬挂于左右门上,来驱鬼压邪。这种习俗持续了一千多年。

隋唐时代,随着格律诗的成熟,诗人们对对句倾注了相当的热情,形成"摘句欣赏评品"的时风,比如骆宾王的"楼观沧海日,门对浙江潮",李白的"三山半落青天外,一水中分白鹭洲",杜甫的"三顾频烦天下计,两朝开济老臣心",等等,都是脍炙人口的著名对句,也是描写风景、故迹的名联。在诗人们的参与下,楹联艺术基本孕育成熟了。

五代时,人们开始在桃木板上题写联语。原来驱魔除鬼的字牌,就变成一种用来表达某种主题思想的特殊文体。因为多用于春节,表达人们除旧迎新的喜悦与期盼,所以被称为春联。据《宋史·蜀世家》记载,五代后蜀君主孟昶所撰"新年纳余庆,嘉节号长春"是我国现在已知最早出现的一副春联。由于春联的出现和桃符有密切的关系,所以古人又称春联为"桃符"。

到宋元时代,楹联的应用范围逐渐扩大。不仅在春节,友人之间的日常交际也经常用到楹联,建筑物上张贴楹联也成为习惯。王安石《元日》一诗中写道:"千家万户曈曈日,总把新桃换旧符。"赵庚夫《除夕即事》诗也说:"桃符诗句好,恐动往来人。"这说明在当时楹联作者已不在少数。题联的范围也有所扩展,楹联已普遍成为名胜古迹、寺庙观院等不可缺少的装饰品。著名的文人苏轼、王安石和朱熹等都写过不少楹联。苏轼为广州真武庙题联:"逞披发仗剑威风,仙佛焉耳矣;有降龙伏虎手段,龟蛇云乎哉",僧人契盈为黄浦江碧波亭题联:"三千里外一条水,十二时中两度潮",朱熹为福建漳州开元寺书舍所题:"鸟识玄机,衔将春来花上弄;鱼穿地脉,挹将月向水边吞",都是联语、意境俱佳的山水名胜楹联。

到了元代,由于异族统治,汉族文人地位较低等原因,楹联的创作较之前朝显得冷落,流传下来的作品不多,但像赵孟頫题西湖灵隐寺联:"龙涧风回,万壑松涛连海气;鹫峰云敛,千年桂月印湖光,"仍体现出很高的艺术成就。

明清时代,是楹联发展的鼎盛期。明代上至君王将相,下至普通文人,皆好联语,出现了不少脍炙人口的名联佳对。明太祖朱元璋自己非常喜欢撰写楹联,下诏令要求家家户户在春节时张贴春联,这极大地推动了楹联的发展。后来解缙、祝允明、文徵明、唐伯虎等江南才子,又把楹联推向了一个新的高潮。

清代出现了郑板桥、纪晓岚、何绍基、梁章钜、彭玉麟、林则徐、张之洞、谭嗣同、章太炎、康有为、梁启超等一批撰联高手,在楹联的数量、质量和种类上,也都超过了前代。文人学士以楹联赠答,用楹联做文字游戏,成为一时风尚。以春联、寿联、挽联、门联、厅联、庙联、名胜联、商业联、游戏联等等为形式的楹联文化已成为社会生活的组成部分。楹联的范围逐渐扩大,凡是记述、抒情、议论都可入联,还出现了前所未有的长联形式,比如孙髯所撰昆明大观楼联开历代长联之先河,被誉为"古今第一长联"。而钟云舫的"拟题江津临江楼联",更是长达1612字,是迄今为止最长的楹联。随着楹联的兴盛和发展,还出现了一些汇集、记叙楹联的专家学者,比如梁章钜的《楹联丛话》等,就给后人留下宝贵的资料。

辛亥革命以后,这种风气依然兴盛,像现代文学大师郭沫若、郁达夫等就是著名的楹联大家。20世纪80年代以来,随着社会主义精神文明的发展,楹联也以新的面貌开始复兴,形成了群众性的楹联创作和理论研究的新热潮。

三、如何欣赏名胜楹联

(一)欣赏对联的对仗

对联的对仗形式大体上可以分为五类:

1. 工对

工对,上下联的文字、语句对仗十分工整、贴切。词性相当、节奏相同、结构相似。如：沧海月明珠有泪，蓝田日暖玉生烟。

2. 宽对

宽对，就是指联中的绝大部分对仗工整。只要做到词性相同、句法结构相同的对仗就可以。如厦门太平岩联：石为迎宾开口笑，山能做主乐天成。

联中"石"与"山""迎宾"与"做主"对仗甚工，但"开口笑"与"乐天成"则不严谨。不仅结构不同，而且"笑"与"成"词类也不相对。

3. 当句对

当句对也称句中对、自对。对联不但要做到上下相对，有的多句联（或长联）本句之内前后也相对，使联对灵活多变，产生抑扬顿挫的效果。如广州珠江侧亭联：群贤毕至，少长咸集；清风徐来，水波不兴。

联中的"群贤毕至"不仅对下联的"清风徐来"，而且还与本句的"少长咸集"相对仗。这种对句形式音乐感强，使人读之上口，韵律有致。

4. 单句对

有的联在本句中自对，但上下句却不相对，称之为单句对，如武汉伯牙台联：志在高山，志在流水；一客荷樵，一客听琴。

上联句中"志在高山"对"志在流水"，却不能与下联"一客荷樵"相对。

5. 借对

借对就是利用汉语的特殊特征，在一词语同时具备两种意义的状态下，作者在联中用的甲义，又借用它的乙义同另一词相对，如杜甫《曲江》中：酒债寻常行处有，人生七十古来稀。

"寻常"，在联中用平常的意思，但借用它表示长度的意思来跟数字"七十"相对。

有时这种对仗不借语义而借语音，如杜甫《恨别》中：思家步月清宵立，忆弟看云白日眠。

借"清"的读音，跟"白"相对。

从上下联的语意关系上来讲，对仗大致可以分为三类：

1. 正对

指出句与对句在内容、主题上是同义并列的，从不同的角度表现主题，互为关联，互相补充。如杭州韬光寺观海亭联：楼观沧海日，门对浙江潮。

2. 反对

指出句与对句在内容上正好相反或相对，互相映衬，对比鲜明，往往能给人留下非常深刻的印象。如杭州岳坟前铁槛对联：青山有幸埋忠骨，白铁无辜铸佞臣。

3. 串对

又叫流水对、走马对。指出句与对句之间有递进、转折、条件、因果等某种关系，上下联在内容上是连贯的，在语气上是衔接的。如唐寅所撰联：一失足成千古笑,再回头是百年身。

我们在欣赏对联时,应该注意,不论是正对、反对还是串对,只要有好的立意、巧妙的构思和用词,富于哲理和情感,就是佳联好对,不必拘泥于某种形式。

(二)把握对联在写作以及用字方面的一些技巧

1. 嵌字

有关的人名、物名或其他名字嵌在对联中,使对联意中有意。比如上海豫园得月楼联:得好友来如对月;有奇书读胜观花。

2. 谐音

利用同音字,使语带双关。例如:两舟竞渡,橹速(鲁肃)不如帆快(樊哙);百管争鸣,笛清(狄青)难比萧和(萧何)。

3. 叠字

将联中某些字重叠起来使用,形成反复重叠的艺术效果。如黄文中题杭州西湖天下景亭联:水水山山处处明明秀秀;晴晴雨雨时时好好奇奇。

4. 隐字

有意识将某些字隐去,从而含蓄、巧妙地表达某种意思。如:二三四五;六七八九。横批:南北

上联表示缺衣(一),下联表示少食(十),横批表示无东西。

5. 回文

对联的上下两句首尾循环,或单联首尾循环。例如:客上天然居;居然天上客。

6. 拆字

将联中某一合体字拆成几个独体字。如:妙人儿倪家少女;大言者诸葛一人。

7. 合字

把联中的某几个字合成一个字,构成字面上的对偶,同时内容也蕴涵着某种含义。如:古木枯,此木成柴;女子好,少女更妙。

8. 顶针

将前一个分句的句末字,作为后一个分句的句头字,使相邻的两分句首尾相连。如江西九江甘棠湖烟水亭联:烟水亭,吸水烟,烟从水起;风浪井,搏浪风,风自浪兴。

对联写作中的用字及结构技巧很多,上面我们举了一些常见的现象,其他的大家在欣赏对联时应该注意积累,这样将有助于加深我们对对联的理解。

(三)注意对联的领词

领词是在对联中引出一串排比句或骈文句,使联语衔接自然、层次分明,并造成节奏的起伏变化,使音律和谐婉转的语词。领词有一个字、两个字、三个字不等。例如李渔题江苏南京明远楼联:矩令若霜严,看多士俯伏低徊,群嚣尽息;襟期同月朗,喜此地江山人物,一览无余。

其中"看""喜"是两个领词,领起下两句,读的时候,在领词后应该有一个短暂的停顿,从而造成节律上的顿挫感。

下面是一些常见的领词,大家诵读、欣赏对联要加以注意:

一字的领词:正、看、问、怅、怕、想、料、算、待、凭、念、将、奈、叹、数、似、更、况、怎、若、方、应、尽、莫、渐、对、须,等等。

两字的领词:看他、对此、休说、那堪、问他、何须、何况、况是、只是、何必、将次,等等。

三字的领词:倒不如、最堪怜、只赢得、最无端、更能消、再休提、便怎的、消受得、莫辜负,等等。

(四)熟悉对联的断句

对联都是没有标点符号的,要正确地诵读、理解、欣赏,就必须正确断句。首先,要有一定的古汉语基础,熟悉古汉语语法与常用词的用法;其次,需要掌握一些对联句式上的特点。

一是掌握长联短句多、长句少的特点。难于断句的多是长联,而长联中一般多用短句,其中往往大量使用三言、四言、七言的排比句、骈文句铺陈描述,抒发感慨。对偶句式也是长联中常用的。

二是注意对联中的领词。对联中一些领词后面往往带有一组排比句或对偶句,抓住领词,就能看清楚后面的句式。

三是学会利用反复词。有些对联有反复词,可以根据反复词的位置来判别、断句。

四是互相参照上下联来断句。对联上下联语法结构与节奏相似,因此遇到一联某句不好断时,可参照另一联相应的一句来断。

(五)欣赏对联的立意与内涵

名胜古迹楹联是作者欣赏山水景物、古迹名胜而创作的,所以,作者首先要在联语中吟赏、再现、渲染美景,描绘自然山川和人文景观的美丽景致以及神韵。值得注意的是,文人们在以楹联再现山水景物的同时,往往着重表现山水景物的真趣以及对人生、事理的感悟。有的楹联是直抒山水情怀和山水审美体验,并能把一种审美情感、审美知觉直接传递给读者,表达出一种醉心于山水之间,物我两忘的境界。比如陶澍题上海豫园鱼乐榭联:"此即濠间,非我非鱼皆乐境;恰来海上,在山在水有遗音。"就写出了作者对鱼乐榭幽静美景的流连忘返,表达出一种只有心境相似的知音好友才能体会的"高山流水"的自由感受,意境清远,情致高雅。也有的作品写作者登临凭吊,多少渗入了怀古幽思、感喟牢骚等情绪。比如康有为题河南开封龙亭联:"中天台观高寒,但见白日悠悠,黄河滚滚;东京梦华销尽,徒叹城郭犹是,人民已非。"写东京的繁华如梦一样消逝殆尽,徒然慨叹山河城池依旧,王朝却已变迁,百姓也不复存在,表现出浓重的物是人非之感。而有些特殊场合中的楹联,立意也有不同,书院学校中的楹联,往往含有特殊的崇德、劝学、励志、启智等意蕴;祠堂中的楹联则强调历史传承,注意抉发历史意识;寺观中的楹联,则大多在写景的同时,借景喻佛理,所以大多意蕴深远,意境澄明。比如广州光孝寺联:"东土耶?西土耶?古木灵根不二;风动也,幡动也,清池碧水湛然。"就表达了佛法为一、外物无别的观念,以及物我两忘的禅悟境界,清幽淡雅,意境深远。

因此,在欣赏这些对联时应该结合景观胜迹的特点、氛围、历史传统进行深入的理解思考,这样不但能够提高自己的审美能力,而且可以提高文化修养和人文素质。

第二节 名胜楹联欣赏

一、北京及华北地区楹联欣赏

故宫太和门联

日丽丹山,云绕旌旗辉凤羽;①
祥开紫禁,人从阊阖觐龙光。②

【作者】此联作者不详。

【赏析】太和门,故宫太和殿前大门,是群臣觐见皇帝的必经之处,在紫禁城中的位置非常重要。

上联写旭日东升,光芒万丈,使皇宫显得更加壮丽光明,旌旗飘扬,凤羽生辉,写出了皇帝临朝之时仪仗的华丽。上联塑造出一种绚烂神奇的感觉,使人如在仙境。下联写紫禁城打开了吉祥之门,群臣由太和门入殿觐见天子。所谓"阊阖""龙光",都是着意渲染皇帝地位的神圣与至高无上。故宫楹联大多歌功颂德、典雅厚重,此联无论是用词还是手法、意境,都体现出典型的皇家气象,典丽大气、气度不凡。

乾隆题太和殿(中殿)联

龙德正中天,四海雍熙符广运;③

---

① 丹山:指皇宫。旌旗:古代各种旗帜的统称。
② 紫禁:指紫禁城。阊阖(chāng hé):神话传说中的天门。龙光:古代帝王自称真龙天子,龙光指皇帝的丰姿威仪。
③ 雍熙:形容和乐的样子。广运:广大而远达。《尚书·大禹谟》:"帝德广运。"

凤城回北斗,万邦和协颂平章。①

【作者】乾隆(1711—1799),清高宗,名弘历,是雍正的第四个儿子,雍正死后继承皇位,成为清朝第六位皇帝。是清朝年寿最高的皇帝,对我国的发展起了非常巨大的作用。

【赏析】太和殿是皇宫正殿,故宫三大殿之一,俗称"金銮殿",是皇帝举行登基、大婚等重大庆典仪式的场所。上联写皇帝仁德如日处中天,四海之内百姓和乐的盛世图景正体现出圣王的德行广大而影响深远。下联写大清一统天下,京城是天下的中心,外夷臣服,就如同北斗拱绕北极一样,和谐昌明。联语为乾隆皇帝所撰,庄重典雅,气度不凡,体现出一国之君掌握天下的帝王气势。

康熙题乾清宫联

表正万邦,慎厥身修思永;②
弘敷五典,无轻民事惟艰。③
横匾"正大光明"

【作者】康熙(1654—1722),清入关后第二代皇帝。清圣祖,姓爱新觉罗氏,名玄烨,在位六十一年,促进了经济繁荣和国家统一,是历史上较有作为的皇帝。康熙好学敏求,勤于政务,提倡文学,优容文人。康熙的诗文,辑为御制诗文四集,他喜好撰联,故宫及皇家园林中有许多对联是他所撰的。

【赏析】乾清宫是后三宫的第一宫,是明朝以及清代前期皇帝居住并处理日常事务的地方,雍正以后,成为举行重要的内廷典礼,接见大臣、使节的地方。

上联写要使各国臣服,成为各国统治的典范,就必须谨慎地对待自己的言行,坚持不懈地修养德行,这样才能永葆帝业。下联写要治理国家,维护统治,就要大力提倡"父义、母慈、兄友、弟恭、子孝"五种道德规范,不要轻视治理百姓之事,要真正做好是很艰难的。康熙在这副对联中表达了一种希望通过弘扬道德、鼓励修身而使国运昌盛的想法,实际上就是古人所讲的"修身、齐家、治国、平天下"的政治理想。

故宫中的对联用词典雅艰深,多用经书中的典故,一方面在于显示帝王的博学,符合故宫庄重肃穆的氛围,另一方面也为了突出统治者的至尊意识,宣扬权力

---

① 凤城:指京城。回北斗:使北斗回环拱绕。万邦:古代指各方诸侯或其他国家。平章:平,辨。章:彰明。
② 表:标准。慎厥身修思永:出自《尚书·皋陶谟》。慎厥身,指自身要谨慎小心。修思永,指修养要坚持不懈。
③ 弘敷:大力提倡、弘扬。五典:封建社会把"父义、母慈、兄友、弟恭、子孝"五种道德规范称为五典。

的正统，其中多有歌功颂德、粉饰太平之作，真正的好作品并不很多，但理解起来有相当难度。

"正大光明"横匾在乾清宫后墙上，是清顺治帝的笔迹，康熙临摹后悬挂于此。这一横匾与清代的"秘密建储"制度有关，雍正以后的皇帝，把未来继承皇位的皇子名字写在两份密诏上，一份随身携带，一份就放在"正大光明"匾后。

故宫养心殿西门联

三岛春深云气暖；①
九霄地迥月明多。②

【作者】此联作者不详。

【赏析】养心殿，在乾清宫西南，是皇帝居住以及处理日常政务的地方。

上联写皇宫之中春深日暖，下联写天上人间，明月相照。实际上是比喻皇帝仁德纯厚，睿智清明。"三岛""九霄"写出了皇宫的华丽精美，又暗合历代帝王的求仙长生理想。对联所题写的地方是养心殿，决定了此联意旨上不会有太多出奇的地方，但细细品味，却能感觉到写得非常巧妙含蓄，少有一般歌功颂德之作的陈腐古板之气。

汪由敦题金鳌玉蝀桥联

玉宇琼楼天上下；③
方壶圆峤水中央。④

【作者】汪由敦，字师茗，号谨堂，安徽休宁人。清雍正进士，乾隆时任军机大臣。精诗文，擅书法，有《松泉诗文集》传世。

【赏析】金鳌玉蝀桥，横跨中海和北海水面，为九孔桥。据清人赵翼《檐曝杂记》："金鳌玉蝀桥新修成，桥柱须刻联语。金在枢直拟句云：'玉宇琼楼天尺五，方壶圆峤水中央。'金自以为颇切光景。汪文端（由敦）改"尺五"为"上下"，联语便作：'玉宇琼楼天上下；方壶圆峤水中央。'"从写法来看，对联以仙境中的华美建筑来比喻金鳌玉蝀桥及附近宫殿的瑰丽精美，以海上仙山来比喻太液池中的岛屿，并不算太出奇的意想。但加上"天上下"三字，意境之阔大已然不同，远望水面，缥缈神奇之感也油然而生，这样所谓的玉宇琼楼、海上仙山才真正构成一幅神仙画卷。

---

① 三岛：传说中仙人所居的三座神山，即蓬莱、方丈、瀛洲，此处指皇宫。
② 九霄：九天云霄之上，指天上的仙境，这里比喻皇宫。迥：远。
③ 玉宇琼楼：本指天上神仙所居的华美建筑，此处指金鳌玉蝀桥及附近宫殿。
④ 方壶圆峤（qiáo）：本指海上的两座仙山，此处指太液池中的岛屿。

北海濠濮间临水轩联

眄林木清幽,会心不远;①
对禽鱼翔泳,乐意相关。②

【作者】此联作者不详。

【赏析】北海在北京西城区,以神话中的"一池三仙山"(太液池、蓬莱、方丈、瀛洲)构思布局,富有浓厚的幻想色彩。濠濮间位于北海东岸,其中有九曲石桥,临水环山。濠濮本为两条水名,濠水在安徽,濮水在河南。传说庄子曾钓鱼于濮水,拒绝楚王之聘,又相传庄子与惠施曾游于濠梁之上,二人围绕是否知鱼之乐相互辩难,此后多用来指高士乐境。濠濮间取名即本于此。

《世说新语·言语》记载:"简文入华林园,顾谓左右曰:'会心处,不必在远。翳然林水,便自有濠、濮间想也。觉鸟兽禽鱼,自来亲人。'"此联的意境大概来源于此。上联写欣赏清幽的林间景色,对这种世外乐境自然是心领神会;下联写面对着自由飞翔的鸟和自在游泳的鱼,自然也有与其相同的欢畅心情。对联紧扣濠濮间的景色特点来写,表达出一种亲近自然、悠然自得的情怀,令人有清远澄澈、浑然忘机之感。

乾隆题颐和园十七孔桥联

虹卧石梁,岸引长风吹不断;③
波回兰桨,影翻明月照还空。④

【作者】乾隆(1711—1799),清高宗,名弘历,是雍正的第四个儿子,雍正死后继承皇位,成为清朝第六位皇帝。在位六十年,是清朝年寿最高的皇帝,对中华帝国的发展起了非常巨大的作用。一生诗文之作甚多,也撰有大量对联。有《乐善堂全集》《御制诗五集》《御制文三集》《御制诗文余集》传世。

【赏析】颐和园在北京市海淀区,全园由昆明湖、万寿山和各种宫殿组成,借西山为外景,兼有人工与自然之美,合南北园林建筑艺术于一体,集天下园林之大成。十七孔桥在颐和园昆明湖上,飞跨于东堤和南湖岛之间,桥两头石柱上分别镌刻楹联。

上联写石桥如长虹卧波,引来徐徐不断的长风,是远观所见,所以从大处勾勒,

---

① 眄:斜视,目光流动着看。会心:心中领会之处。
② 相关:相联、相同。
③ 虹卧:即石桥如同长虹卧波。
④ 兰桨:用木兰制造的船桨。苏轼《前赤壁赋》:"桂棹兮兰桨,击空明兮泝流光。"

写景疏朗阔大。下联写泛舟桥下,兰桨卷起水波,天空明月高悬,倒映水中,是近景描摹,所以用语细腻,造境精致。上下联互相对比映衬,写出了颐和园清丽闲远的景色。此联用语典雅,动词锤炼尤其巧妙,使全联有灵动之感。上联说"吹不断",下联说"照还空",使韵律上也颇有回环曲折之妙。

颐和园、圆明园等皇家园林的楹联,我们在欣赏时应该注意体会帝王在繁忙政务之余所表露的情趣,这些地方的楹联大多比较注重艺术性和雅致情怀,艺术性较高的作品相对来说要比故宫中的多。

林则徐题陶然亭联

似闻陶令开三径,①
来与弥陀共一龛。②

【作者】林则徐:字元抚,又字少穆,福建侯官(今福建福州)人。鸦片战争时期主张严禁鸦片、抵抗侵略,史学界称他为近代中国"开眼看世界的第一人"。

【赏析】陶然亭,在北京右安门东北慈悲庵内,亭名取自唐代诗人白居易诗句"更待菊黄家酿熟,与君一醉一陶然"。

上联用了陶渊明归隐田园的典故,既是对"陶然亭"之幽静环境的描写,同时又写出了作者对陶渊明淡泊率真、高洁出世的人生境界的向往。下联切景,点明陶然亭所在的慈悲庵是佛家之地,似是写自己对佛门的皈依,实际上主要还是表达一种闲适清高、不满于现实的情怀。对古代的文人来说,现实之中无法施展自己的才干,内心郁闷而寻求解脱,是一种非常普遍的思想情调。

法式善题韩愈祠联

起八代衰,自昔文章尊北斗;③
兴四门学,即今俎豆重东胶。④

【作者】法式善(1753—1813),本名伍尧运昌,字开文,蒙古正黄旗人。乾隆四十五年进士,授检讨,迁侍读。有《清秘述闻》《槐厅载笔》《陶庐杂录》等著作。

---

① 陶令:东晋诗人陶渊明,曾任彭泽县令,为人率真自然,不慕权势,后归隐田园。三径:径,小路。陶渊明《归去来兮辞》中有"三径就荒,松菊犹存",这里指隐居生活。
② 弥陀:"阿弥陀佛"的简称,佛家净土宗以为西方极乐世界之教主。龛:供奉神佛或神位的石室或小阁。
③ 八代:指东汉、魏、晋、宋、齐、梁、陈、隋,正是骈文由形成到兴盛的时代。苏轼《潮州韩文公庙碑》评价韩愈"文起八代之衰"。北斗:北斗星,引申为领袖、首领的意思。
④ 四门学:古代的一种学校,韩愈曾担任过四门学博士,教育士子,淳化世风。俎豆:古代祭祀时的器具,这里指尊崇祭祀。东胶:《礼记》中记载"周人养国老于东胶",这里指韩愈祠所在的国子监。

【赏析】韩愈祠,位于北京国子监内,国子监位于安定门内成贤街,是元明清三代的最高学府。韩愈是唐代著名文人,古文运动的领袖,主张文以载道,继承孔孟的道统,被尊为百世之师。

此联颂扬了韩愈在文章以及道德教化等方面的功绩。上联说韩愈发起古文运动,主张文以载道,振起了自南北朝以来文章绮靡华艳的文风,从此以后被尊为文坛的领袖;下联说韩愈任四门学博士,继承孔孟道统,教育士子,淳化世风,至今被后代尊崇祭祀,供奉于国子监内。作者怀着极大的崇敬来颂扬韩愈,联语典正,对仗工稳。

潭柘寺弥勒殿联

大肚能容,容天下难容之事;
开口便笑,笑世间可笑之人。

【作者】此联作者不详。

【赏析】潭柘寺,北京西郊著名佛寺,在门头沟区潭柘山中。因寺后有龙潭,山间有柘树而得名。始建于晋,名嘉福寺。自唐至清,名称不同,俗称潭柘寺。民间有"先有潭柘寺,后有北京城"之说。弥勒,佛教菩萨之一,民间习惯称为弥勒佛。

佛寺楹联的本意,无非是宣扬佛教宗旨,或者劝导、教诲社会人生。这副对联用浅显的文字,将弥勒佛大腹便便、笑面悠悠又超然物外的神态勾勒得活灵活现,奉劝人们待人处事要乐观旷达、宽厚容人,排除一切私心杂念,乐观泰然。不但对仗工整,寓意深刻,语言也通俗浅易,在佛寺楹联中是很有特点的。在我国的很多寺院中,都有类似的对联,著名的就有山西五台山的"大肚能容容天容地,开口便笑笑古笑今",河南洛阳白马寺的"大肚能容容天下难容之事,慈颜常笑笑世间可笑之人",广东雷州天宁寺"大肚汉容天下难容事,苦行僧笑世间可笑人",等等,现在很难弄清其最初出自何处,但可以看出对联表达的巧妙智慧为人称颂,以及人们对这一对联的普遍喜爱。

长城居庸关联

万壑烟岚春雨后;①
千峰苍翠夕阳中。

【作者】此联作者不详。

---

① 万壑:形容山势纵横,地势险峻。壑,山沟。烟岚:山中的烟气,雾气。

【赏析】居庸关在北京昌平区,位于高山耸立的关沟之内,地势雄奇险峻,是长城的一个重要关隘。其名取"徙居庸徒"之意。传说秦始皇修长城时,将征来的民夫士卒徙居于此。居庸关不仅是军事要塞,也是北京胜景之一,"居庸叠翠"久负盛名。

此联是一首写景联。上联写春雨过后,远望群山,万壑纵横,山中云雾缭绕,如入仙境;下联写千峰耸立,远山披绿,在落日余晖中更现郁郁苍苍。对联渲染出一幅居庸关雨后夕阳的绚烂画卷,笔力雄阔,气势不凡。

纪晓岚题河北承德避暑山庄万壑松风殿联

八十君王,处处十八公,道旁介寿;①
九重天子,年年重九节,塞上称觞。②

【作者】纪昀(1724—1805),字晓岚,一字春帆,谥号文达。直隶献县(今属河北)人。乾隆进士,官至礼部尚书、协办大学士,清代著名学者、文学家。以学识为乾隆赏识。曾获罪谪戍乌鲁木齐,后召还,任四库全书馆总纂官十余年。纂定《四库全书总目提要》及《四库全书简明目录》。能诗文,晚年著文言笔记小说《阅微草堂笔记》。有《纪文达公遗集》。

【赏析】避暑山庄,又名热河行宫、承德离宫,在河北省承德市北,是清代皇帝避暑和处理政务的地方。万壑松风在山庄南部,据冈临湖,松林蔽日,是山庄七十二景之一,具有江南园林的特点。

纪晓岚是乾隆年间著名学者,在民间流传着很多有关他机智聪敏的故事传说,从这副对联也可以看出他深厚的学养和巧妙的构思。对联写避暑山庄之风物,不仅联式严整,而且遣词造句也非常巧妙。上联是写树木站立道路两旁,庄严肃穆、气宇萧森的情态,作者巧妙地利用拆字的修辞手法,颂扬了天子威德的无所不在。而将"八十"与"十八"字序颠倒,是为了突出"松"字,切合"万壑松风"这一主题。下联则写天子年年重九登高接受塞上祝福的盛况。将"九重"与"重九"互为颠倒,既切近皇帝的避暑生活,也充分彰显了皇帝的权威。该联构思巧妙、对仗工整,堪称一副巧对。

---

① 八十君王:指清高宗乾隆,他活了89岁。十八公:"松"字的拆字,指松。介寿:出自《诗经·豳风·七月》:"八月剥枣,十月获稻。为此春酒,以介眉寿。"介,乞。寿,长寿。介寿,祈祷长寿。
② 九重天子:指皇帝,九重指天子居住的地方,言其深远。重九节:即重阳节。塞上:避暑山庄在长城北,故称塞上。称觞:化用《诗经·豳风·七月》中"跻彼公堂,称彼兕觥,万寿无疆"。有祝福长寿之意。

河北山海关孟姜女庙联

海水朝朝朝朝朝朝朝落；
浮云长长长长长长长消。

【作者】此联作者不详。

【赏析】山海关位于秦皇岛市东北,扼东北、华北要冲。孟姜女庙在山海关东面的凤凰山上,面临渤海,背靠燕山。

朝:有两种读法,读 zhāo,早晨之意;读 cháo,同"潮",潮水之意。长:也有两种读法,读 cháng,同"常";读 zhǎng,同"涨"。

本联采用同音假借的手法写成,构思非常奇特,又切合所悬之处海潮涨落、浮云消长的风物特征,所以久为人所激赏。据分析,本联一共有六种解读方法:

1. 海水潮,朝朝潮,朝潮朝落;浮云涨,长长涨,长涨长消。
2. 海水潮,朝朝潮,朝朝潮落;浮云涨,长长涨,长长涨消。
3. 海水朝朝潮,朝潮朝落;浮云长长涨,长涨长长消。
4. 海水朝潮,朝朝朝落;浮云长涨,长长涨,长长消。
5. 海水潮,朝潮,朝朝,朝朝落。浮云涨,长涨,长涨,长长消。
6. 海水潮！潮！潮！潮！朝潮朝落;浮云涨！涨！涨！涨！长涨长消。

山西太原晋祠水母楼联

沛泽共汾川,十里稻畦流碧玉；
剪圭分参野,千年桐荫普黎民。①

【作者】此联作者不详。

【赏析】晋祠位于太原市西南悬瓮山麓、晋水源流之上,是太原保留年代最久的古建筑园林。水母楼,晋祠内著名建筑,内塑水母坐像。

上联写地理风物。农田中稻麦青青,与流水辉映,如碧玉一般。下联用"剪桐封弟"的典故,写周王朝及唐叔虞之恩泽流传百世。该对联用意高妙,上联有水流深长之景色,下联则有恩泽百代之德;上联中是禾苗生机勃勃之状,下联则有黎民熙熙之乐;上联中汾水与晋水之汇合,正好与下联中写昆弟情谊相契。全联典雅。

---

① 剪圭分参野:出自周成王"剪桐封弟"的故事,讲的是成王幼时,有一次把一片梧桐叶剪成玉圭形,对弟弟叔虞说:"这玉圭给你,封你为唐国诸侯!"本来只是一句玩笑话,恰好当时史官史佚在旁,说:"君无戏言!"于是周成王就将唐这个地方分给了弟弟。

二、东北、西北、西南地区楹联欣赏

辽宁鞍山千山联

水界辽河,山通华表,历数代毓秀钟灵,真乃东都胜迹;①
千峰拔地,万笏朝天,看四时晴岚阴雨,遥连南海慈云。

【作者】 此联作者不详。

【赏析】 千山,在辽宁省鞍山市东,也叫千华山、积翠山、千朵莲花山。被称为辽东第一山,是东北地区历史文化名山,也是著名的旅游胜地。

上联写千山水连辽河,山通华表,又聚集了数代灵秀精华,是关东的一大胜景。下联写千山峰峦叠嶂,如万笏朝天,四时风雨之阴晴变换,遥接南海慈云。联语描写了千山的地理、风景、气势,也将它的超凡脱俗的宗教气质写得恰到好处。语言概括力很强,笔力纵横,与北地山川磅礴大气的气质相得益彰。

成多禄题吉林玉皇阁联

绝妙朋游,有明月一盏,好山四座;
是何意态,看大江东去,秋色西来。

【作者】 成多禄(1864—1928),字竹山,号澹堪,祖籍山西太原,后迁吉林永吉县,满族。清末民初诗人、书法家,"吉林三杰"之一。成多禄自幼好学,十六岁考中秀才。光绪三十一年(1905年),成多禄任黑龙江绥化知府,为官清廉。民国年间,曾任教育部审核处处长兼图书馆副馆长。成多禄的书法博采众家所长,并形成了自家的独特风格。他的文稿、诗词、墨迹遍及东北三省,驰名全国。主要著作有《澹堪诗草》等。

【赏析】 玉皇阁,位于吉林省吉林市区西北北山。在吉林北山古寺庙群中,玉皇阁规模最宏大,气势最雄伟。始建于清乾隆三十九年(1774年),1926年重修。建筑物依地势构筑,分为前低后高两组,错落有致,院落布局严谨,平面略呈长方形。

上联写与知心挚友游赏此地景观,只见一轮明月,四面群山,环境宜人。下联写登临阁上,意气纵横,远眺大江滔滔东流,秋高气爽,西边一片壮丽景色。对联用语巧妙,尤其是"明月一盏"似神来之笔,极有神韵。对仗工整,意境开阔,难得的是体现了作者登高远眺时心胸开阔、乐观旷达的情致。

---

① 华表:华表山,在辽宁辽阳市东三十公里处。传说汉朝辽东人丁令威在灵虚山学道,后来化鹤归辽,集城门华表柱,因而得名。

杨颐题陕西临潼华清池联

绣岭委荆榛,只余堠馆留宾,记当年赐浴池边,长恨空吟白傅;①
环园新结构,云是唐宫旧址,问我辈沉香亭北,雅才谁嗣青莲。②

【作者】杨颐(1824—1899),字子异,又字蓉浦,高州人。同治四年进士,曾任日讲起居注官,实录馆总校,文渊阁校理,武英殿总纂,国史馆纂修等。

【赏析】华清池,在陕西省临潼县骊山西北山麓,地有温泉,唐贞观年间在此建造汤泉宫,唐玄宗天宝年间扩建后改名华清池。后毁废,1956年重建。

上联写华清池凋落尽了过去繁华,只有荆榛委路,只剩下驿馆接待着官差与游人。回想当年,杨贵妃曾经沐浴于此,深受唐明皇宠爱,而他们的爱情悲剧白居易曾写下《长恨歌》慨叹;下联写沉香亭赏花,目睹唐宫旧址上的新建筑,顿生今昔之感,同时也感叹,自己登临亭上纵然舞文弄墨,也不会有李白的雅才高致。世界发生了沧海桑田的改变,人事景物都凋谢了。全联表达了作者对历史遗迹与往事的感伤情绪。

梁章钜题华山西岳庙联

鸳瓦贴云霄,俯挹明星兼玉女;③
虎贲卧庭庑,犹强周柏与秦松。④

【作者】梁章钜(1775—1849),清代著名学者。字闳中,号茝邻,晚年号退庵,福建长乐人。嘉庆七年(1802年)进士,曾任礼部主事、湖北荆州知府、广西巡抚、江苏巡抚、兼署两江总督等职。平生纵览群籍,能诗善书,学识渊博,精鉴赏,富收藏,好金石。谙于掌故,善做笔记小品,五十余年著作不辍,为清代各省督抚中著述最多者。计有《制艺丛话》《枢垣纪略》《退庵随笔》《称谓录》《退庵金石书画题跋》《藤花吟馆诗钞》《梁氏诗存》等七十余种。梁章钜精于对联,曾编《楹联丛话全编》。

【赏析】华山,我国五岳之一,称西岳,在陕西省华阴县。西岳庙,位于华山下岳镇东端。庙建于汉武帝年代,以后各朝曾多次修葺,建筑气势壮丽,为历代帝王驻跸之地。

上联写庙宇之雄伟广大,屋上之瓦贴近云霄星汉,超出了仙风道骨的明星、玉

---

① 堠(hóu)馆:馆驿。长恨:指《长恨歌》。白傅:白居易于唐文宗大和九年授太子少傅,故称白傅。
② 沉香:沉香亭,华清宫中凉亭,为沉香木结构。据说唐玄宗与杨贵妃坐亭赏花,命李白为乐章,李白即刻挥就《清平调》三首。
③ 鸳瓦:鸳鸯瓦的简称,屋瓦一俯一仰谓之鸳鸯瓦。挹:通"抑",抑制。明星兼玉女:《太平广记·集仙录》载:"明星、玉女者,居华山,服玉浆,白日升天。"
④ 虎贲:侍卫国君及保卫王宫、王门的勇士,这里指庭中的石兽。

女,将鸳鸯瓦与明星、玉女对照来写,构思非常巧妙。下联写石兽静卧在庭院,好像护卫的勇士,强过了周、秦时代历史悠久的古树,塑造出一种庄严肃穆的氛围,对比也别有情趣。对联从小处入笔,在这些本无生命的事物中注入了深厚的文化内涵,传达出一种悠远与深厚的历史底蕴,也表露出作者对审美对象的独特感悟。

青海日月山联

日上山,月上山,山上日月明;
青海湖,水海湖,湖海青水清。

【作者】此联作者不详。

【赏析】此联题于青海湖日月山石碑。青海湖古称西海,是我国最大的内陆咸水湖,位于大通山、日月山、青海南山之间。日月山,距湟源县城约四十公里,海拔3520米。呈西北东南走向,长约九十公里,是一条自然地理分界线,翻过日月山即可望见深蓝色的青海湖。是游人进入青藏高原的必经之地,故有"西海屏风""草原门户"之称。

据说当年文成公主入藏途经此山,她怀揣宝镜,登峰东望,不见故乡长安,不禁悲从心起,空镜下滑坠地,一分为二,一半化为金日,一半化为银月,日月交相辉映,照亮着西去的征程。现在山上尚立有"日月山"三字的青石碑,山顶修有遥遥相望的日亭和月亭,山南脚下有流向独特的倒淌河。

对联紧扣日月山的地理形势特点与周边环境来写,巧妙地将日月山、青海湖这些地名镶嵌在对联中,并且通过日、月、山、上、青、海、湖等字的反复出现,营造出回环往复的艺术效果。上联写日月山,太阳升起在山上,月亮升起在山上,山上的日月照亮世界;下联写青海湖,湖海掩映,清澈浩瀚。"水色"与上联中"山光"相应,山光是有日月的山光,水色是来自青海的清澈。对联构思奇特,但浑然一体,有如天成。

裴伯谦题兰州拂云楼联

终南太华镇东方,杨柳金城,万井挹关中紫气;①
葱岭昆仑睇西极,葡萄玉塞,一樽撰天上黄流。②

---

① 终南:终南山。在陕西省长安县西五十里,东至蓝田,西至皋兰,有八百余里。太华:华山,华山以西是少华山。金城:汉代设置金城郡,故城在皋兰县西南。关中:据《关中记》"东自函关,西至陇关,二关之间谓之关中。"这里代指函谷观。紫气:祥瑞之气。
② 葱岭昆仑:自新疆疏勒到蒲犁以西为葱岭山脉,东进入新疆后称昆仑山,天山。西极:最西端。葡萄玉塞:《凉州词》:"葡萄美酒夜光杯,欲饮琵琶马上催。"玉塞:玉门关。

【作者】裴伯谦(1854—1926),名景福,号睫闇,霍邱县人。光绪十二年进士,授户部主事,历任陆丰、番禺、潮阳、南海知县。

【赏析】拂云楼,甘肃省兰州最著名的名胜古迹。在原皋兰县城西北,明代建筑,楼共三层,临近黄河。

上联写拂云楼位处杨柳金城,东有华山、终南山坐镇,皋兰城里千家万户在舀挹井水时,便可以取到关中紫气,将拂云楼独有的地理优势、悠久的文化历史、安居乐业的城市环境写得生气毕现,也道出了它与东部中国在地理、文化上的密切关系。下联写拂云楼有葱岭、昆仑在西部雄视,在这盛产葡萄美酒的关塞上,饮一杯酒,也有"黄河之水天上来"的豪气,通过描写地势、引用典故将拂云楼气壮山河、傲视万古、地灵人杰的神韵写了出来。联语可谓神来之笔,有杜甫之精工,李白之通神。

赵藩撰成都武侯祠联

能攻心则反侧自消,从古知兵非好战;①
不审势即宽严皆误,后来治蜀要深思。②

【作者】赵藩(1851—1927),字樾邨,号蝯仙,晚号石禅老人。云南剑川人,清末民初白族著名诗人、学者、书法家、教育家。清光绪举人。辛亥革命后担任过广州军政府交通部长、云南省图书馆馆长等职。赵藩一生的成就以诗文楹联创作最为突出,著有《介庵楹句正续合钞》。

【赏析】三国时著名政治家、军事家诸葛亮,死后谥号为"忠武侯",武侯祠就是为纪念诸葛亮而修建的,在今四川省成都市南郊。武侯祠是历代文人墨客都非常敬仰的地方,也留下了许多诗词题咏、楹联墨迹,具有浓郁的文化氛围。比如唐代大诗人杜甫《蜀相》中就有"出师未捷身先死,长使英雄泪满襟"的感慨。

作者有感于诸葛亮的成就,抚今追昔,上联称颂了诸葛亮的用兵,重在攻心,"反侧自消"说的是诸葛亮在治蜀时,七擒七纵孟获,孟获很受感动,反省自己的过失,消除了反叛蜀汉的念头。下联则总结诸葛亮治蜀的经验,提出了自己的政治主张。诸葛亮一生执法或严明或宽大,都是根据形势需要决定的。如果"不审势",不论执法宽严都要失误。这里作者所指的是当时的四川总督施政宽严无度,造成形势混乱。

上下联是反对关系。对联所讲的道理,有裨于治道,值得后人注意和深思。

---

① 攻心:诸葛亮《南征教》曾说:"用兵之道,攻心为上,攻城为下,心战为上,兵战为下。"反侧:卧不安席,引申为内部纷乱。知兵:熟悉兵法。

② 审势:审时度势。

顾复初题成都杜甫草堂联

异代不同时,问如此江山,龙蜷虎卧几诗客;①
先生亦流寓,有长留天地,月白风清一草堂。②

【作者】顾复初(生卒年不详),字幼耕,号道穆。清代江苏元和(今江苏苏州)人。曾任四川总督吴棠、丁宝桢等人的幕僚。擅长书画。有《乐静廉余斋文集》。

【赏析】杜甫草堂在成都西郊外的浣花溪畔,唐代大诗人杜甫曾在此结庐而居,因此得名,是成都著名的文化遗迹。

此对联概括了大诗人杜甫在成都时期的诗歌创作。全联采取上问下答的形式,上联化用杜甫"怅望千秋一洒泪,萧条异代不同时"(《咏怀古迹五首》),下联由杜甫晚年流落蜀川、政治上遭遇挫折、生活上贫困潦倒的经历,而联想到他诗歌成就卓绝,长留天地间,令人景仰。语意贯通而下,对诗圣的赞许与感叹,渗透在字里行间,同时,作者以"先生亦流寓",暗喻自己在四川做幕僚也是寄人篱下,境遇虽同,成就却异,其中蕴涵的深沉的感慨不可不察。"问"是上联的领词,领起"如此江山,龙蜷虎卧几诗客"两句,"有"是下联的领词,领起"长留天地,月白风清一草堂"两句,韵律铿锵,风格俊朗。

汪炳璈题贵阳甲秀楼联

半面山楼,半面江楼,书画舫,容我掀髯大笑,邀几个赤松、黄石、白猿来,一评今古;③
数声樵笛,数声渔笛,翠微天,尽他拍手高歌,听不真绿水、明月、清风引,万象空濛。④

【作者】汪炳璈(生卒年不详),字仙谱,湖南宁乡人。清道光举人,历任贵阳、遵义、安顺等府知府。工吟善画,联语尤精,每到一处均有题咏,盛享"风流太守"之名。

【赏析】著名古楼阁甲秀楼矗立在贵阳南明河中的万鳌矶石上,取"科甲挺秀"之意,右依观音寺、翠微阁,下为浮玉桥。是继昆明大观楼之后,西南又一名楼,楼

---

① 龙蜷虎卧:蜷,盘曲状;卧,俯伏状。形容江山地势雄伟险要。
② 先生亦流寓:离家寄寓他家为流寓。月白风清:意即清风明月。
③ 赤松:传说中的仙人,相传为神农时的雨师。黄石:黄石公,据说秦末年间曾传张良兵法一卷。白猿:传说春秋时越国有女善舞剑,她在路上遇见一个老人,自称是袁公,与她试剑,之后飞上树,化为白猿而去。
④ 翠微天:此处暗合附近翠微阁之名,又指景色青翠葱茏。引:一种乐曲体裁。万象:宇宙间的一切事物、景象。空濛:指缥缈迷茫的境界。

高约二十米,三层三檐攒尖顶,雕梁画栋,华丽宏伟,阁壁嵌有明清文人墨士题咏甲秀楼的题记碑刻和楹联匾额多方。甲秀楼始建于明万历二十六年(1598),从古到今经历了六次大规模的修葺。

全联给人以潇洒出世、浪漫逍遥的感觉。"半面山楼,半面江楼"点出甲秀楼依山傍水的地形特点,一楼而风景迥异,半面靠山,半面临水,在这样风雅别致的楼阁里,邀请几个像赤松、黄石、白猿那样的朋友评古论今,谈笑自若,何等惬意!以仙人指朋友也是为了誉赞此间景色奇异,犹如仙境一般。下联写山上的樵笛与水上的渔歌互答唱和,水光山色青翠葱茏,沉浸在明月、清风、绿水之中,自然界各种美妙动听的声音汇成迷人的乐曲,境界缥缈空蒙。联语想象奇特,俊逸灵动,表现出作者纵情山水之中、啸傲江湖的自由淡泊心态。

孙髯题昆明大观楼联

五百里滇池,奔来眼底。披襟岸帻,喜茫茫空阔无边!看东骧神骏,西翥灵仪,北走蜿蜒,南翔缟素。高人韵士,何妨选胜登临。趁蟹屿螺洲,梳裹就风鬟雾鬓;更蘋天苇地,点缀些翠羽丹霞。莫辜负四周香稻,万顷晴沙,九夏芙蓉,三春杨柳;①

数千年往事,注到心头。把酒凌虚,叹滚滚英雄谁在?想汉习楼船,唐标铁柱,宋挥玉斧,元跨革囊。伟烈丰功,费尽移山心力。尽珠帘画栋,卷不及暮雨朝云;便断碣残碑,都付与苍烟落照。只赢得几杵疏钟,半江渔火,两行秋雁,一枕清霜。②

【作者】 孙髯(约1700—1774),清代诗人。字髯翁,号颐庵,清康乾之际云南昆明人。祖籍陕西,自幼聪明好学,秉性耿直,因不满于科举考试,布衣终身。孙髯的诗风,豪迈不羁,气韵沉雄,留下了许多佳作。孙髯著述甚丰,现存有《永言堂诗文集》《滇南诗略》等。

【赏析】 昆明大观楼,始建于清代康熙二十九年(1690),后在兵火中毁坏。现在的楼为同治八年(1869)重建,共三层,壮观宏伟,位于昆明小西门外大观公园内。此联撰于乾隆年间,现存木质联是光绪年间赵藩以工笔楷书刻成,笔法遒劲。

大观楼长联的特点是写景气势磅礴,抒怀情感澎湃,具有大开大合之势。上联

---

① 滇池:即昆明湖、昆明池,在昆明市西南。帻:古时的一种头巾。东骧(xiāng)神骏:这里指昆明东面的金马山。西翥(zhù)灵仪:这里指昆明西面的碧鸡山。翥:飞举。蜿蜒:这里指昆明北面的蛇山。缟素:这里指昆明南面的白鹤山。蟹屿螺洲:指滇池中如蟹似螺的小岛或小沙洲。风鬟雾鬓:比喻繁茂多姿的树木花草。翠羽丹霞:翠绿色的鸟雀,丹红色的云霞。九夏:指夏季的九十天。

② 楼船:指战船。《史记·平准书》载:"武帝大修昆明池,列观环之治楼船。"铁柱:《新唐书·吐蕃传》载:"九征毁絙夷城,建铁柱于滇池以勒功。"玉斧:指以玉做柄的斧子。《续资治通鉴·宋纪》载:"王全斌既平蜀,欲乘势取云南,以图献",宋太祖"以玉斧画大渡河以西,曰'此外,非吾有也'"。革囊:指羊皮筏子。《元史·宪宗本纪》载:"忽必烈征大理过大渡河,至金沙江,乘革囊及筏以渡。"断碣残碑:历代帝王所立碑碣,因时间久远而断裂残破。

写在大观楼上极目四望所见的滇池风物。对联采用拟人手法,写浩瀚的五百里滇池跃入眼底,景色迷人,使人不由得敞开襟怀,享受着空旷无边的景色带给人内心的欣喜愉悦。东边的金马山、西边的碧鸡山、北边的蛇山、南边的白鹤山,各展姿态,神韵顿出。文人墨客择良辰览美景,是何等的赏心乐事。滇池中的岛屿似蟹、沙洲似螺,花草树木繁茂葱茏,摇曳多姿,装点着美丽的湖光山色。以下跨越时间,极力铺陈描写滇池附近丹霞翠羽、四周香稻、万顷晴沙、九夏芙蓉、三春杨柳等迷人美景,给人以饱览江山画卷之感。下联由景抒情,写面对如此浩阔的美景,作者内心兴起的历史沧桑之感。汉、唐、宋、元四朝功业概括云南历史,道出了历史发展变化的必然规律。当初的显赫功业,而今都已不存,无处再觅英雄,也无法使曾经的辉煌永在,表达了一种世事变化、历史无情的感慨。世间万物在时间的长河中尽显渺小,曾经的珠帘画栋,如暮雨朝云一般虚幻,只留下断碣残碑,倒卧于苍烟落照之中,寂寂没世。相比较人事的代谢、江山的兴亡,几杵疏钟、半江渔火、两行秋雁、一枕清霜这样的自然存在,可能才是真正的永恒。

对联以气势宏伟起首,在怆然怀古中落下帷幕。无论是写景抒情,还是怀古喟叹,都是切近深入,层次分明,情感丰沛而又一气呵成,铺排细致而又工整洗练,意境高妙而又见识非凡,达到了极高的水平,无怪乎被誉为"古今第一长联"。

三、华东地区楹联欣赏

上海豫园得月楼联

得好友来如对月;
有奇书读胜观花。

【作者】此联作者不详。

【赏析】豫园是江南名园之一,得月楼取意于宋人苏麟诗句:"近水楼台先得月,向阳花木易为春。"

上联"得好友来如对月"首尾嵌"得月"楼名,颇为巧妙。李白有"举杯邀明月,对影成三人"的诗句,表达世无知己的感慨,此联可谓反其意而用之,三两好友相聚,如对明月般神清气爽,表达了对友情的深切感受。下联抒写遨游奇书世界的惬意,胜过赏花观景,表现出一种闲适淡然的文人意趣。

何绍基题山东济南大明湖历下亭联

山左称有古历亭,坐览一带幽燕之盛;①

---

① 山左:指太行山以东,山东的别称。幽燕一带:即"一带幽燕"的倒装,"幽燕"指现在河北北部及辽宁一带。

当今谁是名下士？不觉三叹感慨而兴。①

【作者】何绍基（1799—1873），清代诗人、书法家。字子贞，号蝯叟。道州（今湖南道县）人。道光十二年进士，授职编修，曾任国史馆协修、纂修、总纂调等职，出任四川学政。何绍基精通经史、小学，书法别具一格。善作对，所题名联甚多。

【赏析】大明湖历下亭位于山东省济南市旧城北，历下亭在湖中小岛上，始建于北魏，今存为清代建筑。

上联写登亭所见，登上人所共称的历下亭，可以一览壮丽景色，更能坐览幽燕一带人文荟萃的盛况，自有一种思古幽情，并不单纯是写景；下联抒怀，写登历下亭所感，有感于时过境迁，世事变化，当年杜甫所颂扬的"济南名士多"盛况不再，不由得再三感慨喟叹。本联虽是题景联，但是注重在结合历下亭浓重的历史底蕴来抒发感怀，今昔对照，更感悲慨。

徐宗幹题山东泰山孔子岩联

仰之弥高，钻之弥坚，可以语上也；②
出乎其类，拔乎其萃，宜若登天然。③

【作者】徐宗幹（1796—1866），字树人，江苏通州（今南通）人，清嘉庆进士。以进士出宰曲阜，道光二十七年（1847年），任台湾道。后任福建按察使、福建巡抚。著有《斯未信斋文编》。

【赏析】东岳泰山，古称岱山，又称岱宗。位于山东省中部，山势雄伟，气势磅礴，名胜古迹众多，有"五岳独尊"之誉。孔子岩，在泰山顶峰，据说孔子登泰山时曾在此发出"登泰山而小天下"的感慨。后人因之称为"孔子岩"。

这副对联主要是集《论语》与《孟子》书中的语句而成的集句联，集句联能够见出撰者对经典的熟悉以及对对联艺术的把握，往往含义深厚而又颇有趣味，成为对联的一种常见创作方式。此联紧扣"孔子岩"展来写，构思巧妙，但是非常贴切不显雕琢，对仗工整又自然平淡。既赞扬了孔子品德的高尚与学问的高深，也描绘了孔子岩本身的高耸超拔，既切合景观本身，又有很深的内涵与意蕴，达到了一语双关

---

① 当今谁是名下士：杜甫《陪李北海宴历下亭》中有"济南名士多"句，这里针对此诗句而问。
② 仰之弥高，钻之弥坚：出自《论语·子罕》。弥，更加、越发。意思是（对于孔子的品德和学识）抬头仰望，越望越觉得高，努力钻研，越钻越觉得艰深。语上：见《论语·雍也》"中人以上，可以语上也；中人以下，不可以语上也。"意思是中等水平以上的人，可以告诉他高深的学问，中等水平以下的人，不可以告诉他高深的学问。
③ 出乎其类，拔乎其萃：出自《孟子·公孙丑上》，意思是超出他同类的人。宜若登天然：应该如同登天一样。

的作用。从用字上来说,联中用了"之""乎""也""然"等虚字,不仅没有破坏对联注重韵律、对仗等的特点,反而显得节奏鲜明,韵律曲折,别有一番独特效果,在集句联中可算佳作。

山东曲阜孔庙联

成春秋,一书褒贬严斧钺;①
留洙泗,片席俎豆以馨香。②

【作者】此联作者不详。

【赏析】孔子是中国古代伟大思想家、政治家、教育家,对后世影响至为深远。他所创立的以仁政德治为核心的儒家学说被奉为封建社会的正统思想,他被尊为"至圣先师""万世师表"。为了表达对他的推崇和对儒家思想的尊奉,在他的故乡山东曲阜建起了规模宏大的孔庙、孔林、孔府。孔庙是奉祀孔子的庙宇,位于曲阜城的中央,是在孔子故居的基础上逐步发展起来的。

这副对联颂扬了孔子伟大的历史功绩以及对后代的深远影响。上联写孔子撰述《春秋》,借史书来阐发微言大义,书中多寓褒贬,令乱臣贼子恐惧害怕,不敢作恶,比斧钺之刑还要严厉。下联写孔子创立儒家学派,通过讲学传道,深远地影响了中国文化,流芳百世,一直到今天还能享受后人的祭祀。对联以颂扬为主,但又不是脱离实际的粉饰和溢美,而是从孔子的实际功业与历史影响落笔,联语典正,对仗工稳,令人油然而生对孔子的无限景仰之情。

郭沫若题山东淄博蒲松龄故居联

写鬼写妖高人一等;
刺贪刺虐入骨三分。

【作者】郭沫若(1892—1978),现代杰出的作家、诗人、学者,著名的社会活动家。四川乐山人。1914年赴日本留学,回国后从事文艺运动。新中国成立后,被选为全国文联主席。曾任政协副主席。生平著述甚多,有《沫若文集》等行世。在对联撰述方面也非常有成就,全国各处名胜古迹都多有题撰。

【赏析】蒲松龄,字留仙,别号柳泉居士,清代著名小说家,所撰《聊斋志异》达到

---

① 成春秋:相传孔子作《春秋》,其书多寓褒贬,体现了自己的政治理念。《孟子·滕文公下》说:"孔子成《春秋》而乱臣贼子惧。"斧钺(yuè):钺,古代兵器,像大斧。斧钺指用斧、钺杀人的刑罚,泛指死刑。

② 洙泗:洙水和泗水,孔子曾在洙泗之间讲学,这里指儒家源远流长的学问传承。俎豆:古代祭祀时用的器具,代指祭祀。馨香:香气远闻,这里指流芳后世的影响。

了古代文言短篇小说的高峰。故居在山东淄博淄川区洪山镇蒲家庄,是省级重点文物保护单位。

蒲松龄目击当时乱离时事,官贪民偷,风漓俗靡,于是假借狐鬼,用二十余年寒暑,著成《聊斋志异》,以抒劝善惩恶之心,及心头不平之气。郭沫若的这副对联精辟地评价了《聊斋志异》的艺术成就与思想价值。《聊斋志异》的题材多为鬼狐故事,蒲松龄塑造了许多具有鲜明特点的鬼狐形象,是古代志怪类文言小说的集大成者,所以上联说他的艺术表现力高人一筹。不仅如此,蒲松龄还在虚幻的鬼怪故事中寄托个人对于现实的强烈关注与批判,深刻揭露批判了当时的贪婪暴虐之徒,从而使《聊斋志异》在思想深度上也达到了一个新的境界。

薛时雨撰江苏南京玄武湖联

三百年方策犹存,剩凫渚鸥汀,时有云烟入图画;①
四十里昆明依旧,听菱歌渔唱,不须鼓角演楼船。②

【作者】薛时雨(1818—1885),字慰农,又字澍生,号桑根老人,安徽全椒人。清咸丰进士,做过嘉兴、嘉善知县和杭州知府。后主讲杭州崇文书院、江宁尊经书院和惜阴书院。著有《藤香馆诗删》等。

【赏析】玄武湖公园位于南京城中,三面环山,一面临城。钟山雄峙湖东,古城濒临西南,南有富贵、覆舟、鸡笼山,北有朝阳、幕府山,山城环抱,沿湖名胜古迹众多。玄武湖古称桑泊、秣陵湖、后湖、昆明湖等。相传南朝刘宋年间,有黑龙出现,故称玄武湖。北宋时王安石实施新法,废湖为田。明代朱元璋时期玄武湖疏浚恢复,成为天然护城河。1911年作为公园开放,1954年后,开始大规模园林建设。今日玄武湖已成为南京名胜。

这副对联是薛时雨题玄武湖湖神庙联,通过咏史写景而抒发心中之感慨。上联写三百年前此地是明初的黄册库,贮藏了全国的户籍赋税档案,如今故物犹在,而人事已非,只有沙洲水汀之上的野鸭水鸥仍然嬉戏翔集,伴着时隐时现、缥缥缈缈的烟岚云霞,构成一幅如诗如画的人间仙境。下联以"四十里昆明依旧"承接上联,中心仍然是写史事,南朝宋孝武帝刘骏两次在玄武湖(他称之为"昆明湖")操练检阅水军楼船,实际上还是写时间之流逝,状今古之变迁,下面接着写现实中的玄武湖,自然风景秀美如画,一派怡然自得、生趣盎然的盛世升平景象。尾句与首句相照应,完成了对历史事件的介绍,反映了作者追求平静、安宁生活的理想。全联

---

① 三百年方策:明初在玄武湖中小洲上建黄册库,藏全国户籍赋税档案。凫:野鸭。
② 四十里昆明:玄武湖宽约四十里。南朝宋孝武帝刘骏曾两次在玄武湖操练检阅水军,称为"昆明湖"。鼓角:战鼓和号角。楼船:战船。

既描绘了玄武湖风光,又抒发了作者的古今之叹,意味深长,思虑深刻。

江苏南京燕子矶联

松声、竹声、钟磬声,声声自在;①
山色、水色、烟霞色,色色皆空。②

【作者】此联作者不详。

【赏析】燕子矶,位于南京郊外的直渎山上,因石峰突兀江上,三面临空,远望若燕子展翅欲飞而得名。燕子矶是俯瞰长江壮丽景观的最佳去处。登临矶头,可以看到滚滚长江,浩浩荡荡。矶顶现有御碑亭一座,亭中石碑正面刻着清乾隆帝所书"燕子矶"三个大字,背面刻着乾隆所题的一首七绝。

这是一副写景联,又有着丰富深刻的内蕴。上联从声音的角度来描写悠远的境界,连用五个"声"字,下联写燕子矶的山水烟霞景色,连用五个"色"字,表现了"燕子矶"的幽静与辽阔。"声声自在"写出了自然界的宁静与和谐,"色色皆空"则反映出作者的超脱尘世的遐想,又表达对佛教教义的深层体会。对仗工整,风格轻灵,涵蕴悠长。叠字的运用,更显现出作者巧妙的构思。

曾广照江苏南京莫愁湖胜棋楼联

憾江上石头,抵不住迁流尘梦。柳枝何处,桃叶无踪,转羡他名将美人,燕息能留千古迹;③

问湖边月色,照过来多少年华?玉树歌余,金莲舞后,收拾这残山剩水,莺花犹是六朝春。④

【作者】曾广照:晚清江苏文人。

【赏析】莫愁湖胜棋楼,在今南京市,始建于明洪武年间,相传朱元璋与名将徐达曾在此下棋,朱元璋输了,便把楼和莫愁湖赐给徐达,因称胜棋楼。现今建筑是清同治十年重建的。

---

① 钟磬:寺庙中僧人所使用的乐器。自在:自由、任意活动。
② 色色皆空:佛教认为超出色相意识之界为空,又称"色空"。这里是一切皆空的意思。
③ 石头:即石头城,位于清凉山后,是南京的著名古迹。石头城又是南京的别称。迁流尘梦:形容人世间的变化。迁流指江河水道改变,尘梦指人们的生活变幻如梦。柳枝:宫廷乐曲名。这里喻指过去宫廷的繁华已经消失。桃叶:即桃叶渡口。原在秦淮河与青溪水合流处,这里喻指过去的胜迹已不存在。名将美人:名将指明代中山王徐达,他随明太祖征略四方,屡有战功。美人指莫愁女。燕息:安息。
④ 玉树:指《玉树后庭花》乐曲。金莲:南唐宫女窅娘善舞,李后主作金莲,令窅娘缠足作新月状,舞于莲中。

这副对联对仗工整,文字典雅清丽,读来气韵流畅,一气呵成。上联写石头城也不能阻止江流的迁转和人世如梦的变化,过去的一切繁华、胜景、名将、美女,千年之后无迹可寻;下联写湖边月色,年年如此,而过往一切绮靡风流今日化作残山剩水,不留痕迹,只有杨柳莺花仍然唤起一片春色。对联从美景胜迹入手,描述了自然、人生以及世事的变化,注重抒发自己对历史的理解与感悟,其中蕴含了无尽的感慨,可以说是通过写景来抒情言志的杰作。

邹福保题江苏苏州寒山寺联

尘劫历一千余年,重复旧观,幸有名贤来作主;①
诗人题二十八字,长留胜迹,可知佳句不须多。②

【作者】邹福保(1853—1915),字咏春,号芸巢,江苏元和(今苏州)人。光绪十二年(1886年)进士,官至翰林院侍讲,江西乡试副考。有《懒玉草堂文存》。

【赏析】寒山寺,在苏州阊门外枫桥旁,建于梁天监年间。唐代有高僧寒山在此住持,改名"寒山寺"。该寺屡毁屡建,清光绪时苏州知府集资重建,宣统时又重加修缮。这副对联就是为记录此次盛事而作的。邹福保同时另撰《重修寒山寺记》以记载此事。

上联谈寒山寺之变迁,历经千年兴衰,无数劫难,到今日重新兴盛,一切都有赖于名贤襄助,既写今日盛事之不易,又表达了作者面对历史变迁的感慨。下联写张继的《枫桥夜泊》诗二十八字,足以长留于寒山寺胜迹,与寒山寺交相辉映,揭示出千年古寺深厚的文化底蕴。联语中嵌入数字,体现出寒山寺的悠远历史与文化传统,妥帖而巧妙。

江湘岚题扬州二十四桥联

胜地据淮南,看云影当空,与水平分秋一色;③
扁舟过桥下,闻箫声何处,有风吹到月三更。④

【作者】江湘岚(生卒年不详),即江峰青,字湘岚,号襄楠,江西婺源人。光绪十

---

① 尘劫:佛教用语,即指人世的灾难,无量劫数为尘劫。一千余年:寒山寺自南北朝始建,到清光绪时重修,其中经历约一千多年。名贤:指清末光绪年间修寒山寺的苏州知府。
② 诗人题二十八字:即唐代诗人张继的《枫桥夜泊》诗:"月落乌啼霜满天,江枫渔火对愁眠。姑苏城外寒山寺,夜半钟声到客船。"
③ 胜地据淮南:指风景优美的扬州位置在淮水以南。云影当空:这里是说云彩高悬空中,水面上是云彩的倒影。与水平分秋一色:化用唐诗人王勃《滕王阁序》名句"秋水共长天一色"。
④ 扁舟:小船。闻箫声二句:化用唐代诗人杜牧《寄扬州韩绰判官》中的两句诗"二十四桥明月夜,玉人何处教吹箫"。

二年(1886年)进士,曾任浙江嘉善县令,累官至大学士。近代社会活动家。能诗善画,擅长撰联,著有《里居楹语录》《魏塘楹帖录存》等。

【赏析】二十四桥,位于扬州旧城西门外,据传建于隋炀帝时。宋代学者沈括在《梦溪笔谈·补笔谈》中记载说:"西自浊汶桥起,东至山光桥止,惟不足二十四桥之数,或谓二十四桥即吴家砖桥,一名红药桥,古有二十四美人吹箫于此,故名。"

扬州为历史名城,既有优越的地理环境,又有众多名胜古迹,此联极写扬州风景、风情之美。上联写扬州的自然风光。先点明二十四桥的位置,然后写白天远观所见二十四桥秋景,空中彩云高悬,水中云影徘徊,水天一色,景色旖旎。下联写二十四桥迷人的月夜美景,扁舟一叶,箫声不绝,清风徐徐,皓月当空,过去的美好传说如在眼前。写景清丽细腻,语言典雅自然,意境悠远缥缈,读来使人如在画中,令人心驰神往。

郑烨题浙江杭州西湖湖心亭联

台榭漫芳圹,柳浪莲房,曲曲层层皆入画;①
烟霞笼别墅,莺歌蛙鼓,晴晴雨雨总宜人。②

【作者】郑烨(生卒年不详),明嘉靖年间文人,具体事迹不详。

【赏析】湖心亭在杭州西湖中,始建于明嘉靖三十一年(1552年)。亭为楼式建筑,四面环水,亭西为南高峰、北高峰,景色壮观。今亭为1953年重建。

这是一副文词清丽,对仗工整的名胜风景联。上联写烟雨之中的湖心亭,时隐时现,亭旁堤岸上的柳树被春风吹拂如浪,湖中的莲荷也随风摇曳,层层叠叠,蜿蜒伸展,组成一幅瑰丽的图画。下联写西湖边的各种建筑物笼罩在烟霞之中,莺歌蛙鸣,无论是雨天、晴天,西湖景色都是富有诗情画意,令人神往的。对联在写景时采取动静结合的艺术手法,静中有动,动中有静,将西湖湖心亭的景观描绘得活灵活现,呈现出一派生机勃勃的景象。另外,"曲曲层层""晴晴雨雨"等叠字的运用也非常巧妙,既突出表现了主题,又增强了对联的节奏感,音韵和谐,妙趣横生。

德馨题浙江杭州西湖平湖秋月联

玉镜净无尘,照葛岭苏堤,万顷波澄天倒影;③

---

① 台榭:指建筑在西湖中的水榭。芳圹(kuàng):圹,堤岸。芳圹指长满树木花草的堤岸。莲房:莲蓬,以其分隔如房,故名莲房。
② 蛙鼓:这里指青蛙的叫声如击鼓一样叫个不停。
③ 玉镜:比喻明月。葛岭:山名。在杭州市西湖北岸。苏堤:在杭州市西湖中,北宋苏轼知杭州时,疏浚西湖,堆泥筑堤,故名。"苏堤春晓"为西湖十景之一。

冰壶清濯魄,对六桥三竺,九霄秋静月当头。①

【作者】德馨,即德晓峰,旗人,清末曾任江西巡抚。

【赏析】平湖秋月,在杭州西湖白堤西端。前临外湖,水面开阔,秋夜皓月当空之时,湖平如镜,故称为"平湖秋月",为西湖十景之一。

这是一副写"平湖秋月"秋夜胜景的名胜联,文辞优美,意境幽远,对仗严整,声律和谐。上联写如玉镜般的皓月高悬当空,清辉如泻,照耀着葛岭、苏堤,远望万顷茫茫的西湖,波平似镜,水天一色。下联写明月笼罩下的西湖清澈纯净,与六桥、三竺等胜迹交相辉映,在秋静夜深之时,月光如水,万籁无声,令人如临仙境。对联紧密围绕明月来写,突出秋月之澄澈,不仅使自然景观增添了诗情画意,而且也很好地传达出作者澄明开阔的思想情趣。对联综合运用比喻、对比等艺术技巧,将平湖秋月的美景描绘得淋漓尽致,取得了很好的艺术效果。

董其昌题杭州灵隐寺冷泉亭联

泉自几时冷起;
峰从何处飞来。

【作者】董其昌(1555—1636),字玄宰,号思白、思翁,别号香光居士,松江华亭(今上海松江)人。万历十七年(1589年)进士,选庶吉士,授编修,官至南京礼部尚书,卒后赠太子太傅,谥号"文敏"。诗、文、书、画俱名噪一时。其画以山水见长,是"松江画派"奠基人。

【赏析】冷泉亭在杭州灵隐寺前飞来峰下,临溪而建,环境极为幽静。因泉水炎夏不温,所以称为冷泉,据南宋周密《武林旧事》记载:"灵隐冷泉亭上,又有醴泉、冷泉,今皆湮没。"

此联连用疑问代词"几时""何处"发问,不仅写出了景物的特点,而且把自然景观与人的理性思索结合起来,既风趣奇妙又给人留下思考和想象的余地,颇令人玩味。梁章钜在《楹联丛话·胜迹》中记载:"相传晋咸和元年,西天僧慧理登山叹曰:'此是中天竺灵鹫小峰,不知何年飞来?'因以为名。"董其昌的灵感应该是受此启发,但以对联的形式发问,显得更为妥帖巧妙,所以引得后人纷纷撰联作答,清末俞樾说:"泉自有时冷起,峰从无处飞来。"俞樾之女说:"泉自禹时冷起,峰从项处飞来。"石冶棠说:"泉自冷时冷起,峰从飞处飞来。"左宗棠则说:"在山本清,泉自源头

---

① 冰壶:盛冰的玉壶。这里用来比喻清洁的湖水。濯魄:濯,光大,著明;魄,月始生或将灭时的微光。濯魄比喻明月下清澈的湖水。六桥:指苏堤中的六座桥。三竺:位于杭州灵隐山飞来峰东南,有上天竺、中天竺、下天竺三座山,合称"三竺"。

冷起；入世皆幻，峰从天外飞来。"诸家所撰，可谓各有其理，妙趣横生，也成就了楹联史上的一段佳话。

刘坤一题江西南昌滕王阁联

兴废总关情，看落霞孤鹜、秋水长天，幸此地湖山无恙；①
古今才一瞬，问江上才人、阁中帝子，比当年风景如何。②

【作者】刘坤一（1830—1902），字岘庄，湖南新宁人。早年就读长沙岳麓书院。1862年起先后任广西布政使、江西巡抚、两江总督、两广总督。有《刘坤一遗集》。

【赏析】滕王阁，在今江西省南昌市。唐永徽四年（653年）太宗李世民之弟、滕王李元婴都督洪州时营建。原阁规模宏大，有"西江第一楼"之称。一千三百多年来，屡经毁建。

这是作者立于当时新葺的滕王阁上，纵目远眺，目睹胜景，所撰的一副写景抒怀联，有浓郁的历史感怀，并不仅仅是一副写景状物之作。上联开首说滕王阁的屡修屡毁让人感慨万千，接着作者巧妙地摄取了"落霞孤鹜""秋水长天""湖山"等亘古不变的自然景物，两相对比，揭示了世事兴废变迁的必然规律；下联感叹时间的流逝不过瞬间，而当年人物已然不再，今昔对照，在历史变迁中抒发了怀古之幽情。一"看"一"问"两句，道出了滕王阁胜景历经兴废、风雨沧桑而依然如昔的幸运与不易，同时也抒发了作者面对时世迁转的无限感慨之情。

唐英题庐山虎溪三笑亭联

桥跨虎溪，三教三源流，三人三笑语；③
莲开僧舍，一花一世界，一叶一如来。④

【作者】唐英（1682—1756），清代雍正乾隆年间著名书画家、篆刻家、陶瓷艺术家、剧作家。字隽公，号蜗寄老人，辽宁奉天（今沈阳）人，隶汉军正白旗。历任淮关、九江关、粤海关监督以及督陶使等。

【赏析】三笑亭，在庐山东林寺，寺前有虎溪，溪上有石拱桥。东晋高僧慧远在

---

① 兴废句：滕王阁屡修屡毁，达二十八次之多。看落霞句：出自王勃《滕王阁序》"落霞与孤鹜齐飞，秋水共长天一色。"
② 江上才人：指写下千古名文的初唐诗人王勃。阁中帝子：指始建滕王阁的唐滕王李元婴。
③ 桥跨虎溪：指东林寺前虎溪上的石拱桥。三教：指陶渊明所代表的儒教、慧远所代表的释教和陆修静所代表的道教。
④ 一花一世界，一叶一如来：一花指莲花。一世界，佛经合四大洲诸天为一世界。如来，即佛教始祖释迦牟尼。华严教义认为"一即一切，一切即一"，大小事物间相容相即，所以说一朵莲花可见整个世界。又认为佛为了众生而幻化无数之身，故云一片莲叶体现一如来。

寺中创设"白莲社",常有僧俗来往,他送客从不过桥。一次,陶渊明、陆修静来访,慧远送客出门,谈兴正浓,不觉走过了虎溪桥,三人发觉后,大笑而别,后人于是在此建三笑亭,以记其事。

上联"桥跨虎溪"四字,点明亭的位置,引出历史传说,代表不同思想流派的三人在此倾谈交流,会心而笑。下联"莲开僧舍"四字,指慧远在此创建"白莲社",弘扬佛法,然后以当句对的形式阐发了佛教教义。联语切亭切寺,既交代了为名山古迹增光添彩的文苑佳话,又深入浅出地阐明了教义。构思绝妙,颇有意趣。既有上下联的对仗,"桥跨虎溪"对"莲开僧舍",上下联中又各有当句对,"三教三源流"对"三人三笑语","一花一世界"对"一叶一如来",对仗工整而意蕴丰富,非常巧妙。

王珊森题安徽安庆大观亭联

莽乾坤能得几人闲?早安排铁板铜琶,唱大江东去;①
好风月不用一钱买,休辜负青山红树,送爽气西来。②

【作者】此联作者生平事迹不详。

【赏析】安庆大观亭,在安庆市西南正观门外,为明代知府陆钶所建。亭旁还有联盖亭、徐锡麟纪念亭和元代余阙墓等名胜。

这是一副境界开阔、气势豪迈的名胜风景联。作者在气势雄伟的大观亭上纵目远眺,看滚滚长江,看青山红树,既描绘了秋高气爽、气象万千的壮丽景色,又抒发了江山依旧、英雄已逝的感慨,以及珍惜这大好风光、与清风明月为伴的开阔胸襟。作者把历史典故运用到对联中,化用了苏轼、李白诗词中的句子,不但丰富了对联的内容,使人产生联想,而且表达了与古人相同的自由洒脱的情趣追求,加深了对联的思想深度。

黄琴士题安徽马鞍山采石矶青莲祠太白楼联

侍金銮,谪夜郎,他心中有何得失穷通,但随遇而安。说什么仙,说什么狂,说什么文章声价。上下数千年,只有楚屈平、汉曼倩、晋陶渊明,能仿佛一人胸次;③
踞危矶,俯长江,这眼前更觉天空地阔,试凭栏远望。不可无诗,不可无酒,不

---

① 莽乾坤:即莽莽乾坤、苍茫大地。铁板铜琶:古代演奏歌曲时的乐器。宋俞文豹《吹剑录》:"学士(指苏轼)词,须关西大汉,铜琵琶、铁绰板,唱'大江东去'。"大江东去:宋苏轼《念奴娇·赤壁怀古》首句是"大江东去",为人所传诵。
② 好风月不用一钱买:化用李白《襄阳歌》诗:"清风朗月不用一钱买,玉山自倒非人推。"
③ 侍金銮:指唐玄宗时,李白被召为供奉翰林,待诏金銮殿,是他一生事业最顺利的时期。谪夜郎:指安史之乱中,他参加永王幕府,兵败,被流放夜郎,这是他一生最大挫折。说什么仙,说什么狂:时人称李白为"谪仙人",他自己曾说"我本楚狂人"。楚屈平、汉曼倩:屈平即屈原,曼倩即东方朔。

可无奇谈怪论。流连四五日,岂惟牛渚月、白纻云、青山烟雨,都收来百尺楼头。①

【作者】黄琴士(生卒年不详),清末安徽泾县人,曾主讲采石矶翠螺书院。

【赏析】青莲祠太白楼位于安徽省马鞍山采石矶畔,始建于唐代唐元和年间,原名谪仙楼,于今已有一千二百多年的历史。太白楼与岳阳楼、黄鹤楼、滕王阁齐名,并称"长江三楼一阁",素有"风月江天贮一楼"之美誉。此联共一百一十八字,是太白楼楹联中最长的一副。

上联评论李白无论得志失意,无论穷困通达,都能随遇而安、泰然处之,对所谓诗仙、狂人的称谓,千古文章声誉等一切都等闲视之,不执着在乎。上下几千年只有楚国屈原、西汉东方朔、东晋陶渊明的胸襟能跟他相提并论。下联写太白楼矗立在高高的采石矶上,从楼上俯瞰长江,只觉天高地远,正好凭栏远望,此情此景,应该赋诗饮酒,指点江山,方才畅快。在此流连久之,岂止是牛渚月色、白纻云影、青山烟雨,一切美景都能在百尺楼头一览无余。对联节奏明快,气势纵横,文才斐然,情感充沛,很好地刻画了诗仙李白飘逸豪放、自由旷达的情怀,以及作者对李白无比敬仰的心情。

朱熹题福建漳州开元寺书舍联

鸟识玄机,衔将春来花上弄;②
鱼穿地脉,挹将月向水边吞。③

【作者】朱熹(1130—1200),字元晦,号晦庵,徽州婺源(今属江西)人。朱熹是宋代理学的集大成者,继承了北宋程颢、程颐的理学,完成了客观唯心主义的哲学体系。他一生著述甚多,有《朱子全书》等传世。朱熹是宋代理学家中最具有文学天赋的,他的诗、文、词都有鲜明的特点和突出的成就。

【赏析】漳州开元寺在漳州西北面天宝山,寺建于唐武后垂拱二年(686年),后历经修建毁废,胜迹现多已不存。书舍是当时朱熹读书讲学的地方。

此联是一副状景联,联意扣寺名"开元",以"鸟""鱼"的活泼可爱写出春意盎然和勃勃生机,描绘了一幅动人的春意图,富于灵趣。上联写鸟儿能够辨别、把握气候的变化规律,在花间树林之中嬉戏;下联写鱼儿能在水中自由遨游穿梭,吸取春天的气息。上联的"识""衔"对下联的"穿""挹",不仅对得贴切,而且写出了鸟和鱼的不同特点和习性,"衔""挹"二字用得尤其别致,鸟将春色衔来花上,鱼儿吸

---

① 牛渚月、白纻(zhù)云、青山烟雨:写采石矶附近景色,牛渚山的月色、白纻山的云影和谢公山的烟雨,这些都是李白曾经歌咏过的。
② 玄机:道家称玄妙之理。这里指气候变化的规律。
③ 地脉:指地的脉络。这里指水流,水流像人身血脉,所以称地脉。挹:吸取。

取江面月影,构思奇绝。此联不仅文辞清丽,对仗精工,而且字里行间,还蕴含着丰富的哲理,朱熹是借鱼、鸟作比喻,阐明大自然生生不息的哲理,启迪读书的士子努力进取,称得上是情、景、理的完美交融,妙趣横生,令人回味无穷。

四、华中、华南地区楹联欣赏

河南嵩山绝顶亭联

翠色千重包楚塞;①
黄河一线下秦川。②

【作者】此联作者不详。

【赏析】嵩山由太室山和少室山等组成,东西绵延约六十余公里。东周时始定为中岳,五代以后称中岳嵩山,为我国五岳之一。嵩山绝顶,即峻极峰,是中岳嵩山的最高峰。

这是一副描绘中岳嵩山绝顶风光的对联,上联写在嵩山绝顶居高临下鸟瞰四周,只见崇山峻岭,郁郁苍苍,一直绵延到古代楚国的边界,突出显现了峰顶的高峻雄奇。下联写朝北眺望,极目所见,从秦川奔腾而下、一泻千里的黄河,绵延一线,时隐时现,写出了嵩山绝顶山峰的高耸险峻。此联以雄健的笔力,宏伟的气魄,展现出一种峻奇雄伟之美,在风景名胜联中是气度非凡、不可多得的杰作。

从用字上来讲,此联文字凝练简洁,但极具张力,上下联分别用"包"和"下"两个动词,使"翠色""黄河"具备了动感和力量,收到了特殊的艺术效果。另外,用"千重"来修饰翠色,用"一线"来修饰黄河,使得眼前的景物高度形象化,全联意境也更加深远。

康有为题河南开封龙亭联

中天台观高寒,但见白日悠然,黄河翻滚;③
东京梦华销尽,徒叹城郭犹是,人民已非。④

【作者】康有为,近代思想家、文学家。字广厦,号长素,广东南海(今广东广州)人。早年重视经世致用之学,1898年与梁启超等人发动戊戌变法运动,变法失败后,逃亡国外。其后思想日趋保守。主要著作有《新学伪经考》《孔子改制考》《大同书》等。

---

① 楚塞:指古楚国北部边界。古楚国北部北边直到河南南阳一带。
② 秦川:包括今陕西、甘肃两省的广大地区,这一带在春秋战国时期属秦国。
③ 中天:河南在中国中部。东京,北宋称汴京(开封)为东京。
④ 梦华,指过去的繁华景况。

【赏析】龙亭在河南开封市西北,原为宋皇宫御苑的一部分。清康熙三十一年建万寿亭,供皇帝诞辰时文武百官朝贺之用。

上联写登上皇宫高楼,寒意袭人,只见白日悠然,黄河滚滚入海。下联说东京的繁华如梦一样消逝殆尽,徒然慨叹山河城池依旧,王朝却已变迁,百姓也不复存在,表现出浓重的物是人非之感。康有为后期思想倾向于保守,所以联中写景物的变化,主要是为了表现一种怀旧与失落的情感,具体而言就是对清王朝的怀念与悼惜之情。对繁华逝去的感叹是人类共通的情感,所以即使我们抛开此联写作的具体背景,也一样能体会到那种深深的感慨。

萨迎阿题湖北武汉黄鹤楼联

一楼萃三楚精神,云鹤俱空横笛在;①
二水汇百川支派,古今无尽大江流。②

【作者】萨迎阿(?—1857),字湘林,钮祜禄氏,满洲镶黄旗人。曾任知府、布政使、都统、总督等职。道光六年(1826年)后历任哈密、喀喇沙尔、乌什等地方办事大臣。道光二十五年(1845年)任伊犁将军。

【赏析】黄鹤楼在今湖北省武汉市,江南三大名楼之一。

上联突出黄鹤楼的宏伟崇高,为三楚精神之所系,点出了黄鹤楼在人们心目中的重要地位,传说中的黄鹤白云已杳无踪迹,但幸好横笛还在,可以吹尽我无限忧愁,化用前人诗句而成,但是非常自然,并没有堆砌典故的感觉;下联抓住黄鹤楼峙立江边的特点,写江边壮阔之景,极力渲染长江、汉水容纳百川溪流,奔腾流淌、古今无尽的气势,更进一步突出黄鹤楼深厚的历史底蕴,源远流长。结合上下联来看,云鹤俱空而江流不息,也表达出作者对历史变幻的感慨,意蕴深厚。全联对仗精工,语言清新自然,风格俊朗豪健。

宋镕题湖北武汉晴川阁联

栋宇逼层霄,忆几番仙人解佩,词客题襟,风日最佳时,坐倒金樽,却喜青山排闼至;③

---

① 萃:汇聚。三楚:这里指长江流经的湘、鄂一带。云鹤俱空横笛在:化用崔颢《黄鹤楼》中"黄鹤一去不复返,白云千载空悠悠"和李白《黄鹤楼闻笛》中"黄鹤楼中吹玉笛"的诗句而成。
② 二水:指长江和汉水。百川支派:指各小河溪流都注入长江和汉水。
③ 栋宇:指晴川阁。仙人解佩:刘向《列仙传》载有汉皋二仙女将佩珠给郑交甫的神话。词客题襟:唐代诗人温庭筠、段成式等,曾以诗相唱和于汉水之滨,诗成十卷,称为《汉上题襟集》。题襟,抒怀。温、段等人曾将唱和之作编为《汉上题襟集》。坐倒金樽:开怀畅饮。排闼:王安石《书湖阳先生壁》诗有"一水护田将绿绕,两山排闼送青来"。

川原揽全省,看不尽鄂渚烟光,汉阳树色,楼台如画里,卧吹玉笛,还随明月过江来。①

【作者】宋鎔,清嘉庆、道光年间曾任湖北地方官,江苏溧阳人。

【赏析】晴川阁位于武汉龟山东端禹功矶上,与黄鹤楼隔江相望。为明代汉阳太守范子箴所创建,取唐人崔颢《黄鹤楼》诗中"晴川历历汉阳树"之句意命名。

上联先写晴川阁之高耸,然后借"仙人解佩"赠给郑交甫的美丽传说和唐代温庭筠、段成式等"词客题襟"以诗唱酬的动人故事,来抒发自己在风日最佳之时登临晴川阁,开怀畅饮,葱翠满眼,意兴飞扬的情感。下联写登临晴川阁可以一览全省风物,从轻烟缭绕的鄂渚到树色斑驳的汉阳,描绘了楼台如画,玉笛声声,明月当空的迷人景色。对联写出了晴川阁的气势以及四周美丽的景色,造语华丽,对仗工整,使事用典自然妥帖,可谓情景交融之杰作。

何绍基题湖南岳阳楼联

一楼何奇?杜少陵五言绝唱,范希文两字关情,滕子京百废俱兴,吕纯阳三过必醉,诗耶?儒耶?吏耶?仙耶?前不见古人,使我怆然涕下;②

诸君试看:洞庭湖南极潇湘,扬子江北通巫峡,巴陵山西来爽气,岳州城东道岩疆,渚者,流者,峙者,镇者,此中有真意,问谁领会得来。③

【作者】何绍基(1799—1873),字子贞,号东洲,晚号蝯叟,湖南道州(今湖南道县)人,道光十六年(1836年)进士,授官编修。何绍基是清代中后期著名学者、文学家、书法家,博涉群书,又精文字、音韵、训诂之学,书法更是一时之独步。善诗文

---

① 鄂渚:江中小洲,在原武昌城外西江中。玉笛:李白《与史郎中饮听黄鹤楼上吹玉笛》诗中有"黄鹤楼中吹玉笛"。过江来:《过江来》是曲调名,这里语带双关。

② 杜少陵五言绝唱:杜少陵即杜甫。五言绝唱是指杜甫的五言律诗《登岳阳楼》:"昔闻洞庭水,今上岳阳楼。吴楚东南坼,乾坤日夜浮。亲朋无一字,老病有孤舟。戎马关山北,凭轩涕泗流。"范希文两字关情:范希文即范仲淹,北宋政治家、文学家。其《岳阳楼记》中的"先天下之忧而忧,后天下之乐而乐"为世人传诵,两字关情即指其中的"忧""乐"两字。滕子京百废俱兴:滕子京即滕宗谅,字子京。北宋河南人,庆历四年(1044年)被贬至岳阳,次年主持重修岳阳楼。吕纯阳三过必醉:吕纯阳即吕洞宾,名岩。唐代进士。传说后来入终南山修道成仙,为"八仙"之一,自号纯阳子。据《岳阳风土记》载,吕洞宾好酒,曾三醉岳阳楼。他的《绝句》诗云:"三醉岳阳人不识,朗吟飞过洞庭湖。"前不见古人,使我怆然涕下:化用陈子昂《登幽州台歌》中"前不见古人,后不见来者。念天地之悠悠,独怆然而涕下"句。

③ 扬子江北通巫峡:扬子江即长江。巫峡为长江三峡之一。巴陵山西来爽气:指巴陵山在岳西。岳阳古为巴陵县。爽气指明朗开豁的自然景象。岳州城东道岩疆:岳州,隋代置岳州,治所在巴陵(今岳阳市),元改为路,明改为府,南朝宋置巴陵郡。东道岩疆指东面接连高山。岩疆,指山岩之边界。渚者:潴,水停聚之地。峙者:直立、耸立着的。镇者:一方的主山称镇,形容山势雄镇一方的样子。此中有真意句:化用陶渊明《饮酒》:"此中有真意,欲辩已忘言"句。

楹联,诗宗苏(轼)黄(庭坚),文宗桐城派,有《东洲草堂诗文钞》。

此联一说为窦垿所撰,何绍基所书。窦垿(1804—1865),字坫,一字子洲,号兰泉,云南罗平(今云南师宗县)人。道光九年(1829 年)进士,授吏部主事,官至贵州知府。有《铢寸录》等著述。

【赏析】岳阳楼是江南三大著名楼阁之一。原为三国东吴鲁肃操练水军的阅兵台。唐开元四年(716 年)张说谪守岳州,在此建楼。北宋庆历五年(1045 年),滕子京重修岳阳楼,范仲淹写了《岳阳楼记》一文,岳阳楼因此声誉倍增。

上联开首用问句赞叹岳阳楼的奇伟,起笔不同凡响。接着历数有关岳阳楼的典故,杜甫的《登岳阳楼》诗写出洞庭湖的浩渺阔大,范仲淹的"先天下之忧而忧,后天下之乐而乐"使岳阳楼声誉倍增,滕子京重修岳阳楼,吕洞宾留下三醉岳阳楼的传说,从诗、儒、吏、仙四个方面写出自古以来岳阳楼的奇伟壮美。最后以陈子昂的诗句作结,抒发今日登临不见前贤的悲慨之情。下联从位置形势继续写岳阳楼之奇伟,登楼远眺,南到潇湘,北及巫峡,西至巴陵,东连高山。湖水、江流、群山、险峰,一览无遗。最后以问句收结,此天地胜景中的真意,又有谁能领会得来呢?表达了人在面对历史与自然的伟大时无可排遣的孤独感,意味深远。作者用了大量有关岳阳楼的典故,着力表现出岳阳楼的悠远历史与深厚传统,使此联的文化内涵十分丰富。而上下联连用排比,也使得此联气势阔大,很好地表现了岳阳楼的雄伟奇绝。

湖南长沙岳麓山爱晚亭联

晚景自堪嗟,落日余晖,凭添枫叶三分艳;①
春光无限好,生花妙笔,难写江天一色秋。②

【作者】此联作者不详。

【赏析】爱晚亭位于长沙岳麓山青枫峡口,附近古木参天,深秋时红叶满山,景色迷人。亭名即取唐人杜牧《山行》"停车坐爱枫林晚"诗意,亭额"爱晚亭"三字为毛泽东主席亲笔题写。

对联概括了爱晚亭周围枫叶艳红的美景。上联从实处入题,开首先点出"晚"字,说晚景自可嗟叹,但并不悲观,下面说夕阳余晖更能增加枫叶的艳丽,语气一转,境界自然得到提升。下联从虚处落笔,先说春光明媚,无限美好,但紧接着笔势又转,说高妙的文笔能够描摹春景,却难以描绘这江天一色的迷人秋景,春光无限好正是这可爱秋景的衬托和铺垫。对联语言清丽,构思巧妙,景、情、理互为渗透,意蕴悠长。

---

① 晚景自堪嗟:北宋文人欧阳修《戏答元珍》诗中有"野芳虽晚不须嗟"的句子,这里是反其意而用之。
② 生花妙笔:比喻高妙的文笔。江天一色:唐王勃《滕王阁序》中有"秋水共长天一色"的句子。

张之洞题广州越秀山镇海楼联

千万劫危楼尚存,问谁摘斗摩霄,目空今古;①
五百年故侯安在?只我倚栏看剑,泪洒英雄。②

【作者】张之洞(1837—1909),字孝达,号香涛、香岩,又号壹公、无竞居士,晚自号抱冰。是清末重臣,洋务派代表人物之一。直隶南皮(今属河北省)人。同治二年(1863年)一甲三名进士,授编修。后曾任内阁学士、山西巡抚、湖广总督、两江总督、军机大臣等。张之洞还是晚清著名学者、文人,一生著述颇丰,后人编有《张文襄公全集》。

【赏析】越秀山,也叫粤秀山,位于广州市北面。镇海楼,在越秀山上,始建于明代洪武十三年(1380年),登楼远望,尽览广州全景。

这是一副题风景名胜的对联,但并没有写越秀山镇海楼周围秀丽壮美的自然景色,而全是吊古抒怀。上联写镇海楼历经劫难至今尚存,问豪气直上云天、目空今古的英雄如今何在,抒发了世事变幻、英雄安在的感叹;下联写主持修建镇海楼的故侯朱亮祖已逝,自己空有才干,却只能凭栏看剑,无以实现抱负,表达自己空负壮志、世无知己的感慨。"问谁"是上联领词,领起"摘斗摩霄,目空今古";"只我"是下联领词,领起"凭栏看剑,泪洒英雄"。两相对照,既是自负的表达,又有悲慨的情怀。其调悲壮至极,令人读之不禁叹息再三。

蒋绮龄题广西桂林南薰亭联

山从衡岳分来,数云外芙蓉,画本都收眼底;③
水向苍梧重汇,听江头琴筑,元音犹在人间。④

【作者】蒋绮龄(生卒年不详),字申府,号月石,广西全州人。道光二十年(1840年)进士,曾官顺天府尹。

【赏析】南薰亭在广西桂林北极路东、虞山舜祠左侧。《孔子家语·辨乐解》:"昔者舜弹五弦之琴,造《南风》之诗。其辞曰:'南风之薰兮,可以解吾民之愠兮'。"南薰亭即据此命名。

---

① 劫:劫难、灾难。危楼:高楼。摘斗摩霄:摘斗,摘星斗;摩霄,接近云霄。
② 故侯:指主持修建镇海楼的明永嘉侯朱亮祖。倚栏看剑,泪洒英雄:南宋辛弃疾《水龙吟》词中有"把吴钩看了,栏杆拍遍,无人会,登临意"以及"倩何人,唤取红巾翠袖,揾英雄泪"的句子,与对联中的表达很相似。
③ 衡岳:南岳衡山。
④ 水向苍梧重汇:湖南的湘江和广西的漓江在苍梧汇合。筑,古代弦乐器,形如琴,十三弦。北舜山上有古迹"韶音洞",相传舜曾在此奏韶乐。

此联写桂林南薰亭山水风光。上联从山写起,桂林诸山是从衡岳绵延而来,登南薰亭眺望远处群峰环绕中的西湖,芙蓉盛开,美景如画,尽收眼底。下联从水写起,湘江、漓江在苍梧汇合,闲坐亭上,可听到江边有人弹奏古韶乐之声,暗合南薰亭名称的由来,巧妙而不露痕迹。对联紧扣景点特征描绘景物,上联侧重在山、在画,下联侧重在水、在音,从远到近,写来有声有色,含蓄隽永。

海南海口五公祠联

于东坡外,有此五贤,自唐宋迄今,公道千秋垂定论;
处南海中,别为一郡,望烟云所聚,天涯万里见孤忠。

【作者】 此联作者不详。

【赏析】 五公祠位于海口市与琼山县接壤处,是为纪念唐、宋时期贬谪到海南岛的五位著名历史人物:唐朝名相李德裕、宋朝名相李纲、赵鼎、名臣胡铨、李光而建的,故名五公祠。始建于明万历年间,清光绪十五年重修,后又多次修缮,素有"琼台胜景"的美名。

上联写历史上贬谪海南的先贤中除了苏轼,还有这五位贤人,都因坚持正义而被贬,从唐宋以来,千秋功过自有公道的评价;下联写崖州是南海中的边远郡县,远望崖州,烟云笼罩,万里天涯之外可见孤忠贤士。对联颂扬了五公高尚的民族气节和后人深切的敬仰之情。

陈定山题台北阳明山联

水清鱼读月;
花静鸟谈天。

【作者】 陈定山,名蘧,字小蝶,1927年生,浙江杭州人。陈定山精通诗文、词曲、书画、戏曲、小说等,著作甚富。

【赏析】 阳明山,原名草山。在台北市北部,是台北著名风景区。

这副对联用短短的十个字写出了阳明山清幽雅致的迷人景色,传达出作者的情趣追求,艺术上很有特点。上联以"水清"作参照来突出"鱼读月",写阳明山泉水、湖水清澈,以至于鱼儿在月夜欣赏月亮的微妙情景,也能看得清清楚楚。而"鱼读月"用拟人手法反过来又渲染了水的清澈。下联以"花静"作参照来突出"鸟谈天"。阳明山风和日丽、环境幽静,鸟语花香的异常,连鸟儿在花丛中"谈天"也能听得清清楚楚,"鸟谈天"同样是用拟人手法来对幽静景色进行细致入微的描述。这种以动衬静、动静结合的艺术手法,塑造出一种环境清幽、优美雅致的感觉,也很好地传达出作者追求清逸和超脱世俗的思想情感。另外,作者在上联中藏着一个

"清"字,下联中藏着一个"静"字,连起来就是"清静"二字,既突出了主题,又表达了作者的思想情趣,写法上也是很巧妙的。

本章小结

> 楹联是具有中国传统文化特点的艺术形式,对联艺术的发展源远流长,明清以后进入繁荣时期,名家辈出,题材咸备,蔚为大观。山水名胜楹联是其中重要的一类,往往集优美的文辞意境、精湛的书法镌刻艺术于一身,与环境美景交相辉映,是重要的旅游文化资源。我们在欣赏名胜楹联时,除了需要了解基本的对联知识,还必须熟悉景点的地理特征、历史沿革、传说逸事、文化传统,这样才能深入理解、欣赏楹联,并对山水胜迹有更深入的理解、体会。

思考与练习

1. 什么叫作楹联?何谓名胜古迹联?
2. 什么是对联的领词?
3. 结合作品,谈谈如何欣赏对联的立意与内涵。
4. 举例分析故宫对联的典雅特点。
5. 举例谈谈宗教场所楹联的一般特点。
6. 结合徐宗幹题山东泰山孔子岩联,谈谈你对集句联的看法。

第 6 章

碑铭摩崖欣赏

本章导读

本章的主要内容是首先介绍碑铭摩崖概说,包括碑铭摩崖概说(分碑铭的含义及来源、碑的形式、碑铭的分类等内容)以及碑铭摩崖的发展状况(分为先秦与秦代、汉代、魏晋南北朝时期、隋唐时期、宋元明清时期等五个阶段);然后具体介绍有代表性的碑铭摩崖作品。

在学习中,注重碑铭摩崖作为一种旅游景观的特点,即碑铭本身就是可供欣赏的景物,同时它又是文字与实物、艺术和景物的结合体。应该在掌握碑铭摩崖基本知识的基础上理解并把握作品的史料价值、书法价值以及文物价值。

第一节 碑铭摩崖概说

一、碑铭摩崖概说

(一)碑铭的含义及来源

碑铭,指碑文和铭文。碑文和铭文都属于古代文体。在纸张还没有发明之前,要想用文字昭告天下,流传后世,通过刻在石头或器物上的碑铭,无疑是最佳的载体。即使在纸张发明之后,碑铭由于它所具有的难以磨灭的特性,仍然是文章的重要载体之一。

碑文,是指刻在石碑上的文字。在古代,碑的来源有两种:

第一种,帝王封禅祭天,用来歌功颂德而在山上刻石立的碑。秦始皇泰山刻石文是刻在山石上的现存最早的碑文。《秦二十八年泰山刻石文》、元结的《大唐中兴颂》等都属于这一类。

第二种,是宫室宗庙里竖起的木板木碑,也称碑,后来这种木板木碑也有竖在墓前的,又转而用石头做成,上面刻有死者的籍贯、生平事迹、爵位等文字内容的碑文。如韩愈的《殿中少监马君墓志铭》《柳子厚墓志铭》,欧阳修的《尹师鲁墓志铭》,归有光的《沈贞甫墓志铭》等都属于这一类。

铭,有铭刻、铭文、铭体的不同含义。铭文,原是指铸在青铜器和其他器皿上的文字。后来凡是刻于器物、山石、宫室、门井等上面的颂扬或诫勉的文字,都被称为铭文。

铭文在表达上具有下面一些特点:(1)表达方式上,叙述、描摹、议论、抒情等方式可以灵活自由运用。(2)文体上,多为韵语,以四言为主要形式。(3)表达风格上,"博约而温润",文句简洁,用语和婉。

(二)碑的形式

碑由碑身、碑首、碑座三部分组成。

碑首也叫碑额、碑头,也就是碑的顶,用来书写标题。如《孔宙碑》的碑额上书刻有"汉故泰山都尉孔君之碑"。碑首的形状有"圭(guī)首""圆首""梯首""冠形首""螭(chī)首"等。碑座也称趺(fū),也就是碑的底。碑与座之间,凹凸相错,插接在一起。常见的形状有龟形趺(古人以龟为长久的象征,因此常以龟背碑)、台形趺、梯形趺、须弥座等。碑身,是碑的主体部分,其形状以长方形为主,此外还有正方柱形、扁方形、六棱形、八棱形等。

(三)碑铭的分类

古代碑铭按照其内容和用途大致可以分为三种:记功碑文、宫室庙宇碑文、墓道碑文。

1. 记功碑文

记功碑文是记述功德的碑文,所以也称功德碑。现有最早的记功碑文,是秦代李斯颂扬秦始皇功业所撰碑文。秦始皇统一中国后,多次巡视全国,所到之处立碑颂业。如《秦二十八年泰山刻石文》《会稽刻石》等。记功碑文往往都是概括一个时代的丰功伟绩的,写作的难度自然很大,必须要有高屋建瓴、气吞山河的笔力才能为之。前人评李斯泰山刻石文是"其词铺张尽致""文字雍容肃穆"之文;评元结的《大唐中兴颂》是"力量极伟,声响亦坚切动人"之文(林纾),这些都说明这类受到种种约束的记功碑文是很难写的。

2. 宫室庙宇碑文

宫室庙宇碑文也称庙碑,是指在宫室、庙宇兴建、改建时,或为开山、浚河、筑池、修桥,建碑纪事而写的碑文。庙碑种类繁多,有神庙碑、宗庙碑、家庙碑、寺庙碑、庵庙碑、宫庙碑等,或记述兴建的缘起、经过,或渲染神灵的"法力"灵验,或称颂祖宗功德、圣贤事迹,或兼写山川形胜。

如大雁塔下由李世民御撰的《三藏圣教序》是庙碑名篇。碑文记述了法门领袖玄奘法师取经宣教、百折不回的意志力:

凝心内境,悲正法之陵迟;栖虑玄门,慨深文之讹谬。思欲分条析理,广彼前闻,截伪续真,开兹后学。是以翘心净土,往游西域,乘危远迈,杖策孤征。积雪晨飞,途间失地,惊砂夕起,空外迷天。万里山川,拨烟霞而进影;百重寒暑,蹑霜雨而前踪。诚重劳轻,求深愿达,周游西宇,十有七年,穷历道邦,询求正教。

对于佛教的复苏和发展而言,《三藏圣教序》无疑起到了极具威力的推动作用。碑文以富于激情的语言,颂赞了玄奘法师光大佛教的功业,以及执着追求的精神光焰。对仗手法的运用,纵横捭阖,极具概括力。

3. 墓道碑文

古代墓道碑文,分为埋于地下的和立于地上的两种。前者称墓志铭,后者称墓表文。墓志铭,有志有铭,有的还有序。墓表,是立在墓上的碑。

在古代碑文中,墓志铭占了相当大的数量。墓志铭的写作还要受到碑所放位置、处所等的限制,因而碑文的内容和名称也就会有所不同。一般来说,墓志铭有"志"和"铭"两部分,有的还有"序"。

"志"是传记体的散文,主要记述死者的世系、名讳、年寿、行状、卒葬年月、子孙情况等方面。"铭"则是赞颂性的韵文。"序"是以高度简练的文字概括全篇或说明作志的缘由的文字。这一类墓志铭是墓志铭碑文写作的"正体"。在上述内容中加上议论的,则是墓志铭碑文的"变体"。

墓志铭的写作,往往出于请托,有的还接受报酬,因而容易流于陈词滥调,虚饰夸煽,远离真实,成为一种应酬文字。尽管如此,其中还是不乏优秀作品。这些优秀作品的标志是,能够做到对人物的评价公允,反映出不同类型人物的精神面貌,可以补充史传的不足,具有宝贵的史料价值和文学价值。如韩愈的《殿中少监马君墓志铭》,写活了马氏祖孙三代的侧影;《曹成王碑》具有较高的史料价值;欧阳修的《尹师鲁墓志铭》《徂徕先生墓志铭》和归有光的《沈贞甫墓志铭》,写尽了人情世态的炎凉;张溥的《五人墓碑记》高度评价了五位义士在反阉党斗争中慷慨捐躯的事迹,等等。这些都是能够给今人以感动,以启发,以教训的优秀作品。

墓表文指墓前碑文,是叙其学行德履,以表彰于外的意思。古代堪舆家(风水先生)认为坟墓的东南为"神道",立碑于神道上。故墓表文也称作神道碑铭。从宋代起,凡称"表"的就全是散文,不再有后面的"铭"即韵语了。

古代的铭文,是刻在石碑或器物上的文字,包括"题记""记功德"和"示警戒"三种形式。"题记"寥寥数语,不成为文章,因此,成为文章的铭文只有"记功德"和"示警戒"两种。铭文在殷商时代就已出现,如青铜器司母戊方鼎上的铭文等。东汉以来,铭文的写作渐为兴盛。历史上著名的有蔡邕的《鼎铭》、王莽的《鼎铭》、崔瑗的《杌铭》、朱公叔的《鼎铭》、王粲的《砚铭》、班固的《封燕然山铭》、苏轼的《九成台铭》等,都是著名的铭文。

铭文因为大多是记功颂德的文字,因此其要求如陆机所说,要"博约而温润"(《文赋》)。所谓"博约"就是记叙功德要简约;所谓"温润",就是文辞要"温雅圆润"。铭文也有兼褒贬寓意的,如崔瑗的《座右铭》、苏轼的《徐州莲花漏铭》和《九成台铭》等,都是具有警诫意义的铭文。崔瑗的《座右铭》总结了人生的经验与体会,其中所提出的自我修养、对待外界的人和事的原则以及自我的行为规范等,在今天仍有参考借鉴价值。苏轼的《九成台铭》则认为音乐存在于自然界,要想人为地毁灭它是办不到的;如果天下安定,人和则气应,气应而乐作,那么这种音乐就会与自然之间的音乐协调,成为天地之间的极品。这类铭文都是文辞简约温润、寓意深刻的精粹之作。

二、碑铭摩崖的发展状况

(一)先秦与秦代

刻石的碑文,是从商周时期铸器刻字转化来的。刻石,既指镌刻在石上的文字,又指镌刻文字的石头。春秋战国刻石的出现,预示着刻石的萌芽。春秋战国时期的刻石遗留较少,因为那时多在钟鼎器物上铸字以歌功颂德。秦代刻石的活跃,为后代碑铭的发展铺平了道路。

秦代留下的石鼓文是中国碑刻的鼻祖,是传世石刻的第一古物。石鼓文,是中国现存最早的刻石文字。石共十枚,形状似鼓,唐初发现于陕西凤翔,每石各刻有一首四言诗。由于形状接近于碣(jié),记述的是帝王狩猎之事,唐初学者称其文字为"猎碣文"。而绝大多数金石学家因为它们形状更似鼓,便称为石鼓文。石鼓文字体为秦始皇统一以前的大篆。从书法上讲,石鼓文凝重而不失流畅,浑厚而不失挺拔,起笔、收笔又都是藏锋,用笔有一种雍容大度、端庄稳重的气象。

秦国的刻石,实际上是专为秦始皇歌功颂德的刻石。秦始皇统一中国后东巡,喜刻石以记功颂德。当时曾刻石七块,名为《峄山》《泰山》《琅琊台》《之罘》《碣石》《东观》《会稽》。现存原刻石仅有《泰山》(旧时立在泰山岳顶的玉女池上,后放到山下岱庙)和《琅琊台》(原存于山东诸城的海神庙内,后移至北京,藏于历史博物馆)两块,也已成残骸。其他五石在唐以前就已亡佚。这七方刻石的形制为碣。碣的形状是上小下大,上圆或上锐,下平,周身为圆。也有的是椭圆或方圆。文字环刻于周身。《泰山》和《琅琊台》刻石所用字体都是秦代小篆,相对于大篆,离象形的意味已越来越远,引线更加抽象、凝练,在圆浑流畅中又表现出刚劲沉涩。

(二)汉代

秦代刻石,整整一代都只为颂扬秦始皇一人。西汉继承了秦代的刻石传统,但在刻石内容方面变得广泛了。然而西汉刻石还不盛行,至今所发现的刻石都较小而且较草率,字体大多沿用篆书。但由于隶书已深入人心,所以汉代刻石的篆书也具有隶书的意味,较为方正简约,如《群臣上寿刻石》《五凤刻石》(现存山东曲阜孔庙)。作为隶书,西汉最有名的刻石是《麃(biāo)孝禹刻石》,因其已有碑的行制,亦称《麃孝禹碑》(现存山东省博物馆)。

东汉时期,刻碑形成风气,出现了汉碑的鼎盛时期。现今传世的东汉碑刻多达数百种,呈现出多种风貌,如《三老讳字忌日记刻石》(现存杭州西泠印社)典雅圆柔;《石门颂》(现存陕西汉中博物馆)纵横不羁;《曹全碑》(现存西安碑林)秀美飘逸;《张迁碑》(现存山东泰安岱庙)方正古拙。

(三)魏晋南北朝时期

魏晋统治者一直不提倡树碑,所以和汉朝相比,碑刻数量大大减少。至今发现的南朝碑刻也十分稀少。而北朝无此禁忌,出现了被后世誉为"北碑"的碑刻艺术的又一高峰期。

北朝碑刻主要分为摩崖、碑刻、造像和墓志四大类。《石门铭》(现存汉中博物馆)是北朝摩崖的名作。碑刻魏碑最为著名的有《张猛龙碑》(现存于山东曲阜孔庙)。此碑冷峻刚健,在魏碑中地位很高。魏碑中造像以洛阳龙门石窟最为著名。洛阳龙门石窟是我国古代三大佛教艺术圣地之一。造像本是为祈佛保佑的佛事,造像题记本是为记载造像佛事的缘由,却为后世留下了率意、大气、古朴的书法艺术遗产。《孙秋生造像》《始平公造像》《杨大眼造像》等是其中的代表作。北魏墓志石刻现多藏于洛阳关林和西安碑林。《元桢墓志》(现藏西安碑林)等是其中较有影响的墓志。此外,魏晋南北朝是中国历史上书法发展的自觉时期。楷书在隶书的基础上完全成熟,形成了与汉石刻隶书并称的北朝石刻楷书的高峰。

(四)隋唐时期

隋朝碑刻与北魏一脉相承,但已表现出南北兼容的趋势。隋代短暂,遗留不多。《龙藏寺碑》(现存河北正定)是隋碑中的代表作,在用笔上既有魏碑的方峻劲挺,也有南朝书风的温文尔雅,字体统一规整,刻工较为精细。

唐代碑刻,随着书法的成就和墓志的流行,出现了又一个高潮。欧阳询书《虞恭公温彦博碑》(现存陕西醴泉昭陵),褚遂良书《雁塔圣教序》(现存西安碑林),颜真卿书《多宝塔感应碑》(现存西安碑林),柳公权书《玄秘塔碑》(现存西安碑林)等在书法艺术及碑刻艺术史上都占有重要地位。

(五)宋元明清时期

宋元明清诸代,很多书碑者既是书法家又是文学家。韩琦书《韩恺墓志》(现存河南安阳),欧阳修书《泷冈阡表》(现存江西永丰),苏轼书《表忠观碑》(现存浙江杭州),黄庭坚书《七佛偈刻石》(现存江西庐山),米芾书《文宣王赞碑》(现存山东曲阜孔庙),赵孟頫书《龙兴寺帝师胆巴碑》(现存北京故宫)等,都是其中著名的作品。

总之,汉代以后的碑文通常由两部分文字构成:(1)前边用散文记事,叫"序",叙述碑文中重要的事情。(2)后面用韵语赞颂,叫"铭",总结序文,表示碑文到此完结。后世一些碑文也有省去"铭"的。

旅游景点中的铭文、雕刻工艺以及被刻之石本身,都有重要的文物价值和艺术价值。

第二节　碑铭摩崖欣赏

一、碑铭欣赏

郭林宗碑

东汉·蔡邕

先生讳泰，字林宗，太原界休人也。其先出自有周，王季之穆，有虢叔者，寔有懿德，文王咨焉①。建国命氏，或谓之郭，即其后也②。先生诞应天衷，聪睿明哲，孝友温恭，仁笃慈惠。夫其器量弘深，姿度广大，浩浩焉，汪汪焉，奥乎不可测已③。若乃砥节厉行，直道正辞，贞固足以干事，隐括足以矫时④。遂考览六经，探综图纬，周流华夏，随集帝学。收文武之将坠，拯微言之未绝⑤。于时缨緌之徒，绅佩之士，望形表而影附，聆嘉声而响和者，犹百川之归巨海，鳞介之宗龟龙也⑥。尔乃潜隐衡门，收朋勤诲。童蒙赖焉，用祛其蔽。州郡闻德，虚己备礼，莫之能致⑦。群公休之，遂辟司徒掾，又举有道，皆以疾辞⑧。将蹈鸿涯之邈迹，绍巢许之绝轨。翔区外以舒

---

① 有周：即周朝。有，助词，无义。王季：周文王的父亲，名季历。穆：古代宗庙排列的次序。始祖居庙中间，以下父子递为昭穆，左为昭，右为穆。寔：同"是"。懿德：美好的品德。懿，美好。这几句的意思是：郭先生名泰，字林宗，是太原介休人。其先祖出自周朝，其中与周文王的父亲季历的排行相同、有一个名叫虢叔的，他具有美好的品德，文王曾经向他咨询过国事。

② 郭：同"虢"。这几句的意思是：在周王朝时，建立"虢国"，并以此命名姓氏，后人有姓郭的，就是虢叔的后代。

③ 诞：诞生。衷：内心。睿：明智，通达。哲：聪明，有才能。这几句的意思是：先生应天运而诞生，聪慧通达，才能出众，孝顺友爱，温和恭敬，仁爱执着，善良和顺。他的器量宏大深远，资质气度广大，浩荡汪洋，深奥而不可测度。

④ 砥：磨，磨砺。厉行：磨炼。贞固：坚持，固守。贞，操守。隐括：包容精微深奥。隐，精微深奥。括，包容，包括。矫：矫正。这几句的意思是：要是像他那样磨砺节操，磨炼行为，直道正辞，那么坚持固守足于干事，包容精微深奥足以矫正时弊。

⑤ 六经：指《诗》《书》《礼》《易》《乐》《春秋》。周流：环绕。周，遍及。随：接着，随即。这几句的意思是：于是考览六经，探索规则，图画经纬，环视华夏，随后将它们集中为帝王的学问。他收罗了将要衰微的文治武功，拯救了将要绝灭的微言大义。

⑥ 缨緌（ruí）：冠带与冠饰，借指有声望的封建士大夫。鳞介：水族。宗：尊奉。这几句的意思是：于是当时有声望的士大夫、文人学士，望见他的形容仪表都影随形地跟随他，聆听他的话语都响应附和，就像百川流向大海，水族尊奉龟龙一样啊。

⑦ 衡门："衡门之下，可以栖迟。"喻隐者所居之地。朋：朋友，志同道合的友人。祛：除。虚己：虚心下己。这几句的意思是：至于潜隐在衡门之内，收志同道合的友人勤加教诲。童蒙学生依赖他，用他的学问除去蒙蔽。州郡的官员听说他的道德高尚，虚心下己，备礼求见，却没有人能达到目的。

⑧ 休：美好。辟：征召。司徒：官名，主管教化，为三公之一。掾（yuán）：古代属官的通称。有道：汉代选举科目之一。疾：病。这几句的意思是：众多有声望的人都称赞他，于是征召他为司徒掾，又推举他参加"有道"的选举，他都以身体不好予以推辞。

翼,超天衢以高峙①。禀命不融,享年四十有二,以建宁二年正月乙亥卒②。凡我四方同好之人,永怀哀悼,靡所寘念③。乃相与惟先生之德,以谋不朽之事。佥以为先民既没,而德音犹存者,亦赖之于见述也④。今其如何,而阙斯礼。于是树碑表墓,昭铭景行。俾芳烈奋于百世,令问显于无穷⑤。其辞曰:

於休先生,明德通玄。纯懿淑灵,受之自天⑥。崇壮幽浚,如山如渊。礼乐是悦,诗书是敦⑦。匪惟摭华,乃寻厥根。宫墙重仞,允得其门⑧。懿乎其纯,确乎其操。洋洋搢绅,言观其高⑨。栖迟泌丘,善诱能教。赫赫三事,几行其招⑩。委辞召贡,保此清妙。降年不永,民斯悲悼⑪。爰勒兹铭,摛其光耀。磋尔来世,是则是效⑫。

【作者】蔡邕(132—192),字伯喈。陈留圉(今河南杞县)人。中国东汉后期文学家,书法家。博学多才,通晓经史、天文、音律,擅长辞赋。曾因弹劾宦官流放朔

---

① 鸿涯:仙人名,即洪崖,相传是黄帝乐官,后来修道成仙。遐:远。绍:继续,接续。巢许:巢即巢父,上古高士,传说尧让帝位给他,不受许。即许由,上古高士,相传尧要把君位让给他,他逃至箕山下农耕而食。尧又请他做九州长官,他到颍水边洗耳,表示名禄之言污耳。天衢:天上的道路。衢,四通八达的道路。这几句的意思是:踏上鸿涯远远的踪迹,连接巢许已断绝的轨迹。飞翔于地域之外,舒展羽翼,超越天上的大道,高高地耸峙。
② 禀命:天生的性命。融:长远,长久。这几句的意思是:天生性命不长久,享年四十二岁,在建宁二年(169年)正月乙亥逝世。
③ 靡:蔓延。寘(zhì):处置,安置。这几句的意思是:凡是我四方同好之人,永怀哀悼,思念绵延不绝。
④ 相与:表示同时同地做某件事。佥:众人的,大家的。没:同"殁"。这几句的意思是:于是都共同推重先生的品德,以图谋永不磨灭的事业。大家都认为先生虽已死,而德音仍然存在,这也有赖于记述他的文字。
⑤ 阙:通"缺"。景行:大行。景,大。俾:使。奋:举,奋起。令问:美好的见闻。问,通"闻"。这几句的意思是:今天情况如何呢? 还缺少树碑这个礼数。于是给他树碑作为墓前的标志,以铭文昭示他宏大的德行,使他美好的功业流传百世,美好的见闻显示于无穷。
⑥ 淑:善良。这几句的意思是:啊,美善的先生,品德光明通于玄妙;纯洁美好善良的灵魂,是上天给予他的。
⑦ 浚(jùn):深。敦:诚朴,宽厚,厚重,笃实。这几句的意思是:他的品格学问崇高壮丽悠远深厚,如山高如水深。礼乐是他所爱好的,诗书使他诚朴宽厚。
⑧ 摭:拾,拾取。这几句的意思是:不只是拾取华丽的表面,而是寻其根本。宫墙重重高峻,仍能够得其门而入。
⑨ 确:坚定,坚决。洋洋:形容众多或丰盛。搢绅:官宦的代称。这几句的意思是:美好的道德啊,如此纯净,他的操守啊,如此坚定。众多的官宦,通过言行可以看到他的高大。
⑩ 栖迟:游息。泌丘:泉水涌出的山丘。泌,泉水涌出的样子。赫赫:显著,显赫。三事:古称三公为三事大夫。汉代指太尉、司徒、司空为"三公"。三公虽然无职,但参与六卿之事。招:同"召"。这几句的意思是:游息在泉水涌出的地方,善于诱导和教诲他人,声名显赫于三公,几次被征召要授予官职。
⑪ 贡:推荐,选举。降:降低。永:长久。这几句的意思是:他委婉地推辞了召见和推举,保持了清妙的品格。他寿命不长,老百姓都为他悲伤哀悼。
⑫ 爰:于是。勒:刻。摛(chī):舒展。则:准则,法则。这几句的意思是:于是刻了这篇铭文,展示你的光耀。感叹你在未来的人世上,也会是人们的行为准则,是人们仿效的榜样。

方。献帝时董卓强迫他出仕为侍御史,官左中郎将,故后人也称他"蔡中郎"。董卓被诛后,为王允所捕,死于狱中。蔡邕著诗、赋、碑、诔、铭等共一百零四篇。他的辞赋以《述行赋》最知名。《郭林宗碑》也颇负盛名。碑文典雅,音律和谐,标志着汉末文风的转变。明代张溥辑有《蔡中郎集》,收入《汉魏六朝百三名家集》中。

【赏析】这篇《郭林宗碑》曾被《昭明文选》列为碑体文首篇。碑文的墓主郭泰(127—169)是东汉太原介休人,字林宗。他博通经典,居家教授弟子至千人。曾游洛阳,与河南尹李膺相友好。后归乡,诸儒相送者车千乘。郭泰品题海内人物,不为巷言谠论,所以在东汉末党锢之祸中得以幸免。郭泰死后,蔡邕作了这篇碑文,遵循公正、直书、不溢美的原则,从郭林宗的思想言行的实际出发,所赞扬的郭林宗的思想品格符合时人的评论和历史的记载。

这篇碑文采取了高度概括的语言,叙述了郭林宗的天纵才能及其品德,"先生诞应天衷,聪睿明哲,孝友温恭,仁笃慈惠。"论其胸襟怀抱则以"器量弘深,姿度广大",广大到"浩浩焉,汪汪焉,奥乎不可测已";论其学识则用"考览六经,探综图纬,周流华夏,随集帝学"来说明;写其对时人的影响,只是"于时缨緌之徒,绅佩之士,望形表而影附,聆嘉声而响和者,犹百川之归巨海,鳞介之宗龟龙"作精练的说明;写其收受门徒,教诲不倦,则用"尔乃潜隐衡门,收朋勤诲。童蒙赖焉,用祛其蔽"来形容。这些都是言简意赅、实实在在的评论,因此,可以说这是一篇"清辞转而不穷,巧义出而卓立"之文(刘勰《文心雕龙·诔碑》)。全文多用骈偶,音韵铿锵,语言优美。

韩文公庙碑①(节选)
宋·苏轼

匹夫而为百世师,一言而为天下法②。是皆有以参天地之化③,关盛衰之运④,其生也有自来,其逝也有所为。故申吕自岳降⑤,傅说为列星⑥,古今所传,不可诬也。孟子曰:"我善养吾浩然之气。"是气也,寓于寻常之中,而塞乎天地之间⑦,卒然

---

① 韩文公:韩愈谥为"文",世称韩文公。
② "匹夫而为百世师"两句:《史记·孔子世家》:"孔子布衣,传十余世,学者宗之。"《孟子·尽心下》:"圣人,百世之师也。"此以圣人比韩愈。一言而为天下法,语出《礼记·中庸》:"是故君子动而世为天下道,行而世为天下法,言而世为天下则。"
③ 参天地之化:可以和天地的化育万物相提并论。
④ 开盛衰之运:和国家命运的盛衰有深切的关系。
⑤ 申吕自岳降:说明"其生也有自来"。《诗经·大雅·崧高》:"维狱降神,生甫及申。"甫:甫侯,亦称吕侯,曾作《吕刑》。
⑥ 傅说(yuè)为列星:说明"其逝也有所为"。傅说:商王武丁的大臣。传说其死后成为天上的星宿。
⑦ "我善养吾浩然之气"四句:《孟子·公孙丑上》:"我善养吾浩然之气。""其为气也,至大至刚,以直养而无害,则塞于天地之间。"浩气:刚正之气。

遇之,则王公失其贵,晋、楚失其富①,良、平失其智②,贲、育失其勇③,仪、秦失其辨④。是孰使之然哉?其必有不依形而立,不恃力而行,不待生而存,不随死而亡者矣。故在天为星辰,在地为河岳⑤;幽则为鬼神⑥,而明则复为人⑦。此理之常,无足怪者。

自东汉已来,道丧文弊⑧,异端并起⑨,历唐贞观、开元之盛⑩,转以房、杜、姚、宋而不能救⑪。独韩文公起布衣,谈笑而麾之⑫,天下靡然从公⑬,复归于正,盖三百年于此矣⑭。文起八代之衰⑮,而道济天下之溺⑯,忠犯人主之怒⑰,而勇夺三军之帅⑱:此岂非参天地、关盛衰,浩然而独存者乎?

盖尝论天人之辨:以谓人无所不至,惟天不容伪⑲;智可以欺王公,不可以欺豚鱼⑳;力可以得天下,不可以得匹夫匹妇之心。故公之精诚,能开衡山之云㉑,而不能回宪宗之惑㉒;能驯鳄鱼之暴㉓,而不能弭皇甫镈、李逢吉之谤㉔;能信于南海之民,庙食百世㉕,而不能使其身一日安之于朝廷之上。盖公之所能者天也,其所不能者人也㉖。

---

① 晋楚:春秋时期一度是两个最富强的国家。
② 良、平:张良、陈平,汉高祖开国的功臣,均以足智多谋著称。
③ 贲(bēn)、育:孟贲、夏育,古代著名的勇士。
④ 仪秦:张仪、苏秦,战国时两个游说列国、辩才无碍的纵横家。
⑤ "故在天为星辰"两句:参见注(5)。
⑥ 幽:幽冥之处。
⑦ 明:指在人世间。
⑧ 道:指儒家的学说思想。
⑨ 异端并起:儒家斥道家、墨家等不同的学派为异端。本篇指汉、魏、六朝以来长期兴盛的佛、老。
⑩ 贞观开元之盛:唐太宗贞观时期、唐玄宗开元时期,都是历史上号称政治昌明的时期。
⑪ 房、杜、姚、宋:房玄龄、杜如晦,唐太宗在位时的宰相。姚崇、宋璟,唐玄宗时期的宰相。他们当政时都被称为贤相。
⑫ 麾:通"挥"。指挥,号召。
⑬ 靡然:倾倒的样子。
⑭ 三百年:从韩愈倡导古文至苏轼时期近三百年。
⑮ 八代:指东汉、魏、晋、宋、齐、梁、陈、隋。
⑯ 济:拯救。溺:沉迷不悟。
⑰ 犯人主之怒:指韩愈力谏宪宗奉佛太过、迎佛骨入禁中之事。
⑱ 勇夺三军之帅:形容英勇过人。语出《论语·子罕》:"三军可夺帅也,匹夫不可夺志也。"
⑲ "以谓人无所不至"两句:争权夺利的人,专尚诈力,无所不用其极,但上天不容许这样做。
⑳ 不可以欺豚鱼:古人有成语讲信及豚鱼,形容信义昭著,无微不及,连豚鱼都不会欺骗。
㉑ 能开衡山之云:参见张居正《游衡岳记》注(14)。
㉒ 不能回宪宗之惑:指谏迎佛骨,唐宪宗不听一事。
㉓ 能驯鳄鱼之暴:鳄鱼,体长丈余,常袭击往来水边的人畜。据《新唐书·韩愈传》,潮州百姓被鳄鱼患所困,韩愈到任后,命下属进行祝祷仪式,从此潮州无鳄鱼患。
㉔ 皇甫镈(bó)、李逢吉:当时两个素忌韩愈正直的大臣。
㉕ 南海之民:指潮州人。潮州临南海,云南海之民。庙食:朝祭。
㉖ "盖公之所能者天也"两句:讲韩愈能尽天道,而不能屈己从人。

始潮人未知学,公命进士赵德为之师①。自是潮之士,皆笃于文行,延及齐民②,至于今,号称易治。信乎孔子之言,"君子学道则爱人,小人学道则易使"也③。潮人之事公也,饮食必祭,水旱疾疫,凡有求必祷焉。而庙在刺史公堂之后④,民以出入为艰。前守欲请诸朝作新庙,不果。元祐五年⑤,朝散郎王君涤来守是邦⑥。凡所以养士治民者,一以公为师。民既悦服,则出令曰:"愿新公庙者,听。"民谨趋之,卜地于州城之南七里,期年而庙成⑦。或曰:"公去国万里,而谪于潮,不能一岁而归,没而有知,其不眷恋于潮也⑧,审矣。"轼曰:"不然,公之神在天下者,如水之在地中,无所往而不在也。而潮人独信之深,思之至,焄蒿悽怆⑨,若或见之。譬如凿井得泉,而曰水专在是,岂理也哉!"元丰七年⑩,诏封公昌黎伯⑪,故榜曰⑫:"昌黎伯韩文公之庙。"

　　【作者】苏轼(1037—1101),北宋文学家、书画家。字子瞻,号东坡居士,眉州眉山(今属四川)人。与父苏洵、弟苏辙合称"三苏"。其文汪洋恣肆,明白畅达,为"唐宋八大家"之一。词开豪放一派,对后代很有影响。

　　【赏析】这篇庙碑文,是1092年(宋哲宗元祐七年)苏轼应潮州人士之请而作。作者盛赞了韩愈的道德文章,及其在潮州刺史任内受到百姓爱戴的政绩。文章打破一般庙碑文的呆板体制,虚实结合,议论、叙事相映成辉。文中大量运用排比、对偶、对比烘托等手法,通篇气势充沛,风格雄浑,酣畅淋漓,文采斐然。

避暑山庄后序
清·爱新觉罗·弘历

　　我皇祖于辛卯年成此避暑山庄三十六景⑬,绘图赋什⑭,为序以行之。而予适生

---

① 赵德:曾辑韩愈文为《文禄》。
② 齐民:平民。
③ "君子学道则爱人"两句:语见《论语·阳货》。表现了孔子提倡礼乐教化的政治目的。
④ 刺史公堂:州官办公的厅堂。
⑤ 元祐五年:宋哲宗元祐五年,公元1090年。
⑥ 朝散郎:文官名,官阶为从七品。王涤,琅琊人,景福年间进士,曾任潮州知州,元祐五年在城南建"昌黎伯庙"。累官至中书舍人,卒于福建。
⑦ 期:一周年。
⑧ "公去国万里"五句:韩愈于唐宪宗元和十四年(819年)正月贬潮州刺史,同年十月移袁州刺史,在潮州不满一年。韩愈曾上《潮州刺史谢上表》,表示希望调回朝廷做官。
⑨ 焄(xūn)蒿悽怆:祭祀时引起悽怆的感情。
⑩ 元丰七年:宋神宗元丰七年,即公元1084年。
⑪ 昌黎伯:韩愈,原籍昌黎,故封为昌黎伯。
⑫ 榜:同"榜",匾额。这里用作动词。
⑬ 皇祖于辛卯:即康熙五十年(1711)。
⑭ 赋什:什,篇什。《诗·大雅·小雅·周颂》以十篇诗编为一卷,叫作什。后来用以泛称诗篇或文卷。

于是年,此中因缘不可思议。即位后,于辛酉年始为巡狩之举①。至山庄,徘徊思慕,因敬依元韵以志景仰。甲戌年又增赋三十六景②,盖以皇祖昔曾题额而未经入图,及余游览所至,随时题额补定者,总弗出皇祖旧定之范围,故"永恬居"之诗曰:"已是洞天传玉简,得教福地续琅书③。"永恬居即皇祖御书也。御序至矣、尽矣,兹后序何为而作? 盖予之生年即同山庄,而予之侍皇祖适以壬寅④,而今岁又恰当壬寅。六十余年蕴于深衷者,不可以不明白宣示,以自戒己者,戒我后人耳。

夫居此山庄,日凛敬天法祖,勤政惠民,柔远宁迩诸大端⑤,见之诗文者不知凡已,何尚有未宣之深衷乎? 无而为有,是欺己;有而弗宣,是欺人。我皇祖建此山庄,所以诘戎绥遐、崇朴爱物之义⑥,见于御制序中,意深远也。是以皇考十三年之间虽未举行此典,尝面谕曰:"予之不往避暑山庄及木兰行围者,盖因日不暇给,而性好逸,恶杀生。是予之过。后世子孙、当遵皇考所行,习武木兰,毋忘家法。"煌煌圣训,予与和亲王及尔时军机大臣实共闻之,而今皆无其人矣。予如不言,后更无知皇考圣意者。

又数年来,日涉成趣,于向所定景外,不无建置,如"创得斋""戒得堂"之类⑦,不下二十处。既见之昨岁知过之论矣;而予之意犹有未尽者,亦不可不宣示后人也。盖汉、唐以来,离宫别苑何代无之⑧? 然不过费人财、逞己欲,其甚者,乃至破国亡家⑨,是可戒,无足法也。若今之山庄,乃在关塞之外,义重习武,不重崇文。而今则升府立学,骎骎呼崇文矣⑩。然杜甫所云"将军不好武、稚子总能文"之句⑪,余尝驳之,以为各有其地、其职也。设众人遂以此为美,亦美中之不足矣。又扈跸之众,历数月于役⑫。《采薇》、《出车》,古人所以恤下⑬,此亦不可不念。俾人知其所系者

---

① 辛酉:即乾隆六年(1741)。巡狩:亦作"巡守"。古时帝王五年一巡狩,视察诸侯所守的地方。
② 甲戌:即乾隆十九年(1754)。
③ "永恬居"之诗:指康熙咏"永恬居"的诗歌。永恬居原为康熙时题额,但未收录所定的避暑山庄三十六景之图中。
④ 壬寅:即康熙六十一年(1722)。
⑤ 柔远宁迩:采用怀柔政策,安抚边远之民,使内地安宁。《诗·大雅·民劳》:"柔远能迩,以定我王。"
⑥ 诘戎绥遐:责难少数民族上层首领,安定远方。
⑦ 创得斋、戒得堂:为乾隆增设避暑山庄三十六景之后,"日涉成趣",又新建的二十余景中的两个景物。
⑧ 离宫:古代帝王于正式宫殿之外另筑的宫室,以便随时游处,谓之离宫。别苑:另设的苑囿,有别于正苑。
⑨ 乃至破国亡家:指历史上因穷奢极欲修建离宫别苑而招致亡国之患。如秦二世胡亥大修阿房宫,加重了赋税徭役,爆发了陈胜、吴广农民起义,导致秦亡。
⑩ 骎骎(qīn):形容马跑得很快的样子。比喻事情进展很快。
⑪ 杜甫所云……:此两句诗见于《陪郑广文游何将军山林十首》之第九首。原诗"床上书连屋,阶前树拂云。将军不好武,稚子总能文。醒酒微风入,听诗静夜分。絺衣挂萝薜,凉月白纷纷。"
⑫ 扈跸:同"扈驾",护送皇帝车驾。跸:帝王出行时止行清道。
⑬ 《采薇》:《诗·小雅》篇名。写出征之时,采薇以食,而念归期之远。《出车》:《诗·小雅》篇名。诗中写南仲受命出征玁(狁)犹时行不可缓的情景,以及凯旋时的喜悦心情。

大,且时加惠赐焉,则劳而不怨。若图己乐而忘人苦,亦非仁人之所为也。若夫崇山峻岭,水态林姿,鹤鹿之游,鸢鱼之乐,加之岩斋溪阁,芳草古木。物有天然之趣,人忘尘世之怀,较之汉唐离宫别苑有过之无不及也。若耽此而忘一切,则予之所为膻芗山庄者①,是设陷阱,而予为得罪祖宗之人矣。

此意蓄之久而不忍言。今老矣,终不可不言,故书之。既以自戒,仍儆告我后人。若后人而忘于此言,则与国休戚相关之大臣,以及骨鲠忠直之言官②,执予此言而谏之可也。设谏而不从,或且罪之者,则是天不佑我国家,朕亦无如之何也已矣。

乾隆四十七年七月下旬御笔

【作者】 爱新觉罗·弘历(1711—1799),即清朝乾隆皇帝。

【赏析】 避暑山庄又称承德离宫或热河行宫,在河北省承德北部,是我国现存最大的皇家园林和著名的文物风景区,是清代皇帝避暑并处理政务之地。山庄始建于康熙四十二年(1703),集中了我国南北园林艺术的精华,被人们誉为"塞外明珠"。它不仅是皇帝的避暑胜地,还有着"整军经武""请戎绥远"的政治目的。历史上,此地曾一度成为清王朝的第二个政治中心。避暑山庄的整体风貌似中国地理环境的缩形——西北多山而东南多水,北部是开阔地带,撷取了中国古典园林"南秀北雄"之美。承德避暑山庄是国家重点风景名胜区,1994年以世界文化遗产,列入《世界遗产名录》。该碑文在永佑寺内。永佑寺位于万树园东侧,建于乾隆十六年(1715年)是山庄内九处寺庙之中规模最大的一处。永佑取永远保佑安宁的意思。乾隆十九年仿杭州报恩寺营建。永佑寺是平原区规模最大的一组建筑,今存舍利塔和碑刻,余皆毁。永佑寺御容楼前有一座高65米的塔寺,名舍利塔。塔后立永佑寺舍利塔碑,今保存完好。碑身正面镌《永佑寺台利塔记》,背面镌《避暑山庄百韵诗序》。

《避暑山庄后序》是乾隆帝于乾隆四十七年(1782)为避暑山庄永佑寺题写的碑文。主旨是"毋忘家法"。碑文说明了兴建避暑山庄的要旨"日凛敬天法祖,勤政惠民,柔远宁迩";告诫后世子孙当"遵皇考所行,习武术兰,毋忘家法。"碑文对避暑山庄予以生动描绘并论述了修建离宫别苑的历史教训。引经据典,辩风活泼,涉笔成趣,旨意深刻,醒人耳目。

---

① 膻芗(shān xiāng):牛羊肠间的脂膏。膻同"羶"。羊膏为膻,牛膏为芗。引申为鲜香的美味佳肴。
② 骨鲠:也作"骨鲠""骨梗"。犹"骨干"。喻刚直强劲。《史记·刺客列传》:"方今吴外困于楚,而内空无骨鲠之臣,是无如我何!"

五人墓碑记
明·张溥

　　五人者,盖当蓼洲周公①之被逮,激于义而死焉者也。至于今,郡之贤士大夫②请于当道③,即除④魏阉废祠⑤之址以葬之。且立石于其墓之门,以旌⑥其所为。呜呼,亦盛矣哉⑦!

　　夫五人之死,去⑧今之墓⑨而葬焉,其为时止十有一月耳⑩。夫十有一月之中,凡富贵之子,慷慨得志之徒,其疾病而死,死而湮没⑪不足道者,亦已众矣⑫;况草野之无闻者欤⑬!独五人之皦皦⑭,何也?

　　予犹记周公之被逮,在丁卯三月之望⑮。吾社之行为士先者⑯,为之声义⑰,敛赀财⑱,以送其行,哭声震动天地。缇骑⑲按剑而前,问:"谁为哀者?"众不能堪,抶而仆之⑳。是时以大中丞抚吴者㉑,为魏之私人,周公之逮所由使也㉒,吴之民方痛心焉。于是乘其厉声以呵㉓,则噪而相逐,中丞匿于溷藩㉔以免。既而以吴民之乱请

---

① 蓼洲周公:周顺昌,号蓼洲,明末吴县(现在江苏苏州)人。明熹宗时,任吏部员外郎,因为得罪宦官魏忠贤,被捕,死在狱里。
② 郡之贤士大夫:郡,指苏州府,古为吴郡。贤士大夫,与应社有关系的上层人物。
③ 当道:执掌政权的人。这里应指天府巡抚和苏州知府。
④ 除:治,整理。
⑤ 魏阉废祠:魏忠贤当权时,各地无耻的官吏给他建立生祠(给活人修的祠堂);魏忠贤死后,这些生祠就废了。阉:指太监。
⑥ 旌:表扬。
⑦ 亦盛矣哉:也真是盛大隆重的事啊!
⑧ 去:距离。
⑨ 墓:用作动词,意思是修墓。
⑩ 其为时止十有一月耳:那时间不过十一个月罢了。有,又。
⑪ 湮(yān)没:埋没,磨灭。
⑫ 亦已众矣:也够多的了。已,表示程度(多少、深浅)的副词。
⑬ 况草野之无闻者欤:何况在乡间没有声名的人呢?
⑭ 皦皦(jiǎojiǎo):光明显耀的样子。
⑮ 丁卯:公元1627年(明熹宗天启七年)。《明史·周顺昌传》:"顺昌至京师,下诏狱……遂于夜中潜毙之。时(天启)六年六月十有七日也。"据此,"周公之被逮"当在天启六年。三月之望:三月十五日。农历每月十五日叫"望"。
⑯ 吾社之行为士先者:我们社(指应社)里那些道德品行可以为读书人表率的人。
⑰ 为之声义:替他(周顺昌)诉冤,伸张正义。
⑱ 赀(zī):同"资",资财,钱财。
⑲ 缇(tí)骑:原指皇帝出行时作先导的马队,穿橘红色衣服。后用来称呼逮捕犯人的官役。
⑳ 抶(chì)而仆之:把他们打倒在地上。抶,击。
㉑ 以大中丞抚吴者:以"大中丞"职衔做应天府巡抚的人,指毛一鹭。中丞,御史。抚,这里用作动词,担任巡抚的意思。
㉒ 所由使:是由他主使的。
㉓ 乘其厉声以呵:趁着他(毛一鹭)高声呵斥的时候。
㉔ 匿于溷(hùn)藩:藏在厕所里。溷,厕所。藩,篱、墙。

于朝①,按诛五人②,曰:颜佩韦、杨念如、马杰、沈扬、周文元,即今之傫然③在墓者也。然五人之当刑也,意气扬扬,呼中丞之名而詈④之,谈笑以死;断头置城上,颜色不少变。有贤士大夫发五十金,买五人之脰⑤而函之,卒与尸合。故今之墓中,全乎为五人也。

嗟夫!大阉之乱⑥,缙绅⑦而能不易其志者,四海之大,有几人欤?而五人生于编伍⑧之间,素不闻《诗》《书》⑨之训,激昂大义,蹈死不顾,亦曷故哉⑩?且矫诏⑪纷出,钩党之捕⑫遍于天下,卒以吾郡之发愤一击,不敢复有株治⑬;大阉亦逡巡畏义⑭,非常之谋⑮,难于猝发,待圣人之出⑯而投缳道路⑰:不可谓非五人之力也!

由是观之,则今之高爵显位,一旦抵罪,或脱身以逃,不能容于远近,而又有剪发杜门⑱、佯狂不知所之者,其辱人贱行⑲,视五人之死,轻重固何如哉?是以蓼洲周公忠义暴⑳于朝廷,赠谥美显㉑,荣于身后;而五人亦得以加其土封㉒,列其姓名于大堤之上,凡四方之士,无有不过而拜且泣者,斯固百世之遇也㉓!不然,令五人者保其首领以老于户牖之下,则尽其天年,人皆得以隶使之㉔,安能屈豪杰之流,扼腕墓

---

① 请于朝:向朝廷请示。
② 按诛五人:追究(这件事),斩了这五个人。按,有"查究"的意思。
③ 傫(lěi)然:聚集的样子。
④ 詈(lì):骂。
⑤ 脰(dòu):颈项,这里指头。
⑥ 大阉之乱:魏忠贤这场祸乱。
⑦ 缙绅:亦作搢绅,指一般做官的人。古代大臣把笏插在腰带里,所以称做官的人为"缙绅"。缙,插。绅,带。
⑧ 编伍:指民间。古时编制户口,五家为"伍"。
⑨ 《诗》《书》:《诗经》《书经》,这里泛指经书。
⑩ 曷:通"何"。
⑪ 矫诏:指(魏忠贤)假托的皇帝的命令。
⑫ 钩党之捕:逮捕同党的人。指魏忠贤大捕东林党人。钩党,有牵连的党人。
⑬ 株治:牵连治罪。株,株连、牵连。
⑭ 逡(qūn)巡畏义:犹疑不决,畏惧正义。
⑮ 非常之谋:指篡夺帝位的阴谋。
⑯ 圣人之出:圣人,指崇祯皇帝。出,出来,指皇帝即位。
⑰ 投缳道路:吊死在路上。天启七年(1627年)八月,崇祯帝即位,十一月,放逐魏忠贤去凤阳,接着又派人追捕,魏忠贤听到消息,就在路上吊死了。投缳,指上吊。投,掷、扔。缳,布带或绳索结成的套子。
⑱ 剪发杜门:剪发毁容,闭门不出,以示发狂。这里暗指阉党们的下场。杜,塞、闭。
⑲ 辱人贱行:可耻的人格,卑贱的行为。
⑳ 暴(pù):显露。
㉑ 赠谥美显:指崇祯皇帝赠周顺昌为太常卿,谥为忠介。美显,美好而光荣。
㉒ 加其土封:修建一座大坟。土封,指坟墓。
㉓ 斯固百世之遇也:这真是百代(难得)的际遇啊。
㉔ 人皆得以隶使之:人人都可以把他们当作仆役来使唤。隶,名词用作状语,像奴仆那样。

道,发其志士之悲哉!故予与同社诸君子哀斯墓之徒有其石也,而为之记,亦以明死生之大,匹夫之有重于社稷也。

贤士大夫者:冏卿因之吴公、太史文起文公、孟长姚公也。①

【作者】张溥(1602—1641),字天如,号西铭。江苏太仓人。明末文学家。明崇祯进士,选庶吉士。自幼发奋读书,《明史》上记有他"七录七焚"的佳话。与同乡张采齐名,合称"娄东二张"。两人相互砥砺,崇尚节气,切磋文理,立志改革世风日下的文坛。天启四年(1624年),二人在苏州创建应社。崇祯元年(1628年),与张采一起,在太仓发起了驱逐阉党骨干顾秉谦的斗争,所撰散文,脍炙人口。张采(1595—1648),字受先,太仓人。崇祯进士,授临川知县。他刚正清廉,崇尚节气,惩恶举善,深得乡人尊敬。他协助张溥创办复社,积极参加复社的斗争活动。著作有《知畏堂集》《太仓州志》。因此,"二张名重天下"。崇祯二年(1629年),组织和领导复社与阉党作斗争,以继承东林(顾宪成、高攀龙在无锡东林书院讲学,讽议朝政,阉党称他们为"东林党",被残酷镇压)传统自居,进行文学和政治活动,议论朝政,影响很大。张溥是知识分子中进步阶层的代表,他所领导的"复社"活动,讥评时政,在当时有一定的政治意义,复社的声势震动朝野。

在文学上,张溥主张"兴复古学",强调"居今之世",要"为今之言""务为有用"。他写过不少抨击时政的文章,内容充实,风格质朴。《五人墓碑记》是其中的代表作。文章收集在《七录斋集》中。

【赏析】明朝万历年间,用政治暴力兼并民田的情况愈演愈烈,江南是全国首富之区,情况更加恶劣。明神宗朱翊钧连年发动对外战争,大事营建宫殿,为搜刮财物,他大兴矿税,通都大邑,都设税监,税监又滥用群小,布满城乡,竭力榨取、掠夺。一时间农商交困,民怨鼎沸,因而爆发多次大规模群众性的抗税、反税、惩治税监的斗争。

当时江南地主阶级中一部分知识分子为了政治清明,减少社会矛盾,挽救江河日下的局面,常常在一起议论朝政。因为他们的领袖顾宪成等在江苏无锡东林书院讲学,所以这些知识分子就被称为东林党。对于当时反矿税、反税监的斗争,他们不仅同情,而且积极支持并参加。

天启元年(1621年),明熹宗朱由校即位,魏忠贤受命为司礼秉笔太监,执掌要职;后来他又兼掌特务机关东厂,加紧镇压人民和官员中的反对派,实行阉党专政。熹宗初年,东林党人在朝任职的人还较多,他们一再上疏熹宗,反对魏忠贤,反对横征暴敛,反对专制统治,要求任用贤能,关心民生,允许知识分子公开讲学,议论朝

---

① 冏(jiǒng)卿因之吴公:指太仆卿吴默(字因之)。冏卿,太仆卿之别称,掌管舆马和畜牧等事。太史文起文公:指翰林院修撰文震孟(字文起)。太史,史官,明清两朝修史的事由翰林院负责,所以称翰林院的官为太史。孟长姚公:指姚希孟(字孟长)。

政。这些主张是符合广大人民的愿望和要求的,但是由于熹宗的包庇,东林党人的斗争都遭到失败。在朝的东林党主要人物,有的被革职、贬谪,有的被逮捕遭酷刑致死。江南广大人民深受阉党之害,同情并支持东林党人。因此,当阉党在天启六年(1626年)以莫须有的罪名,逮捕东林党人周顺昌时,一场广大人民群众反抗阉党的暴动就爆发了。

本文选自《七录斋集》。五人墓碑,建在苏州城外虎丘前面山塘河大堤上。"五义士"指颜佩韦(商人,为人慷慨,喜打抱不平)、杨念如(阊门外鬻衣)、沈扬(牙侩)、马杰(练武玩棒)、周文元(周顺昌的轿夫)。

周顺昌(1584—1626),字景文,号蓼洲,苏州吴县人。万历四十一年(1613年)中进士,任福州推官(掌管州中刑狱的官)。后来进入吏部,任文选司员外郎(掌管官吏任免、考核、升降、调动等事),他虽掌管人事大权,但仍极清廉正直。后来离京回南方时,只有"行李一肩,都门叹为稀有"。他为人正直、清廉,关注民间疾苦。像他这样的人,人民欢迎,阉党不容,被魏忠贤列名《东林点将录》(阉党捕人的黑名单)。天启五年(1625年),被迫害的"六君子"之一魏大中被捕路过苏州,当时请假家居的周顺昌激于大义,竟与魏"周旋累日",还把女儿许配魏的孙子。在谈话中,切齿痛骂阉党。这事被缇骑报告魏忠贤,周顺昌终于被革职。

周顺昌被罢官后,阉党仍不罢手,必欲置之死地而后快。原江苏巡抚周起元被罢官时,周顺昌曾为文送他,其中有赞美周起元,斥责阉党的话。魏忠贤获悉此事后,指使东厂特务罗织罪名,借机陷害。天启六年(1626年)三月周顺昌被逮到北京,在狱中被拷打得体无完肤,仍痛骂魏忠贤如故。同年六月十七日被拷死狱中,年四十三岁。到崇祯元年(1628年)才得到昭雪,谥忠介。

周顺昌被捕时,群众万余人尾随。一向好打不平的商人子弟颜佩韦,高举着香火,沿途呼喊:"有愿替周吏部说话的,跟我来!"他情愿自己去代周顺昌吃官司。市民马杰也一路敲梆子,号召群众。当阉党爪牙缇骑威胁群众时,马杰破口大骂魏忠贤,杨念如、沈扬也上前仗义陈词,不许东厂缇骑逮捕周顺昌。缇骑恼羞成怒,拔出利剑,扬言要割掉马杰的舌头,聚观的市民鼓噪起来,缇骑更加凶横,首先举剑扑击沈扬、杨念如。这时周顺昌的轿夫周文元也怒不可遏,夺取了缇骑的武器,同缇骑扭打起来,结果额头受伤。聚观的市民一见缇骑动武伤人,就一起鼓噪围攻,吓得缇骑们东逃西窜,有的爬上树顶,有的躲到厕所里,有的逃上屋顶。其中两个缇骑被群众打死。

颜佩韦等五人过去互不相识,而且除周文元外,其他四人同周顺昌也毫无交往,完全是激于义愤才自发参加斗争的。五人被捕后,对自己的作为,理直气壮,毫不隐讳。七月中,苏州城里布满警卫,戒备森严,就在阊门外吊桥上,五位壮士大骂魏忠贤及其亲信毛一鹭,从容就义。临刑时,几万市民含泪同五人诀别。事后,为了抗议杀害五人,苏州市民曾倡议拒用天启钱达十个月之久。群众斗争的威力,惊得气焰嚣张的魏忠贤"逡巡畏义",从此"不敢复有株治"。十一个月后,熹宗死了,魏忠贤失了靠山,畏罪自杀。苏州人民倡议公葬五位义士,一夜之间,把毛一鹭为向魏忠贤献媚而监造的魏忠贤生祠拆为平地,在它的废基上修建了五义士的墓。

《五人墓碑记》是著名文选《古文观止》的压卷之作。吴楚材等人评价此文:"议论随叙事而入,感慨淋漓,激昂尽致。当与史公伯夷、屈原并垂不朽。"

本文记述的就是上述反抗阉党的斗争,抒发了对"激于义而死"的五个人的崇敬之情,阐述了人的生死价值问题。本文是为五位普通的平民百姓树碑立传的文字,探讨了生死价值这样重大的问题。作者首先肯定五人之死是"激于义",开篇抓住一个"义"字。五人是为义而生,为义而争,最后为义而献身。这就使读者联想起孟子的名言——"生,亦我所欲也;义,亦我所欲也:二者不可得兼,舍生而取义者也。"可以说,本文是对孟子名言的生动诠释。读好文章可以净化灵魂。《五人墓碑记》就是一篇净化灵魂的文章。千百年来,中华民族生生不息,就是靠了这种不屈不挠的精神。

本文成功地运用了记叙和议论相结合的手法,还运用对比、反衬的手法来加强艺术效果。

天安门广场人民英雄纪念碑碑文
现代·毛泽东

三年以来①,在人民解放战争和人民革命中牺牲的人民英雄们永垂不朽!

三十年以来②,在人民解放战争和人民革命中牺牲的人民英雄们永垂不朽!

由此上溯到一千八百四十年③,从那时起,为了反对内外敌人,争取民族独立和人民自由幸福,在历次斗争④中牺牲的人民英雄们永垂不朽!

【作者】毛泽东(1893—1976),字润之。1893年12月26日生于湖南湘潭韶山冲一个农民家庭。1976年9月9日在北京逝世。马克思列宁主义者,伟大的无产阶级革命家、政治家、军事家,中国共产党、中国人民解放军和中华人民共和国的主要缔造者和领袖。

【赏析】碑文表彰人民英雄千古不朽的功勋,表达全国人民对革命先烈的敬仰

---

① 三年以来:指1946年6月至1949年9月,中国人民在中国共产党领导下,推翻美帝国主义支持的国民党反动统治而进行的革命战争。这次革命战争又称为第三次国内革命战争,也简称为解放战争。

② 三十年以来:指从1919年五四运动开始的历次人民革命战争。如第二次国内革命战争、抗日战争等。

③ 上溯到一千八百四十年:溯(sù),往上追溯。1840年为第一次鸦片战争。

④ 历次斗争:包括1840年的鸦片战争、1851年的太平天国农民革命战争、1911年的武昌起义的辛亥革命、1927年共产党领导的南昌起义,1937年的抗日战争、1945年的解放战争,等等。

和缅怀。

香港回归祖国纪念碑碑文

  香港地处中国南疆,水清港深,居民聚族蕃衍,航通远洋。一八四零年鸦片战争后,英国割占香港岛、九龙,又挟势租借"新界"。香港倚东西交汇之利,以自由港促进国际贸易,励行法治,民既勤奋,经营有成,且得祖国多方支援,蔚为国际金融贸易航运中心。百年神州,忧患无已,有志之士,无时不图收复国土。自改革开放以来,国势日强,我国宣布于一九九七年收回香港,伟大政治家邓小平先生提出"一国两制""港人治港"及高度自治之英明构想,万众忻腾拥护。中英两国展开外交谈判,签署联合声明,英国政府同意将香港交还中国,中国政府根据宪法规定,设立香港特别行政区。全国人大乃有"香港特别行政区基本法起草委员会"之组织,广咨民意,提交全国人民代表大会通过《香港特别行政区基本法》;设立"香港特别行政区筹备委员会",负责筹备成立特别行政区之有关事宜;经推选委员会选举,中央人民政府任命董建华先生为第一任行政长官。一九九七年六月三十日午夜,中英两国政府在香港举行香港政权交接仪式,由前国家主席江泽民同志与查理斯皇储主礼,举世瞩目,海内外各国嘉宾观礼者数千人,国旗区旗高扬,欢声雷动,人民解放军进驻香港,山海重辉,诚划时代之壮举也。今回归又二周年,中央与特别行政区政府恪守基本法,居民安居乐业。筹委会决定树此丰碑,志回归盛典。所望中华儿女,港人子孙,踵前人勤奋守法之精神,爱国爱港,循序渐进发展民主,共致繁荣,香港当以国际大都会及中国南方经贸文化重镇之雄姿,垂制千秋,昌炽无极。

中华人民共和国香港特别行政区政府一九九九年七月一日立

  【赏析】香港回归祖国纪念碑位于香港会议展览中心西北面广场,与坐落广场东北面的"永远盛开的紫荆花"雕塑相互辉映。纪念碑高20米,宽1.6米,由基石、柱身和柱头三部分组成。纪念碑柱身正面刻有国家主席江泽民亲题《香港回归祖国纪念碑》碑名。基石东西两面分别刻有中文碑文及英文译本。纪念碑临海,四周空旷,日照时间长,因此基石和柱身采用同一矿脉、石质坚实和色泽均匀稳定的深色麻石,但经不同表面处理,质感各异。纪念碑柱身由206个石环重叠而成,代表着香港在1842年—2047年的年份。其中代表1842年、1860年、1898年、1982年、1984年和1990年等6个年份的石环,采用较浅色的石料。柱身唯一嵌有光环的石环,是代表1997年的年份,突显香港在这一年回归祖国的重大历史意义。柱身方圆,增加立体视觉的变化效果。纪念碑柱头用紫铜锻制而成,表面经氧化处理,历久不变,寓意香港回归后,继续繁荣昌盛。纪念碑周围设射灯照明,顶端装置4000瓦特射灯,射程可达10多公里。代表1997年的石环上装有32个光纤点,近看如同繁星闪耀,远观则成一光环。柱头底部装有48个光纤点,照耀柱面。

香港回归祖国纪念碑简介了香港回归祖国的由来。正如碑文末段所载,作为中华儿女,我们确实有责任,对香港及国家的发展作出承担。

封燕然山铭
东汉·班固

惟永元元年秋七月①,有汉元舅车骑将军窦宪②,寅亮圣皇③,登翼王室④,纳于大麓⑤,惟清缉熙⑥。乃与执金吾耿秉,述职巡御⑦,理兵于朔方⑧。鹰扬之校⑨,螭虎之士⑩,爰该六师⑪,暨南单于、东胡、乌桓、西戎、氐、羌侯王君长之群⑫,骁骑十万⑬。元戎轻武⑭,长毂四分⑮,雷辎蔽路⑯,万有三千余乘⑰。勒以八阵⑱,莅以威神⑲,玄甲耀日⑳,朱旗绛天㉑。

---

① 惟:句首语气词。永元:东汉和帝的年号。
② 有:名词词头,无义。元舅:大舅。窦宪之妹为和帝之养母;和帝即位,尊之为皇太后。车骑将军:汉代将军的名号。位列上卿。汉文帝元年设,唐以后废。窦宪(?—92年):字伯度,扶风平陵(今陕西咸阳西北)人。妹为章帝皇后,章帝死,和帝即位,太后临朝,他为侍中,操纵朝政。不久任车骑将军。永元元年,率军北伐,击败北匈奴,直至燕然山。后任大将军,结党擅权,地方官多出其门,其弟兄亦骄横不法。数年后,和帝诛灭窦氏,窦宪自杀。
③ 寅:敬。亮:辅助。圣皇:圣明的皇帝。对汉和帝的美称。
④ 登:升,上。翼:辅佐。
⑤ 纳于大麓:见《尚书·尧典》:"纳于大麓,烈风雷雨弗迷。"是说帝尧以重任考察舜。这里指汉帝以大任委于窦宪。纳:收进,接收。大麓:犹大录,指总理天下大事。
⑥ 惟:考虑,想到。清:清明。缉:续,长久。熙:广大。见《诗经·周颂·维清》:"维清缉熙,文王之典",赞美文王的圣德。
⑦ 执金吾:官名。西汉武帝改中尉为执金吾,为督巡三辅治安的长官。这是指耿秉。述职:供职。巡御:巡视防范。
⑧ 理兵:治兵,练兵。朔方:汉郡名。东汉治所在临戎县(今内蒙古磴口县北)。
⑨ 鹰扬:如鹰隼之飞扬。形容士气之高昂。校(jiào):校尉,汉代武官。
⑩ 螭虎:如龙如虎。螭:传说中一种无角的龙。士:士兵。
⑪ 爰:于是。该:备。六师:犹六军、王师,泛指朝廷的军队。
⑫ 暨(jì):和。南单(chán)于:西汉时匈奴已分南北两部,东汉时南匈奴内附于汉。汉章帝章和二年(88年),南匈奴单于休兰尸逐侯提上书于汉,愿乘北匈奴内乱,与汉共同发兵北伐。单于:匈奴君主的称号。
⑬ 骁(xiāo)骑:勇猛的骑兵。
⑭ 元戎:一种大型兵车,车蒙幔,马披甲,衡轭之上有剑戟,用以冲锋陷阵。轻武:轻便、迅捷而威武。
⑮ 长毂(gǔ):指兵车。四分:分布于四面。
⑯ 雷辎(zī):车声如雷。言车之多。辎:一种有帏盖的车子。蔽:塞满。
⑰ 有:又。乘(shèng):古代一车四马为一乘。
⑱ 勒:统帅,率领。八阵:八种阵法。其说不一。或说八阵:一为方阵,二为圆阵,三为牝阵,四为牡阵,五为衡阵,六为轮阵,七为浮沮阵,八为雁行阵。或说:天地风云四正阵,龙虎鸟蛇四奇阵,共为八阵。
⑲ 莅(lì):临。威神:神威。
⑳ 玄甲:铁甲。玄,黑,铁色。
㉑ 绛(jiàng)天:使天变红。绛,正红色。这里用作动词。

遂凌高阙①,下鸡鹿②,经碛卤③,绝大漠④,斩温禺以衅鼓⑤,血尸逐以染锷⑥。然后四校横徂⑦,星流彗扫⑧,萧条万里⑨,野无遗寇。于是域灭区单⑩,反旆而旋⑪。考传验图⑫,穷览其山川⑬。

遂逾涿邪⑭,跨安侯⑮,乘燕然,蹑冒顿之区落⑯,焚老上之龙庭⑰。将上以摅高文之宿愤⑱,光祖宗之玄灵⑲;下以安固后嗣⑳,恢拓境宇㉑,振大汉之天声㉒。兹可谓一劳而久逸,暂费而永宁也。乃遂封山刊石㉓,昭铭盛德㉔。其辞曰㉕:

铄王师兮征荒裔㉖,剿凶虐兮截海外㉗,夐其邈兮亘地界㉘,封神丘兮建隆碣㉙,熙帝载兮振万世㉚。

---

① 凌:越过。高阙:山名,或谓塞名,在朔方北。
② 下:去,到……去。鸡鹿:塞名。在今内蒙古杭锦后旗西。
③ 碛(qì)卤:沙石盐卤之地。
④ 绝:横穿。
⑤ 温禺(yù):匈奴王号。衅鼓:以血涂鼓。衅(xìn),古代的一种祭祀仪式,用牲畜血涂在新制的器物上。
⑥ 血:使流血。尸逐:匈奴异姓大官名。锷(è):刀剑的刃。
⑦ 校:古代军队的编制。四校:指四方的官兵。横徂(cú):横行。徂:往。
⑧ 星流彗扫:形容军事行动之迅速。
⑨ 萧条:战后空阔冷清、毫无生气的样子。
⑩ 域灭区单:整个区域都消灭净尽。单,犹"殚",尽。
⑪ 反旆(pèi):调转军旗的方向。旆,古代旗边上所缀的下垂饰物,代指旗帜。旋:返回,归来。
⑫ 考传验图:考察书传,验证图录。
⑬ 穷览:观览无遗。穷,尽。
⑭ 逾:越过。涿邪(yē):山名。也作"涿涂(yē)",大约在今蒙古境内阿尔泰山脉东南部。
⑮ 安侯:水名。也作"乌鲁古河""斡尔罕河",即今蒙古境内的鄂尔浑河。
⑯ 蹑:践,踩。冒顿(mò dù):西汉初匈奴单于名。冒顿以鸣镝射杀其父曼头单于而自立。称强一时。区落:部落。
⑰ 老上:单于号。冒顿单于之子,名稽粥;冒顿死,稽粥立,号老上单于。龙庭:也作"龙城""茏城"。西汉时匈奴祭祀先人、天地、鬼神及大会诸侯处。在今蒙古鄂尔浑河西侧,硕柴达木附近。
⑱ 摅(shū):抒发。高、文:汉高祖刘邦、汉文帝刘恒。两帝在位时,都曾受匈奴之困扰。宿:旧有的。
⑲ 玄灵:神灵。
⑳ 安:使安宁。固:使稳固。后嗣:子孙,后代。
㉑ 恢拓境宇:开拓边境,扩大国土。宇:国土,国家。
㉒ 振:这里义为提高。天声:指国威。
㉓ 乃遂:于是。刊:刻。
㉔ 昭铭:彰显和铭刻。盛德:盛大的功德。
㉕ 辞:铭文之辞。
㉖ 铄(shuò):美。裔:边远的地方。
㉗ 剿:灭绝。凶虐:凶恶暴虐,指匈奴。截:断,使整齐。海外:四海之外,言其远离中土。
㉘ 夐(xiòng):远。其:而。邈:远。亘(gèn):连接。地界:边界。
㉙ 神丘:指燕然山。建:树立。隆:高。
㉚ 熙:兴起。载:通"事"。振万世:传扬万代。

【作者】班固(32—92):东汉史学家、文学家。字孟坚,扶风安陵(今陕西咸阳东北)人。撰著《汉书》,开创了"包举一代"的断代史体例。善作赋,有《两都赋》等。曾随窦宪北伐匈奴,为中护军,后窦宪因擅权被迫自杀,班固受牵连,死于狱中。

【赏析】燕然山:即今蒙古境内的杭爱山。东汉和帝朝,窦宪因刺杀都乡侯刘畅而获罪,于是自求北伐匈奴以赎死。恰好南单于也在当时请兵北伐,皇帝便拜窦宪为车骑将军,耿秉为副,与南匈奴左谷蠡王师子出塞击北匈奴,大获全胜。窦宪、耿秉登燕然山,去塞三千余里,遂令班固作铭,刻石勒功,纪汉威德。封,这里指筑坛立碑。

这篇碑文是记功碑文中的名篇。碑文叙述了车骑将军窦宪东汉永元元年(89年)北击匈奴所取得的重大胜利。文章叙写战功主要以短句,与短兵相接的战场形势相符。语言精练,气势雄壮,风格庄重,确能展现大汉威德。在修辞方面也很讲究。排比、对仗句式的运用,显得节奏迫促,错落有致,富于感染力。

剑阁铭
晋·张载

岩岩梁山①,积石峨峨。远属荆衡②,近缀岷嶓③。南通邛僰,北达褒斜④。狭过彭碣⑤,高逾嵩华。

惟蜀之门,作固作镇,是曰剑阁,壁立千仞。穷地之险,极路之峻。世浊则逆,道清斯顺。闭由往汉⑥,开自有晋⑦。

秦得百二⑧,并吞诸侯。齐得十二,田生献筹。矧兹狭隘⑨,土之外区。一人荷戟,万夫趑趄⑩。形胜之地,匪亲勿居。

昔在武侯,中流而喜。山河之固,见屈吴起。兴实在德,险亦难恃。洞庭孟门,二国不祀⑪。自古迄今,天命匪易。凭阻作昏,鲜不败绩。公孙既灭⑫,刘氏衔璧⑬。

---

① 梁山:即剑门山。
② 荆、衡:指荆山、衡山。荆山在今湖北南漳西。衡山,即指今湖南衡山。
③ 缀:连在一起。嶓:嶓冢山的省称,位于陕西省宁强县北。汉水发源地。
④ 褒斜:古通道名,褒水和斜水形成的河谷。
⑤ 彭碣:彭门。位于四川省安县。两山相对如城阙。
⑥ 闭由往汉:指汉刘备。
⑦ 开自有晋:指魏钟会伐蜀,归功于晋。
⑧ 秦得百二:指秦地险,两万人抵挡百万人。
⑨ 矧:况且。
⑩ 趑趄:行走困难。
⑪ 二国:一指三苗氏,不修德义,为禹所灭。二指殷纣,修政不德,武王杀之。
⑫ 公孙:指公孙述(?—36)。曾据益州称帝,为汉军所灭。
⑬ 衔璧:古代国君死时有口含玉的习俗。战败者衔璧以示国亡当死。

覆车之轨，无或重迹。勒铭山阿，敢告梁益①。

【作者】张载（1020—1077），字子厚，原籍大梁（今河南开封）人，人称横渠先生。与其弟张协、张亢并称"三张"。张载和二程都是道学的奠基人，程颢代表道学中心学的一派，程颐代表道学中理学的一派，张载的一派是气学。心学和理学都是道学中的唯心主义，气学是道学中的唯物主义。著作有《正蒙》《易说》等。《剑阁铭》是他的散文代表作。

【赏析】剑阁位于四川剑阁县东北大小剑山之间，为古时入蜀的必经之道，形势极为险要。这是一篇关于剑阁形势险恶的警诫文字。刘勰在《文心雕龙》中："唯张载《剑阁》，其才清采，迅足骎骎，后发前至，勒铭岷汉，得其宜矣。"

文章从雄险入手，开门见山，劲健有力。前十二句描写地理位置和山势，作鸟瞰式的观察，从空间角度点出剑门地处要害，实属蜀之屏障。"穷地之险"以下十六句，从时间角度突出剑阁形胜在历史发展中的重要意义，从自然地势过渡到社会政治意义，巧妙用典增加说服力。

九成台铭
北宋·苏轼

韶阳太守狄咸新作九成台，玉局散吏苏轼为之铭②。曰：

自秦并天下，灭礼乐，《韶》之不作，盖千三百二十有三年。其器存，其人亡，则《韶》既已隐矣，而况于人器两亡而不传③？

虽然，《韶》则亡矣，而有不亡者存。盖常与日月寒暑晦明风雨并行于天地之间④。世无南郭子綦，则耳未尝闻地籁也，而况得闻于天？使耳闻天籁，则凡有形有声者，皆吾羽旄干戚管磬匏弦⑤。

---

① 梁：梁州，三国蜀置，故治在今陕西南郑县东。益：益州，汉武帝时置，三国魏至南齐皆分治益州为梁益二州。

② 韶阳：即韶州，今广东省韶关市曲江县。玉局散吏：官名。宋徽宗于公元1100年即位时，外贬的苏轼被赦还，提举成都玉局观，故云。这几句的意思是：韶阳太守狄咸新筑九成台，玉局散吏苏轼为九成台作铭文。

③ 《韶》：相传为舜所作的乐曲。作：兴起。这几句的意思是：自从秦并天下，废除礼乐，《韶》乐的不兴，已经有一千三百二十三年了。其乐器尚存，其人已亡，《韶》就已经隐失了，何况人器两亡而不传呢？

④ 亡：死亡，灭亡，失去。常：长久。这几句的意思是：虽然《韶》乐是不存在了，但仍有没有消亡的东西存在着。那就是仍然长久地与日月、寒暑、晦明、风雨并行于天地之间的音乐。

⑤ 南郭子綦（qí）：《庄子·齐物论》载，南郭子綦对子游说，人籁是竹箫口吹出的声音，地籁是众窍发出的声音，天籁是风吹各种窍发出的不同的声音。羽旄（máo）：乐舞所执的雉羽和牦牛尾。旄，本指古代用牦牛尾做成的旗子。干戚：盾与斧。管磬匏弦：泛指各种乐器。这几句的意思是：如果世上没有南郭子綦，那么耳朵就听不到地籁了，更何况能够听到天籁？假如耳朵能听到天籁，那么凡是有形有声的，就全都是我的羽旄干戚、管磬匏弦了。

尝试与子登夫韶石之上,舜峰之下,望苍梧之渺莽,九疑之联绵①。览观江山之吐吞,草木之俯仰,鸟兽之鸣号,众窍之呼吸,往来唱和,非有度数而均节自成者,非《韶》之大全乎②!

上方立极以安天下,人和而气应,气应而乐作,则夫所谓箫韶九成,来凤鸟而舞百兽者,既已粲然毕陈于前矣③。

【赏析】九成台,台名,在广东省韶关市曲江县城北,又名闻韶台,相传舜南巡时在此奏乐。狄咸新筑九成台,苏轼为此大发感慨而写作了这篇声情并茂的铭文。

在这篇铭文中,苏轼的思绪飞扬于辽阔的时空之中,思考了人为灭绝韶乐与韶乐永存于自然之间的矛盾,说明了自然之间的韶乐是永远灭绝不了的。《韶》乐之不作已有一千三百二十三年了,但是消亡的不过是人籁而已,还有远胜于人籁的天籁,是"江山之吐吞,草木之俯仰,鸟兽之鸣号,众窍之呼吸,往来唱和",这才是音律音节自成的韶乐大成!如果天下安定,人和则气应,气应而乐作,那么这种音乐就会与自然之间的音乐协调,成为天地间的极品,有如传说中的九曲箫韶,能引来凤凰,令百兽起舞。潇洒为文,身世沧桑为文,是苏轼文章的一个重要特色。这一篇《九成台铭》也充分地表现了这一点。

徐州莲华漏铭
北宋·苏轼

故龙图阁直学士礼部侍郎燕公肃,以创物之智闻于天下,做莲华漏,世服其精。凡公所临必为之④。今州郡往往而在,虽有巧者,莫敢损益⑤。而徐州独用瞽人卫朴所造,废法而任意,有壶而无箭。自以无目而废天下之视,使守者伺其满,则决之而

---

① 苍梧:山名,即九嶷山,在湖南宁远境内,其地有舜陵。这几句的意思是:曾经试着与狄咸新登于韶石之上,舜峰之下,远望苍梧山的浩渺苍莽,九疑山的连绵不断。

② 均:古"韵"字。这几句的意思是:观览江山吞吐的气象,草木俯仰的情态,鸟兽的鸣叫呼号,众窍的呼吸往来唱和,没有不是有度数而韵节自成的,难道不是《韶》乐的大全吗?

③ 上:宋徽宗。立极:即位。箫韶九成:《尚书·益稷》记载"箫韶九成,凤凰来仪,百兽率舞"。九成,九阙,乐曲终止曰成。这几句的意思是:皇上刚登基以安定天下,人和而气应,气应而音乐兴起,这就是所谓箫韶音乐九阙而成,有凤来仪而百兽率舞,已经完全粲然呈现于眼前了。

④ 燕公肃:即燕肃,字穆之,祖籍益都(今山东青州),后徙居阳翟(今河南禹县),官至礼部侍郎。燕肃博学多才,曾造指南车、记里鼓车等,并且擅长山水画。他还制成了当时最先进的计时器——莲华漏,在全国颁行使用。公,对人的尊称。莲华漏:古代计时器,晋时释慧要采取铜叶制器,状如莲花,置盆水上,底孔漏水,漏到一半则下沉,每昼夜十二沉,四季皆无差错。后失传,燕肃又研制而成。这几句的意思是:已经去世的龙图阁直学士礼部侍郎燕肃,以创造器物的智慧闻名天下,所做莲华漏,世人佩服其精妙。凡是燕肃所到之处都有人请他去做。

⑤ 损:减少。益:增加。这几句的意思是:现在的州郡往往都有燕肃所做的莲花漏,虽然有能工巧匠,却没有人敢对他的设计作增删的。

更注,人莫不笑之①。国子博士傅君祹,公之外曾孙,得其法为详。其通守是邦也,实始改做,而请铭于轼②。铭曰:

人之所信者,手足耳目也。目识多寡,手知轻重。然人未有以手量而目计者,必付之于度量与权衡③。岂不自信而信物?盖以为无意无我,然后得万物之情④。故天地之寒暑,日月之晦明。昆仑旁薄于三十八万七千里之外,而不能逃于三尺之箭、五斗之瓶。虽疾雷霆风雨雪昼晦而迟速有度,不加亏赢⑤。使凡为吏者,如瓶之受水不过其量,如水之浮箭不失其平。如箭之升降也,视时之上下,降不为辱,升不为荣,则民将靡然心服,而寄我以死生矣⑥。

【作者】苏轼事迹创作见前 P.53。

【赏析】在中国古代,殷周时期,表、日晷测时已达到相当高的精度。秦汉以后直至唐代,中国的漏壶计时也达到很高的水平,日晷和漏刻计时已同时使用。这是中国人民高度智慧在计时器方面的集中体现,北宋的燕肃也是这方面的代表人物,他制作的莲花漏计时器为全国所采用。到苏轼写这篇《莲华漏铭》时,燕肃的莲花漏制作方法几近失传。燕肃的外曾孙、国子博士傅君祹懂得燕肃制作莲花漏的方法,为徐州制作了计时器莲花漏,请苏轼为之写作铭文。

苏轼在这篇铭文中,高度评价了燕肃制作莲花漏的智慧和贡献,并由此联系到人事,将莲花漏这种计时器的特点和功能比喻为官吏的品性,假使凡是做官的,能像这瓶所装的水不超过它的容量,像水中的浮箭不失其平稳,像箭的升降的状态,根据时势的变化,降职不认为是受辱,升迁不认为是荣耀,那么老百姓就会倾倒心服,把死生寄托在其身上了。从而巧妙地寄托了苏轼本人的政治理想,十分贴切,令人回味。

---

① 瞽人:盲人。这几句的意思是:而唯独徐州使用盲人卫朴所造的莲华漏,废除燕肃之法,任意为之,有壶而无箭。因为自己没有眼睛就不管天下有视力的人,指派看守的人等到莲华漏满时放水,然后再注水,人们都笑话他。

② 通守:官名,每郡一人,位次于太守。这几句的意思是:国子博士傅君祹是燕肃的外曾孙,知道制造莲华漏的详细方法。他是徐州通守,开始另外改制莲华漏,然后请我作一铭文。

③ 信:相信,信任。这几句的意思是:人所相信的是手、足、耳、目。目认识得多与少,手知道轻与重,然而人不能手量和用眼计算的东西,一定要交付给度量和权衡的器具。

④ 这几句的意思是:这岂不是人不相信自己而去相信器物吗?大概因为无臆测、无主观,就可知道万物的情况吧。

⑤ 旁薄:广大无边。虽:即使。这几句的意思是:所以,天地的寒暑,日月的阴晦和晴朗,广大无边于三十八万七千里之外的昆仑山,也不能逃出莲华漏的三尺之箭、五斗之瓶的计算。即使是雷霆、阴霾、风霜雨雪、白天昏暗,也能做到迟速有度,不会增加也不会减少。

⑥ 靡然:倾倒,倾服。这几句的意思是:假使凡是做官的,像这瓶所装的水那样不超过它的容量,像水中的浮箭不失其平稳,像箭的升降的状态,能根据时势的变化而变化,降职不认为是受辱,升迁不认为是荣耀,那么老百姓就会倾倒心服,把死生寄托在官吏的身上了。

居庸关铭
元·郝经

居庸关在幽州之北,最为深阻,号为天下四塞之一①。大山中断,两崖峡束,石路盘肠,萦带隙罅②。南曰南口,北曰北口。滴沥溅缦,常为冰霙,滑湿濡洒,侧轮跐足③,殆六十里石穴。及出北口,则左转土谷之右,并长岭而西,阴湮枯沙,遗镞朽骨,凄风惨日,自为一天。中原能守则为阳国北门,中原失守则为阴国南门。故自汉唐辽金以来,尝据兵以谨管钥④。中统元年⑤,皇帝即位于开平⑥,则驻跸之南门⑦;又将定都于燕都,则京师之北门。而屯壁之荒圮⑧,恐起狡焉⑨。故作铭畀燕京宣慰府⑩,使勒石关上,且表请置兵以为设险守国之戒云。铭曰:

国宅大都,高寒之区,居庸其枢兮⑪。辽右古北,阴幽沙碛,控带飞狐兮⑫。山边岭重,键闭深雄⑬,巍巍帝居兮。伊昔挈锁⑭,金源败破,遂为坦途兮。函谷一夫,百万为鱼,竟执哥舒兮⑮。思启封疆,备不可忘,祸生死虞兮⑯。寇不可玩,机不可缓,实惟永图兮。天险地险,莫如人险,兵力相须兮。刻铭岩嵎⑰,用告仆夫,当戒覆车兮。

【作者】郝经(1223—1275),字伯常,山西泽州(晋城市)陵川人。元初大学问家,曾为翰林侍读学士。著述甚多,撰有《经史论》《春秋外传》《续后汉书》《陵川文集》等数百卷。

【赏析】居庸关是万里长城的重要关口,距北京约五十公里,为保卫京师的屏障。与嘉峪关、山海关齐名,但因其他势险要,位列三关之首,为历代兵家必争之地。

---

① 四塞:指紫荆关、居庸关、古北口、山海关,意思是四面皆有天险,可作为屏障。
② 隙罅(xìxià):缝隙。
③ 跐(cī)足:脚下滑,站不稳。跐,脚下滑动。
④ 谨管钥:严守关门。
⑤ 中统:元世祖年号(1260—1264)。
⑥ 开平:府卫名。公元1260年蒙古忽必烈即位之地。位于内蒙古正蓝旗东。
⑦ 驻跸(zhùbì):帝王出行时沿途停留暂住。
⑧ 圮(pǐ):毁、绝、坍塌。
⑨ 狡:害。
⑩ 畀(bì):给,给以。燕京宣慰府,元代地方机构。
⑪ 枢:门户的转轴,指事物的重要部分或中心部分。
⑫ 兮(xī):语助词,近似现在汉语的"啊"。飞狐:"飞"一作"蜚",要隘名,即今河北省蔚县东南恒山峡谷之北口。古代为交通要道,飞狐道的咽喉。
⑬ 键:门闩、锁簧。
⑭ 挈(chè):牵引,拽。
⑮ 哥舒:西突厥部落名,亦称姑苏、孤舒。
⑯ 虞(yù):猜测,预料。
⑰ 嵎(yú):山势弯曲险阻的地方。也通"隅",偏僻的地方,角落。

春秋战国时代,燕国扼制此口,时称"居庸塞"。汉朝时,居庸关城已初具规模。此后唐、辽、金、元数朝,居庸都有关城之设。现存的居庸关城,始建于明洪武元年(1368年),清末以后逐渐荒废。1992年对关城建筑进行了全面修复,再现了昔日的雄姿。

这是元代郝经写的一篇铭并序。其内容说明居庸关地势之险要,是中原之门户,为兵家必争之地,建都立国必须借鉴历史经验、教训,派重兵据守。铭文在描述居庸关险要形势之后,说明必须以兵力相配,方可无虞,提出了"天险地险,莫如人险"的观点,认识到了长城本身防御作用的局限,充分体现出作者的不凡见识。

颐和园铜牛铭
清·爱新觉罗·弘历

夏禹治河,铁牛传颂①。义重安澜②,后人景从③。制寓刚戊④,象取厚坤⑤。蛟龙远避,讵数鼍鼋⑥。漨此昆明⑦,潴流万顷⑧。金写神牛⑨,用镇悠永⑩。巴邱淮水⑪,共贯同条。人称汉武,我慕唐尧。瑞应之符⑫,逮于西海⑬。敬兹降祥,乾隆乙亥。

【赏析】铜牛位于颐和园昆明湖东堤,十七孔桥的东侧。颐和园的铜牛铸造于清乾隆二十年(1755年),铸造精良、形象逼真,牛背上刻有乾隆的该篇手书《金牛铭》。据《御制万寿山昆明湖记》所言,在昆明湖未疏浚之前,虑水不足,及湖成水通,又虑夏秋泛涨,于是铸此铜牛。虽然经历了两个多世纪的风吹雨打,铜牛依然如新铸造的一般,特别是铜牛背部的金牛铭篆书文字,没有一个笔画缺损残坏。今天,人们把铜牛看成是一件珍贵的艺术品,它和铜亭、铜麒麟、铜狮子一样有名,成

---

① 铁牛传颂:传说夏禹治水铸铁牛以镇水患,为后世传颂。
② 安澜:澜,水波。安澜,水波平静,天下平安。
③ 景从(yǐng):影的本字,如同影子跟随物体。比喻响应、追随。
④ 制寓刚戊:即寄寓着逐鬼避邪的意思。刚戊,古代佩饰之物,如同古代佩饰的刚戊,上刻逐鬼避邪之词。
⑤ 象取厚坤:《易·坤卦》有"象曰,地势坤以厚德载物"。象为卦象,坤为坤卦。按照坤卦之意,人要像大地地体厚能载物一样,要厚德载物育人。
⑥ 讵数鼍鼋:何况鲸鱼龟鳖之类。讵(jù),同"岂",表示反问。鼍(tuó),爬行动物,如鳄鱼,俗称猪婆龙。鼋(yuán),大鳖。
⑦ 漨(wǎn):水深广的样子。
⑧ 潴(zhū):积水。
⑨ 金写:用铜铸牛。
⑩ 悠永:长久。
⑪ 巴邱:"邱"同"丘",山名,位于湖南省岳阳县。淮水:即淮河。
⑫ 瑞应之符:祥瑞的兆头。
⑬ 西海:昆明湖旧称西海。

为来颐和园游览的人必看的独特景物。

该碑文叙事与议论相结合,以排句铺陈,具有较强的政治性、浓厚的主观性,丰富的想象力,使所发议论,所述哲理具有形象化。文采绚烂,辞藻秀美,气魄恢宏,节奏铿锵,气势充沛,读来令人回肠荡气。

乾隆十八年御制帝都篇
清·爱新觉罗·弘历

帝都者,唐虞以前都有地而名不著①,夏商以后始各有所称②,如夏邑周京之类是也③。王畿乃四方之本④,居重驭轻,当以形势为要。则伊古以来建都之地⑤,无如今之燕京矣。然在德不在险,则又巩金瓯之要道也⑥。故序大凡于篇。天下宜帝都者四,其余偏隘无足称。轩辕以前率荒略⑦,至今涿鹿传遗城⑧。丰镐颇得据扼势⑨,不均方贡洛乃营。天中八达非四塞⑩,建康一堑何堪凭⑪?惟此冀方曰天府⑫,唐虞建极信可徵⑬。右拥太行左沧海,南襟河济北居庸。会通带内辽海外,云帆可转东吴秔⑭。幅员本朝大无外,丕基式廓建两京⑮(北京顺天府、盛京奉天府)。我有嘉宾岁来集,无烦控御联欢情。金汤百二要在德⑯,兢兢永勖其钦承⑰。

【作者】爱新觉罗·弘历(1711—1799),即清朝乾隆皇帝。

乾隆十八年御制皇都篇
清·爱新觉罗·弘历

皇都者,据今都会而为言,约形势则若彼,详沿革则若此。盖不如研京十年,练

---

① 唐虞:即尧舜为帝时的两个朝代。尧为陶唐氏,舜为有虞氏。
② 夏商:指夏与商两个朝代。
③ 夏邑周京:夏朝的都邑,周朝的京都。夏邑:夏之都邑,故址在今山西省夏县北。周京即丰铺。
④ 王畿:古代称王都城附近周围千里之域为王畿。即京郊。
⑤ 伊古:古代。
⑥ 金瓯(ōu):指黄金之瓯。喻疆土之完固。
⑦ 轩辕:黄帝。古史传说黄帝姓公孙,居住在轩辕之丘,故名轩辕。
⑧ 涿鹿:位于河北省涿鹿县。黄帝与蚩尤大战于涿鹿之野,被诸侯尊为天子。
⑨ 丰镐:西周旧都,即镐京与丰邑都,位于今陕西省长安县西北。
⑩ 天中:天的正中。《晋书·天文志》:"北斗七星……故运乎天中,而临制四方。"
⑪ 建康:古都名,其址在今江苏省南京市。
⑫ 天府:指土地肥沃,物产丰饶,地势险要的地区。
⑬ 建极:指令天下之人,各得其中,不失其所。颂扬帝王立法以治国的套话。
⑭ 吴秔(jīng):长江流域所产的米粮。秔:粳米。
⑮ 丕基:大基业,丕:大。《书·立政》:"以并受此丕丕基。"
⑯ 金汤百二:金汤,金城汤池之省称。喻坚不可摧。百二:言二万人可抵百万之众。
⑰ 永勖(xù):永远勉励。

都一纪,鸿篇巨作,纂组雕龙①。若夫文皇传十首之吟②;宾王构一篇之藻③。节之中和,固所景仰;归于睽遇④,亦用兴怀。俊逸清新,古人蔑以加矣;还淳返朴,斯篇三致意焉。惟彼陶唐此冀方⑤,上应帝车曰开阳⑥。轩辕台榭虽莫详,职方有幽无徐梁⑦。要之幅员长且广,山河襟带具大纲。列国据此士马强,可以雄视诸南邦。辽金以来始称京,阅今千载峨天阊⑧。地灵信比长安长。玉帛奔走来梯航⑨,储胥红朽馀太仓⑩。天衡十二九轨容⑪,八旗居处安界疆⑫。朱楼甲第多侯王,槐市陆海无不藏⑬。富乎盛矣日中央,是予所惧心傍徨。

【作者】爱新觉罗·弘历(1711—1799),即清朝乾隆皇帝。

【赏析】《帝都篇》与《皇都篇》是乾隆为燕墩碑题写的碑文。燕墩又称"烟墩",位于崇文区西南部,永定门外铁路南侧,是一座砖台,其上竖有清乾隆皇帝御制碑一座,是北京著名碑刻之一。1984年列为市级文物保护单位。燕墩始建于元代。据文献记载,元、明两代北京有五镇之说,南方之镇即为燕墩。因南方在"五行"中属火,故堆烽火台以应之。燕墩在元代始建时,只是一座土台,位置在大都丽正门外。至明嘉靖三十二年(1553年)北京修筑外城时,才包砌以砖。碑上部覆盖四角攒尖顶方形碑盖,四脊各雕出一龙,龙身作波曲奔腾状,龙昂首上扬,似欲飞奔夺宝顶。碑体南、北面分别镌刻乾隆十八年(1753年),汉、满文字对照的《御制皇都篇》和《御制帝都篇》,皆出自乾隆手笔。

《帝都篇》与《皇都篇》同刻一碑之上,堪称姊妹篇。两文虽主题相近,实各有千秋,为碑铭中珠联璧合之作。它们以溢誉的文笔,磅礴的气势;赞美了北京险要的地理形势、国泰民安的情景,溢满为封建王朝歌功颂德的内容。燕墩碑文是记述北京幽燕之地的徽记,堪称为北京的史记篇,是很重要的旅游文化遗产。

① 纂组雕龙:在赤色的缓带上雕绣上龙纹。
② 文皇:指唐太宗李世民,著有《帝京篇》十首。
③ 宾王:指唐诗人骆宾王,著有《帝京篇》。
④ 睽:违背,乖离。
⑤ 陶唐:即古帝尧,号陶唐氏。尧初居于陶,后封于唐,故称陶唐。《书·五子之歌》云"惟彼陶唐,有此冀方。"
⑥ 帝车:北斗星。《史记·天官书》:"斗为帝车,运于中央,临制四乡。"开阳:北斗第六星。
⑦ 职方:官名。《周礼·夏官》有职方氏,掌天下地图,主四方职贡。
⑧ 峨天阊:高高的天门。
⑨ 梯航:指梯子与船,登山航海的器具。
⑩ 储胥:宫观名。后泛指宫阙。太仓,京城的大粮仓。
⑪ 天衡:天路。比喻通显之地,多指京师。九轨:指可容纳九辆车并行的道路。泛指大道。
⑫ 八旗:清努尔哈赤创建的八旗制度,以旗帜颜色为标志,分为正黄、正白、正蓝、正红、镶黄、镶白、镶红、镶蓝八旗。
⑬ 槐市:汉长安市场名。唐骆宾王《帝京篇》云:"钩陈肃兰所,璧诏浮槐市。"

二、摩崖石刻欣赏

秦二十八年泰山刻石文
秦·李斯

皇帝临位,作制明法,臣下修饬①。二十有六年,初并天下,罔不宾服②。亲巡远方黎民,登兹泰山,周览东极③。从臣思迹,本原事业,祗诵功德④。治道运行,诸产得宜,皆有法式⑤。大义休明,垂于后世,顺承勿革⑥。皇帝躬圣,既平天下,不懈于治⑦。夙兴夜寐,建设长利,专隆教诲⑧。训经宣达,远近毕理,咸承圣志⑨。贵贱分明,男女礼顺,慎遵职事⑩。昭隔内外,靡不清净,施于后嗣⑪。化及无穷,遵奉遗诏,永承重戒⑫。

【作者】李斯(? —公元前208),楚上蔡(今河南上蔡)人。秦代政治家、文学

---

① 临位:统治。临,从高处往低处望,从上监视着。作制:制定制度。作,制作。明法:明确法度。修饬(chì):遵守,谨慎。修,效法。饬,谨慎。这几句的意思是:皇帝坐上统治的宝座,制定制度,明确法令,臣下都效法,谨慎执行。
② 二十有六年:秦始皇廿六年(前221),秦王称号为"皇帝",自称为"始皇帝","二十"应为"廿"。初并天下:秦将王贲于是年攻齐,齐亡。至此,六国都亡,所以说是"初并天下"。罔:无。宾服:服从归顺。宾,服从,归顺。服,服从。这几句的意思是:秦始皇廿六年,六国灭亡,始皇帝刚刚统一天下,天下无不服从归顺。
③ 巡:巡视。黎民:老百姓。兹(zī):副词,更加。周览:遍览。极:尽头,极点。这几句的意思是:于是决定亲自巡视远方的老百姓,更登上泰山,遍览东部极点的地方。
④ 从臣:指随从秦始皇东巡的大臣王离、王贲、赵亥、侯成、冯毋择、隗状、王绾、李斯、王戊、赵婴、杨樛等。迹:事迹。本:根本。原:来源。祗(zhī):敬。这几句的意思是:从臣思考始皇的业绩,推究其事业的根本和来源,敬颂他的功业和道德。
⑤ 道:道路,此指道理、规律。产:财产,产业。法式:遵循的标准。皆:全,全部。这几句的意思是:治理国家按规律运行,众多产业分配适宜,全都有遵循的标准。
⑥ 休明:完美英明。休,美善。垂:施,赐,悬挂。革:革除,变革,改变。这几句的意思是:大义完美英明,可以施予后世,顺利继承而不需要改变。
⑦ 躬:亲自。圣:应作"听"。躬听,亲自倾听。既:已经。这几句的意思是:皇帝亲自倾听,已经平定了天下,仍然不懈怠于治理国家。
⑧ 夙兴夜寐:早起晚睡。夙(sù),早晨。寐(mèi),睡眠。长利:长远利益。隆:兴旺,兴盛。诲(huì):教导,指教。这几句的意思是:早起晚睡,考虑的是建立设计长远利益,专门在教育教导上下功夫。
⑨ 训:训释。宣:宣布,公开。达:到达,通达。咸:全部。承:继承,接续。这几句的意思是:训释经义并且告示公布到全国各地,远近都治理到,使老百姓全部能够接受皇帝的意志。
⑩ 这几句的意思是:这样便贵贱分明,男女都顺应礼的要求,谨慎遵照职事的要求去做。
⑪ 昭:明显,显著;排列的次序。靡(mí):无。施:给予恩惠。后嗣(sì):后继者,继承人。嗣,继承。这几句的意思是:宫廷内外秩序井然,无不相安无事。可赐恩惠于后代继承人。
⑫ 化:教化,教育感化。遗诏:指秦始皇的遗言。据《史记·秦始皇本纪》,这篇"泰山刻石文"是二世元年(前209),二世东行郡县,李斯随从,至泰山、东海、会稽等地,尽刻始皇所立石。石上注明大臣随从名字。戒:警诫。这几句的意思是:始皇帝的教育感化会达到无穷,所以谨遵奉始皇的遗训,此刻石,永远赐给我们以重要的警诫。

家。年少时为郡小吏,和韩非同时受业于荀子。后入秦,历任长史、客卿、廷尉,官至丞相。秦二世时,为赵高所杀。他是秦代唯一的作家,作品多载《史记》本传和《秦始皇本纪》。代表作有《谏逐客书》,另有《泰山》等刻石文。又著有《仓颉篇》,已佚。近人王国维辑本较详备。

【赏析】《金石略》称这篇碑文为《封泰山碑》。其刻石字形整饬,笔画圆健,乃秦始皇统一文字后的字体,即"小篆"。始皇二十八年(公元前219年)立碑于泰山。二世元年(公元前209年)加刻诏辞。《金石萃编》载:碑石高四尺九寸,横一尺四寸,四面镌刻。北宋大观间汶阳刘歧至泰山绝顶,见碑四面有字,遂拓以归,计得字二百二十三。自刘氏访拓后,此石不知何时毁佚。北平许氏搜得残石,置碧霞宫元君祠,存四行二十九字。清乾隆五年(1740年)祠遗火,石毁。嘉庆二十年(1815年)蒋因培访得残石两片于玉女祠,只存十字。宣统二年(1910年),作亭护之,又损一字,存九字。《会稽志》引李嗣真许李斯小篆称"古今妙绝,犹千钧强弩,万古洪钟,岂徒学者之宗匠,亦是传国之遗宝。"

《秦二十八年泰山刻石文》具有极高的文物和史料价值。文字虽短,但严整肃穆,浑朴自然,高度地概括了秦始皇统一全国的事迹,歌颂了秦始皇的巨大历史功绩。这就是平定了天下,又"亲巡远方黎民",明确法度,制定了各行业道行的标准,施于后世的"大义休明",治理国家"皆有法式",而且"夙兴夜寐",使"远近毕理",秩序井然。这些都是可以"永承重戒"于后世的。这虽然是一篇歌功颂德的碑文,但内容符合历史事实。语言雍容肃穆,开创了封禅刻石这一文体形式。

复水月洞铭并序
宋·范成大

水月洞剡漓山①之麓,梁空踞江。春水时至,湍流贯之,石门正圆,如满月涌,光景穿瑛②,望之皎然③,名宾其实旧矣④。近岁,或以一时燕私⑤,更其号朝阳,邦人弗从,且隐山东洞既曰朝阳矣⑥,不应重。乾道九年秋⑦,九月初吉⑧,吴人范成大、

---

① 剡漓山:象鼻山的古称。
② 瑛:像玉的美石。
③ 皎然:又白又亮。
④ 名宾其实旧矣:名称实物原来是这样的。
⑤ 燕私:指前任张孝祥根据其朝阳亭记和朝阳亭诗,将水月洞改名为朝阳洞。燕同"宴",燕私,宴请自己的好友。
⑥ 隐山:位于桂林市西,有著名的朝阳洞。
⑦ 乾道九年:"乾道"南宋孝宗的年号(1165—1173),即1173年。
⑧ 初吉:古代将一个月分为四份。自朔至上弦为初吉,即农历每月初一至初七八。

莆田人林光朝考古揆宜①,俾复其旧②。成大又为之铭,百世之后,尚无改也。铭曰:

有嵌屡颜③,中浣涨湍。水清石寒,圆魄在上④。终古,弗爽⑤。如月斯望。漓山之英,漓离水之灵。嫭其嘉名⑥。范子作颂。勒于拢宗⑦。水月之洞。

【作者】范成大(1126—1193年)字致能,号石湖居士,吴县(今江苏绍兴)人。他的诗与尤袤、杨万里、陆游齐名,号称南宋四大家。有《石湖居士诗集》《石湖词》《吴船录》《桂海虞衡志》等。

【赏析】乾道九年(1173),范成大任广西经略安抚使,认为水月洞之名自古流传,十分恰当,朝阳洞之名隐山也早有了,不宜重复,所以应恢复水月洞名称,便特地刻《复水月洞铭》于石壁,并在序言中写道:"百世之后尚无改也。"文章盛赞水月洞的景色,成为后人礼赞桂林山水的佐证。行文流水,干净利落。

大唐中兴颂
唐·元结

天宝十四载,安禄山陷洛阳。明年,陷长安⑧。天子幸蜀,太子即位于灵武。明年,皇帝移军凤翔,其年复两京。上皇还京师⑨。於戏!前代帝王,有盛德大业者,必见于歌颂。若今歌颂大业,刻之金石,非老于文学,其谁宜为⑩?颂曰:

噫嘻前朝,孽臣奸骄,为昏为妖⑪。边将骋兵,毒乱国经,群生失宁。大驾南巡,百僚窜身,奉贼称臣⑫。天将昌唐,繄睨我皇,匹马北方。独立一呼,千麾万旟,戎卒

---

① 考古揆(kuí)宜:根据以前记载认为名实适宜。揆:测度,变量。
② 俾复其旧:使其恢复旧有名称。
③ 有嵌屡颜:嵌,洞穴。屡颜指高峻的样子。
④ 圆魄:月亮。指形如月亮的水月洞。
⑤ 爽:坏。
⑥ 嫭(hù):美好。
⑦ 宠宗(lóng zōng):山势险峻。
⑧ 天宝十四载:公元755年。该年十一月,安禄山以讨杨国忠为名在范阳发动叛乱。
⑨ 天子:指唐玄宗。幸:指皇帝到某地。灵武:地名,在今宁夏灵武南。其:这。两京:长安和洛阳。上皇:即唐玄宗,太子即位后尊他为太上皇。这几句的意思是:皇帝(玄宗)逃到了四川,太子在灵武登上了皇位称帝。第二年,肃宗移军凤翔,并在这一年收复了长安和洛阳。太上皇唐玄宗回到了长安。
⑩ 於戏(wūhū):同"呜呼",叹词。见:现。金石:此指石,偏义复用。老:老练,富有经验。这几句的意思是:呜呼,以前朝代的帝王,如果有建立了大德大业的,必然会出现在诗歌颂词中。如果今天要歌颂这伟大的功绩,并将它刻在石上,除了精通文学的人,还有谁是合适的人选呢?
⑪ 前朝:指玄宗朝。孽臣:指杨国忠、李林甫。昏:黑暗。妖:妖邪。这几句的意思是:唉!在玄宗朝时,罪恶的臣子既奸猾又骄横,搅得天昏地暗,妖邪当道。
⑫ 边将:指安禄山。国经:国家的常规。群生:广大的老百姓。大驾:指唐玄宗。窜:逃跑。这几句的意思是:边将安禄山叛乱,危害扰乱了国家的常规,使广大老百姓的生活失去了安宁。玄宗逃跑到南方,许多官员纷纷乱窜,尊奉乱贼为主,向其称臣。

前驱①。我师其东,储皇抚戎,荡攘群凶。复服指期,曾不逾时,有国无之。事有至难,宗庙再安,二圣重欢②。地辟天开,蠲除妖灾,瑞庆大来。凶徒逆俦,涵濡天休,死生堪羞③!功劳位尊,忠烈名存,泽流子孙。盛德之兴,山高日升,万福是膺。能令大君,声容浤浤,不在斯文④?湘江东西,中直浯溪,石崖天齐。可磨可镌,刊此颂焉,何千万年⑤!

【作者】元结(719—772):唐代著名文学家,字次山,郡望河南(今河南洛阳市),世居太原(今山西太原市),后移居鲁山(今河南鲁山县)。少时倜傥不羁,十七岁始折节读书,师事从兄元德秀。天宝十二载(753年)举进士。乾元二年(759年)擢为右金吾曹参军,出任山南东道节度参谋,后以战功升任水部员外郎、荆南节度判官。代宗即位,授著作郎。官至容管经略史,加左金吾卫将军。他反对形式主义诗风,抨击绮靡浮华而提倡质朴淳厚。他的理论,对中唐新乐府运动有所启发和影响。明人辑有《元次山集》。

【赏析】《大唐中兴颂》摩崖石刻,即《大唐中兴颂》及序文,是中唐诗人元结于上元二年(761年)秋八月撰写的。名为颂扬肃宗平定"安史之乱",开创唐代中兴局面的伟业,实则是文辞委婉,隐含讽刺,从一个侧面揭露了唐王朝上层统治集团的贪婪腐朽和争权夺利的斗争,在一定程度上表现了作者痛恨藩镇割据,渴望国家统一的政治态度。

碑文是我国书法史上名家颜真卿书写的。宋人张文潜称赞说:"水部胸中星斗文,太师笔下龙蛇字。"千百年来,被历代文人书法家敬仰。摩崖石刻通高的313厘米,宽384厘米,自左至右竖行阴刻20行,共229字,通体端庄,气势磅礴。碑文是

---

① 繄(yī):句首语气词,犹"是"。睨:视。麾、旟(yú):均指旗帜。戎卒:指回纥兵。这几句的意思是:上天想要唐朝兴旺昌盛,注视着我皇,看着他单枪匹马去北方树起军威,独立一呼,千千万万的旗帜飘扬,无数的回纥兵前来充当驱使。

② 师:军队。储皇:太子,指代宗。攘(rǎng):排除,侵夺。凶:指叛乱者。复服指期:收复的日期指日可待。有国无之:自从有国家以来未曾有过,形容恢复之速。二圣:指玄宗与肃宗。这几句的意思是:我们的军队向东挺进,太子带领回纥兵,扫荡除灭了众多叛乱者。收复的日期指日可待,其恢复之速,是自古以来没有的。事情总是非常困难,宗庙社稷又安定下来,两位圣主非常喜悦。

③ 蠲(juān):除去。俦(chóu):同类。涵:包含。濡:沾湿。休:美好。这几句的意思是:新的天地开辟了,除去了妖邪灾害,吉祥幸福随之而来。残暴之徒,叛逆之流,玷污了天地间的美好,他们无论是生是死都应该感到羞愧。

④ 泽:恩泽。膺(yīng):受。大君:天子。声容:礼乐文章。浤浤:水流的波浪。这里是形容声容之盛。这几句的意思是:有功劳的人被授予尊贵的位置,忠烈之士的美名永存,恩泽将惠及他们的子孙。伟大的功德建立起来,像高山仰止,像太阳升起一般,人们感受到了无边的幸福。能够让天子的礼乐文章声容大盛的,难道不是已经表现在这篇碑文上了吗?

⑤ 浯(wú)溪:水名,在湖南省祁阳县西南,位于湘水之南,北汇于湘。何:何止。这几句的意思是:湘江在此地的东边和西边,浯溪则横贯此地,此地的石崖与天一样高。可以磨平它的岩面在上面刻字,在这里刻上这篇词,流传何止千万年啊。

大历七年(772年)刻在湖南祁阳浯溪石崖上,又在南宋绍熙年间(1195年)由隆庆府(今剑阁县)通判吴旰翻刻于此。至今碑刻完整,颜字风格犹存。

大唐中兴碑,在浯溪碑林,浯溪三绝堂内。浯溪,本是无名小溪,位于湖南省祁阳县城郊,依傍松山,注入湘江。唐代著名文学家元结(字次山)出任道州(今湖南道县)刺史,舟过祁阳,"爱其胜异,遂家溪畔",因自爱之故,命曰:浯溪(元结《浯溪铭》)。他还把最高的一座石山叫峿台。第二年,他建了一个亭子叫唐亭,合称三吾,取"人皆得而吾之"之意,并铭以记之。浯溪碑林集中保存了自唐至民国的历代石刻五百多块,占湖南书法遗迹的一半以上,篆隶楷行草,洋洋大观,异彩纷呈。不仅具有重要的历史价值和文学价值,而且也是研究书法艺术不可多得的实物资料。

《大唐中兴颂》是歌颂唐王朝平定"安史之乱"的丰功伟绩的一篇气势峻伟之作。文章以极其简括的语言,就将天宝乱离,肃宗继位,收复两京,唐玄宗和唐肃宗回到长安的经过在"序"和"颂"中作了清楚的叙述,笔力健举,气象不凡。在写法上,特别是在"颂"中,用四字句,基本上是三句叙述一事,三句一韵。高度概括了"安史之乱"的发生、平定和收复的过程,铺张扬厉,尽情抒发了"地辟天开,蠲除妖灾,瑞庆大来"的全国欢庆的喜悦心情。

本章小结

碑铭摩崖是旅游文学中的一个重要门类。在中国古代文化宝库中,浩瀚汪洋的碑铭摩崖,是一份珍贵的文化遗产。它们记录了中国古代社会、政治、经济、历史、地理、风物、民俗等等方面大量的信息和丰富的知识,体现着前人的社会、道德价值观念及人生的向往与追求,不少优秀之作还蕴含着深刻的思想意义。

碑铭摩崖作为一种独特的旅游景观,具有相当珍贵的学术价值和深厚的艺术底蕴,在欣赏各篇作品时,应该在掌握其社会文化背景等前提下,在把握其具体的语言特色的基础上进一步理解并鉴赏作品的文化内涵以及文物价值,并争取将相关内容融入到导游讲解内容之中,从而提高导游服务质量。

思考与练习

1. 什么是碑铭?碑铭的来源有几种?
2. 碑由几部分构成?碑的常见形状有哪些?
3. 碑铭摩崖的发展分为几个时期?各个时期有什么特点?各有什么代表作?
4. 本章中所列各个碑铭摩崖都在什么景点?
5. 翻译《秦二十八年泰山刻石文》中下段文字。

皇帝临位,作制明法,臣下修饬。二十有六年,初并天下,罔不宾服。亲巡远方黎民,登兹泰山,周览东极。从臣思迹,本原事业,祗诵功德。治道运行,诸产得宜,皆有法式。大义休明,垂于后世,顺承勿革。皇帝躬圣,既平天下,不懈于治。夙兴夜寐,建设长利,专隆教诲。训经宣达,远近毕理,咸承圣志。贵贱分明,男女礼顺,慎遵职事。昭隔内外,靡不清净,施于后嗣。化及元穷,遵奉遗诏,永承重戒。

6. 试着将本章碑铭摩崖作品内容融入景点讲解。

主要参考书目

1. 赵荣光,夏太生,等. 中国旅游文化[M]. 大连:东北财经大学出版社,2003.
2. 冯乃康. 旅游文学概论[M]. 太原:山西教育出版社,2003.
3. 陈水云. 中国山水文化[M]. 武汉:武汉大学出版社,2001.
4. 葛晓音. 山水田园诗派研究[M]. 沈阳:辽宁大学出版社,1993.
5. 顾平旦,曾保泉. 对联欣赏[M]. 北京:文化艺术出版社,1982.
6. 萧望卿,等. 古今名胜对联选注[M]. 北京:北京出版社,1983.
7. 王存信,王仁清. 中国名胜古迹对联选注[M]. 长春:吉林人民出版社,1984.
8. 顾平旦,常江,曾保泉. 北京名胜楹联[M]. 北京:北京出版社,1985.
9. 蒋竹荪,等. 分类名联鉴赏词典[M]. 上海:上海辞书出版社,2004.
10. 梁申威. 明代对联选[M]. 太原:山西人民出版社,2003.
11. 梁申威. 清代对联选[M]. 太原:山西人民出版社,2002.
12. 汪少林. 中国楹联鉴赏辞典[M]. 南昌:百花洲文艺出版社,1990.
13. 阳光,关永礼. 中国山川名胜诗文鉴赏辞典[M]. 北京:中国经济出版社,1992.
14. 佘树森,乔默. 中国名胜诗文鉴赏辞典[M]. 北京:北京大学出版社,1989.
15. 萧涤非,等. 唐诗鉴赏辞典[M]. 上海:上海辞书出版社,1985.
16. 周汝昌,等. 唐宋词鉴赏辞典[M]. 上海:上海辞书出版社,1988.
17. 周勋初. 唐诗大辞典[M]. 南京:凤凰出版社,2003.
18. 蒋星煜,等. 元曲鉴赏辞典[M]. 上海:上海辞书出版社,2005.
19. 钱仲联,等. 元明清词鉴赏辞典[M]. 上海:上海辞书出版社,2003.
20. 吴绍礼,张镇. 古代风景诗译释[M]. 哈尔滨:黑龙江人民出版社1984.
21. 李时人. 古今山水名胜诗词辞典[M]. 西安:陕西人民出版社,1991.
22. 倪其心,等. 中国古代游记选[M]. 北京:中国旅游出版社,1985.
23. 刘维红. 千古碑铭[M]. 合肥:安徽文艺出版社,2004.

后 记

《旅游文学作品欣赏(第2版)》一书,是我们根据旅游专业教学需要编写的。其内容属于汉语言文学专业范畴,也提供了一部分历史、地理等方面的基础知识。这些基本知识以及欣赏作品的一般理论方法,对于将来从事旅游服务与管理工作的学生来说,是非常必要的。一方面可以提高其基础知识,帮助他们更好地欣赏古代的旅游文学作品,另一方面可以使他们掌握一定的欣赏方法,日后可以用到实际的导游等工作当中去。

参加该书编写工作的李洪波和韩荔华,是北京第二外国语学院国际传播学院的教师,多年以来,一直从事汉语言文学,特别是旅游语言文学的教学、研究以及相关教材的编写工作。韩荔华主要从事导游语言方面的研究,主持过北京市教委科研立项项目《导游语言研究》,李洪波主要从事中国古代旅游文学方面的研究,主编出版了《诗词楹联赏析》等书。本书的第一、二、三、五章由李洪波编写,第四、六章由韩荔华编写。

在编写本教材的过程中,我们参考引用了一些时贤们的观点,使用了时贤们的一些材料,由于篇幅所限,不能在文中一一注出,在这里一并致谢。

编 者

责任编辑：刘彦会

图书在版编目（CIP）数据

旅游文学作品欣赏／李洪波，韩荔华编著． --北京：旅游教育出版社，2007.1（2022.12）

ISBN 978－7－5637－1415－5

Ⅰ．旅… Ⅱ．①李… ②韩… Ⅲ．旅游—文学欣赏—世界 Ⅳ．I106

中国版本图书馆 CIP 数据核字（2006）第 120406 号

全国旅游专业规划教材

旅游文学作品欣赏

（第 2 版）

李洪波 韩荔华 编著

出版单位	旅游教育出版社
地　　址	北京市朝阳区定福庄南里 1 号
邮　　编	100024
发行电话	（010）65778403 65728372 65767462（传真）
本社网址	www.tepcb.com
E－mail	tepfx@163.com
排版单位	北京旅教文化传播有限公司
印刷单位	唐山玺诚印务有限公司
经销单位	新华书店
开　　本	787 毫米×960 毫米　1/16
印　　张	16.5
字　　数	264 千字
版　　次	2015 年 6 月第 2 版
印　　次	2022 年 12 月第 8 次印刷
定　　价	26.00 元

（图书如有装订差错请与发行部联系）